JULIAN LEES

Das Knochenritual

Buch

Jakarta, Indonesien: Ruud Pujasumarta ist ein junger aufstrebender Polizeiinspektor, der in seiner bisherigen Laufbahn schon einige grausame Fälle erlebt hat. Doch die aktuelle Mordserie lässt sogar ihn nicht kalt: Die Opfer sind Frauen mittleren Alters, die der Mörder an Betten fesselt und erwürgt. Damit nicht genug, denn er hackt ihnen zusätzlich die linke Hand ab, nimmt diese als eine Art Trophäe mit sich und hinterlässt einen kleinen Mah-Jongg-Spielstein in der Kehle der Ermordeten. Die Polizei steht vor einem Rätsel. Als bei einem der Opfer schließlich ein Fotoalbum entdeckt wird, in dem neben Bildern der ersten beiden Ermordeten auch der Vater von Ruuds ehemaliger Kindheitsfreundin Imke Sneijder und einige andere Frauen zu sehen sind, wird er nach und nach in einen unaufhaltsamen Strudel aus Schuld und Rache gezogen, der noch lange nicht vorbei zu sein scheint – denn der Mörder scheint einige Rechnungen offen zu haben …

Autor

Julian Lees wurde 1967 in Hongkong geboren. Schulzeit und Studium absolvierte er in England. Als Kind verbrachte er viel Zeit bei seinen Großeltern George und Agrapina Talbot, die ihm zahllose Geschichten über ihr Leben in Shanghai erzählten, das sie 1949 verlassen mussten. Ein Brief seiner Großtante Galia aus Russland war schließlich der Impuls, immer tiefer in die Geschichte seiner Familie einzutauchen. Julian Lees gab seinen Beruf als Aktienhändler auf und arbeitet seither als Autor. Er lebt mit seiner Frau und seinen Kindern in Hongkong. *Das Knochenritual* ist sein erster Thriller bei Blanvalet.

JULIAN LEES

DAS KNOCHEN RITUAL

Thriller

Deutsch von Waltraud Horbas

blanvalet

Die Originalausgabe erschien 2016 unter dem Titel »The Bone Ritual«
bei Constable, an imprint of Little, Brown Book Group, London.

FSC
www.fsc.org
MIX
Papier aus verantwortungsvollen Quellen
FSC® C014496

Verlagsgruppe Random House FSC® N001967

1. Auflage

Neumarkter Str. 28, 81673 München
Redaktion: Larissa Rabe
Umschlaggestaltung: semper smile, München
Umschlagabbildungen: © Caryn Drexl/Arcangel Images
JF · Herstellung: sam
Satz: KompetenzCenter, Mönchengladbach
Druck und Bindung: GGP Media GmbH, Pößneck
Printed in Germany
ISBN 978-3-7341-0503-6

www.blanvalet.de

Für Ming

Alles zerfällt; die Mitte hält es nicht.
Ein Chaos, losgelassen auf die Welt.
William Butler Yeats

PROLOG

Die Schemen albtraumhafter Gestalten bewegten sich in der dunklen Nacht.

Das Haus mit dem schrägen Dach befand sich am Rande des *kampung*, eines Dorfes in den Außenbezirken der Industriestadt, verborgen zwischen dichten, dunklen *kepuh*-Bäumen. Es lag isoliert am unteren Talende und zerfiel langsam, moderte vor sich hin. Die Konstruktion aus Blech und Holz schimmerte im Mondlicht. Um das Haus zu erreichen, musste man einem Feldweg folgen, der sich zwischen den Maniokfeldern und Bambuswäldern hindurchschlängelte. Das Haus lag nahe genug, dass die Nachbarn es sahen, aber weit genug entfernt, damit sie die nächtlichen Vorkommnisse ausblenden konnten.

Eine Stunde vor dem *fajr*-Gebet, kurz vor dem ersten Tageslicht, hörte der Hahn den ersten Schrei; es war der angst- und schmerzerfüllte Schrei eines Kindes, der durch die *kepuh*-Bäume herüberdrang. Das Schlagen einer Tür. Hallende Schritte in einem Flur. Ein kleiner Junge, der sich zusammenrollte wie ein Tausendfüßler. Eine Minute später ein weiterer Schrei, noch angsterfüllter als der erste. »Stopp! *Tidak!* Nein!« Einzelne, gellende Rufe. Abgebrochene Sätze. »Stopp! *Henti! Tidak!*«

Die Dorfkatzen legten die Köpfe schief, wandten den Blick von den nistenden Vögeln und starrten in Richtung des Hauses mit dem schiefen Dach. Das Schluchzen des Kindes verebbte. Jenseits der Maniokfelder flogen die Kalong-Flughunde in der Brise auf. Sie imitierten den Wirbel der fallenden Frangipaniblüten, die längst vergessen in der feuchten Erde hingen.

Während der Bambushain knackte und rauschte, wurde der Wald ganz still. Zum Schweigen gebracht durch einen tiefen Atemzug.

Und dann folgte ein letztes Aufheulen, diesmal erstickt durch ein Kissen oder eine Hand. Es zerriss die Stille des *kampung*. Der Dorfvorsteher verzog das Gesicht und stöhnte auf. Wegen der heißen Nacht lag er mit nacktem Oberkörper im Bett. Jetzt drehte er sich um, sodass sein Rücken den hungrigen Moskitos schutzlos ausgeliefert war. Er fragte sich, ob er eingreifen sollte, und streckte die Hand aus, um sich mit seiner *isteri* zu beratschlagen. Doch seine Frau war bereits aufgestanden, um Tapiokakuchen zum Frühstück zu machen.

»*Tidak lagi!*«, beschwerte er sich und rieb sich den Schlaf aus den Augen.

»Ich dachte schon, du wachst gar nicht mehr auf.«

»Ich werde der Sache ein Ende machen, ein für alle Mal. Jede Nacht jault er wie ein geprügelter Hund.«

»Du solltest dich lieber um deine Angelegenheiten kümmern, *mah*.« Die Stimme aus der Küche klang harsch und eindringlich. Im Dämmerlicht wirkte der Schatten seiner Frau unverhältnismäßig groß.

»Ich bin der *lurah*, das Dorfoberhaupt. Ich muss es wenigstens versuchen.«

»Wozu? Damit diese Frau uns zu Staub zermalmt?«

»Es ist meine Pflicht.« Er schwang sich aus dem Bett.

Seine großen Füße waren narbenübersät von sechzig Jahren Arbeit auf den Plantagen.

»Pflicht, *bodoh! Kamu dodol!* Dein Kopf ist voller Kokoskonfekt.«

»Was denn! Glaubst du etwa, ich könnte nicht streng genug auftreten? Heute Nachmittag rufe ich den Dorfrat zusammen.« Als er sich erhob, kam ein einzelnes, verirrtes Huhn aus dem Stall herübergerannt und pickte an seiner Zehe. Der *lurah* ging zum Fenster und blickte zu dem entfernt gelegenen Haus hinüber, zu der aufklappbaren Wäschespinne, die an einen aufrecht stehenden Kadaver erinnerte. Er nahm sich fest vor, seinen Glücksbringer, eine Nashornvogelfeder, in den *sarong* zu stecken. »Ich rufe den Rat zusammen«, wiederholte er leise.

»Sie werden nicht auf dich hören«, sagte seine Frau und versuchte, die Panik in ihrer Stimme zu unterdrücken.

»Du wirst schon sehen.« Der alte Mann spielte mit der Antenne des Fernsehers.

»Quatsch!«

Doch die Frau des *lurah* sollte Recht behalten. Die Leute im *kampung* wollten nicht hören, was er zu sagen hatte. Sie erklärten, sie würden sich niemals dem Haus mit dem schiefen Dach nähern, und behaupteten, die Frau, die dort wohnte, sei *penyihir.* Sie bestanden darauf, dass sie eine chinesische Hexe war und nach bitteren Kräutern roch. Manche Dörfler glaubten sogar, sie würde kleine Kinder fressen.

Nachdem er mit dem Rat gesprochen hatte, kam das Dorfoberhaupt in grüblerischer Stimmung nach Hause. Er nahm einen großen Schluck Arrak von seinem geheimen Vorrat und schlief auf dem Feldbett ein. Seine

Frau fand ihn. Seine Hände hielten die eigene Kehle umklammert. Sie musste die Finger mit einem hölzernen *satay*-Spieß auseinanderstemmen. Er wachte nicht mehr auf.

EINS

Die Fahrt zum Amsterdamer Schiphol-Flughafen führte die Sneijders an Käsemärkten, Caféhausterrassen und Restaurants vorbei, die mit »*authentiek nasi goreng*« warben. Es war Sonntagmorgen, und in der Stadt herrschte munteres Treiben, das Klingeln der Fahrräder vermengte sich mit dem Läuten der Kirchenglocken und dem Bimmeln der Straßenbahnen. Ein schwacher Duft nach Mandeln und *appelbeignets* im Teigmantel lag in der Luft.

Imke saß auf dem Rücksitz, hielt Kiki im Arm und verspürte eine wachsende Nervosität.

Sie war noch nie gerne geflogen.

Während das Taxi am Hortus Botanicus entlangfuhr, spürte sie ein brennendes Gefühl, das bis zu ihrem Brustkorb aufstieg. »Jedes Mal, wenn ich an die Reise denke, bekomme ich dieses komische Sodbrennen«, sagte sie und schaute hinaus.

Sie sah Arbeiter, die Zeitung in der Tasche, in der Sonne sitzen und Kaffee trinken. Matrosen auf Landgang, die Gesichter noch von einer feinen Salzschicht überzogen und die Taschen voll mit ihrer Heuer, schlenderten in Richtung De Wallen, des Rotlichtbezirks.

»Aber wir fliegen in einem Privatjet, stell dir nur vor, wie aufregend das wird«, schwärmte Erica. »Du hast doch die Papiere dabei, oder?«

»Ja, in der Tasche.« Imke fischte sie heraus, gab sie ihrer Tante Erica und schaute wieder aus dem Taxifenster.

Entlang der Prinsengracht reihten sich die unterschiedlichsten Gebäude aneinander. Imke sah zu, wie die schmalen Häuser vorüberzogen, und fragte sich, ob nur die Häuser in Amsterdam *spionnetje* hatten – leicht angeschrägte Spiegel an den Fenstern, die es den Bewohnern ermöglichten, die Passanten unbemerkt zu beobachten. Es hätte sie nicht überrascht. Imke hatte die Amsterdamer schon immer für die neugierigsten Menschen der Welt gehalten.

Sie wandte den Kopf und fragte ihre Tante, was sie da gerade las.

Tante Erica befeuchtete ihren Finger und blätterte im Reiseplan. »Wir haben eine Zwischenlandung in Indien, wo wir tanken und außerdem den indonesischen Außenminister an Bord nehmen sollen; er ist gerade zu bilateralen Gesprächen dort. Das bedeutet, wir müssen über Nacht in Kalkutta bleiben. Du lieber Himmel, wer weiß, was es da alles an Krankheitserregern gibt!«

»Ich bin sicher, da sind wir sehr komfortabel untergebracht, Tantchen. Indien ist mittlerweile ziemlich fortschrittlich, weißt du?«

»Ja, sicher, mit Löchern im Boden als Hocktoiletten. Und erst die Betten! Ich frage mich, was sie dort auf die Betten legen. Decken aus einem Material, das verdächtige Ähnlichkeit mit verfilzten Nasenhaaren hat, wollen wir wetten?«

»Wir müssen ja nicht fliegen.«

»Nicht fliegen? Bist du verrückt? Das ist die Krönung

meiner Karriere als Künstlerin! Der Präsident höchstpersönlich hat mich zu sich bestellt. Er hätte auch Veltman nehmen können oder van Aerle oder Frans Koppelaar, aber das hat er nicht.« Eine kurze Pause folgte. »Die Tatsache, dass van Aerle wegen seiner Syphilis erblindet ist, könnte natürlich seine Entscheidung beeinflusst haben, aber das tut nichts zur Sache.«

Imke reichte Erica ihr iPhone. »Reiseinformationen über Kalkutta. Siehst du? Es ist eine moderne Stadt.«

Tante Erica scrollte durch einige Seiten. »Ach du lieber Himmel, nein, nein, nein!«

»Was ist denn jetzt schon wieder?«

»Hier steht, der Flughafen von Kalkutta wurde früher Dum Dum-Flughafen genannt. Das stimmt einen doch nicht gerade zuversichtlich, oder? Flug 64, hier spricht die Dum Dum-Flugsicherung.« Sie seufzte. »Ich frage mich, ob ich vor dem Abflug noch rasch eine Lebensversicherung abschließen soll.«

Wieder stieg das merkwürdige brennende Gefühl in Imkes Brust auf. So ging es nun schon seit Wochen – seit ihre Tante die Einladung aus Indonesien erhalten hatte, den Brief mit dem goldenen Siegel des Präsidenten. »Glaubst du, Präsident Yudhoyono wird für dich Modell sitzen? Oder gibt er dir einfach nur ein Foto, das du kopieren sollst?«

»*Kopieren?* Ich kopiere nicht. Fälscher kopieren. Papageien und Trittbrettfahrer imitieren. Also wirklich, wie kannst du nur so was sagen!« Sie schüttelte entrüstet den Kopf und blickte zum Kanal hinüber. »Oh, sieh mal!« Sie zeigte in Richtung Grachtenring. »Was ist denn da los?«

Imke sah eine Menschenansammlung. Alles rief und brüllte und drängte sich an den Ufern und Brücken – ein gezeitenähnliches Gewimmel aus Spruchbändern und Plakaten. Polizisten mit Gummiknüppeln hielten die Menschen zurück, aber eine Frau sprang vom Ufer aus ins Wasser und schwamm auf ein Polizeiboot zu.

Der Taxifahrer schüttelte den Kopf. »Muslime«, grummelte er. »Da drehen alle durch, wenn ein neuer Gesetzentwurf eingebracht wird.«

»Um was für ein Gesetz geht es denn?«, fragte Erica.

»Die Regierung will das multikulturelle Integrationsmodell aufgeben. Sie planen einen neuen Entwurf, der das Tragen von Burkas und die Zwangsheirat gesetzlich verbietet.«

Imke sah zu, wie das Polizeiboot unter der Magere Brug hindurchfuhr. Die Leute auf der Brücke drehten fast durch, rissen an ihren Kleidern und schwenkten Plakate mit der Aufschrift: »Muslimische Frauen essen auch Heringe!«

»Na, da bricht mir doch der Holzschuh«, rief Erica aus. »Was kommt denn als Nächstes?«

»Ich finde, sie sollten Hidschābs tragen dürfen, wenn sie wollen, findest du nicht?«, wandte Imke ein.

Tante Erica blinzelte sie verblüfft an. »Was um alles in der Welt ist ein Hidschāb?«

»Für eine Trägerin der Ehrenmedaille für Kunst und Wissenschaft bist du nicht gerade auf dem Laufenden, kann das sein?«

Erica fischte eine Zeitschrift aus ihrer Reisetasche; es war eine Ausgabe der *Times*. Das Cover zeigte ein Foto von Präsident Susilo Bambang Yudhoyono, kurz SBY genannt. »Siehst du? Ich bin sehr wohl auf dem neuesten Stand.«

Imke verdrehte die Augen. »Diese Ausgabe stammt aus dem Jahr 2008.«

Das Taxi verließ das Museumsviertel. Im Vondelpark waren Spaziergänger mit ihren Hunden unterwegs oder standen schwatzend herum, und Kiki bellte ein paar Schäferhunde mit Maulkorb an.

»Ich fass es immer noch nicht, dass du das arme Tier wirklich mitnehmen willst.«

»Ich bin auf einem sechswöchigen Sabbatical, und Mama ist allergisch gegen Hundehaare«, sagte Imke. »Und ich kann Kiki ja schlecht bei irgendwelchen Fremden lassen, oder?«

Erica verzog den Mund. »Wenn du verheiratet wärst, könntest du den Hund bei deinem Mann lassen.«

»Jetzt fang bloß nicht wieder damit an. Und überhaupt, das sagt die Richtige!« Imke hatte noch nie einen von Ericas Liebhabern getroffen oder auch nur erlebt, dass sie von ihren Affären erzählt hätte, egal ob nun Mann oder Frau.

»Was ist eigentlich aus dem Brotkastenverkäufer geworden – du weißt schon, der, der dich jeden Dienstag zu Schweinerollbraten und Brandy-Rosinen eingeladen hat?«, fragte Erica.

»Er verkauft Küchengeräte und lebt in Eindhoven. Und er hat irgendwann beschlossen, dass es sich nicht lohnt, jede Woche vier Stunden Bus zu fahren, nur um mir an die Wäsche zu gehen.«

»Schade. Ich hätte einen neuen Brotkasten brauchen können.«

Es gab gewisse Dinge, für die Imke einfach nicht geschaffen war. Ein Job bei der Datenerfassung beispielsweise. Irgendwie hatte sie den Eindruck, auch ein Leben an der Seite eines Küchengeräteverkäufers gehörte nicht dazu. Im Geiste stellte sie eine Liste ihrer jüngsten sexuellen Eroberungen auf und seufzte. Ihre romantischen Erfahrungen schienen zwischen deprimierendem Leerlauf und wahnwitziger Verzweiflung zu pendeln.

»Hast du ihm einen Stein geschickt?«, fragte Erica.

»Nein!«

Wenn Imke zu dem Schluss kam, dass sie jemanden wirklich gernhatte, schickte sie dem Betreffenden ein kleines Päckchen mit einem geschliffenen Achat aus Indonesien. Erica hatte von ihr einen bekommen. Dann ihre Schulfreundin Jennifer Lammers aus dem Amstelland und Danny van Gestel, der erste Junge, den Imke geküsst hatte. Außerdem noch Piers, ihr Chef bei der DLHP – der Polizeihundeeinheit – und Ellen Jonker, die samstags auf dem Noordermarkt Honig und frische Kräuter verkaufte.

»Also gut, dann erzähl mir mal von deinem Polizeifreund aus Jakarta.«

»Er heißt Ruud«, erwiderte Imke. »Und ich hab dir schon von ihm erzählt. Als wir noch in Indonesien gelebt haben, war sein Vater mit Papa befreundet.«

»Ist er hässlich? Gutaussehend?«

»Das weiß ich nicht! Ich habe ihn zum letzten Mal gesehen, als ich zwölf war. Den Facebookfotos nach sieht er ganz okay aus.«

Der Taxifahrer musterte Imke im Rückspiegel und lächelte.

Sie fuhren weiter und kamen am Nieuwe Meer vorbei. Hier picknickten Familien am Ufer, einzelne Hausboote schaukelten auf dem Wasser, und Kinder fütterten die Enten mit Brot.

»Ich finde es immer noch unnatürlich, dass Kiki fliegen soll. Hunde gehören nicht in die Luft.«

»Die Sowjets haben schon vor über fünfzig Jahren einen Hund in den Weltraum geschickt.«

»Und die Amerikaner einen Schimpansen. Sollen wir noch beim Zoo halten und einen mitnehmen? Ich sage dir, es ist widernatürlich.«

»Ist es nicht. Außerdem darf Kiki bei uns in der Kabine bleiben.«

»Ja, und zu welchem Preis?«

»Wen kümmert das? Ich bezahle das ja nicht, sondern die indonesische Regierung. Die haben sowieso ganz schön viele Mühen für Kiki auf sich genommen. Sie hat eine diplomatische Ausnahmeregelung bekommen und muss nicht in Quarantäne.«

»Du weißt auch warum, oder? Seltene Rassen sind eine Delikatesse da drüben. Unser Gastgeber wird sich wochenlang kleine Stückchen gebratenen Spaniel aus den Zähnen stochern.«

»Hör gar nicht hin, Kiki. Tante Ecks klingt zwar so, aber sie hat sich noch nicht in eine gemeine Hundehasserin verwandelt.« Imke blätterte durch die *Times*. »Hier steht, dass Yudhoyono als General unter Suharto gedient hat. Angeblich kann er Dummköpfe nicht leiden. Weiß der Himmel, was er mit Künstlern macht, die ihn nicht schön genug darstellen.«

»Wahrscheinlich lässt er sie an den Zehen aufhängen.« Erica reckte und streckte sich. »Das wäre gar keine schlechte Idee. Mein altes Rückgrat könnte ein paar Dehnübungen gebrauchen.«

ZWEI

Donnerstag, 17:15 Uhr

Mein Bruder glaubt, ein Mörder hat zwei Gesichter: eins für die Öffentlichkeit und ein privates. Das scheint mir vernünftig, vor allem, weil ein Mörder ja nicht erwischt werden will. Wir alle tragen manchmal Masken, aber ich mache mir Sorgen. Ich mache mir Sorgen, dass seine Maske bald so festsitzt, dass er sie nicht mehr abnehmen kann, ohne sich die Haut vom Gesicht zu reißen.

Er lebt in einer Sozialwohnung, in einem Labyrinth aus engen Straßen und namenlosen Gassen. Die Bewohner nennen es *kampung susun* – das senkrechte Dorf. Wenn er es morgens verlässt, sobald er aus seiner Wohnung auftaucht und zur Arbeit geht, verblasst er zur vollkommenen Farblosigkeit. Nichts, was er anhat oder tut, soll auffallen. Er ist völlig unauffällig, die Art von Mensch, die die Arbeitgeber anschauen, ohne sie wahrzunehmen. Er wird bedeutungslos. Nach außen hin ist er fröhlich, freundlich seinen Kollegen gegenüber, ein ruhiger und zuverlässiger Arbeiter; doch innerlich, in seinem Herzen, ist er ein streunender Hund, stets hungrig und immer bereit zur Jagd, immer auf der Suche nach lahmender Beute.

Er macht mir Angst. *Sih,* wie er mir Angst macht.

Jetzt ist es noch hell. Er beobachtet die Frau, wie sie ihre Türschwelle fegt und den Schmutz in den Rinnstein kehrt. Er sieht zu, wie sie mit der Nachbarin schwatzt, hämisch, gestikulierend. Sie hat ein fleißiges Mundwerk, wenn es um Klatsch geht. Während sie redet, kratzt sie an allem und jedem, kratz-kratz-kratz, wie ein Messer, das an einem Salzblock schabt. Der und der hat dies gemacht, die und die hat jenes gestohlen. Hin und wieder vergisst sie das Kehren, sie blickt prüfend auf und die Allee der Papayabäume entlang, zum Marktplatz hinüber. Und obwohl es beinahe schon Abend ist, müssen wir vorsichtig sein, dass man uns nicht sieht. Sie könnte uns erkennen. Ihre Augen, lebhaft und klug wie die einer Katze, könnten uns aus der Menge herauspicken. Er wartet, bis sie wieder hereingeht, dann wandert er ums Haus herum zum Hintereingang und schiebt den Riegel auf. Die Fliegengittertür öffnet sich knarrend. Ich folge ihm hinein.

Grollender Donner und der Geruch von heraufziehendem Regen liegen schwer in der Luft. Drinnen im Haus ist es dämmrig; urplötzlich ist es draußen dunkel geworden. Geräuschlos schlüpft er in die Küche und fährt mit der Hand eine Wäscheschnur entlang, berührt einen BH-Träger, eine Handvoll fleischfarbener Unterwäsche. Er reibt den feuchten Stoff zwischen den Fingern, dann fährt er mit der Zunge in die Rillen der Wäsche.

Ein Fernseher wird eingeschaltet. Beim Fenster, auf einem kleinen Tischchen, schwirrt ein Ventilator. Leise holt er das Seil aus seiner Tasche und atmet langsam aus.

Donnerstag, 17:29 Uhr

Er sitzt auf der Bettkante, beugt sich über sie und beobachtet, wie sie zu ihm aufstarrt. Sie wirken wie ein Liebespaar. Ihre Arme berühren sich; sein rechter Unterarm streift ihren linken Ellbogen. Sie hat ein purpurrotes Stück Stoff im Mund. Ihre Nasenlöcher weiten sich, dann ziehen sie sich zusammen, weiten sich, ziehen sich zusammen. Ein Stöhnen entringt sich den Tiefen ihrer Brust.

Wenn man jemanden der Erfahrung von Gewalt aussetzt, vergeht die Zeit viel langsamer als gewöhnlich. Das Gleiche gilt für das Erleiden von Schmerz. Vielleicht liegt es daran, dass sich die Herzfrequenz erhöht. Die Herzen von Kindern schlagen schneller als die von Erwachsenen. Ist das der Grund, warum sich Kinder immer beschweren, ihnen wäre langweilig? Weil die Zeit für sie so viel langsamer vergeht? Wie auch immer, *iho*, meiner Ansicht nach ist die erhöhte Herzfrequenz gleichzusetzen mit einem Verlangsamen der Zeit.

Er blickt auf die Frau hinab, und ich frage mich, ob sich eine Minute jetzt für sie wie fünf Minuten anfühlen.

Ich sehe zu, wie er ihre Kehle umfasst. Eins, zwei, drei, vier, fünf. Alle Finger der rechten Hand auf ihren Stimmlippen. Er drückt sie leicht. Es ist nicht der rohe Griff eines Würgers, nein, eher die Liebkosung eines Vaters, ganz zart. Erst fühlt er die Beschaffenheit ihrer Haut, die feucht ist von der Hitze, vom Fegen, vom Hämmern ihres Pulses.

Bumm bumm-bummbumm. Bumm bumm-bumm-bumm. Wie erwartet, schlägt ihr Herz schnell. Er erhöht den Druck, einen Hauch nur, in der Hauptsache mit Daumen und Zeigefinger. Ihr Pulsschlag wird schneller. Sie schwitzt noch stärker. Er verstärkt den Druck noch ein wenig mehr und betrachtet ihre Augen. *Aduh*, wie rund sie hervorquellen! Ihr Kehlkopf zuckt. Die pochenden Muskeln bringen ihn zum Lächeln. Na, na, was ist das denn, sagt er zu mir, schreit sie? Eine, mehrere Vibrationen in ihrer Kehle kitzeln seine Fingerspitzen. Singen ihre Stimmlippen, weil sie zu schreien versucht? Sie gibt ein hohes Geräusch von sich, wie Autos es machen, wenn der Motor nicht richtig startet. Jetzt erhöht er den Druck auf die Luftröhre. Ich kann sehen, wie sich die Muskeln an seinem Unterarm anspannen. Glücklicherweise hat er sie gefesselt, deshalb kann sie sich kaum wehren. Ihre Gesichtsmuskeln spannen sich an, die Wangen verfärben sich, werden erst pink, dann dunkelrot, dann aschgrau.

Dann lässt er los.

Sie atmet heftig durch die Nase. Noch nicht ganz am Ersticken, aber beinahe. Der purpurrote Knebel bläht ihre Wangen auf. Versteinert, gelähmt vor Angst, und dennoch für den Augenblick erleichtert, hat sie nicht einen Moment den Blick von ihm abgewendet.

Ja, seine Lernkurve ist erfreulich steil. Jemanden zu erwürgen erfordert ein gewisses Maß an Disziplin.

Dasselbe gilt für das Abhacken einer Hand.

Mit einer theatralischen Geste krempelt er die Ärmel hoch und löst ihr linkes Handgelenk aus den Fesseln. Wie ein Tischzauberer entfaltet er ein rotes Taschentuch und breitet es auf dem Boden aus.

Dann zeigt er ihr das Fleischerbeil.

Donnerstag, 17:57 Uhr

Oh, Mutter, Mutter! Zwick mich ins rechte Bein, das linke tut auch weh – *Cubit paha kanan, paha kiri pun sakit juga.*

Du hast ihn immer deinen kleinen Welpen genannt. Aber, Mutter, wenn du ihn jetzt nur sehen könntest: Deinem kleinen Welpen sind Reißzähne gewachsen.

DREI

Ruud Pujasumarta kam zu Fuß. Der Erste *Inspektur* schwitzte bereits; es war ein warmer Morgen, und die Sonne am Himmel leuchtete in der Farbe von Eidotter. Am Rande des Slums wartete ein uniformierter Polizist auf ihn, neben einem verlassenen Truck, der rostend am Straßenrand lag. An jedem verfügbaren Baum hingen Wahlplakate. Ruud nickte dem Polizisten zu und folgte ihm einen schmalen Pfad entlang zu einem ländlichen, einstöckigen Haus. Zwei weitere Polizisten hielten die Schaulustigen auf Abstand. Einige Frauen, die Gesichter mit Sagopaste bedeckt, um die Haut vor der Sonne zu schützen, schüttelten ungläubig den Kopf. Verbrechen passierten im Tanah Abang-Viertel von Jakarta, ereiferten sie sich, oder in den Filmen von Usmar Ismael – aber doch nicht hier, in ihrer unmittelbaren Nachbarschaft!

»Hier entlang, *nih*«, sagte der Polizist. Sie stiegen über ein Büschel Elefantengras, um nicht über den stillgelegten Brunnen treten zu müssen.

Ein Hahn, der in der trockenen Erde ein Staubbad nahm, flitzte vor ihnen davon.

»Wie heißen Sie?«, fragte Ruud.

»Hamka Hamzah. Wir haben schon einmal zusammengearbeitet, vor zwei Monaten, da ging es um den berüchtigten Wäschedieb. Erinnern Sie sich nicht an mich?«

»Sagen Sie mir, was wir haben, Hamzah.«

»Eine tote Frau Mitte vierzig. Mari Agnes Liem. Sie hat alleine gewohnt und war unverheiratet. Aber sie könnte eine Affäre gehabt haben; nach dem Wasserbüffelprinzip gelebt haben, sozusagen.«

»Was noch?«

»Es sieht aus, als wäre sie erwürgt und ihre linke Hand abgehackt worden.«

»Verstümmelung. Klingt nach einer Bande.«

Der Polizist zog eine »Wer weiß?«-Miene und zuckte die Schultern.

Am Eingang entledigten sich die Männer ihrer Schuhe und zogen Latexhandschuhe und Einweg-Überziehschuhe an. Es war ein typisches *kampung*-Haus mit zwei Zimmern. Das Schlafzimmer mit Wohn- und Essbereich befand sich vorne; die Küche mit dem Elektroherd und das Bad lagen hinten.

Drinnen schoss ein Polizeifotograf aus unterschiedlichen Winkeln Fotos von dem Opfer. Ruud sah eine Frau, die an ein metallenes Bettgestell gefesselt war. Sie trug eine gebatikte *kebaya*. Ein roter Knebel beulte sich aus ihrem Mund wie ein Apfel, und ihr verstümmelter linker Arm baumelte in Richtung Boden. Fleisch und Knochen ragten aus dem Stumpf, und Blutlachen färbten den Fußboden rot.

Ruud bückte sich, um unter das Bett zu schauen. »Wo ist die Hand?«

»Verschwunden. Gemeinsam mit der Waffe, mit der er sie abgetrennt hat.«

»Irgendwelche Anzeichen für ein gewaltsames Eindringen?«, fragte Ruud.

»Wieso sollten da welche sein? Verschließen Sie vielleicht Ihre Türen?«

»Natürlich mache ich das.«

»Die Leute in diesen *kampung*-Slums vertrauen einander.«

Beim Fenster, auf einem kleinen Tisch, pflügte ein Ventilator schwirrend durch die schwülwarme Luft.

»Ich wüsste immer noch gern, wie der Täter ins Haus gekommen ist. Hat er geklopft? Hat sie ihn gekannt und hereingebeten?«

Der Polizeifotograf schob die beiden Männer mit den Ellbogen beiseite, hockte sich hin, um ein weiteres Foto zu machen. Das Blitzlicht flammte auf. Ruud erklärte dem Mann, er solle sich verziehen. Der Fotograf warf ihm einen feindseligen Blick zu, sammelte aber seine Ausrüstung zusammen und verschwand durch den Hintereingang. Ruud hörte die Fliegengittertür knarzen und wieder in ihren Rahmen zurückschlagen.

»Fehlt irgendwas?«, fragte Ruud. »Abgesehen von der Hand?«

Ein Kopfschütteln. »Fernseher und VCD-Spieler sind noch da. Die Schmuckschatulle ist unberührt. Es ist nicht viel drin: Ohrringe aus Zinn, Korallenperlen und eine ziemlich hässliche Halskette mit einem billigen Achat. In einer Holzschublade im Schlafzimmer habe ich ein bisschen Bargeld gefunden. Ich habe mir einen Splitter eingezogen an dem verdammten Ding.« Hamzah hob anklagend den Daumen. »Sehen Sie?« Als Ruud keinerlei Interesse an seiner Verletzung zeigte, stellte er sich an die Türschwelle, zündete sich eine *kretek* an und inhalierte tief.

»Vielleicht war der Einbrecher hinter etwas Bestimmtem her. Sie könnte einen Goldring am Finger getragen haben«, schlug Ruud vor und trat beiseite, um einer dichten Schwade Nelkenrauchs zu entgehen.

»Also hat er ihr die Hand abgeschnitten und mitgenommen?«

»Vielleicht waren ihre Finger zu dick, und er konnte ihn nicht abziehen.«

»Muss ein verflucht wertvoller Ring gewesen sein!«, kommentierte Hamzah.

Ruud stand bei dem Tischventilator und schaute aus dem Fenster. Draußen kauerten ein paar Kinder im Dreck und sahen einigen Rüsselkäfern beim Kämpfen zu. »Irgendwelche Zeugen?«

»Keine.«

»Die Leute wohnen hier ganz eng beieinander und kennen sich. Irgendjemand muss etwas gesehen haben.«

»Gestern Abend waren alle in der Moschee, um die Himmelfahrt des Propheten zu feiern.«

»Alle bis auf Mari Agnes Liem.«

»Sie ist keine Muslima.« Hamzah zog an seiner *kretek*. »Katholikin.« Das Wort löste einen Hustenanfall aus. »Die Nachbarn sagen«, keuchte er schließlich, »sie war nicht sehr beliebt.«

Ruuds Blick wanderte wieder durch den Raum. Er bemerkte ein Kruzifix über der Tür und einige farbenfrohe javanische Stoffe, die an hölzernen Stäben an den Wänden hingen. »Und niemand hat etwas gehört.«

Der Polizist schnippte Asche in seine behandschuhte Handfläche. »Letzte Nacht hat es gedonnert, das könnte die Schreie übertönt haben.«

»Suchen Sie das Bad nach Blutspuren ab. Es ist zwar unwahrscheinlich, aber der Mörder könnte sich die Hände gewaschen haben. Kontrollieren Sie die Verschlussstopfen und Abflüsse. Haken Sie außerdem bei Nachbarn und Familie nach, ob sie einen teuren Ring an der linken Hand getragen hat. Und fragen Sie, ob es noch andere Chinesen und Christen im Dorf gibt.«

Ruud prüfte die Küche und sah eine gedruckte Notiz, die an den Herd geheftet war. Er erkannte die Reime, sie waren Teil einer neueren NGO-Kampagne gegen ungewollte Schwangerschaften bei Teenagern:

Cabe-cabean, Cabe-cabean, Mädchen dünn wie Gras,
Kehrt Krümel vor die Türe, den Ziegen zum Fraß.

Cabe-cabean, Cabe-cabean, nimmt ihren Topf
Und schlendert zum Müll, Küchenabfall auf dem Kopf.

Cabe-cabean, Cabe-cabean, der Müll ist fortgebracht,
jetzt fischt sie im Parkbach ihr Essen für heut Nacht.

Cabe-cabean, Cabe-cabean, ist das Essen am Haken
Geht sie damit zum Koch und lässt den Fisch braten.

Cabe-cabean, Cabe-cabean, sie isst so viel sie kann
Der Fisch schwimmt im Bauch wie ein wütender
Wassermann.

Cabe-cabean, Cabe-cabean, der Bauch ist zu rund
Da geht sie zum Arzt – Doktor, mach mich gesund.

Cabe-cabean, Cabe-cabean, der Doktor geschwind
Schafft sie zur Klinik, denn im Bauch ist ein Kind.

Cabe-cabean, Cabe-cabean, da hilft dir auch kein
Schauen
Der Vater deines Kindes ist mit mir abgehauen.

»Stellen Sie das als Beweismittel sicher, Hamzah.«

Ruud zog an den Bügelfalten seiner Hose, hockte sich neben die Leiche und versuchte der Lache aus dunklem, geronnenem Blut auszuweichen. Er machte ein paar Bilder mit seinem Handy. Die Frau lag mit dem Gesicht nach oben; ihre Fußgelenke waren mit Seil ans Bettgestell gefesselt. Die rechte Hand war an den Bettpfosten über ihrem Kopf gebunden. Überall auf ihrem Hals waren Blutergüsse zu sehen, die die Finger des Mörders zurückgelassen hatten. »Sieht ganz so aus, als wäre sie mit bloßen Händen erwürgt worden. Keinerlei Verletzungsspuren durch eine Schnur. Wer hat sie gefunden?« Er betrachtete Mari Agnes Liems weit aufgerissene Augen.

»Frau Yahaya von nebenan. Sie hat einen Affen gesehen, der in der Morgendämmerung aus der Küche der toten Frau geklettert kam, eine Papaya und eine Packung Krabbenchips unter den Arm geklemmt. Also dachte sie, sie sollte mal nach dem Rechten sehen. *Berdarah Neraka!* Diese kleinen Mistkerle stehlen wirklich alles, *meh*?«

Ruud blickte über Hamzahs Schulter. Ein Reissack wies Bissspuren auf, und auf dem Boden lag Affenkot. »Ist Frau Yahaya sicher, dass der Affe nicht mit der Hand abgehauen ist?«

»Ja.«

Ruud Pujasumarta klopfte suchend seine Hosentaschen ab. »Ich wusste, dass ich was vergessen habe. Haben Sie einen Stift?«

Der Polizist holte einen Kugelschreiber aus der Tasche seines Uniformrocks, und Ruud begann mit dem Stift den roten Knebel aus dem Mund der Leiche zu ziehen.

»Sie sehen müde aus«, stellte Hamzah fest. »Können Sie nicht mehr schlafen, seit Ihre Frau Sie verlassen hat?«

»Sie haben davon gehört?«

Hamzah atmete tief ein und hielt einen Moment die Luft an, bevor er sie wieder ausstieß. »Die Leute reden eben.«

»Gehen Sie und befragen Sie die Nachbarn, seien Sie so gut.«

Der Polizist schnitt eine Grimasse, ließ die gesammelte Asche in seiner Hand auf den Boden fallen und ging hinaus.

Der rote Stoffball löste sich schließlich aus dem Mund der Frau, und ihr Kiefer klappte auf.

Ruud schüttelte den Kopf. Jeder bei der Einheit schien zu wissen, dass ihn seine Frau wegen eines anderen verlassen hatte. Er wühlte in seinen Hosentaschen, warf zwei Head-Start-Energietabletten ein und schluckte sie ohne Wasser hinunter.

Der *Dokter forensik* kam keuchend zur Tür herein und brachte atemlos eine Entschuldigung hervor. Er war klein und untersetzt und hatte trotz seines Berufs ein unerschütterlich heiteres Gemüt. »*Maaf!* Tut mir leid, tut mir leid.« Das dünner werdende Haar war zerrauft, und er hatte Schweißflecken unter den Achseln. »Das ist ein ganz schöner Marsch bei der Hitze! Ich habe mein Auto oben an der Hauptstraße stehen lassen. Die ganzen Schlaglöcher hier sind schlecht für die Reifen und Stoßdämpfer.«

»Sie kommen so oder so zu spät, Solossa. Sie ist schon tot.«

»Immer noch der alte Witzbold. Ihnen auch *selamat pagi*, Erster *Inspektur* Pujasumarta.« Solossa stellte seine Ledertasche ab und holte einen Kamm aus der Hemdtasche, um sein spärliches Haar in die richtige Form zu bringen. Dann gesellte er sich zu Ruud. »War unser Mann für die Fingerabdrücke schon da?«

»Nein, die kümmern sich nur noch um die wichtigen Fälle. Solange sich Frau Liem nicht als die Schwester eines Richters des Obersten Gerichtshofs entpuppt, glaube ich nicht, dass unsere Chefs bei der *Polda Metro Jaya* Geld für eine Fingerabdruckanalyse verschwenden. Wenn es nach ihnen ginge, würden sie den Fall als Selbstmord einstufen. Aber trotzdem«, Ruud wies auf eine Wollmaus am Boden, »gehen wir besser gründlich vor.« Er verstaute die Wollmaus in einem Plastikbehälter. »Nur für den Fall, dass sich was an den Methoden ändern sollte.«

Der Gerichtsmediziner zog ein Paar Latexhandschuhe heraus und gab einen verdrießlichen Laut von sich. »Ein absolutes Fiasko, wenn Sie mich fragen.«

Seit die Nationale Polizei Inafis wieder abgeschafft hatte, ein auf Fingerabdrücken basierendes Identifizierungssystem und Netzwerk, dessen Einrichtung über 28 Milliarden Rupiah gekostet hatte, hatten die Bürokraten hart durchgegriffen. Sie hatten nicht nur die Budgetkontrolle verschärft, sondern den Geldhahn gleich komplett zugedreht.

Solossas Blick wanderte zu der Leiche, und er musterte die Gesichtszüge der toten Frau. »Und nun zu Ihnen, verehrte Dame! Was ist passiert? Sieht aus, als hätten Sie ziemliches Pech gehabt.« Er hob ihre Kleidung an und suchte nach Anzeichen eines sexuellen Übergriffs. »Keine Kratzer, Bissspuren oder Quetschungen um die Brust und den Genitalbereich.« Er tätschelte ihr Bein, als wollte er ein Kind trösten, das einen üblen Schrecken erlitten hatte. »Das arme Ding hat unfreiwillig uriniert.«

Ruud hielt noch immer den dunkelroten Knebel in der Hand. »Irgendeine Schätzung, was den Todeszeitpunkt betrifft? Außerdem weiß ich nicht, ob sie erwürgt wurde, erstickt ist oder an ihren Verletzungen gestorben ist.«

»Sie ist seit zwölf bis fünfzehn Stunden tot.« Solossa prüfte Mari Agnes Liems Gesicht. »Genauere Angaben kann ich erst machen, wenn ich sie auf dem Obduktionstisch habe, aber ich würde sagen, sie ist erstickt. Sehen Sie sich die Augen an. Die Augen der meisten Opfer, die erwürgt wurden, sind rot, weil das Blut ins Weiße des Auges gedrängt wird, in die Sklera. Wenn man erstickt, werden die Blutgefäße nicht blockiert, deshalb bleibt die Sklera weiß, so wie bei ihr. Außerdem sehe ich weder Strangulationsmale an ihrem Hals noch eine Zyanose.«

»Glauben Sie, dass die Hand abgetrennt wurde, nachdem sie tot war?«

»Der Menge an Blut und dem Blutspurenmuster nach zu urteilen wurde sie ziemlich sicher vor ihrem Tod entfernt. Die Amputation sieht sauber aus. Sie wurde mit einem einzigen Schlag durchgeführt, wahrscheinlich mit einer *parang*-Machete. Aber wissen Sie, was auffällig ist?«

»Was?«

»Es führt keine Blutspur zur Tür. Unser Mann ist also nicht einfach mit der Hand unter dem Arm hinausspaziert. Er hatte eine Tasche dabei, und ich habe den Verdacht, dass er eine Plastikfolie oder etwas in der Art ausgebreitet hat, vom Bett bis zur Tür, um keine blutigen Fußabdrücke zu hinterlassen.«

»Was bestätigt, dass es geplant war.«

Solossa untersuchte erneut das Gesicht des Opfers und neigte den Kopf, um ihren Mund zu inspizieren. »Leichte Verletzungen an den Lippen. Gute Zähne.« Er schob ihre Zunge beiseite. »Ah, was haben wir denn hier? Holen Sie mir meine Tasche, Pujasumarta. *Eee-yai-yai!* Da steckt etwas in ihrem Hals.« Ruud reichte dem Gerichtsmediziner seine Arzttasche. Solossa ließ die Verschlüsse aufschnappen und kramte eine Pinzette hervor. Ruud umfasste den Kiefer der Frau und hielt ihren Mund auf, und Solossa zog ein kleines Rechteck aus weißem Acryl heraus.

»Was zum Teufel ist das?«, fragte Ruud.

»Ein Stein von einem Mah-Jongg-Spiel.«

Die beiden Männer starrten sich verblüfft an.

»Er scheint schon ziemlich abgenutzt – nein, Moment, es sieht so aus, als wäre der eine der beiden Kreise hier absichtlich weggekratzt worden. Sehen Sie?« Ratlos betrachteten sie beide den Stein. Schließlich ließ der Gerichtsmediziner ihn in einen Plastikbehälter fallen. »Warum sollte irgendjemand so etwas machen?«, grübelte er.

Ruud nahm den Behälter und kennzeichnete es als Beweisstück. »Verstümmelung. Mögliche Anzeichen von Folter. Ich würde sagen, Kredithaie sind in die Sache verwickelt. Wahrscheinlich Spielschulden.«

Mittlerweile war der Tag noch heißer geworden. Ruud fuhr mit Zeigefinger und Daumen an seinem Kragen entlang und löste den feuchten Baumwollstoff, der ihm an der Haut klebte. Er starrte zum Himmel hinauf und sah ein Flugzeug die Wolken durchstoßen; die 747 war im Landeanflug. Er schaute auf die Uhr: Noch vier Stunden, bis er am Flughafen sein musste.

Obwohl er Imke Sneijder seit beinahe fünfzehn Jahren nicht mehr gesehen hatte, stand ihm ihr Bild noch immer klar vor Augen. Er erinnerte sich gut an sie, vor allem an ihr Lachen. Selbst als sie erst zwölf war, hatte er schon geglaubt, dass sie zu einer wunderschönen Frau heranwachsen würde. Sie roch gut, sie sah nett aus, und sie spielte den Erwachsenen ungeheuer gern Streiche. Was hätte ein Junge mehr verlangen können? Und sie war nicht die Sorte hübsches und eingebildetes Mädchen, das später als Jugendliche die Nachbarsjungen foppen und ihnen das Gefühl geben würde, sie wären völlig chancenlos. Nein, sie war unkompliziert, freundlich und lustig. Er erinnerte sich, dass sie wirklich sehr witzig war. Er hoffte von ganzem Herzen, dass sie sich nicht allzu sehr verändert hatte.

Ruud klopfte bei Frau Yahaya und trat dann ein, die Schuhe in der Hand. Er hörte Musik, die zarten Töne eines kleinen Holzblasinstruments. Eine Frau, so alt, dass ihre gelb gewordene Haut spröde wirkte wie altes Zeitungspapier, das zu lange in der Sonne gelegen hat, spielte eine Nasenflöte. Sie saß auf einem hölzernen Stuhl, in einen grauen Schal gehüllt, der Kopf, Hals und Schultern bedeckte. Im Hintergrund flackerte der Fernseher.

»*Salaam*, Frau Yahaya, ich bin *Inspektur Polisi Satu*

Pujasumarta.« Die Alte blies weiter durch ihr rechtes Nasenloch. »Und das hier ist Polizeibeamter Hamzah, erinnern Sie sich? Sie haben vorhin mit ihm gesprochen.« Hamzah legte zur Begrüßung die rechte Hand auf die Brust, blieb in der Ecke des Raums stehen und zückte sein Notizbuch.

Ruud nahm sich einen Stuhl und setzte sich. Er fuhr fort: »Wie Sie wissen, untersuchen wir den Mord an Ihrer Nachbarin Mari Agnes Liem.«

Die alte Frau hörte auf, ihre Nasenflöte zu spielen, und schniefte. Kurz warf sie Ruud einen finsteren Blick zu, dann sah sie Hamzah an. Sie lächelte angespannt.

»Könnten Sie mir sagen, was Sie letzte Nacht gesehen oder gehört haben?«

»Warum sollte ich Ihnen was erzählen?«, erwiderte die Alte. Ruud hörte, dass ihr Gebiss klapperte. »Mein Vater, Allah segne ihn, hat immer zu mir gesagt: ›Rede nie mit der *Polis,* Prinzessin. Das sind alles Teufel, Ausgeburten der holländischen Unterdrücker.‹«

»Die Holländer sind vor über sechzig Jahren abgezogen, Frau Yahaya.«

»Das weiß ich! Halten Sie mich etwa für eine Idiotin?«

»Gibt es auch einen Herrn Yahaya?«

»Den gibt es.« Ihre Miene wurde verschlossen, und argwöhnisch fragte sie: »Warum? Glauben Sie, mein Ahmad hat die Liem-Frau ermordet?«

»Seltsam, dass Sie das fragen. Warum hat er es getan?«

»Ich kann Ihnen versichern, dass er es nicht getan hat.«

»Wie können Sie da so sicher sein?«

»Weil er schon tot ist, seit die Japaner auf Sumatra eingefallen sind.«

Ruud rieb sich das Kinn. »Gibt es irgendetwas, das Sie uns über letzte Nacht erzählen wollen?«

»Warum sollte ich Ihnen meine Geheimnisse enthüllen?«

»Sie haben Geheimnisse, die Sie enthüllen könnten?«

»Haben wir die nicht alle?«

»Was wissen Sie über den Mord an Ihrer Nachbarin?«

»Wenn man das Kästchen mit den Geheimnissen erst einmal öffnet, kann man es nie wieder schließen.«

»Eine Freundin von Ihnen wurde ermordet.«

»Sie war nicht meine Freundin.«

Ruud warf Hamzah einen verzweifelten Blick zu. Der Polizist stand noch immer in der Ecke und war mit dem Splitter in seinem Daumen beschäftigt. »Haben Sie jemanden gesehen, der das Haus betreten oder verlassen hat?«, fragte Ruud.

»Affen. Ich erinnere mich, als wär's gestern gewesen.«

»Es war gestern. Haben Sie noch etwas gesehen?«

»Nein.«

»Hat Ihre Nachbarin gespielt? Hat sie Geld von Kredithaien geliehen?«

»Sie war Chinesin.«

Eine lange Pause folgte.

»Und?«, hakte Ruud nach.

»Alle Chinesen spielen.«

»Sie wollen also sagen, sie hat gespielt.«

»Keine Ahnung. Vielleicht.«

»Frau Yahaya, Sie sind überhaupt keine Hilfe.«

»Was denn? Glauben Sie etwa, sie macht die Augen wieder auf, nur weil ich Ihre Fragen beantworte?« Die Alte schniefte wieder. »Sie war eine Hexe.«

Ruud erhob sich. »Jetzt reicht's mir.«

»Warum werden Sie so böse?«, fragte sie.

»Ich bin nicht böse, aber Sie reden Unsinn.«

»Ich sollte Sie warnen, Frau Yahaya, er hat eine fürchterliche Laune«, erklärte Hamzah, »vor allem, seit seine Frau mit einem Typen mit Waschbrettbauch abgehauen ist.«

»Mit Waschbrettbauch?« Frau Yahaya blinzelte und schien plötzlich verwirrt.

»Ich meine, sehen Sie mich an, ich habe einen riesigen Splitter im Daumen, aber ich jammere nicht herum oder verliere die Beherrschung.« Ruud sank auf den Stuhl zurück und massierte sich die Schläfen. »Hören Sie, könnten wir bitte einfach mit den Fragen weitermachen?« Er sah auf die Uhr. »Ich muss gleich los, ich muss jemanden vom Flughafen abholen.«

Frau Yahaya verschränkte die Arme vor der Brust. »Ich habe Ihnen schon alles gesagt, was ich weiß.« Sie wandte sich wieder an Hamzah. »Waschbrettbauch? Das versteh ich nicht.«

»Also haben Sie letzte Nacht nichts gesehen oder gehört?«, fragte Ruud.

»Nein.«

Ruud erhob sich zum zweiten Mal. Doch als er aufstand, griff die Frau nach seinem Arm und zog ihn so nahe zu sich heran, dass sein Ohr ganz dicht an ihrem Mund war. »Ich habe nichts gesehen, und ich habe nichts gehört«, zischte sie. *»Aber ich weiß, wer es getan hat!«*

VIER

Die zweimotorige Embraer ERJ-135LR kam zum Stehen. Imke und Erica verließen das Flugzeug, erledigten die Einreiseformalitäten und holten ihr Gepäck vom Band. Beiden fiel auf, wie sauber, ruhig und modern der Soekarno-Hatta-Flughafen von Jakarta im weichen Licht des Nachmittags dalag. Während Imke ihre Zollanmeldungen abgab, machte Erica drei rasche Schritte Richtung Ausgang, wurde jedoch von einem Beamten aufgehalten.

»Geschäftlich oder Freizeit?«

»Beides, hoffe ich.«

Sie sollte ihr Gepäck öffnen.

»Sind Sie wirklich sicher, dass Sie Ihre Zeit mit mir verplempern wollen?«, fragte sie.

»Ihren Pass, bitte.«

»Es ist kein sehr schmeichelhaftes Foto, ich hatte damals gerade eine Magenverstimmung.«

Erica fummelte mit dem Schlüssel herum und öffnete schließlich ihren Koffer.

Imke konnte kaum fassen, was die Zollbeamten alles aus dem Gepäck ihrer Tante zutage förderten: neun Packungen Lakritz, fünf Päckchen Gummibärchen, neun wiederverschließbare Plastikbeutel mit Erdbeerschnüren, rosa Gummischweinchen, unterschiedliche Sorten Schokoriegel, Aero-Schokolade, ein Dutzend Kitkats, Frühstücksflocken, Snickers, Weingummi und After Eight, Schachteln mit *honingdrop*-Bonbons, Tuben mit *appelstroop,* einen Laib Roggenbrot, ein Stück Gouda, Butter in der Dose, ein Pfund geräucherter Schinken und eine pinkfarbene Fliegenklatsche aus Plastik.

»Wofür Sie bringen Süßigkeiten?«, fragte der Beamte auf Englisch und vermied es, mit dem verpackten Schinken in Berührung zu kommen.

»Sie erwarten doch wohl nicht, dass ich mich von dem hiesigen Essen ernähre, oder?«, brauste Erica Sneijder auf. »Außerdem habe ich Angst vor dem Alleinsein. Süßigkeiten sind meine besten Freunde.«

Der Zollbeamte hob fragend die Packung mit den rosafarbenen Gummischweinchen hoch.

Sie befanden sich auf der Höhe des grünen Ausgangs, und Erica hatte auf ihrem Formular das Kästchen »Nichts zu verzollen« angekreuzt. »Sie leisten mir nachts Gesellschaft«, erklärte sie dem Mann.

»Haben wir da ein kleines Erdbeerschnurproblem, *hè*, Tantchen?«, sagte Imke auf Holländisch.

»Unsinn! Der Himmel weiß, dass ich etwas zum Knabbern brauche nach diesem entsetzlichen Aufenthalt in Kalkutta!«

Imkes Hund begann in der Luft zu schnuppern.

Kiki war ein fünf Jahre alter schwarzbrauner Cockerspaniel. Imke hatte den Hund als Welpen aus dem Tierheim geholt und hatte schon sehr früh erkannt, dass Kiki einen ungeheuer gut ausgeprägten Geruchssinn hatte. Ihre Fährtenarbeit, Zielobjektsuche und Selbstdisziplin waren herausragend. Und so dauerte es nicht lange, bis die Polizeibehörden in Amsterdam Kiki anforderten.

Doch sie gehörte nicht der Hundestaffel, sondern Imke, daher hatte sie sie problemlos zu ihrem sechswöchigen Sabbatical mitnehmen können.

Der Zollbeamte starrte erst Kiki und dann die beiden Frauen an. Imke trug ein Hemd mit Obstmuster und sah von der Reise ein wenig mitgenommen aus. Tante Erica dagegen wirkte frisch und sehr flott in ihrem altmodischen Herrenanzug, ihrer karmesinroten Bluse und den maßgeschneiderten Herrenschuhen. »Warum, glaubst du, starrt er mich an?«, fragte sie Imke auf Holländisch.

»Vielleicht glaubt er, du bist Martina Navratilovas Papa«, sagte Imke grinsend.

Der Beamte hob fragend die Tube *appelstroop* in die Höhe.

»Ich verwende es zu medizinischen Zwecken«, erklärte Erica.

Der Mann verschwand, um die Angelegenheit mit einem Kollegen zu besprechen. Als er zurückkam, blätterte er in seinen Unterlagen. »Ihre Einfuhrbescheinigung bitte?«

»Du liebe Zeit, ich wusste nicht, dass man dafür eine braucht.« Tante Erica versuchte es mit einem Augenaufschlag, und der Zollbeamte sah plötzlich so aus, als wäre er sehr zufrieden mit sich. »Ich glaube, er mag mich«, eröffnete sie Imke.

Sie klimperte noch einmal mit den Wimpern.

»Sie müssen Bußgeld bezahlen«, sagte er brüsk.

»Bußgeld? Du lieber Himmel! Wieso denn?«

»Zu viel Schokolade, *tss-tss*! Muss für kommerzielle Zwecke sein. Sie nicht zahlen, wir *menyita*. Nehmen es uns.«

»Das ist meine Kakaotherapie, Sie Gauner. Sie werden mich nicht *menyiten*!«

Der Beamte versuchte es mit Zahlen. »Fünfhunderttausend Rupiah.«

»Fünfhundert? Das ist absurd!« Sie wandte sich wieder zu Imke. »Wie viel sind fünfhunderttausend? Wahrscheinlich sind es nur drei Euro, aber wir diskutieren das aus, so oder so.«

»Okay, Sie geben Trinkgeld«, versuchte es der Beamte erneut. »Zweihunderttausend.«

»Ihr Trinkgeld können Sie sich in den Hintern schieben.«

Gerade als ein Ausflug in den Vernehmungsraum drohte, näherte sich ein Mann, der einen Sicherheitsausweis schwenkte. Er trug einen hellgrauen Anzug, Chauffeursmütze und Fahrerhandschuhe und begrüßte die beiden Frauen. Dem Zollbeamten schob er ein Blatt Papier entgegen und wartete, bis er das Schreiben gelesen hatte. Nur Augenblicke später war das Gepäck mit orangefarbener Kreide markiert und galt ohne weitere Umstände als verzollt.

»Mein Name ist Nakula«, wandte sich der Mann im grauen Anzug an die beiden. »Präsident Yudhoyono hat mich geschickt, um Sie abzuholen. Ich bin Ihr Chauffeur.« Er lud das Gepäck auf einen Wagen und schob ihn einem wartenden Kollegen zu. »Hier entlang, bitte.« Während sie die Ankunftshalle durchquerten, machte ein Mann mit Kamera, offenbar ein Zeitungsreporter, mehrere Aufnahmen von ihnen.

Nakula begleitete sie nach draußen, wo sich die drückende Hitze wie eine warme Decke auf sie niedersenkte.

Imke zog sich ihren riesigen Sonnenhut über die Ohren und atmete tief die tropische Luft ein.

Beim Taxistand bereitete ein Straßenhändler *satay*-Spieße auf einem Holzkohlengrill zu. Die *kretek* baumelte in seinem Mundwinkel, während er die Glut mit einer Zeitung fächelte. Sofort fühlte sich Imke in ihre Kindheit zurückversetzt – die dünnen Rauchfähnchen des Holzfeuers, der fettige Duft nach Erdnusssauce. All diese Eindrücke und Gerüche hatten früher für sie und ihre Eltern zum Alltag gehört.

Sie gingen an der langen Schlange aus Toyota Vios mit dem Blue-Bird-Taxiaufkleber auf der Windschutzscheibe vorbei, und Nakula führte sie zu einem schwarzen Mercedes der S-Klasse, der im Schatten des Terminals parkte.

Er öffnete die Wagentür. »Ihr Gepäck wird gesondert zum Istana Bogor-Palast gebracht, so haben Sie mehr Platz. Bitte«, er machte eine einladende Geste, »machen Sie es sich bequem.« Erica stieg mit Kiki ein.

Imke wollte ihr gerade folgen, als sie einen Mann auf sich zujoggen sah. »Ich hab dir eisgekühlten Milo-Kakao mitgebracht!«, rief er. »Tut mir leid, dass ich so spät dran bin!«

Imke erkannte ihn sofort. Die dunklen Haare waren kürzer, die kantigen Gesichtszüge weicher, aber das war unzweifelhaft Melchior Pujasumartas Sohn. »Ruud!« Sie umarmte ihn. »Ich freu mich sehr, dich zu sehen.«

»Ich mich auch.«

Ruud überreichte ihr lachend den Becher Milo. »Wow! Du siehst immer noch umwerfend aus!« Er konnte kaum glauben, dass er das gerade laut gesagt hatte.

Imke strahlte, geschmeichelt und verlegen.

»Wie war der Flug?«

»In Ordnung.«

»Aufgeregt, weil du wieder hier bist?«

»Natürlich. Wie verrückt.« Sie nahm ihn am Arm. »Ruud, ich möchte dir meine Tante vorstellen.«

Er beugte sich in den Wagen und schüttelte Erica die Hand. »Freut mich, Sie kennenzulernen.«

Mit leicht gerötetem Gesicht richtete er sich wieder auf. »Hör zu, Imke«, sagte er, »ich weiß, dass du gerade erst angekommen bist, du bist sicher müde. Fahrt ihr mal los, ich ruf dich später an. Ich könnte dich in ein paar Tagen zum Essen einladen. Wie wäre das?«

Imke nippte an ihrem geeisten Milo und schaute Ruud entzückt an.

»Das klingt sehr gut.«

Widerstrebend blickte er auf die Uhr. »Ich muss mich beeilen. Polizeiarbeit.« Er umarmte sie zum Abschied und rannte winkend in die Richtung davon, aus der er gekommen war.

Imke winkte zurück. Sie hielt einen Moment inne und beobachtete, wie er in der Menge verschwand. Dann wandte sie sich um und sah, dass Erica damit beschäftigt war, einen Schokoriegel zu vertilgen. Einer plötzlichen Regung folgend, zog Imke ihr Handy heraus, machte ein Selfie und vollführte einen Siegestanz, und weil niemand hinsah, drehte sie noch rasch eine Pirouette, die Arme hoch in die Luft gestreckt. »Ja! Jakarta! Ich bin wieder da!« Dann kletterte sie in den Wagen und ließ sich in die Polster fallen.

Tante Erica kickte ihre Schuhe von den Füßen. »Martina Navratilovas Vater, in der Tat«, sagte sie naserümpfend. »Nur dass du's weißt, es ist sehr schick, wenn sich eine Frau meines Alters wie ein Mann anzieht.« Sie fuhr sich mit der Hand durch die kurz geschnittene Mähne. »Viele französische Schauspielerinnen bevorzugen diesen Stil.«

»Sehr Victor/Victoria-mäßig.«

»Das ist also dein Freund, was? Besonders lange war er ja nicht gerade da. Hat wohl Hummeln im Hintern.«

»Er musste wieder zur Arbeit. Es war süß, dass er überhaupt gekommen ist, um mich zu begrüßen.«

Der Wagen verließ den Flughafen.

Imke bemerkte, dass Ruud die Worte *Putri Salju* – Schneewittchen – auf ihren Becher geschrieben hatte, und lächelte. »Er hat sich nicht sehr verändert.«

»Schön für ihn.«

Sie umarmte Kiki, und der Hund kletterte auf ihren Schoß, schnupperte flüchtig an ihrem Becher und presste dann die kalte Nase ans Fenster.

Während der Wagen durch die kleinen Stadtviertel in den Außenbezirken Jakartas fuhr, nahm Erica alles in sich auf. Wo sie auch hinsah, erblickte sie eine paradoxe Mischung aus Reichtum und Armut – Fahrräder und *ojek*-Motorradtaxis konkurrierten mit BMWs und Porsches; funkelnde Einkaufszentren standen neben Barackenstädten. Was nicht zerfiel, war zubetoniert. Die meisten Leute trugen westliche Kleidung, aber Erica sah auch ein paar Männer mit *teluk beskap* und *kopiah*. Frauen, die vom Markt kamen, trugen bestickte Blusen und gebatikte *sarongs* mit langen Stofftüchern, *selendang* genannt, über eine Schulter drapiert.

Noch nie hatte sie so viele Motorräder gesehen.

Imke dagegen starrte die Baustellen an. Überall wurde gebaut; jeder fünfte Block schoss entweder in die Höhe oder war am Zusammenbrechen. Die Stadt boomt, flüsterte sie.

An einer Kreuzung fuhr Nakula langsamer. Spruchbänder und Wahlplakate säumten die Straßen, an jedem Baum, jeder Mauer und jedem Laternenpfahl war das Gesicht eines Politikers zu sehen. Erica stupste Imke an und wies auf Schuljungen in Zweierreihen mit *peci*-Mützen, die zu groß für ihre Köpfe waren. »Auf dem Weg zur Moschee«, sagte sie.

Verkäufer mit langen Stangen auf den Schultern eilten vorüber. Andere trugen Kisten mit Papayas oder transportierten Korbkäfige mit lebenden Vögeln. Ein Mann in bauschiger kurzer Hose näherte sich mit einem Blumenstrauß und klopfte gegen die Scheibe, doch Nakula verscheuchte ihn.

Schließlich bahnte sich der Wagen einen Weg durch die Menschenmenge. Sie passierten einige prachtvolle Bauten aus der Kolonialzeit, die weiß in der Sonne leuchteten, und fuhren Richtung Land.

»Möchten Sie traditionelle Musik von hier hören?«, fragte Nakula.

Imke bejahte, und der Fahrer stellte das Autoradio an. Radio Republic Indonesia. Die unverwechselbaren Klänge eines Gamelan-Ensembles ertönten, die sakralen Melodien schienen regelrecht zu strömen. Ganz plötzlich wurde Imke von Nostalgie überwältigt. Das war die Musik, der sie als Kind gelauscht hatte. Und als sie jetzt wieder die Metallophone, die *kendang*-Trommeln, Gongs und Bambusflöten hörte, dachte sie an ihre Eltern.

»Sind Sie zum ersten Mal in Indonesien?«, fragte Nakula.

Normalerweise wäre Imke so einer Frage ausgewichen, denn sie hatte eine starke Abneigung gegen leeres Geplauder mit Fremden, aber ihr gefielen Nakulas Tonfall und die Art, wie er die Rs auf indonesische Weise rollte. »Nein, ich bin hier geboren, habe das Land aber 1998 mit zwölf verlassen.« Im plötzlichen Widerstreben, Details aus ihrer Vergangenheit zu enthüllen, drückte sie ihr iPhone ans Ohr und tat so, als würde sie einen Anruf bekommen.

»Ihr *ayah* war Geschäftsmann?«, setzte der Fahrer nach.

Sie antwortete nicht.

Ihr Vater hatte Kaffeeplantagen im Süden der Insel Sulawesi geleitet. Schemenhafte Bilder nahmen vor ihren Augen Gestalt an, Erinnerungsfetzen verdichteten sich: strohgedeckte Hütten, saftig-grüne Bäume, Frauen, in bunte Tücher gehüllt, zwischen grünen *kopi*-Feldern. Postkartenmotive.

Die Sneijders hatten in einer luxuriösen Eigentumswohnung in Jakarta gelebt, aber alle zwei Wochen verbrachte Mathias Sneijder einige Tage in Toraja, um auf den Plantagen nach dem Rechten zu sehen. Manchmal hatte er seine Tochter mitgenommen, wenn er den Gutsverwalter traf, eine Begehung der Felder machte und die Lagerhallen inspizierte. Dort saßen sich Reihen von Frauen gegenüber und sortierten Kaffeebohnen, um die Kaffeekirschen höchster Qualität für den Export auszulesen. Da Imke keine Geschwister hatte, besaß sie die ungeteilte Aufmerksamkeit ihres Vaters, und die beiden genossen die Gesellschaft des anderen. Einmal nahm er sie mit, um rote Rambutanfrüchte in einem *kampung* zu pflücken, das eine halbe Stunde Fahrt entfernt lag. Die Rambutans waren fest und saftig, und die Frau des Gutsverwalters, Ratna, füllte sie mit Knoblauch und zerstoßenen Korianderwurzeln und servierte sie Imke mit gehacktem Hähnchenfleisch und gerösteten Erdnüssen. Jedes Mal, wenn Ratna Imke sah, erklärte sie, wie hübsch sie sei und dass sie die Gesichtszüge ihres Vaters geerbt hätte und auch seine Tischmanieren. Und Imke strahlte vor Stolz.

Ihre Mutter, Ardy, war eine typische *totok*, eine in Holland geborene Ehefrau. Sie begleitete die beiden nie; stattdessen blieb sie in Jakarta und genoss ihre Nachmittage im Country Club, ging auf die Jagd nach Seidenkleidern aus Surakarta oder bekam Zustände, weil der Supermarkt keinen Fetakäse hatte. Imke war das egal. Sie genoss die Zeit, die sie mit ihrem Vater im Hochland von Sulawesi verbringen durfte; sie lief ihm gerne nach, wenn er selbstsicher ausschritt, den Wanderstock aus Amboinaholz in der Hand.

Das Leben meinte es gut mit Imke. Sie ging auf die British International School und sprach Englisch wie Kate Winslet, Holländisch wie Famke Janssen und Bahasa Indonesia mit dem leichten Akzent eines Expats. Sie hatte gute Freunde. Jedes Jahr beteiligte sie sich begeistert am Weihnachtsspiel; sie trat den Pfadfinderinnen bei, und obwohl ihr vor ihren Klavierstunden graute und sie nie übte, konnte sie auf Anfrage eine recht passable Version des »Pink Panther« spielen.

Wenn sie nicht mit ihrem Vater in Sulawesi unterwegs war, machten sie an den Wochenenden Ausflüge, sie vertrödelte ganze Nachmittage im Cineplex, und abends war Grillen oder eine Poolparty angesagt. Und jeden Sommer kehrte die Familie nach Europa zurück, um Tante Erica zu besuchen. Doch dann schlug die Finanzkrise in Asien zu. Die Sneijders flohen vor den gewaltsamen Unruhen in Jakarta nach Holland. Einen Monat später war Imke an ihrer neuen Schule in Amsterdam und sprang in der Sportstunde in Shorts und schwarzen Turnschuhen Hampelmänner und zog Wilma Wentink an den Zöpfen.

Imke konzentrierte sich auf die vorüberziehende Landschaft und verspürte eine plötzliche Sehnsucht nach ihrem Vater. Die rotbraune Erde, die Hütten aus Holz und Blech, die frei herumlaufenden Hühner, die Früchte am Straßenrand, all das berührte sie, und sie dachte an ihn und ihre idyllische Kindheit zurück.

Sie wählte die Nummer ihrer Eltern.

»Papa!«, rief Imke, als er antwortete.

»…«

»Ja, wir sind gelandet. Es ist genau so wie in meiner Erinnerung!«

»…«

»Wir sind jetzt auf dem Weg nach Bogor und stürzen uns ins Abenteuer.«

»…«

»Ungefähr eine Stunde Fahrtzeit, je nach Verkehr.«

»…«

Sie sah zu Erica hinüber. »Genau, ja. Ich bin sicher, das wird sie. Haha.«

»…«

»Wie viel Regen?«

»…«

»Setz einen Hut auf, wenn du rausgehst, oder nimm einen Schirm mit. Geh nicht ohne Hut in diesem alten Burberry Trenchcoat raus. Grab deine alte ›Sherlock‹-Mütze wieder aus. Versprochen?«

»…«

»Du willst dir doch nicht noch kurz vor deinem Geburtstag eine Erkältung holen.«

»…«

»Grüß Mama von mir. Okay. Ich ruf bald wieder an.«

»…«

»Oh, und Tante Ecks sagt, ihr sollt nicht vergessen, am Sonntagabend bei ihr den Müll rauszustellen. Die Müllabfuhr kommt am Montag in der Früh.«

»…«

»Er will wissen, ob du die Kartoffelschalen vom Plastik getrennt hast.«

Erica gab einen missbilligenden Laut von sich.

»Hab dich lieb.«

»…«

»Tschüs.«

Der Wagen glitt in gleichmäßigem Tempo dahin. »Liebe Grüße an dich. Er sagt, es hat seit unserer Abreise nicht aufgehört zu regnen.«

Als sie ein kleines Dorf passierten, begann Tante Erica Whitesnakes »Summer Rain« zu summen. Sie hob die Hand zum steifen Gruß, als wäre sie eine Königinwitwe in der Kutsche. Gelegentlich winkte ein Dorfbewohner zurück und rief: »Hey, *bule*!«

»Wie reizend. Rufen sie da ›huur‹, das holländische Wort für Nachbar?«, fragte Erica lächelnd.

»*Bule* bedeutet Fremder«, erklärte Nakula, und Erica

verzog empört das Gesicht. »Unglaublich. Ich hänge meinen Kopf doch auch nicht aus dem Wagenfenster und rufe: ›Hey, du Bauerntrampel‹!«

Ein kleiner, pausbäckiger Mann grüßte sie mit einem *salaam*, als sie am Istana Bogor-Palast eintrafen. Es war der dickste Indonesier, den Imke jemals gesehen hatte, und der zimtfarbene Safarianzug vermochte seinen kugelrunden Bauch nicht zu kaschieren. »*Selamat datang!* Willkommen!«, sagte er, verneigte sich mit dramatischer Geste und stellte sich als Haushaltsvorstand vor. »Nennen Sie mich Captain.«

Sie standen im Foyer des prunkvollen weißen Herrenhauses, umgeben von glänzenden rosafarbenen Marmorpfeilern, Kapitellen und steinernen Girlanden.

»Sie sind in einem der Privatbungalows auf dem Anwesen untergebracht, gleich dort drüben am See.« Er zeigte nach links. »Ihnen ist ein Angestellter zugeteilt, der sich um Sie kümmern wird. Wenn Sie wünschen, können Sie den Nachmittagstee hier im Palast einnehmen, jeden Nachmittag um sechzehn Uhr. Gewöhnlich haben wir für die Allgemeinheit geöffnet, aber nicht während der Dauer Ihres Aufenthalts. Die einzige Störung ist die Kabinettssitzung, die der Präsident nächste Woche abhalten wird.« Er wippte auf den Fußballen, was seinen Bauch gehörig ins Wackeln brachte. »Sie haben also das gesamte Anwesen für sich allein. Oh, und Mrs. Erica, das angeforderte Material und Ihre Ausrüstung stehen im Bungalow bereit.«

Ein Page kam mit einem Getränketablett herein, gefolgt von weiteren Pagen, die feuchte parfümierte Handtücher brachten. Ihre Bewegungen wirkten schläfrig, als wären sie gerade aus der Hängematte geklettert.

»*Bajigur*«, erklärte der Captain. »Ein Getränk aus zerstoßenem Eis, Kokosmilch, Pandanblättern und Ingwer.«

»Ich hatte eher auf einen Kir Royal gehofft«, murmelte Erica.

Imke nippte an ihrem *Bajigur* und betupfte sich das Gesicht mit dem feuchten Tuch.

»Wann werde ich den Präsidenten sehen können?«, fragte Erica heiter.

Der Captain neigte den Kopf. »Sobald es der volle Terminkalender von SBY erlaubt.«

Doch Ericas Aufmerksamkeit war bereits anderweitig gefesselt. »Sieh nur!«, rief sie aus und wies mit ausladender Geste auf ihre Umgebung. »Dieses Panorama wäre doch ein wundervoller Hintergrund für das Porträt! Was für ein schöner See! Ich sehe es genau vor mir: dunkler Straßenanzug, rote Krawatte, glänzendes Haar, buschige Augenbrauen, die Orden an der Brust. Ich nehme doch an, dass er seine Orden tragen wird. Trägt er sie an der Brust oder an einem Band um den Hals? Egal, wir lassen es einfach auf uns zukommen. Und ich könnte einen gelben Schal um ihn drapieren, um sein inneres Kind zu betonen!« Die Ideen begannen in ihrem Kopf zu rasseln wie Samen in einer Kürbisflasche.

Währenddessen ging der Blick des Captains zum Haupteingang, vor dem sich eine aufgeregte kleine Menschenmenge um eine Kröteninvasion geschart hatte.

Imke hörte ein Geräusch, das einem Gequake ähnelte. Offenbar hatten die Amphibien einen Springbrunnen des Palastes besetzt. »Bitte entschuldigen Sie mich«, sagte der

Captain. »Jemand droht, Benzin aufs Wasser zu gießen und die Kröten anzuzünden.« Er eilte davon, um die Gärtner in die Schranken zu weisen.

»Oder vielleicht sollte ich ihn düster ausleuchten, in Chiaroscuro, mit starken Hell-Dunkel-Kontrasten …«, sinnierte Erica weiter vor sich hin. »Aber nein. Das wäre zu harsch, zu barock.«

Eine Viertelstunde später kehrte der beleibte Mann zurück und wirbelte einen silbernen Kugelschreiber zwischen den Fingern.

»Wir haben sehr viele Kröten«, vertraute er ihnen an. »Aber es leben auch mehrere Hundert wunderschöne Rehe hier, die auf dem Gelände grasen.«

»Wir freuen uns schon darauf, den Istana-Palast mit seiner ganzen Pracht zu gegebener Zeit kennenzulernen.« Imke hatte den Sonnenhut abgenommen und massierte den roten Abdruck, den er auf ihrer Stirn hinterlassen hatte. Sie hielt ihn in der Hand und war offensichtlich im Begriff, ihn jeden Moment als Fächer zu missbrauchen. »Aber wir hatten wirklich eine schrecklich lange Reise.«

Die Augen des Captains wurden groß, als würde er aus einer Trance erwachen. »Aber natürlich, natürlich. Sie müssen sich ausruhen. Wir bringen Sie zu Ihrem Bungalow.« Er wirbelte seinen Stift und starrte seine Untergebenen vorwurfsvoll an, während er mit anklagender Stimme fragte, wieso sie die *Eyang Putri* hatten warten lassen.

Der Bungalow lag nur einen kurzen Fußmarsch vom Palast entfernt und ein Stück vom Weg zurückgesetzt. Auf der linken Seite befand sich ein kleines Bambusdickicht, und rechter Hand führte ein Weg zu den Unterkünften des Personals. Sie betraten den mit weißem Stuck verzierten Bungalow, und Erica klatschte begeistert in die Hände, als sie die große Holzkiste sah, die auf sie wartete. Eine Seite der Kiefernverschalung war aufgehebelt und gab den Blick frei auf Leinwände in allen Größen und Formaten, Staffeleien, Pinsel, Farben, Skizzenbücher und Blöcke. Im Salon ließ sie sich auf das Ledersofa plumpsen. »Wie hell es hier ist! Und wie wunderbar die Farbe der Schränke sich von den türkisen Kissen abhebt.« Sie sprang wieder auf und entdeckte zu ihrer Begeisterung in einem der Schränke einen DVD-Spieler mit einer ganzen Auswahl an Hollywood-Filmen sowie einen 56-Zoll-Flachbildschirm von Samsung, der in die Wand integriert war. »Ich hoffe, dass wir von der Veranda aus sehen können, wie sich die Morgensonne im See spiegelt«, rief sie aus und schob die Doppeltüren zur Veranda auf. »Ist es nicht wundervoll hier, Imke? Es riecht nach Lilien und alten, sonnengewärmten Teakholzböden.«

In ihrer Suite, die aufs Wasser und ausgedehnte Rasenflächen hinausging, packte Imke ihre Koffer aus, begleitet vom Vogelgezwitscher aus den nahe gelegenen Bäumen. Der Raum war hell und luftig und in neutralen Farben gehalten, ergänzt durch leuchtende Blau- und Gelbtöne. Und er war weitläufig; sie brauchte neun große Schritte, um vom Bett zum Badezimmer zu gelangen. Imke war zufrieden. Die Bilder an den Wänden waren ebenfalls bezaubernd. Ihr gefiel vor allem die gerahmte Lithografie von Arie Smits »Balinese Boy«, die über dem Bett hing. Sie summte fröhlich vor sich hin und breitete ihr Nachthemd auf der Chaiselongue aus. Als Nächstes reihte sie die Schuhe an der Wand auf und fühlte sich allmählich wie zu Hause.

Wenige Minuten darauf war sie beim Waschbecken und ordnete ihre Cremes, Lipliner und Lidschatten auf der Ablage. Sie griff sich eine der Body-Shop-Flaschen und tupfte sich Lotion auf Hände und Ellbogen. Dann trug sie die Vase mit den Lilien aus ihrem Zimmer in den Flur und stellte sie auf den Tisch neben ein altmodisches Bakelit-Telefon. Sie sah Erica an und zuckte entschuldigend die Schultern. »Da fängt meine Nase an zu jucken.«

Dann zog sie sich um und schlüpfte in längere Shorts und ein korallenrotes Top mit Ausschnitt. Sie warf einen prüfenden Blick in den Spiegel, um sicherzugehen, dass ihr Brustansatz nicht zu sehen war. Ich muss meinen Gastgebern gegenüber respektvoll auftreten, entschied sie; es war besser, sich etwas zurückhaltender anzuziehen. Sie bürstete ihr stumpfes Haar. War das ein Pickel da auf ihrer Wange? Und was war bloß mit ihren Augenbrauen los? Was um alles in der Welt musste Ruud nur von ihr gedacht haben? Sie sah ja aus wie Frida Kahlo! Kein Wunder, dass er so schnell abgehauen war. Sei froh, dass du nicht auch noch ihren dünnen kleinen Schnurrbart hast! Sie beschloss, ihre Augenbrauen auf der Stelle in Form zu bringen.

Nach fünf Minuten qualvollem Zupfen legte sie die Pinzette beiseite und betupfte die zartrosa Haut zwischen ihren Augen.

Während Kiki es sich unter einem Sekretär gemütlich machte und emsig auf einem Quietschtier herumkaute, stellte Imke ein Foto ihrer Eltern auf. Im gleichen Moment sah sie auf dem Nachttisch einen Umschlag, der an sie adressiert war. Sie riss ihn auf und las die Nachricht, die in einer Schrift verfasst war, die einen Grafologen in beträchtliche Schwierigkeiten gebracht hätte. Da stand:

»Willkommen im Istana Bogor, Imke Sneijder, Tochter von Thys Sneijder. Möge dein kurzlebiger Aufenthalt in Indonesien durchdrungen sein von Erkenntnis und Aufklärung.«

Die Nachricht war nicht unterschrieben.

Wie seltsam, dachte Imke und las sie erneut. Irgendetwas an der Formulierung weckte eine seltsame Unruhe in ihr. Die Verwendung des Wortes »kurzlebig« war offensichtlich ein Übersetzungsfehler, und der Ausdruck »durchdrungen« erschien ihr seltsam, aber da war noch etwas. Woher wusste der Verfasser, dass ihr Vater Thys genannt wurde? Fast alle kannten ihn ausschließlich als Mathias, nur ihre Mutter nannte ihn Thys. Hatte der Captain die Nachricht geschrieben? Oder Präsident Yudhoyono?

Imke saß auf der Bettkante, während sie fieberhaft nachdachte, und fühlte sich plötzlich sehr allein und verloren. Sie starrte ihre Handflächen an, als wäre in ihnen ein geheimes Wissen verborgen, das ihr weiterhelfen könnte. Einige Minuten später ballte sie die Hände zu Fäusten und schlug sich auf die Oberschenkel. Sie las die Nachricht noch einmal.

FÜNF

Die Kraft der Sonne hatte deutlich nachgelassen.

Ruuds Büro befand sich im zweiten Stock der Hauptpolizeiwache auf der Jalan Kramat Raya, einer der größten und belebtesten Straßen von Jakarta. Die Wände hatten die Farbe ungewaschener Pastinaken und verströmten auch einen schwachen Geruch nach Wurzelgemüse; eine große Karte von Süd-Jakarta und ein Porträt von General Sutarman, dem Polizeichef, hingen an der Wand.

Draußen auf der Straße drückten die Autofahrer energisch auf die Hupen. Der Verkehrslärm schien nicht abebben zu wollen.

Ruud zog die Schuhe aus und stellte sich in Socken auf den geglätteten Betonboden, um die Füße zu kühlen.

»Du bist kein Mord von der Stange, oder?«, murmelte er, während er durch Mari Agnes Liems Akte blätterte.

Durch den Spalt der halb geöffneten Tür sah er eine Frau aus dem Aufzug treten, bei deren Anblick er sich ruckartig aufrichtete. Die Frau marschierte geradewegs auf sein Büro zu. Sie trug eine seidene *kebaya* und hatte großzügig Tiger-Balm-Salbe aufgetragen, die er auf fünfzehn Meter Entfernung riechen konnte. Wie viele indonesische Frauen trug sie kein Kopftuch.

»Deine Schwiegermutter ist da!«, rief irgendjemand, als sie auch schon in das kleine Büro platzte.

»Wie kann ich dir helfen, *ibu mertua*?«, fragte Ruud mit angespanntem Lächeln.

»Meine Tochter treibt sich mit einem jungen Playboy herum, und du fragst mich, wie du mir helfen kannst? Geh und rede mit deiner Frau! Sag ihr, sie soll aufhören, das Ansehen der Familie in den Schmutz zu ziehen, so kannst du mir helfen!«

»Meine Exfrau. Wir sind geschieden. Sie hat mich wegen eines anderen Mannes verlassen, erinnerst du dich?«

»Ob ich mich erinnere? Ich wüsste nicht, wie ich das je vergessen könnte. Und jetzt zieht sie mit einem Playboy herum!«

»Ich bin mitten in einer Mordermittlung.«

»Gut! Warum sagst du nicht, der Playboy war's, und steckst ihn hinter Gitter? Damit schlägst du zwei Fliegen mit einer Klappe!«

Ruud lächelte höflich und gezwungen. Mit seiner Exschwiegermutter zu reden war ungefähr so angenehm, als würde man auf einer Chilischote kauen; es ging nur um die Frage, wie viel man ertragen konnte. »Warum kommst du immer noch hierher, *mantan ibu mertua*? Deine Tochter und ich haben uns getrennt. Nichts für ungut, ich freue mich, dich zu sehen, aber …«

»Wo habt ihr die Leiche gefunden? In der Kanalisation?« Sie ließ ihn nicht ausreden. »Die Leiche muss voller Würmer sein, *meh*?«

»Ich fürchte, ich darf dir nichts darüber sagen.« Er schob die Papiere auf seinem Schreibtisch zusammen und kontrollierte seine E-Mails, um beschäftigt zu wirken.

Commissioner Joyo T. Witarsa kam hereingewatschelt.

Er war ein brummiger, etwa eins achtzig großer Mann mit dem Gesicht eines Bluthunds und dem umständlichen Gang eines Menschen mit Spreizfüßen. Insgesamt wirkte er wie eine billige Walter-Matthau-Imitation.

»WER«, fragte er, während er sich in dem kleinen Zimmer umsah, »ist das?« Er hatte eine merkwürdige Art zu sprechen, das erste Wort betonte er und murmelte dann den Rest des Satzes kaum verständlich vor sich hin.

»Meine Exschwiegermutter.«

Sie nickte ihm zu. »Sie dürfen mich Nyonya Panggabean nennen.«

»ERFREUT, Sie kennenzulernen«, sagte der Commissioner gedehnt.

»Ich höre, Sie haben eine große Mordermittlung am Laufen. Eine Leiche in der Kanalisation, sagt mein Schwiegersohn.«

Ruuds Kiefermuskeln spannten sich an.

»Das Gesicht aufgedunsen und voller Würmer, hat er erzählt.«

Ruud presste die Lippen zusammen. »Das habe ich nie behauptet! Und hör um Himmels willen auf, mich deinen Schwiegersohn zu nennen!«

Der Commissioner öffnete eine Flasche Calpis, probierte vorsichtig und trank dann. Er machte einen leicht verstimmten Eindruck.

»Seine Frau und ihr Playboy-Lover haben lauten Sex in meinem Haus, jede Nacht. Sie sollten mal den Krach hören.«

»Das reicht!«, platzte Ruud heraus. »Wie kommst du auf die Idee, dass uns das interessiert?«

»So laut, dass die Nachbarshunde heulen.«

Der Commissioner beugte sich vor und flüsterte ihr etwas zu. Ruud konnte nichts verstehen, aber seine Exschwiegermutter warf den Kopf zurück und lachte laut auf. Es war ein komplizenhaftes Lachen, und Ruud fühlte, wie ihm die Röte ins Gesicht stieg.

Es gab Frauen, die konnten einem Mann mit ihrem Lachen das Gefühl vermitteln, er wäre ein Einfaltspinsel. Frau Panggabean zählte ganz klar zu diesen Frauen.

»Weswegen wollten Sie mich sprechen?«, fragte Ruud und konzentrierte sich auf seinen Chef.

»Mari Agnes Liem.«

»Was ist mit ihr?«

»Das gesamte Dezernat verlässt sich darauf, dass wir den Fall schnell lösen.« Der Commissioner nahm einen kräftigen Schluck aus seiner Flasche. »Haben Sie schon irgendwelche Spuren? Eine Theorie?«

»Mein Schwiegersohn sagt, sie wurde von einem Playboy ermordet, den er kennt.«

»Das habe ich *nicht* gesagt!«

Der Commissioner brummte belustigt, doch in dem Moment klingelte Frau Panggabeans Handy. Sie ging ran, und Ruud nutzte seine Chance und floh aus dem Zimmer.

7:05 Uhr, Jagakarsa, Süd-Jakarta

Die ersten Sonnenstrahlen.

Unter dem Neonschild des HERO-Supermarkts standen zwei Beamte und nahmen die Aussagen des Supermarktmanagers und etlicher Angestellter auf, in der Hauptsache Reinigungskräfte und Zustellpersonal.

Ruud Pujasumarta stand noch zu Hause in der Küche und brühte sich Kaffee auf, gekleidet in Boxershorts und ein T-Shirt mit der Aufschrift »Spart Wasser, trinkt Bier«, als der Anruf kam. Er brauchte keine Viertelstunde, um zum Tatort zu gelangen.

Nachdem er aus seinem Toyota Yaris gestiegen war, blieb er einen Moment auf dem Bürgersteig stehen und sog die frische Luft ein, während er sich für das wappnete, was ihn erwartete. Er hatte in den letzten sieben Jahren alles gesehen: Angriffe mit der Machete, Messerstechereien, Schießereien auf Parkplätzen, Gattenmord, Frauen, die von ihrem Freund verprügelt worden waren, Pfarrer, die in ihren Autos in die Luft gejagt wurden, Enthauptungen, Vergiftungen, Fahrerflucht, Erschießungen von einem vorbeifahrenden Auto aus, Hinrichtungen, Tötungen durch Stromschlag. Seile, Pistolen, Ketten, Messer, Äxte, Bleirohre, Scheren, Hammer, Küchenmesser, Golfschläger, Billardqueues, Schraubenzieher, Samuraischwerter – er kannte alles.

Ihn konnte nur wenig erschrecken. Als Kind war er jeden Tag auf dem Weg zur Schule am Islamischen Friedhof vorbeigekommen und hatte absolut gar nichts gefühlt. Er hörte sich die mitternächtlichen Geistergeschichten seiner Cousins an und verspürte nicht einmal einen kleinen Schauder. *Der Exorzist* hatte ihn gelangweilt, und während des indonesischen Horror-Blockbusters *Angker Batu* wäre er beinahe eingeschlafen. Ruud fand die Vorstellung von lebenden Dämonen, Waldteufeln aus Sumatra, aufgespießten Wiedergängern und stacheligen Monstern lächerlich. Aber mit Mördern verhielt es sich anders. Sie erschreckten ihn tatsächlich, weil sie konkret und handfest waren. Und der übel zugerichtete Leichnam, der auf ihn wartete, war ein Beweis dafür.

Ruud wandte sich in Richtung der abgesperrten Seitengasse, passierte das gelbe *Garis Polisi*-Absperrband und ging zum Hinterausgang, über dem der Schriftzug *KELUAR* – Ausgang – flackerte. Die schlammige Straße war rutschig, da es über Nacht geregnet hatte. Er betrachtete den Tatort ganz genau, wie ein Tier, das sein Revier kontrolliert.

Hamka Hamzah kümmerte sich weiter hinten um den Medienrummel, sprach mit der Presse, hielt die Sensationsreporter auf Abstand und zwang die Kamerateams, hinter der Absperrung zu bleiben.

Ruud nahm den Beamten beiseite.

»Das gleiche Szenario wie beim letzten Mal, *nih*«, sagte der kleine Mann und kratzte sich unter seinem Barett den Schädel. Ruud bemerkte zum ersten Mal, dass er einen Mittelscheitel hatte. »Zwei Opfer innerhalb einer Woche.« Er hatte die Stimme erhoben, um den Verkehrslärm der Stadt zu übertönen. Schon jetzt war Jakarta in Hochform. Motorräder brummten vorbei wie dröhnende Rasenmäher. Die wummernden Bässe eines vorüberfahrenden Autos ließen seine Scheiben erzittern. »Zwei Frauen, denen die linke Hand abgehackt wurde.«

Ruud klopfte seine Hosentaschen ab. »Ich habe Stift und Papier vergessen. Haben Sie einen Kugelschreiber? Ich will mir Notizen machen.«

»Ich habe Ihnen beim letzten Mal meinen Stift gegeben; Sie haben ihn immer noch.«

Ruud tat den Vorwurf mit einem Kopfschütteln ab. Er schlitterte in Richtung der Reporter und lieh sich vom

Korrespondenten des *Globe* einen Stift, um gleich darauf seine Beobachtungen unbeholfen auf die Rückseite einer Kreditkartenquittung zu kritzeln. »Die linke Hand abzuhacken … seltsam. Es muss eine Bestrafung sein für ein Verbrechen oder für irgendeinen Vertrauensbruch.«

Die tote Frau starrte Ruud an, das Gesicht zu einer Grimasse erstarrt. Sie war übel zugerichtet; ein Knäuel aus Haaren und Gliedmaßen inmitten von Flaschen und Fischgräten. »Wissen wir schon, wer sie ist?«

»Sie hatte keinen Ausweis bei sich, nur ihr Handy.«

»Und man hat ihre Leiche hier im Müll gefunden?«

Hamzah nickte. »Eines ihrer Beine hing aus dem Müllcontainer. Wir haben ihn umgekippt, und da ist sie herausgefallen. Niemand hat etwas angefasst.«

Urplötzlich hatte Ruud den zweiten Vers des »Cabecabean«-Liedchens im Kopf.

Cabe-cabean, Cabe-cabean, nimmt ihren Topf
Und schlendert zum Müll, Küchenabfall auf dem Kopf

»Wer hat das Verbrechen gemeldet?«

»Eine Putzfrau hier namens Amira.«

»Habt ihr sie zur Seite genommen und sie allein befragt?«

»Ja.«

»Ich möchte, dass Sie mit den Taxiunternehmen Kontakt aufnehmen. Finden Sie heraus, ob ein Fahrer irgendwas gesehen hat. Das Gleiche gilt für Busse, die auf der Strecke hier fahren. Und für die Sammeltaxis, die *bemos* und *mikrolets*.«

Über ihnen ballten sich die Wolken dunkelblau und schwarz.

Ruud und Hamzah blieben in der Nähe der Leiche und warteten auf die Ankunft des Gerichtsmediziners. Ruud ging in die Hocke und machte mit seinem Mobiltelefon ein Foto des Opfers.

»Sie haben doch die Alte befragt«, sagte er. »Die Verrückte, die behauptet hat, sie wüsste, wer Mari Agnes Liem getötet hat. Was genau hat sie Ihnen gesagt?«

»Frau Yahaya? Das ergab alles keinen Sinn. Erst meinte sie, es wären *Bugis* gewesen. Dann hat sie gesagt, der Geist *Wewe Gombel* wäre dafür verantwortlich. Sie behauptet, es wäre jemand mit einer schwarzen Kapuze gewesen, der sonst immer die Kinder in einem Sack wegschleppt. Irgend so eine alte Geschichte von einem Wesen, das Kindern die Hände abschneidet, weil sie Daumen lutschen.«

Ruud durchwühlte seine Taschen auf der Suche nach seinen Energietabletten.

»Glauben Sie an Teufel?«, fragte Hamzah.

»Nein.«

»Ich schon.« Seine Stimme klang plötzlich seltsam rau. »Ich wette, er ist hier.«

»Wer?«

»Der Mörder. Er beobachtet uns jetzt gerade aus irgendeinem dunklen Winkel heraus. Ich wette, er ist ganz in der Nähe und nimmt uns unter die Lupe.«

Ruud spürte, wie ihm kalt wurde, und die Haare standen ihm zu Berge.

Was verändert die Atmosphäre, wenn Menschen sich zu fürchten beginnen? Ist es ein bestimmter Geruch oder ein Geschmack? Verformt sich die Luft aufgrund von veränderten Schwingungen? Ruud spürte, wie sich die Furcht vom Magen bis zu den Beinen hinunter ausbreitete. Und so wie Hamzah ihn anstarrte, spürte er dasselbe.

Ruud hielt den Atem an und blickte prüfend die Straße auf und ab. Er schaute an den Gebäuden hinauf, und sein Blick wanderte von einem Fenster zum nächsten. Er fragte sich, ob irgendjemand etwas gesehen hatte. Jemand beobachtete ihn von einem Türeingang aus; jemand anders aus einem vom Regen durchweichten Versteck. Er war sich plötzlich sehr bewusst, dass Dutzende von Blicken auf ihn gerichtet waren. Gesichter, verborgen hinter Vorhängen und Pfeilern, aus dem schützenden Raum ihrer Wagen heraus, blickten ihn an. Er meinte, ihre lautlosen Stimmen zu hören.

»Er wird dreister.«

»Was meinen Sie?«, fragte Hamzah.

»Diese Leiche hat er im Freien liegen lassen.«

»Und?«

»Es hätte ihn schließlich jemand sehen können. Früher oder später wird er einen Fehler machen.« Ruud wiederholte diesen Satz im Geiste mehrmals, immer wieder, als wäre es ein schützender Zauberspruch.

Ein Beamter kam herüber und reichte Ruud die Aussagen. Keine Augenzeugen. Ruud warf einen flüchtigen Blick darauf und gab sie zurück. Er wischte sich den Mund mit seinem Taschentuch ab und fühlte, dass er kreidebleich geworden war.

Hamzah rieb sich mit dem Daumen am Ohr. »Nun sieh mal an, wer da endlich aufkreuzt.«

»*Selamat pagi*, guten Morgen Ihnen allen!«, rief Solossa fröhlich. Er ließ die Ledertasche fallen und zog seinen

Kamm aus der Hemdtasche. Kurz ordnete er sein spärliches Haar, bevor er sich zu Ruud gesellte. »War unser Mann für die Fingerabdrücke schon da?«

»Ich habe gerade ein unglaublich starkes Gefühl von Déjà-vu.«

»Sie sehen entnervt aus, Erster *Inspektur* Pujasumarta. Ein bisschen angeschlagen. Fühlen Sie sich krank?«

»Nicht mehr als sonst, wenn ich es noch vor dem Frühstück mit einer Leiche zu tun bekomme.«

Solossa hatte einen Fleck am Hemdkragen. Es hätte Blut sein können; aber wahrscheinlich war es nur Currysoße. Ruud überlegte, ob er es ihm sagen sollte, entschied sich jedoch dagegen. Der Fleck sah hartnäckig aus.

Der Gerichtsmediziner machte sich an die Arbeit. Nach einer Weile fragte Ruud, ob es sich so verhielt, wie er erwartete. Solossa erhob sich. »Die gleiche Vorgehensweise wie beim letzten Mal. Anzeichen für eine manuelle Strangulation, aber die eigentliche Todesursache scheint Ersticken zu sein. Die linke Hand wurde mit einem Hackbeil entfernt. Mah-Jongg-Stein in der Kehle, genau wie zuvor. Allerdings …«, er hielt inne und warf einen genaueren Blick auf den Stein, »wurde diesmal der untere Kreis weggekratzt. Sehen Sie das? Die Oberfläche des blauen Kreises wurde abgekratzt.«

»Und wie bei Mari Agnes Liem ist das Opfer eine Chinesin.«

»Sieht ganz so aus. Oder zumindest zum Teil Chinesin. Seit etwa zwölf Stunden tot. Keine sichtbaren Anzeichen eines sexuellen Übergriffs. Aber ich kann noch nicht sicher sagen, ob das hier der eigentliche Tatort ist. Keine Spur von der fehlenden Hand?«

»Wir werden den Fundort durchkämmen, sobald Sie fertig sind, aber ich bin ziemlich sicher, dass sie nicht hier ist. Ich werde eine formelle Anfrage an das *Polda Metro Jaya*-Bezirkskommando schicken. Es wird Zeit, dass wir die Spurensicherung einschalten, egal ob das Budget knapp ist oder nicht. Faseruntersuchung, Haaranalyse, DNA, die ganze Palette.«

Der Polizeifotograf war aufgetaucht und stellte seine Kamera ein. Das Blitzlicht flammte auf.

Hamzah zündete sich eine weitere *kretek* an und inhalierte gierig, während Ruud auf das Gesicht des Opfers hinabblickte. Eine dünne Spur aus Ameisen hatte einen Schnurrbart über ihrem Mund gebildet, wie schwarzer Sirup. Jede Ameise trug einen Krümel getrockneten Blutes. Ruud rieb sich mit den Händen übers Gesicht und fragte sich erneut, ob jemand da draußen lauerte. Sah er ihm gerade zu, jetzt in diesem Moment?

Ja, dachte Ruud. Irgendjemand beobachtete sie.

SECHS

Die sinkende Sonne leuchtete hell auf den Palastwänden und tauchte die Innenräume in goldenes Licht.

Imke wartete ruhig, während ihre Tante mit angespannter Miene die Nachricht las. Ein langes Schweigen folgte. Erica faltete den Zettel zusammen. Sie trug ein schwarzes Top und schwarze Jeans, wie immer, wenn sie arbeitete. »Nun, das ist eine ausgefallene Willkommensbotschaft, in der Tat. Nicht gerade die übliche Einladung zur Cocktailparty.«

»Also hast du nichts bekommen?«

»Nein, keine Nachricht«, sagte Erica.

»Ich fand, ich sollte sie dir zeigen.«

Sie saßen allein im Teratai-Raum und entspannten sich unter einem prächtigen Kronleuchter beim Nachmittagstee. Die vornehmen Seidensofas waren besonders gemütlich. »Alles okay?«

»Mir geht's gut.«

»Sicher?«

»Natürlich.«

»Du machst gerade ein Gesicht, als würde man dir Rosenkohl vorsetzen.« Imke verdrehte die Augen.

»Du siehst deinem Vater manchmal so ähnlich, dass ich lachen muss«, stellte Erica fest. »Ich werde mit dem Captain reden, wenn du willst.«

»Nein, bitte nicht, Tante Ecks, das ist nicht nötig.«

Erica nickte. Vor ihr stand eine Platte mit lokalen Spezialitäten und Leckereien. »Ich vermute, es ist ein Fall von Lost-in-translation. Der Himmel weiß, was dabei herauskäme, wenn ich eine Nachricht auf Javanisch verfassen müsste. Ich würde wahrscheinlich einen Staatsstreich anzetteln, ohne es zu ahnen!« Sie trank aus ihrer Teetasse aus feinem Porzellan und inspizierte die Platte. »Was haben sie noch mal gesagt, was das ist?«

»Das hier sind gebratene Sojabohnen. Die runden daneben nennt man *kerupuk,* frittierte Krabbenchips. Hart und knusprig.«

»Klingt großartig.«

Imke lächelte wieder. »Du kannst das Wort ›großartig‹ nicht aussprechen, ohne sarkastisch zu klingen, oder?«

»Ich würde mir wahrscheinlich die Zähne daran ausbeißen«, murmelte Erica.

»Komm schon, probier eins.«

»Meinst du wirklich?«

Imke zuckte gutmütig die Schultern.

Erica nahm einen zaghaften Bissen *kerupuk.*

»Ha! Du solltest mal dein Gesicht sehen!«

Erica kaute lautstark und mit erhobener Augenbraue. »Nicht so lecker wie Sauerrahm und Zwiebel, aber ich will nicht gleich wieder meckern.«

Sie erhoben sich und schlenderten in einen angrenzenden Salon, Tassen und Untertassen in der Hand. Kiki folgte ihnen von einem Raum zum nächsten. »Es ist komisch, im Bungalow zu wohnen statt in einem Hotel. So anders in vielerlei Hinsicht. Ich meine, was darf man hier mitgehen lassen?«

»Mir ist aufgefallen, dass alle Seifen und Shampoos aus deinem Badezimmer verschwunden sind.«

»Na ja, es ist Acqua di Parma, was hast du erwartet!«

»Wie war denn deine erste Sitzung mit dem Präsidenten?«

Erica legte Imke einen Arm um die Schultern. »Weißt du, er ist wirklich ziemlich kultiviert«, flüsterte sie, als würde sie ihr ein Geheimnis anvertrauen.

»Ich bin sicher, dass er das ist.«

»Und sehr belesen – er hat mir alles Mögliche erzählt. Hast du gewusst, dass es gegen den Durst hilft, wenn man Teeblätter kaut? Außerdem hat er mir erklärt, wie man einen echten Affandi von einem gefälschten unterscheiden kann, und meinte, wir müssten unbedingt eine Stadt namens Jelekong in Bandung besuchen. Dort leben fünftausend Menschen, und fünfunddreißig Prozent davon sind Künstler.«

»Hat er irgendeine spannende Klatschgeschichte zum Besten gegeben?«

»Ach, so dies und das. Er hat mir verraten, dass George W. Bush sich auf dem G-20-Gipfel so ungeschickt angestellt hat, dass er … nein, ich hab ihm versprochen, es nicht weiterzuerzählen.«

»Lügnerin.«

»Und er hat eine beachtliche Sammlung an handgezeichneten Landkarten aus dem neunzehnten Jahrhundert, in der Hauptsache von Niederländisch-Ostindien, Batavia und Celebes. Ich habe ihn gefragt, was er vorhat für den Fall, dass seine Amtszeit im Oktober zu Ende geht, und weißt du, was er gesagt hat? Er denkt darüber nach, ein Restaurant zu eröffnen – als Schwerpunkt Gerichte mit gebratenem Reis! Kannst du dir das vorstellen? Es ist wirklich amüsant, mit ihm zu plaudern.«

»Klingt so, als würdest du auf ihn stehen, *hè*?«

»Unsinn! Obwohl ich zugeben muss, dass er bärbeißig-attraktiv ist, auf eine ganz unverblümte Art.«

»Und wie viel hast du gemalt?«

»Wie viel ich *gemalt* habe? Du liebe Güte, Mädchen, ich bin doch kein Heimwerker, der seine Küchenwände streicht!«

»Also gut, wie viele Pinselstriche hast du auf deine kostbare Leinwand gezaubert?«

»Na, keinen einzigen.«

»Ich wusste, dass du das sagen würdest!«

»Man braucht Tage, sogar Wochen, um seinem Sujet näherzukommen. Ich könnte nicht so malen, wie ich es tue, wenn ich meinen Emotionen keine Gestalt geben würde. Ich habe ein paar vorläufige Skizzen gemacht, habe beobachtet, wie er sich bewegt, wie er die Hände hält, solche Sachen.«

»Du hast ihn also zwei Stunden lang beobachtet.«

»Bei dir klingt das, als wäre er eine Laborratte.« Erica hielt inne und sah auf die Rasenfläche hinaus. Einige Dutzend Polizisten und Sicherheitsleute in Kampfanzügen und mit dunklen Sonnenbrillen liefen umher, mobilisiert wegen der Anwesenheit des Präsidenten. Journalisten lauerten ebenfalls, in der Hoffnung auf ein brandaktuelles Foto. »Nein, wie ich schon sagte, er ist wirklich ziemlich gesprächig. Ich war überrascht zu hören, dass er sich im Schreiben von Liebesballaden versucht.«

»Du stehst ja wirklich auf ihn!«

»Nun hör schon auf damit! Aber wir haben tatsächlich

eine Form von erzwungener Intimität. Stell dir einfach zwei Fremde vor, die drei Stunden lang in einem winzigen Aufzug feststecken.«

Ein Gong hallte in der Ferne. Imke und Erica eilten zum Haupteingang und standen dann mit den Hausangestellten im Foyer, die sich alle aufgereiht hatten, um den Präsidenten zu verabschieden.

»Er fährt weg?«, flüsterte Imke.

»Er verbringt ein paar Tage mit seiner Familie.«

Der Präsident fegte vorbei. Alle, die beiden holländischen Frauen eingeschlossen, verbeugten sich und neigten die Köpfe, während er in ein wartendes schwarzes Fahrzeug stieg.

Wenige Augenblicke später hatte sich das Personal wieder zerstreut.

»Oh, sieh mal, da kommt der Captain.«

Der beleibte Mann kam zu ihnen herübergewatschelt. Heute trug er Uniform, ein schwarzes Sakko mit prachtvollen Stickereien auf den Ärmelaufschlägen und silbernen Anstecknadeln am Revers. Die Vorderknöpfe seines Sakkos spannten sich, als er sich verneigte. »*Salaam.* Ihrer Bitte wurde stattgegeben«, verkündete er.

Imke betrachtete sein großes rundes Gesicht, und ihre Augen leuchteten auf. »Dass ich mein altes Zuhause sehen kann? Das Apartment, in dem ich aufgewachsen bin? Sie haben die Erlaubnis der Eigentümer?«

»Ja. Sie werden morgen früh mit dem Wagen hingebracht, Nakula wird Sie fahren. Die Bewohner sind verreist, Sie werden also niemanden stören.« Er wandte sich an Erica. »Gute Neuigkeiten auch für Sie: SBY hat mich wissen lassen, dass er Ihre Gesellschaft genossen hat. Er wird das Wochenende in seinem Domizil in Cikeas verbringen, hat aber bereits zwei Stunden für eine Sitzung am nächsten Dienstag reserviert. Ich hoffe, das freut *madam kami sayang.*«

Erica lächelte breit, und Imke warf ihr einen amüsierten, wissenden Blick zu.

»Du siehst hübsch aus.«

Imke wirbelte herum, damit ihr farbenprächtiges Outfit zur Geltung kam, dann stieg sie in den Mercedes und winkte noch einmal aus dem Fenster. »Bis später!«

»Viel Spaß!«, rief Erica, winkte zurück und warf ihr eine Kusshand zu.

Sie waren auf dem Weg vom Bogor-Palast nach Zentral-Jakarta. Eine Stunde später befand sie sich noch immer im Wagen. Die Staus auf der Jagorawi Toll Road waren gnadenlos. Imke hatte ihr Fenster geöffnet. Sie nahm die Gerüche und Geräusche der Stadt gern in sich auf, aber nur, solange der Wagen in Bewegung war und der Asphalt vorüberglitt. Als sie den Geruch der Dieselabgase einatmete, schloss sie das Fenster wieder.

»Arbeiten Sie schon lange als Chauffeur, Nakula?«

»Erst seit sechs Wochen.«

»Und vorher?«

»Es ist nicht leicht, gute Arbeit in Jakarta zu bekommen. Deshalb habe ich dies und das gemacht.«

Imke nickte und blickte auf die Straße vor sich, in der Hoffnung, sie würde etwas wiedererkennen. »Sind wir bald da?«

»Beinahe«, erwiderte Nakula.

»Gut.«

Imke war aufgeregt. Auf diesen Augenblick hatte sie lange gewartet. Im Gegensatz zu neulich, als sie Nakula gegenüber auf der Hut gewesen war, fühlte sie sich heute sorglos. Obwohl sie allen Menschen gegenüber, die sie gerade erst kennenlernte, leicht argwöhnisch blieb, war sie zugleich begierig darauf, mehr über das Leben in Jakarta zu erfahren. Eine Weile fühlte sie sich wieder wie ein kleines Mädchen, das nach allem fragte: nach dem Essen, dem Wetter, den neuen Gebäuden, die noch im Bau waren, und den alten Gebäuden, die abgerissen wurden. Der Chauffeur beantwortete ihre Fragen, so gut er konnte. Imke hatte das Gefühl, dass sie die meisten Antworten bereits kannte, doch sie genoss es, sie bestätigt zu bekommen. Nach einer Weile wurde sie still. Sie starrte aus dem Fenster und nahm wieder die Eindrücke der Stadt in sich auf.

Imke war in einer Eigentumswohnung an der Jalan Gajah Mada aufgewachsen. Von ihrem Zimmer im fünfzehnten Stock aus hatte sie die Wasserstraße sehen können. Früher hatten Fischer mit ihren mit Gewichten beschwerten Netzen im Kanal nach Garnelen und Krebsen gefischt. Aber in der zweiten Hälfte des zwanzigsten Jahrhunderts war der Molenvliet-Kanal den Anforderungen der Metropole erlegen, der Müll häufte sich und Abflüsse wurden blockiert. Bei ungünstiger Windrichtung konnten die Sneijders das Schmutzwasser riechen, das vorübertrieb. Der Geruch drang durch geschlossene Fenster und verrammelte Balkontüren. Der Makler hatte es versäumt, sie auf diese Unannehmlichkeit hinzuweisen. Der Gestank war zweifellos einer der Gründe, weshalb Imkes Mutter so viel Zeit im Country Club verbrachte.

Imke dagegen machte sich nicht viel aus dem Geruch.

Ihre *babu,* Pini, erzählte ihr, dass die Leute aus den Hütten oft ihre Wäsche im Kanal wuschen, aber Imke glaubte ihr nicht. Das Wasser sei zu schwarz, wandte sie ein, die Kleider würden hinterher doch noch schmutziger sein. Diese Leute hätten keine andere Wahl, erklärte Pini, sie konnten nicht immer auf Regenwasser zurückgreifen, um zu waschen.

Während Nakulas schwarzer Mercedes sich einen Weg durch Jakartas Verkehrsgewühl bahnte und die schlammigen Böschungen mied, saß Imke still im hinteren Teil des Wagens und dachte an diese Unterhaltung zurück. Sie fragte sich, was aus ihrer *babu* geworden war. Pini hatte zwölf Jahre für die Sneijders gearbeitet und Imke praktisch großgezogen. Das Kindermädchen stammte aus Yogyakarta. Sie hatte ein strahlendes, pausbäckiges Gesicht und verstand es, ein köstliches *bubur ayam* zuzubereiten, ein Hähnchen-Congee, das sie immer mit *emping*-Chips aß. Für Imke war die Erinnerung an Pini mit dem Geruch nach frisch gebatiktem Stoff verbunden, mit *satays* und *gado-gado.*

Sie passierten das Hotel Grand Paragon – oder Grand-Parfüm-Salon, wie Erica es gerne nannte. Imke lächelte. Erica schaffte es immer, sie zum Lächeln zu bringen. Sie hatte gefragt, ob sie mitkommen sollte, aber Imke wollte die Fahrt zu ihrer alten Wohnung lieber alleine unternehmen.

Erica war ziemlich froh, als sie das hörte. »Ich habe eine Verabredung zum Mittagessen mit meinem Geliebten, dem Cadbury Creme Egg.« Sie biss in ein imaginäres riesiges Schokoei. »Du musst dich also nicht beeilen. Und keine Sorge, ich werde gut auf Kiki aufpassen.«

Imke checkte ihr Handy. Ruud hatte ihr eine Nachricht geschickt und lud sie zum Mittagessen ein. Sie lächelte und rief sich sein Gesicht ins Gedächtnis, seine Augen, die ihren Blick suchten. Sie versuchte sich zu erinnern, wie sie sich kennengelernt hatten. Er war Melchiors Sohn; Melchior Pujasumarta arbeitete für den Verband der Indonesischen Kaffee-Exporteure. Seine Frau war teils holländischer, teils australischer Abstammung und unterrichtete Englisch an der Bank für internationalen Zahlungsausgleich. Sie hatten zwei Jungen, Ruud und Arjen. Oder Agen? Imke erinnerte sich nicht mehr. Sie wusste nur noch, dass Ruuds Bruder ein bisschen verhaltensauffällig war, dass er grünes Gemüse hasste, Katzen verabscheute und gerne für sich blieb. Immer wenn sie mit ihm redete, vermied er Blickkontakt. Die Familie Pujasumarta kam mindestens einmal im Monat zum Grillen herüber. Und jetzt war Ruud erwachsen: groß, gutaussehend, voller Energie und tatsächlich *Inspektur* – und überhaupt nicht so lautstark oder gereizt, wie manche Polizisten gerne auftraten.

Ihre Finger verweilten kurz über der Wähltaste. »Noch nicht«, sagte sie sich. »Ruf ihn später zurück.« Sie steckte ihr Handy wieder ein.

Ein Junge verliebt sich in *Putri Salju* – Schneewittchen –, so pflegte Ruud sie halb im Scherz zu nennen. Sie hatte immer darüber lachen müssen.

Der Wagen hielt an einer Ampel, hinter einem Lastwagen, der stinkende Abgaswolken ausstieß. Ein Stück weiter vorne, wo die Straße auf den Kanal traf, war ein Absperrband der Polizei angebracht. Drei Polizeitransporter hatten am Ufer geparkt, und etliche Polizisten riefen einer Gruppe von Tauchern auf einem Kahn Anweisungen zu. Ganz in der Nähe sprangen Jungs aus der illegalen Siedlung in das seichte Gewässer. Sie trugen Schwimmbrillen, die aus Gummibändern und den Böden von Wasserflaschen gebastelt waren. Es waren etwa ein Dutzend Jungen, die aufgeregt in dem schmutzigen Kanal auf- und abtauchten.

»Wonach suchen sie, Nakula?«, fragte Imke.

Der Chauffeur verlangsamte das Tempo, als er auf Höhe der Transporter war, und ließ das Fenster herunter. Er streckte den Kopf aus dem Wagen und sprach mit einem der Polizisten. Der schien seine Fragen zunächst nicht beantworten zu wollen, als er jedoch das Sonderkennzeichen der Regierung sah, überlegte er es sich anders.

»Es gab einen Mord«, erklärte Nakula und blickte in den Rückspiegel. »Die Polizei sagt, dass irgendetwas in den Kanal geworfen wurde. Sie versuchen, es zu bergen.«

»Sie meinen, die Waffe?«

»Nein. *Tangan, tangan*. Eine Hand. Eine Menschenhand.«

Im einen Moment lebte Imke noch in der Stadt, in der sie geboren worden war. Sie lachte mit Pini, tanzte zu den Klängen des Lokalsenders im Radio und lachte selig.

Und dann …

Dann waren auf einmal die Umzugsleute in ihre Wohnung gekommen. Sie trugen die orangefarbenen Anzüge der Umzugsfirma Allied Pickfords. Räumten Bücher aus den Regalen, packten Töpfe und Pfannen in Zeitungen, wickelten Geschirr in Luftpolsterfolie, und mit geschickten, professionellen Bewegungen schichteten sie alles in Kartons. Sie brauchten nicht mal elf Stunden, um ihr Zuhause zu demontieren. Imke durfte sich noch nicht mal von ihren Freundinnen in der Schule verabschieden.

Nichts hatte sie auf diese Erfahrung vorbereitet. Diese Leere. Indonesien hinter sich lassen. Aber das Land würde sie nie ganz loslassen. »Du wirst dein neues Zuhause lieben, und du wirst zu gegebener Zeit darüber hinwegkommen«, sagte ihre Mutter immer wieder, aber als das Flugzeug abhob, fühlte Imke, dass etwas in ihr zerbrach. Als hätte etwas Heißes, Dunkles ein Loch in sie gebrannt und alles zerstört. Sie vermisste Pini. Sie vermisste den Tumult auf den Straßen, die ABBA-Songs, die auf den Plätzen aus den Lautsprechern schmetterten, die üppige Vegetation. Sie vermisste das Essen. Sie vermisste einfach alles. Vor allem Ruud. Aber die meisten Dinge vergaß man mit der Zeit, sie verblassten; wie Nietzsche schon erkannt hatte, war ein Überleben ohne das Vergessen unmöglich.

Ihr Vater tätschelte ihr immer wieder mitfühlend den Kopf, ihre Mutter nahm sie in den Arm, aber das Gefühl des Verlustes blieb. Ihr Vater kaufte ihr *poffertjes*, damit sie sich besser fühlte. Nach einer Weile wurde ihr schon beim Geruch der Pfannkuchen und der gezuckerten Butter übel.

Die erste Woche in Holland war die schlimmste. Imke hatte Schwierigkeiten, sich in der neuen Schule einzugewöhnen. Die Schüler hatten bereits ihre kleinen Cliquen und beäugten sie misstrauisch, vor allem, als sie hörten, dass sie aus Indonesien kam. »Bist du aus dem Dschungel?«, hänselten sie Imke. Sie sah ihnen in die Augen und lachte. »Ja«, sagte sie, »ich bin in einem Baumhaus geboren, am Fuße des Vulkans Krakatau.« Es klang gut, und einige Kinder glaubten ihr, aber niemand gab ihr die Hand und bot ihr seine Freundschaft an.

Ihr Vater begann Imke zu behandeln, als wäre sie eine kostbare Porzellanvase. Hätte er sie in die Luftpolsterfolie der Umzugsfirma wickeln können, er hätte es getan. Aber je mehr Theater er machte, umso mehr störte es sie. Sie hasste es, als verlorenes kleines Mädchen wahrgenommen zu werden. Also tauchte Imke, wie so viele Kinder auf der Suche nach einer Fluchtmöglichkeit, in die Welt der Glotze ein. Jeden Tag nach der Schule eilte sie nach Hause und flüchtete mit einem Teller Kekse zu ihrem Sender *Animal Planet*. Im Alter von fünfzehn Jahren hatte sie so viel gesehen, dass sie die Wiederholungen auswendig kannte. Als sie die erste Folge von *K-9 to 5* sah, einer Sendung, in der Schäferhunde und ein Belgischer Malinois vorgestellt wurden, wusste Imke, was sie mit ihrem Leben anfangen wollte.

Mit achtzehn Jahren beendete sie die Schule, und ihre Leidenschaft brachte sie dazu, sich am holländischen Institut für Blindenhunde einzuschreiben, wo sie lernte, Führhunde für Sehbehinderte auszubilden. Sie traf ein paar Jungs, ging mit etlichen aus, aber nie schien sie sich zu verlieben oder auch nur verknallt zu sein. Lag es daran, dass die Jungen im Gegensatz zu ihr nicht in unterschiedlichen Kulturen aufgewachsen waren? Lag es daran, dass keiner von ihnen einen längeren Zeitraum außerhalb von Holland verbracht hatte? Sie wusste es nicht mit Sicherheit.

Fünf Jahre später war sie zur Ausbilderin aufgestiegen. Sie bewarb sich bei der Polizei in der Hundestaffel und trainierte Tiere darauf, spezifische Gerüche zu erkennen. Zunächst mietete sie ein Haus in den Außenbezirken von Amsterdam, einer ländlichen Gegend mit Blumenfeldern und Schafwolle in den Drahtzäunen. Später zog sie an die Westlandgracht, um in der Nähe der Menschen und Parks zu sein.

Und doch lebte in ihr noch immer die Erinnerung an Indonesien und juckte in ihrer Brust wie eine nie ganz verheilte Wunde. Es wurde so schlimm, dass selbst der Duft aus einer javanischen Garküche auf der Nieuwe Doelenstraat sie aufwühlte. Um sich abzulenken, machte sie lange Streifzüge im Vondelpark. Jede Nacht lief sie mit ihren Hunden durch den Park, den Wanderstock ihres Vaters aus Amboinaholz in der Hand. Und aus irgendeinem Grund beruhigte sie das, wenn sie auch niemals wirklich besänftigt war. Es war nicht so, dass sie sich unglücklich fühlte; sie war von Menschen umgeben, die sie zum Lachen brachten, die ihr halfen, wenn sie Unterstützung brauchte. Doch tief in ihr schlummerte das Gefühl, dass irgendetwas in ihrem Leben ungelöst geblieben war.

Sie glaubte auch zu wissen, was es war. Als Kind, das in unterschiedlichen Kulturen aufgewachsen war, wusste sie nicht recht, wohin sie gehörte. Sie war Holländerin, aber sie fühlte sich nicht ganz holländisch, sie fühlte sich noch nicht mal ganz europäisch, eher asiatisch mit einem Hauch von Nederlander und einem Spritzer Englishness. Holländische Erbsensuppe, aufgepeppt mit *sambal* und britischer Würzsauce.

Lebte sie darum in Westlandgracht, einem Vorort in Amsterdam, der immer mehr Türken und Marokkaner und Indonesier anzog? War sie deshalb manchmal so durcheinander und einsam? Wenn sie eine Bekanntschaftsanzeige aufgeben müsste, würde das wahrscheinlich in etwa so klingen:

> *Auf Java geborene Tochter holländischer christlicher/calvinistischer Eltern, die in einer muslimischen Gemeinde lebt, sucht hundelieben, ungebundenen, weit gereisten Mann mit einem unstillbaren Verlangen nach quietschendem Gummispielzeug. Muss in der Lage sein, nasi goreng zu kochen und einen anständigen jus alpukat zu mixen. Sinn für Humor optional.*

Ja, es war nicht zu leugnen, Indonesien hatte sie erst in Besitz genommen und sie dann wieder losgelassen. Und seitdem trauerte Imke über diesen Verlust und fühlte sich, als hätte sie ihre Wurzeln verloren. In ihr schlummerte die unbewältigte Trauer eines Menschen, der etwas hatte zurücklassen müssen. Das erklärte vermutlich, warum sie nun zurückgekehrt war, denn sie war ganz sicher nicht mitgekommen, um hier Urlaub zu machen. Imke war in Indonesien, um etwas viel Größeres zu finden.

Sie war gekommen, um mit etwas abzuschließen. Doch sie wusste noch nicht so genau, wie sie das anstellen sollte. Vermutlich war es aber vor allem wichtig, dass sie gekommen war, ganz egal, wie der Abschluss schließlich aussehen würde. Doch was, wenn es einen solchen Abschluss gar nicht geben konnte?, überlegte Imke. Hatte nicht jeder ein paar verworrene Fäden in seinem Leben, die nicht entwirrt werden konnten? Vielleicht war nichts jemals vorüber.

Der Wagen hielt am Wachhaus. Auf einem großen Messingschild stand: »Majestic Heights«. Mittlerweile war Imke von einer Mischung aus Neugier, Beklemmung und Aufregung erfüllt. Es war das gleiche Gefühl wie damals, als ihre Mutter sie zum ersten Mal in den Zoo zu den Reptilien mitgenommen hatte.

Sie stieg aus dem Wagen. Dies war der Ort ihrer frühesten Kindheitserinnerungen.

Im Zentrum der Auffahrt befanden sich ein erhöhter Teich und ein Springbrunnen. Sie sah den winzigen Grasplatz, auf dem sie Seil gesprungen war. Hier hatte sie in Pinis Armen gedöst; hier hatte sie gesessen und Kekse mit Erdnussbutter gegessen; hier hatte sie Fahrrad fahren gelernt.

Noch immer erinnerte sie sich an das Gefühl des Teichwassers, den scharfen Geruch der Zigaretten, die der Gärtner rauchte, und die Farben der Bäume. Diesen Ort hatte sie einst ihr Zuhause genannt; er würde ihr immer wichtig sein.

Imke und Nakula nahmen den Aufzug in den fünfzehnten Stock. Die quadratischen Nummernknöpfe, die aufleuchteten, wenn man darauf drückte, waren ersetzt worden. Am Eingang zum Apartment zögerte sie eine ganze Weile, ehe sie die Türklingel drückte. Kinderschuhe türmten sich in der Nähe der Tür. Eine indonesische Haushaltshilfe begrüßte sie. Natürlich war es nicht Pini, das war ihr klar gewesen, aber Imke fühlte einen Stich der Enttäuschung. Die Haushaltshilfe bat sie herein. Der kühle und scharfe Kieferngeruch eines Lufterfrischers hing in der Luft.

Imkes Blick schweifte durch das Apartment. Das

Wohnzimmer war kleiner als in ihrer Erinnerung und der Essbereich dunkler, aber dies war ihre Wohnung. Der Mittelpunkt ihrer Kindheit, wo das Geräusch ihrer kleinen Füße widerhallte, die kaum den Boden berührten, wenn sie jeden Morgen den Korridor entlangrannten. Traumspuren aus einer längst vergangenen Zeit.

Die Haushaltshilfe bot Imke ein Glas Wasser an und erklärte ihr, dass sie sich gerne umsehen dürfe.

Imke ging von Zimmer zu Zimmer.

Die Wohnung war komplett renoviert worden, aber sie erkannte trotzdem vieles wieder.

»Hier war meine alte Messlatte«, strahlte sie. »Auf die Wand im Gang gemalt.« Sie wippte aufgeregt auf und ab und lachte vor Begeisterung. »Und das hier war mein Kinderzimmer!« Sie erinnerte sich, dass es einst rosa gewesen war. Alles sah sie wieder vor sich: der *My Little Pony*-Bettüberwurf, die *Madeline*-Aufkleber an den Schranktüren, ihre *Little Lulu*-Puppen auf der Fensterbank. Und später dann Poster mit den Spice Girls und Hanson an den Wänden, ihr Pyjama mit dem *Sabrina, total verhext*-Aufdruck unter dem Kissen, die plüschigen Hausschuhe auf dem Teppich neben dem Bett. Alles verschwunden. Der Raum war nun in Beige- und Weißtönen gehalten und in ein Arbeitszimmer voller IKEA-Möbel umgewandelt worden. In diesem Zimmer hatten Imkes Eltern ihre ersten wackligen Schritte gefilmt und zugesehen, wie sie in ihrem gestreiften Strampelanzug herumgerannt war und ihnen freudestrahlend die unterschiedlichsten Spielzeuge gebracht hatte.

Erinnerungen an ihren Vater tauchten auf: Papa, seine ungestüme Umarmung, wenn er von der Arbeit nach

Hause kam; wie sie die Umarmung erwiderte, so fest es ihre kleine, dünne Gestalt erlaubte; ihr Kopf, der zwischen seinen Bizeps und die Brust gepresst war, ihre Nase an seinem Hals, der Geruch seines Rasierwassers von Paco Rabanne … und wie er sie hochgehoben und auf seine Schultern gesetzt hatte.

Imke ging in die Hocke und berührte die Holzmaserung des Bodens. Sie war überwältigt von Erinnerungen, verschwommene Bilder wirbelten ihr durch den Kopf: fröhliches Lachen, Kichern und Kreischen. *Polly Pocket*-Puppen. Mama in ihrem Seidenkleid aus Surakarta. Das Schlürfen von eisgekühltem Ribena-Saft direkt aus der Packung. Große Bissen Armer Ritter, Puderzucker am Kinn. Krank im Bett mit Windpocken, zu Tode gelangweilt. Schatzsuche auf der Jagd nach Pfeifen, Kreiseln und anderen Trophäen.

Sie machte sich auf den Weg in die Küche. Die Fliesen waren neu. An einer Pinnwand hingen die Familienfotos fremder Menschen; Mitteilungen von der Schule und das Kunstwerk eines Kindes schmückten den Kühlschrank. »Hier hab ich meine Barbies gefüttert; ich habe ihnen Pommes frites an die Plastiklippen gestupst. Und hier drüben«, sie öffnete die Hintertür, die zur Feuertreppe führte, »hat mein Vater seine Initialen eingeritzt. Seht nur!« Sie deutete darauf, und Nakula und die Haushaltshilfe taten ihr den Gefallen und sahen es sich an. »Ich glaube, ich kann sie noch immer erkennen.« Sie fuhr mit dem Finger über die Oberfläche.

So viele Gefühle suchten sie heim, dass ihr ein wenig schwindlig wurde. Sie holte ihr Handy hervor und rief Erica an. »Tante Ecks!«

»Imke!«

»Ich bin in der Wohnung.«

»Und?«

»Ich bin glücklich und aufgeregt und ziemlich traurig.« Sie wusste, dass sie zu schnell redete, aber sie konnte nichts dagegen machen.

»Ich habe dir gesagt, dass es so kommen würde.«

»Überall, wo ich hinsehe, sehe ich ein winziges Stückchen von mir.«

Sie ging ins Elternschlafzimmer. Das Bett befand sich noch immer an der gleichen Stelle. Das Bett, auf dem sie an jedem Sonntagmorgen gehüpft war. Das Bett, wie ihre Mutter gerne erzählte, in dem sie empfangen worden war. Früher war hier ein Weinfleck auf dem Teppich gewesen. Imke beugte sich herunter und berührte den neu verlegten Teppich.

»Denk dran zu atmen, in Ordnung? Und, Imke?«

»Ja, Tantchen?«

»Ich hab dich lieb.«

»Ich dich auch.«

Imke trat auf den Balkon hinaus, um ein wenig zur Ruhe zu kommen. Ein feiner Dunst lag über der Stadt.

Sie hatte sich danach gesehnt, an den Ort zurückzukehren, an dem sie glücklich gewesen war. Eines war ihr aus ihrer Kindheit geblieben, eine vertraute Expat-Eigentumswohnung mit Teakholzschränken und runden Rattanliegen und IKEA-Stühlen. Und jetzt wollte sie sie nicht mehr haben. Diese Wohnung war nicht länger ihr persönliches Heiligtum.

Imke stand auf und starrte mehrere Minuten vor sich

hin, ohne etwas zu sehen, das Gesicht gerötet von der Hitze.

Und dann führte sie ein Mann, die Hand behutsam an ihrem Ellbogen, zu einem Stuhl. Er bot ihr ein Glas kühles Wasser an und lächelte. Es war ein Lächeln, das besagte: Ich weiß, wie du dich fühlst. Ich verstehe es. Sie erwiderte das Lächeln. Sekunden später neigte Nakula den Kopf und verabschiedete sich.

SIEBEN

Freitag, 6:09 Uhr
Ich fühle seine Erregung.

Er ist ein ausgetrockneter Fluss, der nach einem Regenguss dürstet.

Jeden Morgen erwacht er mit einem Gefühl der Panik in der Brust. Ich weiß es, weil ich dabei bin und es beobachte, ich sehe, wie er mit einem Ruck erwacht, die Muskeln angespannt, in Alarmbereitschaft. So ist er, seit ich zurückdenken kann. *Sih,* seit der Ärger mit diesem Mann begann.

Es war dunkel. Bis zum *fajr*-Gebet würde es noch Stunden dauern. Der Mann, der unser Zimmer betrat, stank nach Alkohol. Ein böser Glanz lag in seinen Augen. Er war Mutters Freund, der »Kavalier« mit dem hässlichen Lachen. Wir waren noch klein, nicht älter als fünf oder sechs, aber die Erinnerung daran ist noch ganz deutlich. Das Licht aus dem Korridor umfloss seine große Gestalt und zeigte uns, dass er nackt war. Er drückte sich bei meinem Bruder herum und stand an seinem Bett. Mein Bruder tat so, als würde er schlafen, als der Mann die Decke zurückzog. Er wagte es nicht, die Augen zu öffnen, aber er wusste, dass der Mann sich selbst streichelte. Das ging eine lange Weile so. So lang wie es dauert, im Geiste das ganze Nina-Bobo-Schlaflied zu singen. Mein Bruder hielt die Augen fest geschlossen, die ganze Zeit über, selbst als der Mann leise ächzte und etwas Feuchtes auf den Boden spritzte. Mein Bruder dachte, es wäre der Pflanzensaft von einer Kokospalme.

Seit jener Nacht hat er nicht mehr richtig geschlafen.

Freitag, 17:41 Uhr

Ich muss meinen Bruder aufhalten. Mittlerweile haben seine Taten das Maß des Erträglichen überschritten. Ich flehe ihn an. Ich drohe ihm. *Aduh,* aber das ist ein Witz! Er hat keine Angst vor mir, ich stoße auf taube Ohren. Es ist, als würde man eine Tasse Wasser in den Ozean kippen.

Ich ändere meine Strategie und versuche es mit Vernunft. Ich sage: »Leg wenigstens Glasstückchen auf ihre Augen, damit sie im Jenseits eine ungehinderte Sicht hat.« Ich hoffe, das bringt ihn dazu, an Himmel und Hölle zu denken, über seine Handlungen und deren Konsequenzen nachzudenken.

Er tut meine Worte ab, was mich nicht überrascht. Vielleicht ist er bereits in der Hölle.

Er sieht auf die Frau hinab und zieht den Handschuh aus.

Ich sehe zu, wie er ihre Kehle umfasst. Der gleiche Ablauf: eins, zwei, drei, vier, fünf. Alle Finger der rechten Hand auf ihren Stimmlippen. Er drückt zu.

Sie gibt einen furchtbaren Laut von sich. In ihrem Schritt breitet sich langsam und gleichmäßig ein kleiner dunkler Fleck aus. Dann löst er seinen Griff.

Der purpurrote Knebel bläht ihr Gesicht auf, und

ich muss lächeln. Ihre Wangen sind so aufgeblasen wie die von Louis Armstrong. Sie atmet heftig durch die Nase.

Er befreit ihr linkes Handgelenk aus den Fesseln und legt ihr die kühle Klinge auf die Haut.

Sekunden später schlägt das Hackbeil zu. Er zieht den Knebel heraus, um ihren Gesichtsausdruck zu bestaunen. Der Mund der Frau ist zu einem runden schwarzen Loch geformt.

In seinen Haaren und auf seiner Kleidung ist Blut. Ihr Blut. Seine Hand wandert wieder zu ihrer Luftröhre, brutaler diesmal.

Ja, ich bekenne, mein Bruder hat einen immerwährenden Durst. Und er kann nicht gestillt werden.

Freitag, 23:05 Uhr

Die Luft im Raum ist feucht; die Wände klamm, man könnte hier Champignons züchten.

Mein Bruder ist verärgert.

Mit geballten Fäusten hämmert er sich gegen den Kopf und schlägt sich auf die Oberschenkel. Er sieht aus, als würde ihm gleich Schaum vor den Mund treten.

Vor ihm auf dem Boden steht eine mit Urethan isolierte Kiste. Er bestückt den Boden der Kiste mit Trockeneis. Ich helfe ihm, die Lücken mit Zeitungen zu stopfen und das Innere mit Styroporstücken abzudichten.

Er legt die Frauenhand hinein und bedeckt sie mit Trockeneis. Dann schließt er den Deckel.

Sieben weitere Kisten stehen an der Wand am anderen Ende des Raumes, sechs von ihnen sind leer.

Mein Bruder ist verärgert, weil die Polizei keine gute Arbeit leistet.

Er hat ihnen den Mah-Jongg-Stein als Hinweis dagelassen, nicht nur ein Mal, sondern zwei Mal, und sie begreifen immer noch nicht, was er ihnen sagen will. Er schreit, ein Kauderwelsch aus Wörtern, er lacht und kichert, und doch ist er im selben Moment wütend. Erneut eine Reihe von Wörtern, wie ein babylonisches Sprachengewirr, die er immer und immer wieder brüllt. Er schlägt mit der flachen Hand auf den Tisch.

Dann greift er sich einen Stift und beginnt, Bilder an die Wand zu kritzeln. Der Stift zerbricht, so fest hält er ihn.

Er steigert sich in seinen Zorn hinein, er ist so durchgedreht, dass er seine eigenen Haare anzünden würde.

Er schlägt mit der Faust gegen die Wand. Das geht eine ganze Weile so weiter. Als er wieder etwas ruhiger wird, starrt er auf seine zerschrammten Knöchel und setzt sich hin. Der Raum rund um seinen Zorn ist vollkommen still.

Ich schaffe es, ihn zu beschwichtigen. Das ist einer der Vorteile, wenn man sein Bruder ist. Ich streichle die Haut an seinen Knöcheln und beruhige ihn. Er braucht mich, sagt er mir. Ich bin seine zweite Haut.

Sein Handy vibriert. Es ist eine SMS von seiner Arbeit mit Anweisungen für den kommenden Tag. Er scrollt durch die Fotos, die er mit dem Handy gemacht hat. Es sind etwa zwanzig, die er erst vor Kurzem geschossen hat. Ich sehe die beiden Opfer und erkenne die Tatorte wieder. Es gibt mehrere Vorher- und Nachher-Bilder.

»Was weiß die *polisi*?«, fragt er.

Ich erkläre ihm, sie wissen gar nichts. Doch das gefällt ihm nicht. Er sagt, es ist meine Aufgabe, sie in die richtige Richtung zu lenken.

»Alles Idioten. Sie picken auf dem Boden herum auf der Suche nach Hinweisen wie geistesschwache Hühner. Der Commissioner«, sagt er, »hat mit diesen Klatschreportern geredet und das Ganze als Panikmache hingestellt. Er ist das Problem. Er verschleiert die Sache, er streut ihnen Sand in die Augen.« Sein Gesicht verzerrt sich bei seinen Worten. Er zieht die Lippen zurück und zeigt die Zähne, und es ist kein freundliches Lächeln. Es ist das Lächeln eines Mannes, der einer Fliege die Flügel ausreißt.

Mein Bruder sagt, er will ihn verstümmeln, seinen *kontol* abhacken. Aber ich bin sicher, das wird er nicht tun. Niemand verdient es, seinen Penis zu verlieren, und ich weiß, dass er sich, trotz all seiner Angeberei, nicht ablenken lässt. Er wird an seinem Plan festhalten. Er wird zuerst die ganzen Frauen töten.

ACHT

Ruud befestigte Fotos der Opfer auf der Korkplatte an der Wand im Vernehmungsraum. Zuvor hatte er die Namen der Opfer, ihre Adressen, ungefähre Todeszeit und die ersten Helfer am Fundort auf ein Whiteboard geschrieben. Jetzt hängte er einen Stadtplan auf und zog mit rotem Filzstift eine Linie, die die beiden Tatorte miteinander verband. Als Nächstes stellte Ruud die Plastikstühle im Kreis auf. Er hatte festgestellt, dass seine Kollegen offener sprachen, wenn sie so saßen. Während er damit beschäftigt war, kam Commissioner Witarsa hereingetrottet, die große Gestalt nach vorne geneigt, als würde er gegen eine steife Brise ankämpfen. Er bewegte sich schwerfällig und schlappte mit seinen Plattfüßen über den Boden.

Drei Beamte kamen hinter ihm ins Vernehmungszimmer. Vidi stammte aus Sumatra und war Ende dreißig, hatte einen *Sunnah*-Bart und eine Bifokalbrille mit rechteckigen Gläsern. Die anderen beiden waren Aiboy Ali, zehn Jahre jünger und mit einem schwarzen Megadeth-T-Shirt, sowie Werry Hartono, der Jüngste der Einheit. Er war erst zwanzig, kam direkt von der Polizeiakademie mit dem Rang eines Zweiten Lieutenants und verfügte noch über keinerlei Erfahrung. Er trat etwas aufgeblasen auf und war nicht wahnsinnig helle. Darüber hinaus bestand er darauf, mit Ruud Englisch zu sprechen, um die Sprache seiner Helden besser zu lernen, Benedict Cumberbatch und Martin Freeman aus *Sherlock*.

Werry war einer dieser verklemmten Typen, die ihre Unterhosen bügelten. Welchen Sinn hat es, seine Unterhosen zu bügeln, dachte Ruud, wenn man den Großteil des Tages bei 32° C auf den Knien neben einem Mordopfer herumrobbt, und der Schweiß läuft einem den Rücken hinunter?

Zu Ruuds Unbehagen trug Hartono auch noch einen Ring mit dem Siegel der Indonesischen Nationalpolizei.

Vidi, der lieber seine braune Polizeiuniform trug statt Zivilklamotten, zog sich einen Stuhl heran und setzte sich. In jeder Hand drückte er einen federnden Handtrainer.

Ruud pufft ihn in den Oberarm und sagte mit breitem Grinsen: »Morgen!«

»Du bist immer glücklich, wenn du zur Arbeit kommst, was?«, brummte Vidi.

»Das liegt an deinem engelsgleichen Gesicht, Bruder; dein Anblick erfüllt mich mit Freude.«

»Also?« Witarsa trank einen Schluck Kaffee. »WAS … halten Sie von dem Ganzen, Pujasumarta?«

»Um ehrlich zu sein, kann ich noch nicht sehr viel sagen, Sir. Das zweite Opfer wurde identifiziert. Es handelt sich um Shireen Zee, fünfundvierzig Jahre alt. Sie hat bei der Post gearbeitet; PT POS Indonesia. Verwitwet, keine Kinder. Sie hat das gleiche Schicksal erlitten wie Mari Agnes Liem, und alles weist darauf hin, dass es der gleiche Täter war. Beide Opfer sind erstickt. Anfangs wurden sie manuell stranguliert, dann hat man ihnen die linke Hand abgeschlagen, bevor der klinische Tod eingetreten ist. Bei beiden Frauen wurde die gleiche Waffe verwendet. Keinerlei Anzeichen eines sexuellen Übergriffs. Wir wissen nicht besonders viel über sie. Keine der beiden Frauen hatte einen Eintrag im Strafregister oder Verbindungen zur Unterwelt. Keine Konflikte bei der Arbeit oder Feinde, von denen wir wüssten. Natürlich sind wir noch dabei, ihr Leben, ihre Beziehungen, Freunde, Liebhaber, Gewohnheiten und Schulden zu überprüfen, aber im Moment haben wir lediglich zwei vorsätzliche Morde ohne offensichtliches Motiv.«

»Es gibt immer ein Motiv.«

»Bisher haben wir nur wenig gefunden, was die beiden Opfer miteinander verbindet – sie hatten unterschiedliche Jobs, sind auf verschiedene Schulen gegangen, hatten keinerlei persönliche oder familiäre Verbindungen. Die Telefondaten reichen fünf Jahre zurück und zeigen, dass sie nicht miteinander telefoniert haben. Die eine hat in den *kampung*-Slums gelebt, die andere in einem Sozialwohnungsblock. Sie sahen sich nicht ähnlich, Haarfarbe und Kleidungsstil waren ebenfalls verschieden. Die eine war klein, die andere groß und stämmig. Das Einzige, was sie gemeinsam haben, ist ihr Alter – sie sind beide fünfundvierzig Jahre alt – und die Tatsache, dass sie Tionghoa-Chinesinnen waren.«

Vidi erwiderte: »Indonesien hat locker drei Millionen Indonesier chinesischer Abstammung.«

»KÖNNTEN … die Morde einen rassistischen Hintergrund haben?«

»Es ist möglich, Sir. Ich habe schon ein paar Jungs nach Chinatown geschickt.«

»Und die Spurensicherung?«, fragte der bärtige Beamte.

»Die Laboranalyse hat keine Übereinstimmungen ergeben. Wir haben beide Wohnungen durchsucht und nichts gefunden. Eine toxikologische Untersuchung, ob die Frauen betäubt wurden, steht noch aus. Aber davon abgesehen haben wir nur Nieten gezogen – was nicht weiter verwunderlich ist. Der Mörder hat das zweite Opfer in einen Müllcontainer geworfen, und die Leiche ist so mit Erde und pflanzlichem Gewebe verschmutzt, mit Fasern, Schleim, Glasstückchen und weiß der Himmel wie vielen Chemikalien, dass es beinahe unmöglich ist, über das Labor viel herauszubekommen. Die Spurenanalyse hat nichts ergeben, und wir haben an keinem der beiden Fundorte Körperflüssigkeiten oder Fingerabdrücke gefunden. Die Haare und Fasern, die wir in Mari Agnes Liems Haus entdeckt haben, sind wertlos.«

»Warum?«

»Das Haar stammte von einem Affen.«

Vidi drückte seinen Handtrainer, und Witarsa zog spreizfüßige Runden um den Stuhlkreis. »Glauben Sie immer noch, das war das Werk von Kredithaien? Jemandem wie Susanti?«

Quassel-Susanti war ein Gangster, ein *preman*, und Mitglied in der Betawi-Bruderschaft, Jakartas berüchtigtster Verbrechergang. Ihm gehörte der Leopard Karaoke Club, und er betrieb eine Reihe von Schwulen-Saunen auf der Jalan Talang Betutu und Protocol Street.

Der Leopard Karaoke Club war ein mehrstöckiger Bau, in dem ein Schwarm junger Frauen arbeitete. Es gab dort VIP-Räume mit »geschlossenen Türen«, die der Kundschaft Intimsphäre und Sicherheit garantierten. Jedermann wusste, dass der Karaoke Club nur die Fassade eines Bordells war.

Ruud schüttelte den Kopf. »Das wird immer unwahrscheinlicher. Der Mörder ist kein *tengkulak*, der säumige Schuldner bestraft, so viel ist sicher. Und dann ist da noch dieses seltsame Liedchen, das er uns dagelassen hat. Ich bin sicher, Sie kennen alle die neueste Cabe-cabean-Kampagne gegen ungewollte Teenager-Schwangerschaften.«

»Trotzdem«, wandte Vidi ein. »Quassel-Susanti hat eine langjährige Vorgeschichte, wenn es um das Verstümmeln von säumigen Schuldnern geht, oder nicht? Wir sollten ihn verhören.«

»ICH«, Witarsa nahm einen großen Schluck Kaffee, »stimme zu.«

»Und was ist mit den verschwundenen Händen?«, fragte Vidi.

»Wir haben den Kanal bei ihrem Haus abgesucht, bisher ergebnislos«, sagte Ruud.

»Wir haben nichts gefunden«, warf Aiboy Ali ein, »weil er die Hände als Souvenir behält.«

Witarsa veränderte seine Haltung, sodass seine Plattfüße noch weiter auseinanderstanden. »WIR MÜSSEN die Sache in den Griff bekommen! Ich *brauche* Ergebnisse!« Ruud betrachtete das niedergeschlagene Gesicht seines Vorgesetzten und registrierte mehr Stress als gewöhnlich. Sein Chef lebte in der paranoiden Vorstellung, dass er gefeuert werden würde, und hatte seit Neuestem einen Tic entwickelt, ein kleines nervöses Zucken am linken Augenlid. Reizbar, argwöhnisch und unsicher kam er jeden Morgen zur Arbeit, im festen Glauben, dass er das

Opfer irgendeines ausgeklügelten politischen Verdrängungsprozesses wäre, seine Kündigung schon aufgesetzt wurde und er den Rest seines Lebens bei der Security in einem Einkaufszentrum würde arbeiten müssen.

Die Wangen des Commissioners bebten. »ES MUSS eine Verbindung zwischen den beiden Frauen geben. Suchen Sie nach Cousins, nach Freunden. Verflucht, es ist mir egal, und wenn sie nur den gleichen Zeitungsjungen hatten! Finden Sie etwas!«

»Wir tun, was wir können, Sir«, erwiderte Ruud. »Trotzdem, die Frage bleibt – warum macht er das? Und warum behält er die Hände?«

»Wie ein Apache, der Skalps sammelt«, sinnierte Werry Hartono und strich sich über die Babyspeck-Wangen.

»Profil?« Aiboy Ali war Ende zwanzig, ein Jahr älter als Ruud. Er hatte lange Haare und trug Biker-Armbänder aus schwarzem Leder an den Handgelenken. Ruud mochte den würzigen Geruch seines Aftershaves und seine scherzhafte Art, und es machte ihm nichts aus, dass Aiboy Ali ihn wegen seiner Vergesslichkeit oft *Gajah* nannte – Elefant. Davon abgesehen, sicherte etwas Humor während der hässlichen Momente die geistige Gesundheit der Einheit. Neun von zehn Mal, wenn sie an einem Fall arbeiteten, hatte Ruud Stift und Papier vergessen, um sich Notizen zu machen. Manchmal vergaß er auch seinen Dienstausweis, weil der noch in der Hose vom Vortag steckte. Einmal hatte er sogar seine Autoschlüssel am Tatort verlegt. Der Spitzname ärgerte und amüsierte ihn zugleich.

Aiboy Ali entstammte einer maduranischen Familie von Viehzüchtern und war ein guter Freund von Ruud geworden. Anfangs hatte Ruud nur von ihm gewusst, dass er Heavy-Metal-Fan war und auf irgendeine scheußliche Band namens Burgerkill stand. Morgens drehte er als Erstes deren entsetzliches Gedröhne zu voller Lautstärke auf. Er hatte sich durchgerungen, Ruud Burgerkills gesammelte Aufnahmen zu leihen, obwohl Ruud nicht einmal vorgab, er hätte Spaß daran.

Ruuds Nachbarn am Ende des Flurs hatten einen Teenager, der gerade Schlagzeug lernte, und die Leute in der Wohnung über ihm hatten ein schreiendes Baby. Seiner Meinung nach könnte er, wenn er diese beiden Lärmquellen kombinierte und sie mit dem Klang zerbrechenden Geschirrs mischte, etwas produzieren, das dem Musikgeschmack seines Kollegen durchaus entsprach. Ruud war eher ein Fan von Blur, den Arctic Monkeys und der Smashing Pumpkins, und obwohl er manchmal auch ganz gern über einen guten Song redete, zog er die Grenze bei der Frage, wer die zehn größten Death-Metal-Bands aller Zeiten waren.

Aiboy Ali war nicht nur ein Witzbold, er hatte auch die dreckigste Lache, die Ruud kannte; er konnte in schallendes Gelächter ausbrechen, bei dem man förmlich sah, wie es sich im Dreck wälzte. Aber in erster Linie war Aiboy Ali Polizist, daher beschränkte er sein Lachen während der Dienststunden auf ein Minimum.

»In diesem frühen Stadium«, erklärte Ruud, »haben wir erst ein sehr allgemeines Profil, aber ich bin sicher, dass unser Mörder keine erkennbar geisteskranke Person ist, mit wilden Haaren und irrem Blick.«

»Immer vorausgesetzt, es ist ein Mann, *Gajah*«, sagte Aiboy Ali.

»Ich bin sicher, dass wir es mit einem Mann zu tun haben. Frauen verstümmeln ihre Opfer nicht.« Er machte eine Pause. »Stellt euch einen normalen Menschen vor. Einen Einzelgänger vielleicht, höchstwahrscheinlich ein introvertierter Mensch, aber in seinen Beziehungen ist er der Vorherrschende. Keine äußerlichen Anzeichen von Perversion oder Sadismus. Ich gehe davon aus, dass er recht zurückgezogen lebt. Aus den Autopsieberichten geht hervor, dass beide Opfer beinahe zu Tode gewürgt wurden, mit starken Druckverletzungen an der linken Seite der Kehle, was auf einen Rechtshänder schließen lässt. Da keine der beiden Frauen sexuell missbraucht wurde, besteht die Möglichkeit, dass er unter einer erektilen Dysfunktion leidet und aus Frustration tötet. Die Frage ist, hinterlässt er eine Signatur? Und wenn ja, warum?« Ruud drehte sich von seinen Zuhörern weg.

Er holte zwei Fotos aus einer Faltmappe und heftete sie nebeneinander an die Wand. »Das ist der einzige Hinweis, den wir haben.«

Ruud wartete einen Moment, damit die Anwesenden die Fotos in Ruhe betrachten konnten. Alle starrten auf das Bild des Mah-Jongg-Ziegels.

Aiboy Ali sprach als Erster. »Die Mah-Jongg-Steine von den beiden Tatorten sind die gleichen.« Er balancierte einen iPad auf dem Schoß.

»Genau. Die Ziegel mit den Kreisen nennt man *Tong zi.* Auf Kantonesisch wird der Stein mit den zwei Kreisen *Leung Tung* genannt, was wortwörtlich ›das Gleiche‹ oder ›Zwei von derselben Art‹ bedeutet. Das Interessante ist, dass immer einer der Kreise weggekratzt wurde. Mit einem Messer oder etwas vergleichbar Scharfem.«

»Warum gibt er uns einen Hinweis?«, sagte Vidi. »Ich nehme an, du erzählst uns jetzt, dieser Dreckskerl will erwischt werden?«

»Nein«, erwiderte Ruud. »Er will nicht erwischt werden. Er hinterlässt uns Hinweise, weil er das Gefühl hat, wir könnten ihn gar nicht fassen.«

»ALSO … sind Sie sicher, dass er wieder zuschlagen wird.«

»Ja.«

»Ich habe eine Frage«, meldete sich Hartono zu Wort. »Wurde Shireen Zee an der Fundstelle umgebracht, oder wurde ihre Leiche erst später dort deponiert?«

»Solossa und sein Pathologenteam glauben, dass die Gasse hinter dem HERO nicht der Tatort ist. Sie gehen davon aus, dass die Frau zuerst getötet und dann dorthin geschafft wurde.«

»Aber das bedeutet, dass wir es mit einem anderen Muster zu tun haben. Warum hat er sie nicht dort gelassen, wo sie war, sodass sie in ihrer Wohnung gefunden wurde wie Mari Agnes Liem?«

»Shireen Zee wohnte mit ihrer Mutter in einem Apartmentblock. Wir haben keine Beweise, die darauf hindeuten, dass sie zu Hause getötet wurde. Ich schätze, der Täter hielt es für zu riskant. Dieser Kerl lässt sich Zeit mit seinen Opfern. Er zieht Befriedigung aus der rituellen Folter und der Tötung. Höchstwahrscheinlich hat er Shireen Zee entführt und in ein leeres Lagerhaus oder auf ein brachliegendes Grundstück gebracht und sie dort getötet.«

»Was ist mit den Überwachungskameras beim HERO?«

»Es gibt Kameras im hinteren Bereich des Supermarkts, sie decken aber nur den Hinterausgang und den Parkplatz des Managers ab und weder die Gasse noch die Mülltonnen. Es gibt keine Aufnahmen, die zeigen, dass irgendjemand gekommen oder gegangen wäre.«

»Pujasumarta«, flehte Witarsa, und sein mürrisches Walter-Matthau-Gesicht verzerrte sich in stiller Verzweiflung. »SIE MÜSSEN mir schon etwas an die Hand geben, irgendetwas, das ich unseren vorgesetzten Generälen sagen kann. Besteht die Möglichkeit, dass die zwei Kreise auf den Mah-Jongg-Steinen die Geistesverfassung des Täters widerspiegeln? Dass das Wegkratzen des einen Kreises bedeutet, dass er … vielleicht verraten wurde, von einer Freundin? Seiner Partnerin?«

»Möglich.«

»Vielleicht war es ein Exfreund oder Liebhaber.«

»Wir überprüfen das bereits. Unsere Techniker durchsuchen Shireen Zees Handydaten. Wir haben auch die Terminkalender und Tagebücher der Opfer überprüft, aber keinerlei Hinweise gefunden, dass sie sich mit jemandem getroffen haben. Das Gleiche gilt für ihre Facebook- und E-Mail-Accounts. Keine der beiden Frauen hatte besonders viele soziale Kontakte.«

»PRÜFEN Sie, ob eine der beiden auf irgendeiner Dating-Website registriert war«, sagte Witarsa.

Vidi fuhr sich mit der Hand durch seinen zotteligen Bart. Plötzlich wirkte er sehr blass. »Waren irgendwelche Fingerabdrücke auf den Steinen?«

»Keinerlei Fingerabdrücke«, entgegnete Ruud. »Sie wurden abgewischt. Aber wir wissen, dass die Steine zu einem Set gehören, das man ›China Green‹ nennt. In Guangzhou hergestellt und sehr verbreitet. Erhältlich auf tokobagus.com.«

»NA, das ist ja fantastisch«, zischte Witarsa und kämpfte darum, die Fassung zu bewahren.

Ruud fuhr fort: »Wir sollten also vorrangig herausfinden, warum er seinen Opfern diese Steine in den Mund gesteckt hat und was sie bedeuten. Will er identifiziert werden? Ist es ein Hilfeschrei? Oder ist es einfach nur ein Ablenkungsmanöver, um uns auf eine falsche Fährte zu locken? Das Tatmuster zeigt, dass er organisiert ist, geduldig und pragmatisch. Das legt nahe, dass er im Privatleben ähnliche Eigenschaften aufweist.«

Aiboy Ali hob das iPad von seinem Schoß. »Hier bei Wikipedia heißt es, dass Mah-Jongg ›Sperlingsspiel‹ bedeutet. Das Mischen der Steine am Anfang einer Runde klingt wie Vogelgezwitscher.«

Ruud kratzte sich am Hinterkopf. »Gangsterbosse haben manchmal Spatzen auf den Arm tätowiert.«

»Ein Mann mit einem Spatzentattoo ist ein Mensch, der sich keinerlei Regeln verpflichtet fühlt und Herr seines eigenen Schicksals ist«, sagte Aiboy Ali.

»*Alhamdulilah!*« Witarsas müdes Gesicht belebte sich, wie ein Hund, der Witterung aufnimmt. Er durchschnitt die Luft mit einem Karatehieb. »ICH WUSSTE, dass die Sache etwas mit Kredithaien zu tun hat. Vidi, setzen Sie Ihren Hintern in Bewegung und finden Sie heraus, wie viel diese Frauen Quassel-Susanti geschuldet haben! Und Sie, Pujasumarta, Sie sind Erster *Inspektur*. Haben Sie Tomaten auf den Augen? Eine Jackfrucht anstelle eines Gehirns? Da haben Sie Ihren Verdächtigen. Bestellen Sie ihn ein! Das ist ein Befehl.«

Werry Hartono hob die Hand. »Dürfte ich Sie daran erinnern, Sir, dass wir den Begriff ›möglicher Verdächtiger‹ verwenden sollten? Die Erklärung Susantis zu einem Verdächtigen ist ein offizieller gerichtlicher Vorgang.«

»Halten Sie die Klappe, Hartono!«

NEUN

Das Klopapier lag abgerollt auf dem feuchten Boden, die Schöpfkelle aus Plastik war heruntergefallen.

Er riss sich die Bifokalbrille vom Gesicht und konzentrierte sich auf die weiße Wand. Wie er es geschafft hatte, in die Toilettenkabine zu kommen, ohne Aufmerksamkeit zu erregen, war ihm ein Rätsel. Hatte niemand sein Zittern bemerkt? Hatten sie ihn nicht hereinstolpern sehen?

Niemand durfte es wissen. Niemand durfte ihn so sehen.

Ngentot! Es ging los!

Das Zittern. Die Schweißausbrüche. Und die Kopfschmerzen.

Er fühlte die Veränderung in sich.

Mit beiden Händen fuhr er sich durch seinen *Sunnah*-Bart und murmelte ein stummes Gebet. Seine Gesichtszüge spannten sich an.

Er saß auf der Toilettenschüssel, beugte sich vor und begann zu zählen.

Siebzehn, achtzehn, neunzehn, zwanzig …

Als selbst das Zählen zum Kampf wurde, schlug er sich mehrmals ins Gesicht.

Er hörte auf den Herzschlag, der in seinem Kopf dröhnte. Seine Herzfrequenz stieg.

Wie hatte er nur so nachlässig sein und den Beutel vergessen können? Ohne den Beutel mit dem Messgerät und die durchsichtige Plastikbox mit dem Medikament könnte er sterben.

Mit zitternden Fingern drehte er die Enden des Bonbonpapiers auf. Das zerknitterte Zellophan fiel zu Boden. Er lutschte an dem Bonbon und schluckte den Speichel hinunter. Dann glitt er von der Schüssel herunter auf den Boden und lehnte den Kopf gegen die Wand. Die Fliesen waren feucht. Er wollte die Beine ausstrecken, aber er hatte nicht genug Platz.

Tiefe Atemzüge. Mach tiefe, gleichmäßige, langsame Atemzüge.

Er fühlte, wie sich seine Lungen mit Luft füllten, die von ätzenden Reinigungsmitteln verseucht war.

Der Schweiß hatte seinen Kragen durchtränkt. Er öffnete die Knöpfe seiner Uniform. Dann zog er sein Portemonnaie aus der Hosentasche, griff nach dem Plastikeinsatz und riss ihn heraus. Mit verzerrtem Gesicht starrte er auf das Foto der Frau.

Er verfluchte sie, einmal, zweimal, dann küsste er das Bild.

Eine Minute verging im Schneckentempo.

Seine Hände hörten auf zu zittern.

Aber die stechenden Kopfschmerzen blieben. Als schwimme ein Fisch in seinem Kopf umher und pralle gegen seinen Stirnlappen.

Das Quietschen von Gummi schreckte ihn auf. Die Türe zur Herrentoilette öffnete sich.

Er hörte Stimmen. Schritte.

Der Commissioner kam herein und stellte sich vor ein

Pissoir, während er sich mit Ruud Pujasumarta unterhielt.

Der Mann mit dem *Sunnah*-Bart hielt den Atem an. Er griff nach einem Bündel Toilettenpapier und wischte sich über die Stirn.

Niemand durfte davon wissen. Niemand durfte ihn je so sehen.

ZEHN

Eine schmale Mondsichel erhellte den Weg zum Bungalow. Kröten hüpften über den Rasen, und Eidechsen gaben leise Rufe von sich, auf der Jagd nach Moskitos und anderen Insekten.

Imke lag schlaftrunken im Bett und trieb zwischen Traum und Wachzustand. Sie drehte sich auf den Bauch. Ihre Schultern streckten sich und entspannten sich wieder. Ihr linker Arm war taub. Sie schüttelte ihn, um das Blut in ihre Finger zu treiben. Dann entspannte sie sich wieder und begann in einen dunklen Tunnel zu tauchen. Ihre Atmung wurde flacher.

Im Schlaf drang ein Laut zu ihr, wie das Klirren von Metall, das über Stein gezogen wird.

Ein schwarzer Schatten kam näher. Er schwebte über ihr, vollkommen reglos, und das lange weiße Haar strömte herab wie vergiftete Milch und verdunkelte das Licht. Eine Hand lag schwer auf ihrem Gesicht. Der Wind heulte. Finger drängten sich in ihren Mund. Sie erstarrte.

»Waaa… as?« Imke erwachte mit einem Ruck, die Augen weit aufgerissen. Mehrere benebelte Sekunden lang wusste sie nicht, wo sie war und wie sie in dem fremden Bett gelandet war. Sie starrte angespannt in die Dunkelheit, und langsam erkannte sie die Umrisse des Raums. Ein Albtraum, sagte sie sich. Nur ein böser Traum.

Aber etwas hatte sie geweckt. Ein Laut, ein Kratzen. Das Flackern von Licht, ungleichmäßige Schritte. Etwas Scharfes, Metallisches, gefolgt von Fußgetrappel. Irgendetwas war vorbeigeflitzt. Das Geräusch kam von draußen, vor ihrem Fenster. Sie blinzelte. Die schweren Vorhänge waren nicht zugezogen, die Gardinen schon. Das Fenster war ein undeutliches schwarzes Rechteck in der Dunkelheit. Und irgendetwas hatte am Fenster gekratzt. Es war kein Traum gewesen. Imke setzte sich auf, ihr Herz schlug wie wild. Mit angehaltenem Atem saß sie einen Moment reglos da und lauschte, doch als sie kein weiteres Geräusch hörte, atmete sie tief aus und tat das Ganze als Einbildung ab.

Kurze Zeit später hörte sie einen kleinen Zweig knacken, irgendwo ganz in der Nähe. Sie spannte sich wieder an. Das Licht an ihrem Nachttisch wagte sie nicht anzumachen, aber sie tastete nach ihrer Uhr. Die grünen Leuchtzeiger sagten ihr, dass es drei Uhr morgens war. Sie kletterte aus dem Bett und tastete sich auf die andere Seite des Zimmers. Kiki knurrte und fletschte die Zähne.

Imke legte die Hand auf eine Falte der Gardine und zog sie beiseite. Es war kein Mond mehr zu sehen. Das Fensterglas an ihrer Stirn fühlte sich kühl an. Die Sterne spiegelten sich im See, und in den entfernten Wäldern schienen sich schwarze Umrisse und Schatten zu bewegen. Ihr Blick wanderte rasch von Baum zu Baum. Nichts.

Sie lauschte, aber es herrschte Stille. Schließlich atmete sie tief durch und beschloss, wieder ins Bett zu gehen.

Doch erst mal griff sie nach dem Telefon und rief zu Hause an.

»Papa, ich bin's.«

»…«

»Ja, es ist spät. Mitten in der Nacht, drei Uhr morgens.«

»…«

»Nein. Alles in Ordnung.« Ihre Stimme klang angespannt. »Ich konnte nicht schlafen.«

»…«

»Ja, Jetlag. Ich wollte nur deine Stimme hören.« Sie dachte an die Nachricht, die sie bei ihrem Bett gefunden hatte, und zögerte. »Papa, hat dich irgendjemand außer Mama jemals Thys genannt?«

»…«

»Ich weiß, dass das eine seltsame Frage ist.«

»…«

»Ich frag einfach nur …«

»…«

»Aus keinem bestimmten Grund.«

»…«

»Nicht alles muss einen Grund haben.«

»…«

»Niemand in Jakarta?«

»…«

»Nein, das hab ich auch nicht geglaubt.«

»…«

»Papa, ich wünschte, du wärst mitgekommen.«

»…«

»Ich weiß. Was vorbei ist, ist vorbei, aber …«

»…«

»In Ordnung. Ich hätte nicht damit anfangen sollen.«

»…«

»Ja, alles klar. Ich geh wieder schlafen.«

»…«

»Ich dich auch. Tschüs.«

»…«

»Tschüs.«

Imke atmete tief aus und rieb sich den Kopf. Sie drückte das Telefon noch immer so fest ans Ohr, dass es wehtat.

Eine Weile blieb sie auf der Bettkante sitzen und starrte auf ihr Handy. Sie spürte ein merkwürdiges Gefühl in der Magengrube. Die Beziehung zu ihrem Vater war immer unkompliziert gewesen, er war immer ihr emotionaler Rückhalt gewesen. Während ihrer Jugendzeit in Amsterdam, nach der Rückkehr aus Jakarta, hatte sich ihre Mutter um die praktischen Dinge gekümmert. Sie kaufte Kleider mit Imke, machte Frühstück und Abendessen, fuhr sie zum Sportunterricht, zu Musikauftritten und Unterrichtsstunden. Ihr Vater dagegen kümmerte sich um das Emotionale. Mit sechzehn hatte sie gesehen, wie ihr Freund Danny van Gestel auf dem Schulball mit Cornelia Paumen geknutscht hatte. Es war ihr Vater gewesen, der besorgt in der Notaufnahme gesessen hatte, während die Ärzte die Verletzungen behandelten, die Imke sich zugezogen hatte, als sie bekifft und liebeskrank vom Moped gefallen war. Ihr Vater war es auch gewesen, der mit ihr später ein ernstes Wörtchen über Drogen geredet hatte.

Außerdem war er zuständig für Museumsbesuche und Fahrten zu den Spielen ihres Lieblingsvereins Ajax Amsterdam.

Während der Ausbildung hatte sie immer ihren Vater angerufen, wenn ihr Selbstvertrauen ins Wanken geriet, wenn die Abschlussarbeit sie zu sehr anstrengte oder einer ihrer Hunde krank wurde. Er war immer für sie da gewesen; ihr Vater war eine feste Größe in ihrem Leben.

Doch von dem Moment an, als sie beschlossen hatte, Erica auf ihrer Reise zu begleiten, sorgte die bloße Erwähnung Indonesiens für Spannungen. Lag es daran, dass er gezwungen gewesen war, einen Beruf aufzugeben, den er geliebt hatte? Lag es daran, dass er nie wieder die gleiche Karrierestufe erreicht hatte? Vermisste er den Lebensstil eines Expats so sehr, dass er es nicht mal ertrug, darüber zu reden? Imke schüttelte den Kopf. Nichts davon ergab einen Sinn.

Sie hatte wirklich versucht, ihn zu überreden, sie auf dieser Reise zu begleiten, bis sie schließlich die Hoffnung aufgegeben und das Thema gar nicht mehr angeschnitten hatte. Aber jetzt wollte sie darüber reden. Sie rief ihn erneut an.

»Papa, was ist los?«

Er antwortete nicht sofort, sondern ließ einige Sekunden verstreichen. Und in diesen Sekunden analysierte Imke das Schweigen. Was verschwieg er ihr? Was war da an Jakarta, das ihn so aus dem Gleichgewicht brachte? Aber er erklärte ihr nichts, er sagte nur, er wäre eben ein dummer alter Mann und sie solle sich keine Sorgen machen. Er fragte, ob es heiß war, ob sich der Smog gehoben und der Regen eingesetzt hatte. Er redete über alles Mögliche, um das Schweigen zu füllen.

Nach einer Weile legte sie auf.

Vogelgesang und das leise Klirren von Besteck.

Ein silberner Speisenwärmer mit Rinderwürstchen und Truthahn-Bacon stand auf dem Serviertisch.

Imke saß vor einer Schüssel frisch geschnittener Papaya am Frühstückstisch, rührte sie jedoch nicht an. Sie trug einen pinkfarbenen Morgenmantel, und ihre Füße steckten in einem Paar weicher türkischer Pantoffeln. Sie sah über die Veranda hinweg zu der Rasenfläche und den entfernter gelegenen Wäldern. Die Luft war wohlriechend und mild und der Himmel von einem weiten Blau.

Erica saß Imke gegenüber und reichte ihrer Nichte eine Tasse Tee.

Die Deckenventilatoren drehten sich. Erica warf einen Blick in die Morgenzeitung; die Schlagzeilen in der *Jakarta Post* beschäftigten sich mit den bevorstehenden Wahlen.

Kiki hob den Kopf vom Boden und stupste sie mit ihrer feuchten Nase an. Erica zog eine Tube *appelstroop* aus ihrer Handtasche, strich sich ein wenig süße Paste auf den Finger und ließ Kiki sie ablecken.

Imke starrte weiter auf die Bäume jenseits des Sees und die Schatten der Bananenstauden. Kiki versuchte ihr Glück jetzt bei Imke, die ihr abwesend die Ohren kraulte.

»Wahrscheinlich vermisst du dein Bett. In einem fremden Haus zu schlafen ist immer schwierig. Ich habe oft grässliche Träume, und wenn ich aufwache, bin ich auch überzeugt davon, dass die Bedrohung immer noch da ist«, sagte Erica. »Isst du gar nichts?«

»Ich bin nicht hungrig.«

Erica blieb unbeeindruckt. »Gibt es Toast?« Sie sah in Richtung Küche.

Imke zog den Gürtel ihres Morgenmantels fester und piekste mit der Gabel in ihre Obstschale. Sie spielte eine

Weile mit ihrem Essen herum und starrte das Milchkännchen aus Porzellan an, das wie ein *Garuda* geformt war, ein vogelähnliches Wesen aus der hinduistischen und buddhistischen Mythologie. »Lass uns heute mal was unternehmen«, sagte sie schließlich etwas fröhlicher. »Es gibt ein Dorf außerhalb von Jakarta, das ich gerne besichtigen würde. Die Badui sind ein Bergstamm, der nichts mit der modernen Welt zu tun haben will. Es gibt keinen Strom, keine Autos, keine Telefone. Sie leben ohne alle Errungenschaften der Zivilisation.«

»Was? Bist du wahnsinnig?«

»Ich würde gerne mal rauskommen. Wir könnten über Nacht dableiben, in einer Hütte auf Holzpfählen. Die Dorfbewohner baden im Fluss; das könnten wir auch machen. Das wird sicher lustig.«

»Im Fluss baden? Warum, um alles in der Welt, willst du das tun?«

»Darum eben.« Sie nahm etwas Obst und fütterte Kiki unter dem Tisch. »Es sind nur ein paar Stunden Fahrt. Denk doch mal drüber nach – ein Ort, an dem die Zeit stillsteht.«

»Klingt wie eine neue Foltermethode. Ich schaue mir nicht gern diesen traditionellen Einheimischenkram an – nicht, seit ich bei diesem Ringkampf in Istanbul war.«

»Das kann man auf keinen Fall miteinander vergleichen.«

»Ich hatte noch Tage danach Albträume. Es war ungefähr so, als würde man zwei fetten Männern beim Raufen in einem Sirupfass zusehen.«

»Du führst dich auf wie Lady Mary aus *Downton Abbey*.«

»Oh, das hoffe ich doch.« Sie nippte an ihrem Tee. »Was ich eigentlich sagen will: Ich finde, wir sollten etwas weniger, wie soll ich sagen …«, sie fuchtelte mit der Hand herum, »etwas weniger Abenteuerliches unternehmen. Wir könnten irgendwohin fahren, wo ich nicht als Hauptmahlzeit für die Moskitos diene. Nichts von diesem Mit-den-Zehen-in-der-Erde-wühlen-Blödsinn. Können wir nicht in ein Wellness-Center gehen? Ich könnte ein Gesichtspeeling mit Salz oder Seetang vertragen.«

Imke schüttelte den Kopf. »Du kannst mich nächste Woche ins Wellness-Center im Intercontinental mitnehmen. Wie wär's denn stattdessen mit einem Puppenspiel, *hè*? Hättest du Interesse an einem Besuch im Schattentheater, *wayang kulit*?«

»Das klingt schon viel besser. Irgendetwas, wo ich keine Käfer erschlagen muss, wo es keine Urwälder gibt und wo einem keine Lebewesen in die Unterhose schwimmen. Apropos Unterhose: Du solltest deinen Polizistenfreund anrufen und ihn fragen, ob er uns nicht begleiten will.«

»Sein Name ist Ruud Pujasumarta, und ich glaube nicht, dass er mir an die Wäsche will.«

»Da wäre ich mir nicht so sicher.« Ein unterdrücktes Lächeln, ein wissender Blick. Dann sah Erica wieder sehnsüchtig Richtung Küche. »Bist du sicher, dass sie keinen Toast haben? Weizenvollkorn?«

Imke goss Erica Tee nach. »Ich könnte ihn schon fragen, ob er mitkommt.« Ericas Teelöffel landete klirrend auf der Untertasse. »Das ist wirklich nicht gerade blutdruckfreundlich. Warum servieren sie uns Butter und Marmelade, aber keinen Toast? Kein Croissant und kein Brötchen in Sicht. Sieh dir nur diesen Boy da drüben an.

Er ist schon halb eingeschlafen, er macht eine vertikale Siesta. Ich habe Mannequins erlebt, die energiegeladener waren als das Personal hier. Gibt es eigentlich so etwas wie eine Klingel? Ich will nicht unbedingt brüllen.«

Imke antwortete nicht.

»Du bist mit deinen Gedanken ganz woanders.«

»Wirklich?«, sagte sie abwesend.

»Überlegst du immer noch, ob Ruud dir an die Wäsche gehen könnte?«

»Nein!«

»Du siehst aber ganz so aus.« Erica musterte ihre Nichte, Übermut im Blick.

Imke nahm einen stärkenden Schluck Tee und scrollte durch ihr iPhone, dann wählte sie Ruuds Nummer. Ihr Gespräch war ein wenig steif, was kein Wunder war. Er erklärte, er sei im Büro des Gerichtsmediziners und machte einen Witz darüber. Imke antwortete gezwungen fröhlich. Ein paar Gesprächspausen folgten, aber schließlich schlug sie ein Mittagessen vor, und Ruud sagte zu.

»Das wäre also geklärt«, sagte sie, als sie das Handy weglegte. Sie beträufelte ihr Obst mit Ericas *appelstroop*, angelte ein Stück Papaya heraus und steckte es sich in den Mund.

»Ich bin sicher, das wird ein tolles Essen.«

»Du kommst auch mit.«

»Ach nein, lieber nicht.«

»Was, willst du ihm etwa das Vergnügen vorenthalten, Maggie Smiths böse Doppelgängerin kennenzulernen?«

Erica lachte. »Manchmal sagst du wirklich die abscheulichsten Dinge zu mir.«

Als sie ihr Frühstück beendet hatte, inspizierte Imke

ihre klebrigen Finger. Sie ging durch die Doppeltüren auf die Veranda hinaus und wusch sich die Hände unter einem Wasserhahn draußen. Dann ging sie weiter, um das Gras in der Nähe ihres Schlafzimmerfensters zu untersuchen. Jenseits davon lagen die Wälder voll blauer Schmetterlinge, feuchter Hitze und lebensfeindlichem Gestrüpp. Ein Pfad führte links am Bungalow vorbei, und sie bemerkte, dass die Büschel mit totem Unkraut, die in den Ritzen im Stein wuchsen, niedergetreten waren.

Der Bambus knackte leise im Wind.

Sie sah noch mehr Fußabdrücke in der Erde. Spitz zulaufende Schuhe mit schweren Absätzen.

Auf dem Weg zu ihrer Verabredung mit Ruud begann es zu regnen, und Imke und Erica steckten über eine Stunde im Verkehr fest. Es regnete so heftig, dass sie schon fürchteten, das Wasser würde durch die Fenster dringen.

Motorisierte *ojeks* brausten vorüber. Einige wurden gefährlich eng von Bussen überholt, doch die Passagiere hatten sich entspannt zurückgelehnt, schrieben SMS und schenkten weder dem Motorrad noch dem Fahrer große Aufmerksamkeit. Als der Regen noch heftiger wurde, hielten immer mehr Fahrer unter Brücken und Straßenüberführungen an, um ihre Wind- und Regenjacken herauszuholen.

Nakula setzte sie am Rande eines Straßenmarktes ab. Mittlerweile hatte es zu regnen aufgehört, aber der Boden war feucht und schlammig, und Imke fühlte, wie das Wasser durch die Sohlen ihrer Ballerinas drang. Sie wünschte, sie hätte Sportschuhe angezogen statt der modischen Ballerinas.

Als Erica ausstieg, traf sie die Hitze mit voller Wucht. Ein Mann grillte *satays* am offenen Feuer, hörte indonesischen Pop und lächelte sie an. Erica grub ein Taschentuch aus den Tiefen ihres Ärmels hervor, betupfte sich die Mundwinkel und schnaubte gereizt. »Noch mehr fremder Rauch und fremde Musik.« Die Blicke aller Verkäufer waren auf sie gerichtet. »Ich fühle mich wie ein Grillhähnchen, das man zum Backen in den Ofen geschoben hat, und alle gucken zu, bis ich gar bin.«

Imke fragte eine Frau, die einen Bund Bananen an einer Schnur in der Hand hielt, nach dem Weg. Träge deutete sie in Richtung einer Leine mit feuchter Wäsche.

Die Geräusche auf diesem Markt hatten keinerlei Ähnlichkeit mit einem Markt in Holland, dachte Erica. Stimmen, die klangen wie Krähen im Alarmzustand, kreischten Preise. »Was für ein Chaos«, sagte sie zu Imke. »Sieh dir das nur an. Es geht zu wie bei Harrods, wenn der Schlussverkauf startet.«

Ein Verkäufer hielt einen Frosch hoch und versuchte, ihn Imke aufzudrängen. »Billig!«, trillerte er auf Bahasa Indonesia. »Wenn Sie fünf Kilo kaufen, gebe ich Rabatt.«

»Ich brauche heute keine fünf Kilo Frösche, aber trotzdem danke.«

Er legte den Frosch zurück in einen Schilfkorb zu zahlreichen anderen schwanzlosen Amphibien.

Sie fanden das kleine Café, vor dem eine Gruppe Männer hockte und dem Treiben der Passanten zusah.

Drinnen wartete über ein Dutzend Gäste darauf, dass ein Tisch frei wurde. Musik dröhnte aus den Lautsprechern. Imke und Erica stellten sich in die Schlange, unter die Klimaanlage, und genossen die Kühle. Sie lasen die

Liste mit den Spezialitäten des Hauses, die an der Wand hing.

»Er ist noch nicht da«, sagte Imke. Sie musste brüllen, um sich verständlich zu machen.

»Ich frage mich, ob man hier eine Schokoladenmilch bekommt.«

»Vielleicht haben sie Milo.«

Ericas Arm schoss in die Höhe. »Bedienung! Zwei Milo, bitte.«

Die Kellnerin ignorierte sie.

»Ich will gar keinen«, protestierte Imke.

»Die sind beide für mich.«

Imke blickte auf die Speisekarte an der Wand. »Sieht aus, als wären gekochte Rinderinnereien die Spezialität des Hauses.«

»Kein Wunder, dass es hier riecht wie in einer Gerberei.« Erica zog eine Tube *appelstroop* aus ihrer Handtasche. »Nur für den Fall, dass ich den Geschmack überdecken muss.«

Imke warf ihr einen finsteren Blick zu, und im gleichen Augenblick wurde die Tür aufgerissen.

»Tut mir leid, dass ich zu spät komme!«, sprudelte Ruud hervor. Er umarmte Imke. »Der Verkehr.« Er war ganz klar nervös. Als er die wartende Schlange sah, ging er zur Theke hinüber und kehrte wenige Augenblicke später wieder zurück. »Ich bitte noch einmal um Entschuldigung. Ich schwöre, ich habe reserviert.«

»Nehmen die hier Reservierungen an?«, fragte Erica.

»Offensichtlich nicht«, bemerkte Ruud resigniert.

Imke strahlte. »Das ist schon in Ordnung, wir sind gerade erst gekommen.« Das Wasser in ihren Schuhen quatschte, als sie ihn noch einmal umarmte. Dann musterte sie ihn eingehend und deutete auf seine Hose. »Was ist passiert?«

Ruud sah an sich hinab. »Ich habe Pepsi verschüttet. Gott sei Dank ist es eine alte Hose.«

»Aha.«

»Mir passieren ständig solche Sachen. Ich scheine jeden Tag tollpatschiger zu werden«, erklärte Ruud verlegen.

Er winkte der Kellnerin, und sie wurden zu einem Tisch geführt. »Außerdem verliere ich dauernd Sachen«, fuhr er fort.

»Das passiert mir auch«, sagte Erica, während sie sich setzten.

»Ich lege die Schlüssel auf den Tisch im Flur. Am nächsten Morgen sind sie verschwunden, und ich fange an, alle Taschen und Schubladen zu durchwühlen.«

»Das nennt man altersbedingte Vergesslichkeit, mein Lieber«, erklärte Erica.

»Er ist noch nicht mal dreißig, Tante Ecks.«

»Ich nenne es Schwachkopf sein. Demnächst wird man mir ein Schild um den Hals hängen: ›Strohkopf auf freiem Fuß. Wenn Sie seine Autoschlüssel, Wohnungsschlüssel, sein Handy oder Gehirn finden, rufen Sie bitte die folgende Nummer an.‹«

Imke lachte und sah sich um. »Das ist ein nettes Restaurant.«

»Ja, mir gefällt's hier. Das Essen ist gut, und für das Eis nehmen sie Wasser aus Flaschen. Ich dachte, du würdest es hier interessanter finden als in einem dieser Hotelcafés, wo alles nach Kokosnuss und Cocktailkirschen riecht.«

»Und wo es Speisekarten mit Fotos vom Essen gibt. Da klingeln bei mir immer die Alarmglocken«, ergänzte Erica.

Die Kellnerin reichte ihnen laminierte Speisekarten mit Hochglanzfotos der Gerichte.

»Uff!«, seufzte Erica und sackte in sich zusammen.

Eine Weile saßen sie da und beobachteten die anderen Gäste, und es herrschte ein leicht unbehagliches Schweigen. Aber bald darauf begannen Ruud und Imke sich wieder zu unterhalten, in dem vertrauten Tempo und Rhythmus ihrer Kindheitsjahre.

»Wann habt ihr beide euch zum letzten Mal gesehen?«, fragte Erica.

»Das ist lange her«, antworteten sie unisono.

»Erinnerst du dich noch an das Hummer-Rennen?«, fragte Imke. »Dein Vater hatte ein paar lebende Hummer zum Mittagessen mitgebracht, und wir haben ihnen mit Nagellack Nummern auf den Rücken gemalt und sie den Gang vor der Küche entlanggescheucht.« Ruud nickte lächelnd. Sie fuhr fort: »Und an den norwegischen Nachbarn, der die Wespe verschluckt hat?«

Ruud vergrub das Gesicht in den Händen. »Der Brunch am zweiten Weihnachtsfeiertag. Lars Ringstad. Die Wespe ist in seinem Bierglas herumgeschwommen. Wir haben jedes Mal wie versteinert zugesehen, wenn er einen Schluck getrunken hat.«

»Sie hat noch gelebt, als er sie hinuntergeschluckt hat«, kicherte Imke. »Ich kann es nicht fassen, dass wir kein Wort gesagt haben, um ihn zu warnen.«

»Wir waren erst sieben. Außerdem hat er es ja überlebt.«

Die Kellnerin kam mit einem Notizblock in der Hand, und Ruud wechselte ein paar Worte mit ihr. »Sie sagt, die Leber ist heute ganz frisch. Sie servieren sie mit dicken Bohnen«, verkündete er Erica.

»Hannibal Lecter wäre hocherfreut«, erwiderte sie trocken.

Ruud bestellte *coto makassar,* ein Eintopfgericht aus Rinderinnereien mit gemahlenen Nüssen, Ingwer und Kurkuma, und einen Teller *gado-gado* Gemüsesalat, der in Erdnusssauce schwamm. Außerdem verlangte er frische Ananas. »Der natürliche Fruchtzucker in der Ananas stärkt das Immunsystem«, erklärte er.

»Ich stärke mein Immunsystem mit Marsriegeln und Twix«, gab Erica zurück.

»Ich bin nicht so der Schokoladenfan.«

Erica sah gelinde entsetzt aus bei dem Gedanken, dass jemand Schokolade nicht leiden konnte.

Als das Essen serviert wurde, beäugte sie misstrauisch ihren Teller.

»Ich hoffe, Sie vertragen die indonesischen Gewürze, Mrs. Erica«, sagte Ruud.

»Was ist das, was da aus den Tiefen des gekochten Eidotters heraussickert?«

»Tantchen, stell dich nicht so an. Ich weiß genau, dass du *gado-gado* magst.«

»Passen Sie auf, dass Sie die Augäpfel nicht mitessen, Mrs. Erica. Sie sind nur zum Würzen da.«

Imke aß einen Bissen rohes Gemüse mit Erdnusssauce und stöhnte vor Vergnügen, während sie kaute.

»Du hast gerade wieder Sex mit deinem Essen«, flüsterte Erica.

Imke schloss die Augen. Der indonesische Salat löste nostalgische Tagträume aus. »Das habe ich als Kind immer gegessen.« Sie führte die Gabel wieder zum Mund. »Mmmmh!«

Sie lachten und unterhielten sich zwanglos, während sie aßen, und dann fragte Imke Ruud nach seiner Frau. Er sank leicht in seinem Stuhl zusammen und wirkte plötzlich sehr verletzlich. »Sie hat mich vor einem Jahr verlassen. Mittlerweile sind wir geschieden.«

»Oh, das tut mir leid. Habt ihr euch im gegenseitigen Einvernehmen getrennt?«

Ruud dachte, dass er ziemlich niedergeschmettert aussehen musste, denn Imke entschuldigte sich hastig. »Tut mir leid, ich weiß gar nicht, warum ich das gefragt habe.«

»Ist schon in Ordnung, es macht mir nichts aus, darüber zu reden; ich denke sogar, es ist gut, wenn ich es tue. Seit sie mich verlassen hat, rede ich ein bisschen weniger und brüte mehr vor mich hin, glaube ich.«

Imke nahm seine Hand. »Aber es geht dir gut?« Eine kurze Pause folgte.

»Von den Ringen unter den Augen und meinem leeren Bankkonto abgesehen, geht es mir großartig.«

Erica nahm einen großen Schluck Milo und musterte Ruud aufmerksam. »Imke sagte, Ihre Mutter stammt nicht aus Indonesien?«

»Ja, ich bin zu einem Teil Australier.«

»Ah, das erklärt eine Menge.«

Er lachte und drückte Imkes Hand. »Meine Mutter ist australisch-holländisch, und mein Vater stammt von hier. Sie haben sich kennengelernt, als sie herüberkam, um

Mitte der Achtziger an der Bank für Internationalen Zahlungsausgleich zu unterrichten. Dad hat damals immer Fußball geguckt, aber sie hat es geschafft, ihn in einen waschechten Aussie zu verwandeln, der jetzt mit Begeisterung Australian Football sieht und dazu Bundy-Rum trinkt. Meine Eltern sind vor fünf Jahren nach Australien gezogen. Sie haben ein Haus in Berwick, ganz in der Nähe von Melbourne.«

»Ich war noch nie in Melbourne. Irgendwann würde ich gerne mal hinfahren«, gestand Erica.

»Man hat mir gesagt, ich würde Bahasa immer noch mit einem leicht näselnden australischen Einschlag sprechen.«

»Du klingst nicht wie ein Australier«, widersprach Imke.

»Ermutige ihn nicht, meine Liebe«, flüsterte Erica, »sonst legt er gleich los mit *no worries, mate* und *fair dinkum*.«

Imke verdrehte die Augen. »Lebst du jetzt allein?«

»Ich wohne mit meinem Bruder zusammen, mit Arjen. Meine Eltern kommen uns immer Weihnachten besuchen.«

»Ja, ich erinnere mich, dass du einen Bruder hast«, sagte Imke. »Was macht Arjen denn so?«

Ruud bemühte sich zu erklären, was sein Bruder eigentlich tat. Sein häusliches Leben lief erschreckend schlecht. Das Gesicht seiner Exschwiegermutter tauchte vor seinem geistigen Auge auf, und er wollte gerade ein bisschen über sie lästern, als sein Mobiltelefon klingelte.

Es war Aiboy Ali. »*Gajah*, ich bin's.«

Ruud entschuldigte sich und stand auf. Mit seinen Gedanken war er immer noch bei Imke, als er auf die Straße hinausging, um den Anruf entgegenzunehmen. Wie hinreißend sie war – gesprächig und geistreich! Sie aß mit Begeisterung. Und dieses Gesicht!

»Ich hab was für dich«, sagte Aiboy Ali.

»Nämlich?«

»Der toxikologische Befund ist da.«

»Und?«, sagte Ruud.

»Es gibt einen Grund, warum weder Hautreste noch andere Fasern unter den Fingernägeln der Opfer zu finden waren. Keine der Frauen hat sich gewehrt.«

»Sprich weiter.«

»Sie sind betäubt worden. Man fand subkutane Einstichstellen im Genick, unmittelbar oberhalb des Haaransatzes.«

»Also hat er sie von hinten gepackt und ihnen ein Beruhigungsmittel injiziert. Habt ihr irgendeine Ahnung, was es war?«

»Xylazin.«

»Nie gehört.«

»Die Kollegen in der Gerichtsmedizin auch nicht. Es gelangt sehr schnell ins zentrale Nervensystem. Man setzt es beim Kastrieren von Pferden ein.«

»Scheiße.«

»Wie alles andere auch kann man es heutzutage online in Amerika bestellen, aber vermutlich braucht man eine Einfuhrbescheinigung.«

»Ist Hartono bei dir?«

»Ja, er steht direkt neben mir.«

»Gib ihn mir«, drängte Ruud.

»Zweiter Lieutenant Werry Hartono am Apparat«, meldete er sich auf Englisch.

»Hartono, besorgen Sie mir eine Liste aller eingetragenen Tierärzte in Jakarta und finden Sie heraus, ob im letzten Jahr bei einem von ihnen in die Praxis eingebrochen wurde. Und überprüfen Sie auch die Reiter- und Poloclubs und erkundigen Sie sich, ob sie Xyla-was-auch-immer in ihren Arzneischränken haben.«

»Glauben Sie, der Täter könnte ein Tierarzt sein?«

»Offen gestanden, ich habe keine Ahnung. Hören Sie, mein Akku ist fast leer, also notieren Sie: Ich will, dass Sie einen Dr. Diaz Prasasti bei der Universitas Indonesia kontaktieren. Er ist Institutsleiter für Agrarwissenschaften und Veterinärmedizin.«

Und da gab das Handy auch schon den Geist auf.

Auf dem Rückweg nach Bogor fragte Imke Erica, was sie von Ruud hielt.

»Er ist eine seltsame Type«, entschied Erica.

»Seltsam in welcher Hinsicht?«

»Er wirkt zu … enthusiastisch. Zu freundlich.« Sie bot Imke einen Vollkornkeks an. »Ein introvertierter Mensch, der sich als extrovertiert ausgibt. Und er mag keine Schokolade. Ich bin bei Menschen, die keine Schokoriegel mögen, immer äußerst misstrauisch.«

»Wie kann man denn *zu* freundlich sein?«

»Er erinnert mich an Jan Schtucks.«

»Wer ist denn Jan Schtucks?«

»Ein grässlicher Langweiler aus Limburg, den ich früher mal kannte. Er versuchte mich davon zu überzeugen, dass er Hobbygynäkologe wäre.

Ich musste ihn mit einem Glas kalten Wasser abkühlen.«

Schweigen. »Nun, ich mag Ruud jedenfalls.«

»Das ist offensichtlich, so wie du ihn anschaust. Er hat aber nicht so richtig darauf reagiert, oder? Meinst du, er ist schwul?«

»Oh, bitte!«

»Ich frage ja nur. Nicht, dass da etwas dabei wäre, wenn man schwul ist. Je mehr Leute die Regenbogenfahne schwenken, umso besser. Aber seine Handgelenke sitzen ein bisschen zu locker, meiner Meinung nach.«

»Manchmal bist du wirklich albern.« Es ist in Ordnung, sagte sich Imke, während sie versuchte, die Fassung zu bewahren. Nicht darauf eingehen. Sie versucht nur, mich aufzuziehen. Aber trotzdem, warum benehme ich mich, als wäre ich auch nur im Entferntesten an Ruud interessiert? Als Erstes sollte mich schon mal sein Job abschrecken. Im Geiste erstellte sie eine Liste mit seinen Fehlern: nur eine sporadische Verbindung. Geschieden. Bei der Mordkommission. Sonderbarer Aussie-Akzent. Grauenhafte Hose mit einem Flecken vorne drauf. Dämliches Lächeln.

Aber ihr gefiel sein dämliches Lächeln.

Wenigstens war er nicht irgendein schäbig gekleideter Columbo mit Schuppen oder ein Chuck-Norris-Doppelgänger mit Vokuhila-Frisur.

Am besten höre ich auf, über ihn nachzudenken, beschloss sie. Es macht mich nur wahnsinnig. Das Letzte, was ich jetzt brauchen kann, ist ein Mann, der mich durcheinanderbringt – ich will nicht ständig darüber nachdenken, was er gerade macht, was er nicht macht oder was er machen sollte, und ich will auch nicht von seinen Händen, seinen Lippen oder Beinen träumen.

In dem Moment zirpte Imkes Handy die *Benny-Hill*-Melodie.

Als sie Ruuds Stimme hörte, musste sie ihr Lächeln verbergen. »Ich dachte, dein Akku wäre leer. Haha! Wirklich?« Sie hörte das unterdrückte Lachen in seiner Stimme, sah zum Wagenfenster hinaus und lauschte eine Weile, die Augen zusammengekniffen, als hätte sie Mühe, ihm zu folgen. »Kiki. Ja. Nun, ja, sie ist sehr gut in ihrem Job. Mhm. Zerstückelte Körper normalerweise, häufig vergraben. Ja, da hatten wir mal ein abgetrenntes Körperglied in Rotterdam.«

Eine Pause, gefolgt von ungläubigem Lachen. »Das ist nicht dein Ernst. Du willst, dass ich komme und euch helfe?« Sie nickte. »Hmm. Na ja, wenn du glaubst, wir könnten etwas dazu beitragen, dann … ich verstehe … Nein, nein, das geht in Ordnung.« Ihre Augen glänzten. »Also gut. Wir sprechen uns später. In Ordnung. Tschüs.«

»Was war das denn?«, fragte Erica. »Wenn er sich noch mal mit dir verabreden wollte, dann hat er einige ziemlich merkwürdige Anmachsprüche auf Lager.«

»Er hat von einer Telefonzelle aus angerufen. Es hat ziemlich gerauscht, deshalb habe ich nicht alles verstanden, und ihm sind die Münzen ausgegangen.«

»Was wollte er?«

Imke starrte mit großen Augen vor sich hin. »Kiki.«

»Kiki? Deine Kiki?«

»Ja«, sagte sie angespannt. »Ich habe erwähnt, dass sie ein Leichenspürhund ist und dass sie ein Fachtraining absolviert hat.«

»Und?«

»Sie untersuchen gerade zwei Morde. Er möchte, dass ich meinen Namen auf der Polizeiwache registrieren lasse, mir einen Ausweis hole und ihm helfe. Irgendwas von wegen einer fehlenden Hand.«

ELF

Die Geburtstagsfeier fand in einem gemütlichen italienischen Restaurant statt, das von Musik und Gelächter erfüllt war. Der Kellner schenkte frischen Sprudel nach und wischte Brotkrümel von der Tischdecke. Mathias Sneijder checkte zum x-ten Mal sein Handy, dann sah er auf und dankte seiner Frau und seinen Freunden, indem er den Cognacschwenker hob. Er saß am Kopfende des Tisches; insgesamt waren sie zu acht. Sie hatten sich alle für das sechsgängige Menü entschieden und zu den Antipasti und der Pasta einen spritzigen Pinot Grigio getrunken, zum Kalbfleisch einen 2007er Barolo.

Es war beinahe Mitternacht, und er war weder beschwipst noch müde. »*Proost!*«, sang er. Der Brandy brannte auf der Zunge und brachte ihn zum Lächeln. Er fühlte sich glücklich. Er *war* glücklich. Abgesehen von diesem seltsamen Gefühl des Verlustes, das ihn umkreiste wie eine sanfte Stimme und sich unter die anderen Stimmen mischte. Es war Imkes Stimme. *Imke.* Sein *engeltje,* sein kleiner Engel. Vorhin, als er von ihr gesprochen hatte, hatte er das mit der Begeisterung eines Kindes getan, das sich an eine Jahrmarktsattraktion erinnert. Angeregt hatte er von ihrer Selbstgenügsamkeit und ihrem Sprachtalent erzählt, ihrer Fähigkeit, englische Dialekte nachzuahmen, und ihrer ausgeprägten Abneigung gegen Rosenkohl. Dann hatte er seine Gäste mit Geschichten über ihr Engagement für herrenlose Tiere unterhalten.

Er liebkoste sein Glas mit den Fingerspitzen, wie er die Wange seiner Tochter liebkosen würde, und umschloss den Schwenker mit der Hand. Doch plötzlich stiegen heftige Schuldgefühle in ihm auf. Er vermisste sie. Geburtstage waren einfach nicht das Gleiche, wenn seine Tochter ihm nicht vom anderen Tischende aus zulächelte. Aber es war nicht ihre Abwesenheit, die ihn quälte, es war etwas anderes. Etwas, von dem er hoffte, dass sie es niemals herausfinden würde. Etwas, von dem er hoffte, dass es *sie* nie finden würde.

Er fühlte, wie sich sein Puls beschleunigte. Seine Zehen krümmten sich in den Schuhen, das Fußgewölbe bog sich durch, die Fersen hoben sich – ein sicheres Anzeichen, dass er nervös war. Seine Füße krümmten sich immer dann, wenn er vom Rand eines Daches hinuntersah, wenn ihm eine Krankenschwester Blut abnahm, und derzeit auch, sobald er an Imke dachte und an Jakarta, was auch immer sie da gerade machte.

Ardy sah zu ihm herüber. Sie lächelte ihn an, und er erwiderte das Lächeln und fühlte, wie sich sein Magen verkrampfte. Dass er seine Ängste und Sorgen vor seiner Frau verbergen konnte, war nicht neu, aber dass er seine Tochter angelogen hatte, quälte ihn heftiger als jemals zuvor.

Mathias fixierte sein Handy mit dem Ausdruck, mit dem Kiki Imke bedachte, wenn der Hund auf sein Abendessen wartete. Sollte er sie anrufen? Er sah zu Ardy hinüber, um sich Mut zu machen, aber sie war in eine Unterhaltung mit Rozamond van der Pols vertieft. Vielleicht rief Imke ja später noch an, oder, noch besser, vielleicht würden sie skypen, wenn er nach Hause kam. Sie hatte eine Karte und ein Geschenk für ihn dagelassen – ein Paar Santini-Fahrradhandschuhe –, bevor sie nach Indonesien geflogen war, und sie hatte ihm bereits eine SMS geschickt. Aber er sehnte sich danach, mit ihr zu reden und die Zuneigung in ihrer Stimme zu hören. Er fühlte sich schwerfällig, weil sie nicht da war, als hätte er Steine in den Taschen.

Kurz dachte er an sein Geschenk. Es waren knallbunte Halbhandschuhe, leicht und atmungsaktiv und perfekt, um den Lenker gut im Griff zu haben. Er würde am Sonntagmorgen den Raadhuisstraat-Fahrradrundweg fahren. Mit etwas Glück würde das schöne Wetter halten.

Er griff wieder nach seinem Handy und las erneut ihre SMS – es war eine liebevolle Nachricht, in der sie ihm einen wundervollen Tag wünschte und ihm die herzlichsten Grüße sandte –, und ein seltsames Gefühl ergriff von ihm Besitz.

Dann gingen plötzlich die Lichter aus, und etliche Kellner begannen zu singen. Der Kuchen wurde hereingetragen, und Mathias' rotes Haar, das an den Schläfen ergraute, schimmerte im Kerzenschein noch röter.

Er holte tief Luft und hielt sie einen Moment an, die Augen geschlossen und vornübergebeugt, um sich etwas zu wünschen.

Die Hitze der Kerzen versengte sein Kinn.

Er wiederholte den Wunsch noch einmal mit Bedacht, und ein Schauer lief ihm über den Rücken. *Möge sie nie die Wahrheit herausfinden.* Denn die Wahrheit würde sie zerfetzen wie ein Sägemesser.

Mit einem Zischen verloschen die Kerzen.

ZWÖLF

Erica verbrachte die nächsten Tage damit, Skizzen und Farbstudien zu machen, Referenzaufnahmen zu Rate zu ziehen und zu korrigieren. »Wie schon Leonardo sagte: ›Zeichnen ist die Kunst der Korrektur.‹« Und Erica korrigierte ständig.

Der Himmel über Bogor war dunkel vom heranziehenden Regen. Die Feuchtigkeit zerstörte ihre Gesso-Grundierung, machte sie zu dünn und flüssig, und wenn sie dann trocknete, wirkte sie staubig und grobkörnig.

Imke traf in der Zwischenzeit Vereinbarungen mit der Polizeibehörde und holte ihren vorläufigen Ausweis ab. Erica zweifelte, ob es richtig war, sich in eine Mordermittlung verwickeln zu lassen, aber Imke ließ sich nicht beirren. Sie nahm es als Auszeichnung, dass man sie bat, ihre Fähigkeiten außerhalb von Holland unter Beweis zu stellen.

Nervös probte sie vor dem Badezimmerspiegel, wie sie Ruuds Team ansprechen sollte.

»Ich wurde eingeladen als Ihre …«

Nein.

»Ich bin Hundetrainerin. Ich wurde eingeladen …«

Nein.

»*Inspektur* Pujasumarta hat mich eingeladen …«

Nein.

»Die Aufgabe eines Leichenspürhundes besteht darin, kürzlich verstorbene Personen in unterschiedlichsten Umgebungen aufzuspüren. Hunde wie Kiki aber sind speziell dazu ausgebildet, den Geruch von Körperteilen in verschiedenen Stadien der Verwesung aufzuspüren. Sie kann die Quelle eines Geruchs in einem Umkreis von einem halben Kilometer oder mehr finden.«

Nein, das klang auch nicht richtig. Sie würde sich schließlich an Polizisten wenden, nicht an Schulkinder. Sie musste den herablassenden Tonfall aus der Stimme kriegen. Imke schüttelte den Kopf, und ihr Haar fiel nach vorne und verdeckte ihr Gesicht. Sie hatte glattes Haar, und sie hasste es. Wenigstens war es nicht dunkelorange wie Papas – Gott sei Dank! Sie griff nach ihrem Shampoo. »Verleiht Ihren Haaren Festigkeit und Glanz!«, murmelte sie vor sich hin und warf die Flasche in den Mülleimer. Dann allerdings fischte sie sie wieder heraus. Es hatte keinen Sinn, siebzehn Euro zu verschwenden.

Mechanisch kämmte sie mit den Fingern einen Knoten aus den Haaren und probte erneut, was sie Ruud und seiner Mordkommission sagen wollte.

Sie schwenkte ihr Glas mit einem letzten Rest Calpico Soda und trank es dann in einem Zug leer. Sie fluchte, dass sie so süchtig nach dem zuckerhaltigen Zeug war, und beschloss, sich ein Glas Wasser zu holen.

Im Salon fand sie Erica, hingefläzt auf die breiten Holzdielen. Ihre Tante lag inmitten eines Chaos aus Zeitschriften und Süßigkeitenverpackungen.

»Von hier unten aus hat man einen ganz anderen Blick auf die Welt, fast wie eine Ameise.«

Imke kauerte sich still auf dem Ledersofa zusammen

und hörte, wie die Kissen unter ihrem Gewicht leise knarzten.

»Tante Ecks, kann ich dich etwas über Papa fragen?«, sagte sie schließlich.

»Ich vermute, du redest von meinem Bruder?«

»Er redet nicht richtig mit mir.«

»Das ist nichts Neues. Als er siebzehn war, hat er manchmal wochenlang kein Wort gesprochen. Der längste Satz, den ich damals von ihm gehört habe, war: ›Ich bin auf dem Klo.‹«

»Hast du eine Ahnung, warum er so wenig begeistert war, dass ich mit dir nach Indonesien fahre? Das beschäftigt mich schon eine ganze Weile.«

»Er ist eben manchmal so. Du hättest ihn als Jungen erleben sollen. Wortkarg beschreibt es nicht mal annähernd. Der arme Kerl hatte allerdings auch Haare von der Farbe eines Kürbisses.«

»Hat er dir jemals was von Jakarta erzählt?«

»Dein Papa ist eben manchmal ein komischer alter Kauz.«

»Ich habe ihn vor ein paar Wochen darauf angesprochen.«

»Und was hat er gesagt?«

»Das ist es ja gerade. Nicht viel. Es war offensichtlich, dass er mir etwas verschweigt, aber ich weiß nicht, was. Ich hab ihn gefragt, ob in Jakarta etwas Schlimmes passiert ist, aber er hat nur den Kopf geschüttelt und weiter Zeitung gelesen. Er sagt zwar nichts, aber er lügt.«

»Nun ja, so ist dein Vater eben. Selbst als Teenager war er nie nostalgisch. Wir sind als Kinder zwei Mal umgezogen, und beide Male hat er weder die Freunde vermisst, die er zurücklassen musste, noch sein altes Viertel. Er hat sogar gesagt, er hätte sie ohnehin nie besonders gemocht.«

»Glaubst du, das ist so eine Art Selbstschutz?«

»Sagen wir einfach, er ist gut darin, alle Brücken hinter sich abzubrechen.«

»Aber du stehst ihm immer noch nahe, oder nicht?«

»Natürlich, ich gehöre ja zur Familie.«

Imke dehnte die Arme hinter ihrem Rücken, bis es in den Schultern knackte. Sie spähte hinaus, über die Veranda hinweg, und blinzelte in die Dunkelheit. »Irgendetwas muss ihm hier zugestoßen sein«, sagte sie. »Ich bin mir sicher.«

Sie fühlte es, wie nur ein Kind die Unruhe eines Elternteils wahrnehmen kann.

»Also gut, Frau Detektivin, wenn du's rausfindest, dann weih mich ein.«

»Weißt du was?«, sagte Imke. »Ich sollte ihm eine E-Mail schicken. Die Karten auf den Tisch legen.« Sie tat so, als würde sie tippen. »*Was ist los mit dir? Irgendetwas stimmt nicht. Was verschweigst du mir? Hast du den Grillrost des Nachbarn gestohlen? Sind da Leichen im Garten vergraben? Pack schon aus!* Und – senden.«

Ihr Vater war immer ein sehr ehrlicher Mensch gewesen. Wenn Imke ihm eine Frage gestellt hatte, hatte sie stets eine aufrichtige Antwort oder eine Erklärung bekommen. Zumindest bis vor Kurzem.

Wenn er sie in die Irre führte oder ihr etwas verheimlichte, wusste sie nicht, wie sie reagieren würde.

Erica stemmte sich vom Boden hoch und griff nach einer Tüte Gummibärchen. »Willst du eins?«

»Nein, danke.«

Der Boy tauchte auf und reichte ihnen einen gekühlten Orangensaft.

Imke ging damit nach draußen und setzte sich auf die Verandastufen. Sie zündete die Kerze in der Sturmlaterne an. Der Wind wehte über den Rasen und trug den schweren, feuchten Geruch des Regens heran. Imke blickte ins Kerzenlicht.

Erica berührte sie am Rücken, und Imke wandte sich um. »Ein Sturm zieht auf.«

Dann ebbte der Wind plötzlich ab.

Die Stille schien unnatürlich. Dann hörte man nichts mehr als das Rauschen des Regens.

Ruud las sich noch einmal durch, was er gerade aufs Whiteboard geschrieben hatte.

Mögliche Gründe, jemandem die Hand abzuhacken:
RAUBÜBERFALL – die Hand hält einen Aktenkoffer mit Bargeld
BESTRAFUNG – z. B. Taschendiebe in Saudi-Arabien
RELIGION – In der Bibel, Markus 9:43: So dich aber deine Hand ärgert, so haue sie ab! Es ist dir besser, dass du als ein Krüppel zum Leben eingehest, denn dass du zwei Hände habest und fahrest in die Hölle, in das ewige Feuer.
TROPHÄE

Er unterstrich das Wort »TROPHÄE«, setzte ein Ausrufezeichen dahinter und unterstrich das Wort abermals, diesmal mit Rot.

Er las die Worte erneut, mit wachsendem Zweifel, griff sich den Schwamm und wischte alles wieder weg.

Wenige Augenblicke trat er vor das Vernehmungszimmer. »Wir müssen uns die Frage stellen, was diese Morde ausgelöst hat. Warum haben sie gerade jetzt begonnen?«, sagte er und beäugte den einbestellten Quassel-Susanti durch das Schlitzfenster. »Ein Gesicht, bei dem die Alarmanlagen sämtlicher Wagen in einem Radius von fünfhundert Metern losgehen.« Eben erst hatte sich Commissioner Witarsa Ruud geschnappt und ihn gefragt, wie er vorgehen wollte.

»Ich werde ihn genau beobachten und zuhören, was er zu sagen hat.«

»Beobachten und zuhören? *Beobachten und zuhören?*« Seine Nasenflügel bebten. »Meine Karriere steht auf dem Spiel, und Sie wollen einfach nur herumsitzen und beobachten und zuhören?«

»Die Ermittlungen kommen voran.«

»Ja, verdammt, mit dem Tempo einer Schildkröte!«

»In Ordnung, Sie haben Recht. Ich werde sehen, was passiert, wenn ich den Leoparden an den Schnurrhaaren zupfe.«

Aiboy Ali hielt die Tür auf, und Ruud trat ein. Quassel-Susanti taumelte von einer Seite des Vernehmungszimmers zur anderen, mit wackligen Knien und schweren Schritten. Er war angezogen wie ein Lastwagenfahrer, sein Unterhemd war schmuddelig und voller Dieselflecken. Ruud musterte ihn und fragte sich, ob er aus Ersatzteilen zusammengebaut war; seine Beine schienen nicht zum Rest des Körpers zu passen. Er war ein untersetzter Mann, der sich mit unsicheren, bleiernen Schritten bewegte, als hätte er sich die Taschen mit Steinen gefüllt und würde hüfttief durch Wasser waten.

»Setzen Sie sich«, befahl Aiboy Ali.

Susanti tat wie ihm geheißen und legte die Fäuste auf den Tisch. Misstrauisch beäugte er Aiboy Alis Bikerarmbänder aus schwarzem Leder.

»Wer ist der Hells Angel?«

Aiboy Ali grinste; er war solche Reaktionen gewöhnt. Viele Leute, seine Vorgesetzten eingeschlossen, nahmen ihm seine Aufmachung übel. Hinter seinem Rücken nannten sie ihn das Ecstasy-Schwergewicht. Aber er hatte zweiundzwanzig Monate als verdeckter Ermittler bei der Drogenfahndung gearbeitet, sich optisch angeglichen und seine Rolle gespielt, und was andere von seinem Aussehen hielten, war ihm scheißegal. Sollten sie doch denken, was sie wollten.

Susanti spuckte auf den Boden. Er hasste Biker, Tattoos und Piercings mit einer Leidenschaft, die für einen Gangster ungewöhnlich war.

»Wo waren Sie in der Nacht vom Dienstag, dem siebenundzwanzigsten?«

»Unterwegs.«

»Erkennen Sie diese Frauen wieder?«

Ruud warf ihm die beiden Fotos hin und beobachtete den Ausdruck in seinen Augen. Um die Vorgänge für die Aufzeichnungen festzuhalten, sagte er: »Ich lege die Fotos sechs-zwei-drei A und sechs-zwei-sechs A vor Herrn Susanti auf den Tisch.«

Ein Bild zeigte Mari Agnes Liem mit abgetrennter linker Hand, das andere Shireen Zee in ähnlicher Haltung. Sie lösten die Art von Reaktion aus, mit der Ruud gerechnet hatte. Susanti lachte. »Ihr wollt mir diese Scheiße anhängen?«

Ruud richtete den Strahl der Lampe auf sein Gesicht. »Mari Agnes Liem. Sie hat Ihnen Geld geschuldet.«

»Sie sind doch verrückt.« Er lachte wieder. »Man sollte Sie in eine Zwangsjacke stecken und ins Irrenhaus nach Magelang verfrachten.«

Aiboy Ali stand auf und umklammerte seine Stuhllehne.

»Man sagt, Sie wären leicht erregbar. Sie sehen ganz so aus wie ein Mann, der Frauen gerne Leid zufügt«, sagte Ruud.

»Und Sie sehen aus wie ein Mann, der zusehen muss, wie ihm irgendein Kerl mit größerem Schwanz die Frau anbohrt.« Susantis Mund verzog sich zu einem gemeinen Grinsen. »Ja, wir auf der Straße hören auch gewisse Dinge. Ihre Frau hat Sie also verlassen?«

Ruuds Miene blieb ausdruckslos, obwohl er sich fühlte, als hätte er einen Schlag in die Magengrube bekommen.

»Sie verprügeln Frauen, die ihre Schulden nicht rechtzeitig zurückzahlen«, knurrte Aiboy Ali.

»Das leugne ich gar nicht«, sagte Susanti trocken.

»Sie sind ein Erpresser und ein Dieb.«

»Ich bin vieles, aber kein Dieb.«

»Sie würden die Luft aus Ihren eigenen Fahrradreifen stehlen, wenn Sie könnten.«

»Ich habe diese Frauen nicht getötet.«

»Gut, ich sage Ihnen jetzt, wie es weitergeht. Sie werden des Mordes angeklagt. Der Richter wird Sie wahrscheinlich zu dreißig Jahren Haft im Batu-Gefängnis verurteilen. Und dann, eines Nachts, wird man Sie aus der

Zelle holen und auf eine abgelegene Palmölplantage bringen, wo man Sie an einen Baum bindet und Ihnen drei Kugeln in die Brust jagt.«

»Sie haben nichts gegen mich in der Hand. Wir sprechen uns wieder, wenn Sie irgendwelche Beweise haben.«

Susanti hatte aufgehört zu lachen. Als er den Blick hob, starrten er und Ruud sich einen endlosen Moment lang in die Augen. Der Gangster sah aus, als wollte er Ruud schlagen. Dann schürzte er bedächtig, beinahe sarkastisch die Lippen und lehnte sich zurück. Seine Schultern sackten langsam tiefer, während er im Stuhl zurücksank und zweimal mit den Fingern schnippte. »Wo ist mein Anwalt?«

»Wahrscheinlich im Gefängnis wegen Korruption, Prozessbetrug und Vetternwirtschaft.«

»Sie wollen einen kleinen Anreiz? Kein Problem. Wie viel Gehaltszuschlag verlangen Sie?«

»Sie glauben, ich will Bestechungsgeld? Ich bin nicht interessiert an *suap* oder *cuci uang*.«

»Was wollen Sie dann?«

»Herausfinden, wer diese Frauen umgebracht hat.«

»Fragen Sie mich noch einmal.«

»Wo waren Sie in der Nacht vom Donnerstag, dem dreiundzwanzigsten?«

Susanti starrte an die Wand, mit schweren Lidern, das Gesicht ausdruckslos. »Im Krankenhaus.«

Aiboy Ali umklammerte noch immer die Stuhllehne, seine Knöchel waren weiß geworden. »Auf Besuch bei einem Ihrer Opfer?«

»In Behandlung.«

»Behandlung weswegen?« Ruud spähte unter den

Tisch auf Susantis Schuhe. »Sind Sie auf Ihren Lieblingsskorpion getreten?«

»Darmkrebs.« Er streckte die Hand aus, als wollte er den Tumor wegschieben. »Ich bin über Nacht im Graha Medika gewesen. Sie können in den Unterlagen nachsehen.«

»Krebs«, wiederholte Aiboy Ali. Ruud konnte beinahe hören, wie er an seiner Unterlippe nagte.

»Ja, und wenn ich herausfinde, dass Sie es irgendwem da draußen weitererzählen, dann sind Sie ein toter Mann.«

»Haben Sie Angst, Sie könnten schwach wirken?«

»Leck mich.«

Aiboy Ali lockerte den Griff um die Stuhllehne. Die Befragung war vorüber.

Sobald Ruud aus dem Vernehmungsraum trat, wurde er von Hamka Hamzah in Beschlag genommen. Sie gingen zwischen den Schreibtischen hindurch, die nur durch billige Stellwände voneinander getrennt waren. »Shireen hat ihr Mobiltelefon zum letzten Mal am Donnerstag um neunzehn Uhr vierzehn benutzt. Es hat eine Verbindung mit dem Sendemast im Sunda Kelapa-Hafen aufgebaut.«

Ruud streckte die Hand aus und nahm die Anrufliste entgegen. Sorgfältig studierte er die Nummern. »Wann haben Sie das hier bekommen?«

»Gerade eben.« Der kleinere Mann nahm sein Barett ab und fuhr sich über den Mittelscheitel. »Hartono hier hat sie mir gegeben.« Werry Hartono schlug die Hacken zusammen und neigte den Kopf.

»Sunda Kelapa. Die alten Docks? Das ist verdammt

weit von Jagakarsa entfernt, wo man ihre Leiche gefunden hat.«

»Dreißig Kilometer ungefähr.«

»Was hat sie dort gemacht?«

»Ich habe keine Ahnung«, gestand Hamzah. »Shireen hat auf der anderen Seite der Stadt gelebt, in Depok. Und sie hat bei der POS gearbeitet, bei der Indonesischen Postfiliale in Zentral-Jakarta, die auch etliche Kilometer entfernt liegt.«

Ruud kratzte sich am Hinterkopf. »Also hat sie ihr Mobiltelefon zum letzten Mal um neunzehn Uhr vierzehn benutzt.«

»Und Solossa sagt, dass Shireen etwa zwischen neunzehn und zwanzig Uhr starb.«

»Das bedeutet, man hat sie irgendwo in der Nähe des Sunda Kelapa-Hafens entführt. Wen hat sie angerufen?«

»Ihre Mutter.«

Ruud beäugte Hamzah.

»Warum starren Sie mich denn so an?«

Ruud legte den Kopf schräg. »Wissen Sie, woran Sie mich erinnern? Kennen Sie diese kleinen Plastikmännchen, die man auf Hochzeitstorten stellt? Die mit den albernen kleinen Schnurrbärten und dem glänzenden Haar. Findest du nicht auch, Werry?«

Werry Hartono machte ein neutrales Gesicht, während Hamzah ein gekränktes Schnauben von sich gab.

»Nein, die kennen Sie offenbar nicht«, sagte Ruud. »Also gut, dann gehen wir jetzt und statten Mütterchen Zee einen Besuch ab, einverstanden?«

»In diesem Aufzug?«, erkundigte sich Werry Hartono auf Englisch.

»Was meinen Sie damit?« Ruud blickte an sich herab.

»Dieses Hemd ist von 1985, und genau so sieht es auch aus. Und auf Ihrer Hose ist ein Fleck. Sie sind schließlich unser Erster *Inspektur*. An der Akademie waren unsere Vorgesetzten immer herausgeschrubbt.« Er küsste den Ring mit dem Siegel der Indonesischen Nationalpolizei an seinem kleinen Finger.

»Ich hab bloß ein bisschen Pepsi verschüttet. Und das richtige Wort lautet *herausgeputzt*.«

»Das mein ich doch«, erwiderte Hartono gekränkt.

Hamzah mischte sich ein. »Wer bügelt eigentlich jetzt für Sie, seit Ihre Frau fort ist? Sie selbst?«

»Mein Bruder.«

»Ihr Bruder bügelt Ihre Hemden.«

»Ja.«

»Ihr *Bruder*«, spöttelte er.

»Können wir jetzt aufhören, über meine Familie zu reden, und uns auf den Fall konzentrieren? Und Sie, Hartono, lungern Sie hier nicht rum, machen Sie sich lieber nützlich.«

Werry Hartono schlich davon. Ruud stopfte sich gerade das Hemd in die Hose, als er beim Trinkwasserspender den Polizeifotografen sah. Er lehnte an Vidis Schreibtisch, während der etwas auf der Tastatur tippte. Als er bemerkte, dass Ruud ihn beobachtete, drehte er seinen Bildschirm so, dass Ruud nichts mehr erkennen konnte.

Der Fotograf presste die Finger zusammen und ließ die Gelenke knacken wie trockene Zweige. Er starrte Ruud an. Bleiche Haut, dunkle, bedrohliche Augen.

»Was macht der denn hier?«, fragte Ruud und drehte sich zu Hamzah um.

»Wer?«

»Na wer wohl! Ich meine den Kerl hinter mir. Wie heißt er noch gleich, der Fotograf da drüben an Vidis Tisch? Der mit dem irren Blick. Er war an beiden Tatorten.«

Hamzah zuckte ratlos die Schultern.

Ruud war fuchsteufelswild. »Der Kerl hat gerade eben auf die Verbrecherkartei im Lageraum gestarrt. Er dürfte gar keinen Zugang zu diesen Informationen haben, er könnte etwas an die Presse weitergeben. Was macht er überhaupt hier? Warum haben Sie ihn reingelassen?«

»Was meinen Sie mit *reingelassen*? Ich arbeite hier noch nicht mal offiziell, verdammt! Ich bin ein Streifenpolizist, der euch für diesen verdammten Fall zugeteilt wurde.«

»Ja, tut mir leid, hab ich vergessen.«

»Und überhaupt, wovon reden Sie eigentlich? Da ist niemand bei Vidi.«

Ruud drehte sich um.

Der Mann war verschwunden.

Hamzah ging an Vidis Schreibtisch vorbei zum Besprechungsraum. Hastig schob Vidi die Schublade seines Schreibtischs zu, aber nicht schnell genug. Der kleine Polizist erblickte das, was der Beamte gerne versteckt hätte – eine kleine, durchsichtige Box mit Einwegspritzen.

Ruud wühlte in seinen Hosentaschen und warf zwei weitere Energietabletten ein. Er schüttelte das Plastikröhrchen, das einen klappernden Laut von sich gab. Verflucht, nur noch eine übrig. Er musste daran denken, neue zu kaufen.

Die beiden Männer nahmen den Aufzug zum Parkplatz und stiegen in Ruuds blauen Toyota Yaris. »Arief«, sagte

Hamzah knapp. »Der Typ, den Sie gesehen haben, der Polizeifotograf. Sein Name ist Arief.«

Eine Stunde später trat Ruud aus Shireen Zees Schlafzimmer und schloss behutsam die Tür. Langsam durchquerte er die düstere, enge Küche und näherte sich der Frau, die in der Ecke saß. Er legte die rechte Hand aufs Herz. »Danke, dass Sie sich bereit erklärt haben, mit mir zu sprechen, Frau Zee. Und dass Sie uns erlaubt haben, in Ihre Wohnung zu kommen.«

»Haben Sie irgendetwas im Schlafzimmer meiner Tochter gefunden?« Die Frau war in den Sechzigern, schwarz gekleidet und mit einem plumpen grauen Gesicht; ihr Mund bildete einen schmalen Strich.

Ruud lächelte höflich und klemmte seine Klarsichtmappe unter den Arm. »Ich sammle nur Informationen.«

»Ich habe schon mit einem Polizisten geredet. Jede Menge Fragen hab ich beantwortet.« Sie rutschte auf ihrem dicken Hintern herum. Ruud zog einen Stuhl heran und setzte sich der Frau im Korbsessel gegenüber. Er ließ den Blick über ihr müdes Gesicht wandern; sie wirkte, als hätte jemand die Luft aus ihrem Körper gelassen.

»Ich weiß. Danke, dass Sie mit meinen Kollegen gesprochen haben, aber ich möchte Sie bitten, mir noch mehr über Shireen zu erzählen.«

Bei der bloßen Erwähnung ihrer Tochter füllten sich Frau Zees Augen mit Tränen. Sie zog ein Papiertaschentuch aus der Box und gab Ruud ein Zeichen wegzusehen.

»Haben Sie Kinder, Erster *Inspektur*?«

»Nein, habe ich nicht.«

»Dann seien Sie froh, dass Sie nicht das durchmachen müssen, was ich gerade durchmache.«

Ruud senkte den Kopf und wartete kurz.

Witarsa hatte ihm irgendwann einmal gesagt, das Auftreten eines Beamten der Mordkommission solle sicher und ruhig sein – wie die Hände eines Chirurgen. Es gab Momente, in denen er feinfühlig vorgehen musste, und es gab Situationen, in denen es nötig war, das Skalpell anzusetzen.

Gerade war Feinfühligkeit angesagt.

»Wie würden Sie Shireen beschreiben?«

Frau Zee atmete tief durch und starrte auf ihre Hände. »Sie war ein glücklicher Mensch. Musikalisch. Sie hat J-Rocks und ADA Band geliebt. Hatte alle ihre CDs. Willensstark war sie auch. Als Kind war sie sehr dünnhäutig, aber das hat sich gelegt.«

»Sie sagen, sie war glücklich.«

»Glücklich ja, aber sie hatte auch einiges zu bedauern. Sie hat sich gewünscht, sie wäre in der Schule besser gewesen, solche Sachen eben. Manchmal hat sie gesagt, sie hätte gerne einen richtigen Abschluss gemacht, im medizinischen Bereich gearbeitet, so was in der Art.« Sie sah sich in der ärmlichen Küche um. »Ich konnte es ihr nicht verdenken.«

»War sie eine gute Tochter?«

»Sie hat alles für mich gemacht. Gekocht, geputzt. Sie war eine gute Tochter. Sie hat gerne Seifenopern im Fernsehen angesehen, vor allem *Islam KTP*, Sie wissen schon, die Serie mit diesem großen Mann, der mit den Augenbrauen. Aber ich habe Angst, damit anzufangen. Ich bin ein Suchtmensch.«

»Haben Sie immer zusammengewohnt?«

»Seit Azri gestorben ist.«

»Shireens Mann.«

Frau Zee nickte. »Sie hat Azri Zain geheiratet, einen Ausländer. Ein Malaie. Seinetwegen ist sie zum Islam konvertiert. Ein netter Mann. Aber er hatte einen Herzinfarkt, ist mit siebenundvierzig gestorben. So jung, aber so ist das Leben eben. Das war vor sechs Jahren.« Sie seufzte tief.

»Irgendwelche Kinder?«

Sie schüttelte den Kopf. »Shireen mochte keine Kinder.«

Ruud überlegte einen Moment. »Sicher meinten Sie damit, sie wollte keine Kinder.«

Eine kurze Pause.

»Ja, Verzeihung.«

Ruud sah Frau Zee scharf an. »Wann haben Sie zum letzten Mal etwas gegessen?«, fragte er.

»Ich? Oh, *tidak lapur.*«

»Nein, im Ernst. Sie müssen bei Kräften bleiben.«

»Shireen hat sich immer ums Kochen gekümmert ...« Ihre Stimme verlor sich.

Ruud stand auf und band sich die Schürze um, die an der Küchentür hing. Er wusch sich die Hände und begann, die Küchenschränke zu öffnen.

»Was tun Sie da?«

»Ich mache Ihnen was zum Mittagessen.« Er schaute in den Kühlschrank und holte Tofu, ein Ei, Sojasprossen und einen halben Weißkohl heraus. »Hat sie sich nach dem Tod ihres Mannes mit anderen Männern verabredet?«

»Nein.«

Er fand ein Päckchen Gewürzmischung und eine Flasche süße indonesische Sojasauce – die mit dem Storch auf dem Etikett. »Hat sie irgendwann einmal Besuch von einem Mann bekommen?«

»Nein. Keine Männer. Manchmal hab ich mir Sorgen gemacht, dass sie nie wieder einen neuen Partner finden wird, aber es hat sie nicht gestört, allein zu sein. Sie mochte es nur nicht, dass man sie ›die Witwe Zain‹ nannte, deshalb hat sie ihren Namen wieder in Zee geändert. Sie bekannte sich weiter zum Islam, allerdings hat sie die Regeln nicht so streng befolgt.«

Sie starrte wieder auf ihre Hände. »Arme Shireen. Sie fand sich nie sonderlich hübsch, aber für mich war sie wunderschön. In letzter Zeit hatte sie das Gefühl, sie würde zu sehr zunehmen. Sie mochte Süßes.«

»Ich verstehe.« Ruud begann, den Weißkohl zu schneiden. »Hat das ihre Stimmung beeinflusst?«

»Nein. Wie ich schon sagte, sie war ein glücklicher Mensch. Aber es machte ihr Sorgen. Sie wollte nicht so jung sterben wie ihr Mann. Also hat sie versucht, gesünder zu leben. Sie hat angefangen, spazieren zu gehen und Rad zu fahren.« Ihre Unterlippe zitterte bei der Erinnerung. »Weite Strecken. ›Bei der Hitze?‹, habe ich zu ihr gesagt. Aber sie hat geantwortet, die langen Spaziergänge gäben ihr Zeit zum Nachdenken. Bei der Arbeit war immer viel los, da hatte sie nie Zeit zum Nachdenken.«

»Wo ist sie spazieren gegangen? In den Parks?«

»Manchmal in den Parks, aber normalerweise hat sie nach der Arbeit ihre Trainingsschuhe angezogen und ist im Viertel herumgelaufen.«

»Schüsseln?«

»Sind auf dem obersten Regal. Das ist wirklich nett von Ihnen. Was machen Sie?«

»Frittiertes *bakwan*. Ist Shireen jemals in den alten Docks spazieren gegangen, um sich die Boote anzusehen?«

»Die alten Docks … ich weiß nicht. Zumindest hat sie es nie erwähnt.«

»Sie haben gesagt, sie hätte auch ein Fahrrad gehabt. Könnte ich es sehen?« Frau Zee blinzelte heftig. »Sie war mit dem Rad unterwegs, als sie …«

Ruud merkte sich diesen Punkt, während er das Ei verquirlte und die anderen Zutaten hineinrührte. »Können Sie das Rad beschreiben? War es groß oder klein, welche Farbe hatte es?«

»Es war weiß. Roter Plastiksitz. Hier hergestellt.«

»Verstehe. Gibt es noch etwas, das Sie mir über Shireen erzählen können?«

»Sie machte sich nichts aus Eiern.«

»Aus Eiern.«

Frau Zee hielt sich ein weiteres Papiertaschentuch unter die Augen. »Sind ihr nicht bekommen. Sie hat Ausschlag davon gekriegt.«

»Das Gleiche passiert mir bei Garnelen«, erklärte Hamzah. »Und meine Kehle fängt an zu jucken wie die Hölle.« Ruud funkelte ihn an, und Hamzah verzog das Gesicht. »Was denn?«

Ruuds Blick wanderte zurück zu Frau Zee. »Haben Sie in letzter Zeit eine Veränderung in Shireens Verhalten bemerkt? Wirkte sie unruhig?«

»Nein.«

Ruud goss Öl in eine Pfanne und stellte den Herd an. »Wurde sie von irgendjemandem bedroht?«

»Nein.«

»Kennen Sie jemanden, der einen Groll gegen sie hegte?«

Sie setzte sich etwas aufrechter hin. »Herr Bimbom. Der Eiermann.«

»Der Eiermann.«

»Er verkauft Eier auf dem Markt.«

»Ich dachte, sie wäre allergisch gewesen gegen Eier.«

»Stimmt auch. Die Eier waren für mich.«

»Und warum hatte sie Probleme mit Herrn Bimbom?«

»Er hat sie betrogen.«

»Wie?«

»Letzten Februar hat sie ein Dutzend Eier von ihm gekauft, und fast alle waren alt. Wissen Sie, wie man erkennen kann, ob ein Ei schlecht ist? Sie legen es in eine Schüssel mit Wasser. Die frischen Eier sinken nach unten, die schlechten schwimmen oben. Beinahe alle Eier sind geschwommen.«

»Verstehe.« Ruud senkte die Stimme, während er die Tofu-Krabben-Eier-Kohl-Sprossenmischung zu kleinen Ovalen formte und sie eines nach dem anderen ins heiße Öl gab. »Die beiden hatten also Streit?«

»Ja, sie ist hingegangen und hat ihr Geld zurückverlangt.«

»Aber er hat sich geweigert.«

»Ja! Woher wussten Sie das?«

»Er ist Erster *Inspektur*«, verkündete Hamzah trocken von der anderen Seite der Küche her.

»Glauben Sie, Herr Bimbom würde Shireen wegen dieser Auseinandersetzung töten?«

»Bimbom soll meine Shireen getötet haben? Unmöglich. Ich kenne den alten Bimbom seit zwanzig Jahren. Er ist mein Cousin zweiten Grades.«

Ruud stieß einen müden Seufzer aus. »Sonst irgendjemand, der einen Groll gegen sie gehegt haben könnte?«

»Nicht dass ich wüsste.« Sie schlug die Hände vors Gesicht. »Warum sollte ihr irgendjemand wehtun wollen? Ich verstehe es einfach nicht. Sie war eine gute Frau.«

Ruud gab ein zustimmendes *Mmm-hm* von sich. »Ist kürzlich in ihrem Leben etwas Ungewöhnliches vorgefallen? Hat sie viel Geld verloren? Ist sie an Geld gekommen? Irgendetwas Außergewöhnliches?«

»Na ja, da war dieser Überfall auf die Postfiliale. Sie arbeitete im Lohnbüro und hatte Dienst, als dieser Raubüberfall letzten Monat passierte. Männer mit Waffen sind reingestürmt. Sie hat erzählt, dass sie furchtbare Angst hatte. Die Ganoven sind mit dem Geld abgehauen. Zum Glück ist niemand umgekommen.«

Ruud notierte sich auch das im Geiste. »Erinnern Sie sich noch, wie viel gestohlen wurde?«

»Ziemlich viel, haben die Zeitungen geschrieben.«

Ruud schwieg einen Augenblick. Konzentriert beobachtete er den *bakwan*, der goldbraun und knusprig wurde. »Ich wüsste gern mehr über ihr Sozialleben. Sie war also Muslima?«

»Ja. Wir sind beide vom Christentum konvertiert, als sie Azri geheiratet hat.«

Ruud legte die frittierten Sojaküchlein erst auf Küchenpapier und dann auf einen Teller, den er Frau Zee in die Hand drückte. »Und wann war das?«

»Vor neun Jahren. Ich gehe jeden Freitag in die *masjid*, im Ramadan jeden Tag.« Sie nahm ein ausgebackenes *bakwan* zur Hand und pustete kurz, bevor sie probierte. »Das ist wirklich nett von Ihnen«, wiederholte sie.

»Schmeckt's?«

Sie kaute lächelnd. »Schmeckt gut.«

»Hatte Shireen einen Laptop oder Computer, den wir überprüfen könnten?«

»Nein, sie konnte sich keinen leisten. Ich glaube, sie hat auf einen Acer gespart.«

»Hat sie irgendwelche alten Fotos von Exfreunden oder Schulfreunden aufbewahrt? Oder von Kollegen?«

Frau Zee stand auf und kam mit einem Stapel Fotos zurück. Sie waren alle leicht verblasst, und in der rechten unteren Ecke war eine digitale Datumsanzeige zu sehen.

Ruud wischte sich die Hände an einem Geschirrtuch ab und schaute sich die Fotos genau an. Als er etwa ein Viertel von ihnen durchgesehen hatte, hielt er inne und kniff leicht die Augen zusammen. »Wo wurde das hier gemacht?«

Frau Zee beugte sich vor und betrachtete das Bild. »Oh, das war ihr Freitagabend-Treffen. Sie und ein paar andere trafen sich immer in einem *kampung*-Haus, um Mah-Jongg zu spielen. Einem von den Mädchen gehörte diese alte, windschiefe Hütte auf dem Land. Das war vor … tja, wie lang ist das her? Vor fünfzehn Jahren etwa. Ich weiß nicht, wer die anderen Frauen waren, aber Shireen«, ihre Augen füllten sich wieder mit Tränen bei der Erwähnung des Namens, »hatte offensichtlich Spaß bei den Treffen. Das ging ein paar Monate lang, aber irgendwann ist sie nicht mehr hingegangen. Es gab Meinungsverschiedenheiten wegen irgendeiner Sache. Ich glaube nicht, dass sie mit ihnen in Kontakt geblieben ist.«

»Mah-Jongg«, bemerkte Ruud und sah Hamzah vielsagend an. Er drehte das Foto um, doch die Rückseite war nicht beschriftet. »Frau Zee, ich möchte mir dieses Foto ausleihen.«

Ruud versprach, es bald zurückzugeben, und steckte das Bild in seine Mappe.

Sie gingen zu Fuß die Treppen hinab ins Erdgeschoss. Irgendwo im Wohnblock schrie ein Baby laut und durchdringend. Aus allen Briefkästen ragten regierungsfreundliche Flugblätter.

Ruud öffnete die Hintertür, und unvermittelt traf sie die Hitze und der Verkehrslärm. Die Luft war voller Staub und Auspuffgase. Hamzah steckte sich eine *kretek* an und brachte hustend hervor: »Was wollen Sie mit dem Foto?«

Ruud ging rasch zum Auto, und der kleinere Mann musste joggen, um mit ihm Schritt zu halten. »Ich glaube, dass ich jemanden erkannt habe, der neben Shireen steht.«

»Wen denn?«

Ein *roti*-Mann fuhr in seinem Lieferwagen vorüber und ließ sein blechernes, melodisches Glockenspiel ertönen. Teenager, die Kekspackungen verkaufen wollten, saßen auf umgedrehten Ölfässern und warteten darauf, dass der Verkehr ins Stocken geriet.

»Mari Agnes Liem.« Ruud zeigte Hamzah das Foto. »Die zweite von links, sehen Sie? Da sind noch drei andere Frauen. Es ist nur so ein Gefühl, aber ich habe den Verdacht, dass sie alle in Gefahr sind. Sobald wir die anderen auf dem Bild identifiziert haben, werden wir sie unter Polizeischutz stellen.« Sein Gesicht war schweißnass und gerötet von der Hitze. »Es sei denn, er hat sie schon erwischt.«

»Es stellt sich außerdem die Frage, wer das Foto geschossen hat.«

Ruud hielt inne und starrte den Beamten an. Sein Blick sprach Bände.

»Es wäre doch möglich, oder nicht?«, sagte Hamzah. »Vielleicht hat unser Mörder das Foto gemacht.«

Ruud schluckte. »Wer, im Namen von *Jahannam*, ist dieses Ungeheuer?«

»Er ist der Teufel, vor dem uns unsere Eltern immer gewarnt haben.«

DREIZEHN

Seit ihrem ersten Tag in Indonesien war Erica immer so früh aufgewacht, dass sie den Sonnenaufgang gesehen hatte. Erst hatte es am Jetlag gelegen, dann an einem schreifreudigen Hahn, und jetzt stand sie aus reiner Gewohnheit in der Morgendämmerung auf, spazierte am Seeufer entlang, noch bevor der Frühstücksgong ertönte, und wartete darauf, dass die Sonne sich zeigte. Der gleiche hartnäckige Hahn folgte ihr gewöhnlich mit leisem Gackern und Glucken auf dem Fuße.

Inzwischen war es mitten am Vormittag. Erica legte die Pinsel beiseite und starrte zum Himmel. Eine Schar weißer Reiher kreiste über ihr. In der Ferne, jenseits der Rasenflächen und des Sees, hörte sie Musik. Sie hatte die letzten paar Stunden barfuß auf einer Schilfmatte gestanden und mit einem 2B-Bleistift Grundlagen ausgearbeitet, die anfänglichen Bleistiftmarkierungen wieder wegradiert und den Hintergrund mit rohem Umbra ausgemalt. Im Geiste hatte sie alles schon fertig geplant – ein verwegener Pinselstrich Rostbraun hier, ein Klecks Ocker und ein Hauch Zinnoberrot dort. Und die Haare? Sie rieb sich am Kinn. Ich könnte etwas Knochenkohle durch das Schwarz ziehen und ein paar Striche Yves-Klein-Blau einarbeiten …

Sie legte sich der Länge nach auf die Erde und formte

mit den Fingern einen Bilderrahmen. Es würde gut aussehen, den Präsidenten aus der Froschperspektive zu malen; es würde dem Porträt einen Ausdruck von Macht und Größe verleihen. Sie stand wieder auf und arrangierte ihre Farben auf der Bank. Dann blinzelte sie im Sonnenlicht zum schieferfarbenen Leuchten der Wolken hinauf. Ihre Augen begannen zu schmerzen.

Erica Sneijder war eine leidenschaftliche Künstlerin. Es gab Menschen, die leidenschaftlich gerne Ski fuhren, Golf spielten oder Aluminiumdosen recycelten. Andere liebten goldbraune *patat frites,* weißen Spargel mit brauner Butter oder alte Modelleisenbahnen. Erica war da anders. Sie hegte nur für zwei Dinge eine Leidenschaft: Kunst und Schokolade.

Als sie von *Modern Painters* gefragt wurde, ob es irgendetwas gab, nach dem sie verrückt wäre, antwortete sie mit tiefer, knurrender Krümelmonsterstimme: »Scho-ko-la-de! Ich liebe Schokolade.« Im normalen Tonfall fügte sie hinzu: »Ich verschlinge sie, vernichte sie, mache Berge aus Kakao dem Erdboden gleich. Aber meine eigentliche Nahrung ist die Malerei. Von Farbpigmenten umhüllt und überwältigt zu werden versetzt mich in einen Rausch. Bei Farbtönen und Texturen werde ich euphorisch. Ich lebe für die Farben, für intuitive Farbgebung.

Ich befasse mich nicht mit Hautfarben und Halbschatten und dunklen Tönen, ich befasse mich mit Emotionen. Natürlich muss ich die Augen transparent bekommen, und ja, der Mund sollte an den Rändern einen weichen Übergang haben, aber das ist alles eine Frage der Technik, nicht mehr. Was ich brauche, ist ein Sujet mit einem eisernen Willen, der dem meinen entspricht. Eine Persönlichkeit, die meine Aufmerksamkeit lange genug fesselt, sodass ich diese Kraft als Ventil für meine eigenen Emotionen nehmen kann, frei von Selbstzensur, frei von Beschränkungen, mit der Möglichkeit, Leben und Spiritualität nach Belieben zu vermengen und wieder zu trennen.«

Vielleicht verkläre sie ihre Berufung ja etwas zu sehr, sagte sie dem Journalisten und gestikulierte wild, aber so empfand sie nun mal. Sie war auf einer kreativen Sinnsuche, es dürstete sie danach. Doch für sie war die Malerei nicht vergleichbar mit etwas zu trinken. Wenn man Durst hatte, trank man mehr, wenn man keinen Durst hatte, dann weniger – das war bei der Malerei anders. Die Malerei war für sie eine Konstante; ihr Durst danach war nie gestillt.

Manchmal aber brauchte Erica Abstand, sie musste rauskommen und den künstlerischen Prozess durchdenken. Das erreichte sie, indem sie herumkritzelte, spazieren ging, ein Unkraut unter die Lupe nahm oder auf einer langen Zugreise ihren Tagträumen nachhing, Musik hörte oder sich mit Menschen umgab, denen es nichts ausmachte, wenn sie zerstreut war. Am schlimmsten war es für sie, zu lange aus dem gleichen Fenster zu starren, umringt von den immer gleichen Gegenständen. Sie brauchte jeden Tag etwas Neues und fürchtete sich nicht vor dem Scheitern – letztlich war egal, was sie tat, Hauptsache, der Quell ihrer Kreativität versiegte nicht.

»Was inspiriert Sie?«, hatte eine wichtigtuerische Deutsche sie einmal am Strand von Korsika gefragt.

»Ich bin mir nicht sicher«, hatte Erica erwidert, während sie die Gummiklemmen an ihrer Staffelei befestigt und angefangen hatte, die Küstenlinie zu skizzieren. »Rembrandts *Nachtwache* im Rijkmuseum weckt meine Kreativität. Manchmal schaue ich auch den Künstlern über die Schulter, die in Amsterdam an den Kanälen zeichnen. Aber oft ist es etwas völlig Lächerliches, wie eine Plastiktüte, die im Wind tanzt.«

Abstrakter Expressionismus, Blossfeldts *Art Forms in Nature* und Barcsays *Anatomie für Künstler* hatten einen festen Platz in ihrem Herzen, ebenso ihre Bücher über Kunstgeschichte. Sie hatte ganze Regale davon, viele mit handkolorierten oder Farbdruck-Tafeln. Erica hatte so viele Bücher, dass sie schon einige aus Platzmangel im Ofen verbrannt hatte.

»Und wer sind Ihre Lieblingsmaler?«, fragte die gleiche neugierige Dame, während sie ihr über die Schulter lugte.

»In den Siebzigern waren es Kandinsky, Kupka und Pollock, sie wurden in den Achtzigern aber von Warhol und Jasper Johns verdrängt. Angefangen habe ich mit Bleistiftskizzen à la Norman Rockwell, bin dann auf Zeichenkohle umgestiegen, gefolgt von Acryl und schließlich Ölfarben.«

Die Topfguckerin zeigte mit ihrem Eis am Stiel auf Erica. »Gut, eines Tages, wenn Sie berühmt sind, malen Sie mich, in Ordnung?« Erica hatte sie kaum eines Nickens gewürdigt und weitergezeichnet.

Erica machte sich nichts aus Ruhm. Sie hatte kein Verlangen danach, eine Berühmtheit zu werden, zumindest keine solche wie die auf dem Cover der Klatschmagazine! Ein bisschen Anerkennung war schön – beispielsweise, die Ehrenmedaille für Kunst und Wissenschaft zu bekommen –, aber sie wollte nicht berühmt sein, sie verabscheute den exhibitionistischen Irrsinn, den zeitgenössischer Ruhm mit sich brachte.

Wie konnte irgendwer tatsächlich wie Kim Kardashian leben wollen?, fragte sie sich. Warum sollte sich irgendjemand dafür entscheiden, seine Freiheit aufzugeben? Die ganzen jungen eifrigen und hoffnungsvollen Leute in den Fernsehshows, die so verzweifelt auf ein wenig Ruhm aus waren, um ihrer ausweglosen Situation zu entkommen. Herr des Himmels, sie mussten verrückt sein! Lauter Hobbyfotografen vor der Haustür, Kameras, die einen vom Nachbarbalkon aus belauerten, Wagenladungen an Paparazzi, die einen verfolgten – es war absurd. Und wenn man darauf reagierte, indem man einem Fotografen einen Schuh an den Kopf warf wie Justin Bieber, fand man sich vor Gericht wieder und wurde zu hundert Stunden Sozialarbeit verdonnert. Nein, Ruhm war definitiv nichts für sie. Obwohl sie nichts gegen einen Schnappschuss einzuwenden hätte, der sie auf einer Jacht zeigte, Champagner schlürfend und den Arm um George Clooneys sonnengebräunten Torso gelegt.

Ihre Haltung zum Thema Ruhm war ambivalent.

Geld dagegen war eine Sache, an der sie tatsächlich Gefallen fand. Vor langer Zeit hatte sie ein Journalist gefragt, was sie tun würde, wenn sie im Lotto gewinnen würde. Sie hatte erwidert, sie würde das gesamte Geld in einem Swimmingpool aufhäufen und hineintauchen wie Dagobert Duck.

Erica nahm einen Lappen und wischte die überschüssige Farbe von den Pinseln, spülte sie mit Lösungsmittel und tauchte dann einen nach dem anderen ins Wasser.

Nebenbei warf sie einen Blick auf die neuesten Artikel, die ihr Agent ihr zugesandt hatte. Einer war vor einigen Monaten in der *Jakarta Post* veröffentlicht worden und kündigte an, dass sie ein Porträt von Präsident SBY malen würde. Sie schaute sich einen weiteren Artikel an, diesmal einen ganz neuen mit einem Foto von ihr und Imke am Soekarno-Hatta-Flughafen. Ja, sie war leidenschaftlich gerne Künstlerin. Aber manchmal wollte sie mehr, manchmal wäre sie dem allen gern entkommen.

Erica brachte ihre Pinsel in Form und deponierte sie mit den Borsten nach oben in einem großen Glasgefäß.

Wieder rieb sie sich die schmerzenden Augen. Sie musste eine Pause einlegen – sie würde einen langen Spaziergang machen und ein bisschen Lokalkolorit einfangen.

Davon abgesehen, trieb sie der Krötenchor mit seinem Quaken langsam in den Wahnsinn.

Jenseits der weitläufigen Rasenflächen, irgendwo auf der anderen Seite des Sees, ertönte noch immer Musik. Erica zog den Malkittel aus und hängte ihn an die Garderobe. Zwei Spritzer Sonnencreme auf die Arme, dann ließ sie die Tube mit Lichtschutzfaktor 40 auf dem Tisch liegen. Plötzlich hatte sie Lou Reeds »Walk On The Wild Side« im Kopf und summte vor sich hin, während sie die Creme verteilte.

Sie schnürte ihre Sandalen, griff sich Imkes Wanderstock aus Amboinaholz und trat hinaus vor die Tür.

Sie nahm den schmalsten Pfad, der zum Hauptweg führte, entlang an einer Reihe von Bronzestatuen nackter Damen (eine Rückkehr in die Sukarno-Ära) und an der Allee aus Banyanbäumen vorbei.

Sie schritt durch Flecken aus Sonnenlicht, eingehüllt in ein Meer aus Grün: Smaragdgrün, Hellgrün, Erbsengrün und Salbeigrün, Flammen aus Beryll und Jade und Regenwaldmoos.

Inmitten des Grüns tauchte unvermittelt ein Fremder auf. Er stand bei den Akazien im hohen Gras und winkte sie heran.

Die Musik wurde lauter.

Erica ging in gleichmäßigem Tempo weiter.

Der Mann lächelte. Sie lächelte zurück, ging auf ihn zu und fragte sich kurz, was da in seiner Hand metallen glitzerte, wie das Aufblitzen eines Eisvogels, der ins Wasser stößt.

Erica vermutete, dass er ein Spaziergänger war oder irgendeine Art von Platzwart.

Er winkte sie näher heran, und es sprach nichts dagegen, hinüberzugehen und Hallo zu sagen.

Er hob einen niedrigen Ast an, damit sie darunter durchtauchen konnte. Dann verlor sie den Halt, und er sprang auf sie zu.

Niemand sah, wie sie zu Boden ging.

Im Besprechungsraum hing der Zigarettenrauch wie dichter Nebel in der Luft. Imke kam langsam zum Ende ihrer Präsentation, als Commissioner Witarsa gegen die Glasscheibe klopfte. Ruud stand auf, hob entschuldigend die Hand und trat in den Korridor hinaus.

»WARUM haben Sie das nicht von mir genehmigen lassen?« Witarsa fuhr wütend mit der Hand übers Gesicht. »Sie dürfte gar nicht hier sein.«

»Wer sagt das?«

»Sie dürfen sie nicht ins Team aufnehmen!«

»Warum? Weil sie eine Frau ist?«

»Tun Sie nicht so, als hätte ich rassistische oder sexistische Vorurteile, Pujasumarta. Sie ist eine Außenseiterin. Eine Zivilistin.«

»Wir haben schon öfter externe Fachleute eingesetzt.«

»Sie hat keine Sicherheitsfreigabe.«

»Herrgott noch mal! War das je ein Problem? Sie waren es doch, der sich darüber beschwert hat, dass die Ermittlungen zu langsam vorangehen – ich zitiere: mit der verdammten Geschwindigkeit einer Schildkröte. Ich zeige nur ein bisschen Eigeninitiative.«

»Unsere eigenen Spürhunde hätten ausgereicht.«

Ruud hatte gewusst, dass dieses Argument kommen würde. Die Hundestaffel von Jakarta war in der Lage, Drogen und Sprengstoff aufzuspüren, aber ihre beiden Leichenspürhunde, zwei Weimaraner, waren sehr jung und noch nicht richtig ausgebildet. »Lassen Sie mich einfach weitermachen.«

»Was werden die Chefs davon halten?«

»Was werden die Familien der Opfer davon halten, wenn ich ihnen erzähle, wir hätten den Fall lösen können, aber Commissioner Witarsa war leider zu engstirnig, um einen externen Experten zuzulassen?«

Es verging eine halbe Minute. »Sie erwarten ernsthaft von mir, dass ich Ihnen das abnehme? Dass diese Frau und ihr Hund uns helfen könnten?«

»Ja. Imke Sneijder ist auf ihrem Gebiet eine der Besten von ganz Holland.«

Nebenan verstummte Imkes durchdringende Stimme. Stühle wurden gerückt, die Tür zum Lageraum öffnete sich, und die Beamten kamen herausgeströmt, manche in Uniform, andere in Zivil.

Aiboy Ali, Vidi und Werry Hartono gingen an ihnen vorüber, und Ruud wandte sich versuchsweise in Richtung Aufzüge.

»NICHT … so schnell«, sagte Witarsa gedehnt. »Die Teeküche hier im Büro könnte einen neuen Toaster gebrauchen.«

»Wovon reden Sie da?«, fragte Ruud.

»Einen Kenwood Kmix, Zwei-Scheiben-Toaster. Variabler Bräunungsregler.«

»Ich bin doch kein Küchenfachgeschäft.«

»Peek und View-Funktion. Als Farbe würde mir Sun Kissed Yellow gefallen.«

»Sie meinen es wirklich ernst?«

»Bringen Sie mir den Toaster, und ich gebe der Hundefrau drei Tage«, sagte Witarsa.

Ruud entschlüpfte in Richtung Aufzug und hob den Arm zu einem halbherzigen Abschiedswinken.

Kiki beschnüffelte den Boden unter dem HERO-Neonschild, den Schwanz zielstrebig aufgerichtet.

Imke und Ruud näherten sich der Tür, über der der *KELUAR*-Schriftzug flackerte. Sie tranken heißen Kaffee aus Plastikbechern. »Du nimmst doch Zucker, oder? Ich hab dir deinen Kaffee mittelsüß mitgebracht.« Er nahm einen Bissen von seinem *roti bakar* mit Käse. »Willst du wirklich nichts abhaben?«

»Ich bin rundum zufrieden, danke«, sagte Imke.

»Na dann.« Er wippte energiegeladen auf den Fußballen. »Lass uns loslegen!«

»Bist du am frühen Morgen immer so munter?«

Ruud lachte. »Das haben mich schon viele gefragt. Ist wohl einfach meine Art, mit dem Leben fertigzuwerden. Es hat ja keinen Sinn, wie drei Tage Regenwetter daherzukommen. Du weißt doch, was man über manche Komiker sagt: Sie werden dafür bezahlt, andere Leute zum Lachen zu bringen, aber innerlich sind sie traurig und schwermütig. Nun, bei mir ist es umgekehrt. Mein Alltag und mein Job sind ziemlich düster; beinahe jeden Tag sehe ich grausige Dinge. Aber irgendwie muss ich ja positiv bleiben und mir ein Stückchen Leichtigkeit erhalten. Also gebe ich mich forsch-fröhlich. Optimistisch.«

Sie sah ihn mit hochgezogener Braue an.

»So leicht wie ein Luftschiff.«

»Mit genauso viel heißer Luft, würde ich sagen.« Sie lächelte.

»Wie wär's mit einer kleinen Gesangseinlage? ›Always Look On The Bright Side Of Life‹?«

»Jetzt übertreibst du's. Aber wenigstens bist du nicht so ein wandelndes Klischee.«

»Was meinst du damit?« Er biss wieder von seinem *roti bakar* ab.

»Du bist keiner von diesen desillusionierten Cops, die sich nur von Zigaretten und Bourbon ernähren.«

Ruud nickte und kaute genüsslich an seinem Käsebrot. Hätte ein unbeteiligter Zuschauer vom Apartmentblock gegenüber zufällig hinuntergeschaut, hätte er in ihnen eher zwei junge Menschen gesehen, die einen Morgenspaziergang machten, denn Ermittler in einer Morduntersuchung.

Imke lächelte leicht. »Trotzdem hoffe ich, du fängst

jetzt nicht wie Schneewittchen an zu singen: ›Wer bei der Arbeit pfeift‹.«

»Hei-Ho!«

»Das reicht!«

»Okay, okay.« Er lachte, die Arme erhoben in einer Geste der Kapitulation.

»Also, zurück zu unserem Fall. Shireen Zee wurde hier drüben gefunden, ja?« Sie wies auf den Müllcontainer.

»Korrekt.«

»Leg bitte den Gummikegel hier auf den Boden vor der Mülltonne.«

Ruud gehorchte. »Was hast du gestern Abend gemacht? Bist du zu Hause geblieben und hast einen Film angesehen?«

»Ich habe mit Erica zusammen früh zu Abend gegessen, dann hab ich ein bisschen im Internet gesurft. Und du? Bist du die Akten noch mal durchgegangen? Hast du mit Arjen gegessen?«

Normalerweise redete Ruud nicht über sein Privatleben. Er erzählte weder von seinem Urlaub noch von den Büchern, die er gerade las, oder ob er sich einen Sony-Fernseher oder doch lieber einen Samsung anschaffen sollte. Aber mit Imke wollte er über all diese Dinge und noch vieles mehr reden.

Er erzählte ihr ein wenig von seinem Treffen mit Shireen Zees Mutter und fügte hinzu: »Es gibt da ein Foto, das eine Gruppe von Frauen zeigt, die sich zum Mah-Jongg-Spielen getroffen haben. Wir müssen herausfinden, wer sie sind.«

»Vielleicht ist eine von ihnen die Mörderin.«

»Oder mit dem Mörder verwandt.«

»Hierher, Kiki.« Der Hund kam schwanzwedelnd herbeigerannt. »Sitz. Gutes Mädchen.« Imke gab ihr eine Belohnung aus ihrer Futtertasche. »Wo hat der Wagen des Gerichtsmediziners geparkt, als die Leiche abgeholt wurde?«

Ruud ging zwanzig Schritte nach rechts und blieb in der Mitte der abgesperrten Gasse stehen. Imke folgte ihm und legte einen Gummikegel zu seinen Füßen ab. »Du sagst, die Taxifahrer haben nichts gesehen, ebenso wenig wie die Busfahrer und die *mikrolet*-Taxis, die auf dieser Strecke fahren.« Sie trat einen Schritt zurück. »Also können wir davon ausgehen, dass der Mörder motorisiert ist. Er hat ein eigenes Auto oder kann das Fahrzeug von jemand anders benutzen.«

»Oder er lebt auf der anderen Straßenseite.«

»Ja, klar«, spöttelte sie und reichte ihm ihren Kaffee. »Kannst du mal halten?«

Aus dem Supermarkt holte sie sich eine Leiter und stellte sie bei der nächstgelegenen Tonne auf. Sie stieg hinauf und trat vorsichtig auf den Metalldeckel.

»Pass auf, wo du hintrittst«, sagte Ruud.

Die Windschutzscheiben der vorüberfahrenden Autos reflektierten das gleißende Sonnenlicht. Imke beschirmte die Augen, machte einen weiteren Schritt und fiel hin, schaffte es jedoch, oben auf dem Container zu bleiben.

»Ganz schön rutschig«, sagte sie lachend. »Als ich heute Morgen aufgewacht bin, wusste ich noch nicht, dass ich auf einer Riesenmülltonne herumbalancieren würde.«

»Vielleicht solltest du lieber runterkommen«, schlug Ruud vor.

»Natürlich nicht!« Sie stand wieder auf. »Das ist doch gar nichts, verglichen damit, sechs Stunden lang in der Kanalisation von Amsterdam herumzuwaten.«

Ruud klopfte seine Hosentaschen nach den Head-Start-Tabletten ab. »Wer war eigentlich gestern dieser Typ mit den Hängebacken und dem komischen Spreizfußgang?«

»Mein Boss.«

»Dachte ich mir. Er hat ein bisschen was von einem Arschloch, was?« Imke verschränkte die Arme und betrachtete den Ablageort der Leiche von oben.

»Er steht ganz schön unter Strom und kann jeden Moment in die Luft gehen – aber er meint es gut.«

»Aiboy Ali scheint nett zu sein.«

»Er ist ein prima Kerl.«

»Und wie ist das so?«

»Wie ist was so?«

»An Mordfällen zu arbeiten.«

Ruud zuckte die Schultern. Er sah an Imke vorbei, und als er wieder sprach, war seine Stimme leise. »Es ist nicht ganz leicht.«

»Das glaub ich dir.«

»Man muss auf unterschiedlichen Ebenen gleichzeitig denken. Du hast es mit der Trauer und dem Zorn einer Familie zu tun, mit der du dich auseinandersetzen musst. Irgendjemandes Vater, Mutter, Schwester oder Bruder wurde getötet. Das bedeutet, ich muss mit einer gewissen Würde auftreten. Es ist schwer, die richtigen Worte zu finden, wenn einem Menschen gerade das Herz gebrochen ist. Aber gleichzeitig muss ich schwierige Fragen stellen. Du verstehst also, wie heikel und labil das Ganze ist. Das ganze Leben, meine ich. Einige von uns, Vidi zum

Beispiel, zweifelt am Konzept von Glück. Er misstraut dem Glück, weil er miterlebt hat, dass es immer nur eine Frage der Zeit ist, bis einem die guten Dinge im Leben wieder genommen werden.

Eine weitere schwierige Sache sind die Lügen. Nach einer Weile merkt man, dass es schwer ist, überhaupt jemandem zu vertrauen. Das mag zynisch klingen, aber es ist die Wahrheit. Du redest mit einer Person und entdeckst kleine Ungereimtheiten. Eine Änderung im Atemrhythmus, ein Scharren mit den Füßen, nur winzige Details. Und du begreifst, dass dieser ganze Blickkontakt, der ehrliche Tonfall, die ganze scheinbare Zuvorkommenheit nichts weiter sind als Schwindel. Jeder hat etwas zu verbergen.«

Imke nickte stumm.

Ruud lachte unvermittelt. »Himmel, ich klinge wie eine Kummerkastentante.«

»Ist es eigentlich wahr«, fragte Imke, »dass Menschen nach links blicken, wenn sie sich eine echte Erinnerung ins Gedächtnis rufen, und nach rechts, wenn sie flunkern?«

»Aber ja«, erklärte Ruud und blickte nach rechts.

»Nimmst du eigentlich überhaupt etwas ernst?«, sagte sie lachend.

»Ja. Meinen Job.«

»Ruud?«

»Ja?«

»Wie lange warst du verheiratet?«

»Drei Jahre.«

»Das ist nicht übel.«

»Es hat sich übel genug angefühlt, als sie mich verlassen hat.«

»Nein, ich meinte nur, wenn du länger verheiratet gewesen wärst, wären die Bande noch fester gewesen, die euch verbinden; man hätte mehr durchtrennen müssen, um sich zu befreien.«

»So hab ich das noch nie gesehen.« Er schwieg kurz. »Sollen wir uns an die Arbeit machen?«

»Klar. Erzähl mir was zur Videoüberwachung.«

Ruud zeigte ihr die Kameras. »Sie sind nur auf den Hinterausgang und den Parkplatz des Managers gerichtet, die Mülltonnen sind nicht in ihrem Blickfeld. Das Gleiche gilt für die Stelle, an der wir gerade stehen. Wir haben keine Aufnahmen, die zeigen, wie der Täter kommt oder geht.«

»Aber er muss sein Auto irgendwo hier in der Gasse geparkt haben.«

Sie beschattete die Augen und wies auf die entlegene Ecke des Supermarkts. »Siehst du das?«

»Was?«

»Da ist ein Verkehrsspiegel auf der linken Seite des Managerparkplatzes.«

»Und?«

Imke kletterte vom Müllcontainer herunter. »Eine der Kameras könnte in seine Richtung zeigen.«

Ruud ließ den Kaffee fallen, rannte zum Konvexspiegel hinüber und sah hinauf.

»Mein Gott, du könntest Recht haben. Die Kamera könnte etwas im Spiegel eingefangen haben.« Er wurde rot. Wie hatte er das nur übersehen können?

»Wenn ihr das Bildmaterial vergrößern könnt, haben wir vielleicht Glück und finden etwas.«

Imke kauerte sich hin und sah Kiki in die Augen. Sie

flüsterte dem Hund etwas ins Ohr und erhob sich wieder. Kiki streckte sich. »Such!«

Der Hund sprang auf und sauste mit wedelndem Schwanz und der Nase am Boden los.

»Sie ist auch als Personenspürhund ziemlich gut. Kiki kann eine bestimmte Person aufspüren, indem sie winzigen Spuren toten Gewebes oder Hautpartikeln folgt, die sich von einem Körper lösen, wenn er sich bewegt oder bewegt wird. Wahrscheinlich wird sie gleich den Geruch der Leiche oder von Blutrückständen aufnehmen.«

»Wie gut ist sie?«

Kiki kam zu den Abfallcontainern und ließ sich nieder. »Sie ist der beste Hund, mit dem ich je gearbeitet habe. Kiki kann menschliche Überreste durch Beton hindurch oder auf dem Grund eines fünfzehn Meter tiefen Sees aufspüren, nicht wahr? Gutes Mädchen.« Imke gab ihr eine Belohnung. »In Ordnung, sie hat den Ort gefunden, an dem die Leiche entdeckt wurde. Machen wir weiter.« Die Aufmerksamkeit des Hundes war standhaft auf Imkes Stimme und Hände gerichtet. Imke schnippte mit den Fingern und gab ihr ein Zeichen. »Such, Kiki, such!«

Wenige Augenblicke später stoppte der Hund bei dem Gummikegel, der die Stelle markierte, an dem der Wagen des Gerichtsmediziners geparkt hatte. »Siehst du? Sie nimmt die Geruchsspuren winziger Hautpartikel wahr. Gut gemacht, Kiki.« Sie reichte Ruud ein Leckerli. »Versuch du's mal.«

Ruud schnippte mit den Fingern und rief: »Such!«

Wieder stürzte Kiki los, drehte sich und suchte in allen Richtungen. Diesmal entfernte sie sich vom Parkplatz des Supermarkts in Richtung der Sackgasse. Zunächst sauste sie bis zur Ziegelmauer, dann zum Kanal, der den Monsunregen abfließen ließ, machte aber rasch wieder kehrt. In der Mitte der Gasse kam sie zum Halt und ließ sich neben einigen achtlos weggeworfenen Fastfood-Packungen nieder. Imke platzierte einen dritten Gummikegel beim Schwanz des Hundes, und Ruud gab ihr das Leckerli.

»Du lernst schnell«, stellte Imke fest.

»Erzähl das mal den Lehrern an meiner alten Schule. Sie haben immer gesagt, der Versuch, mir etwas beizubringen, wäre ungefähr so, als würde man einen durchlöcherten Eimer mit Wasser füllen.«

»Ich wette, er hat hier geparkt. Er hat den Kofferraum geöffnet, Shireen Zees Leiche herausgeholt und sie zu den Müllcontainern getragen.«

»Aber warum hat er sie hier abgeladen? Draußen im Freien, wo sie jeder finden kann? Warum hat er die Leiche nicht versteckt?«, fragte Ruud nachdenklich.

»Irgendwann wird die Leiche so oder so entdeckt. Warum soll er sie also überhaupt verstecken? Wenn er ein Loch gräbt, hinterlässt er Spuren, und es dauert. Am besten, er wirft die Leiche in den Müll. Der Fundort ist bereits kontaminiert, und in der Vorstellung des Mörders ist das Opfer ohnehin Abfall.«

»Aber wenn er die Leiche, sagen wir, in den Wald gebracht, sie mit irgendwas beschwert und sie in den Sumpf geworfen hätte, dann hätte der Verwesungsprozess eingesetzt und alle Spuren beseitigt.«

»Vielleicht hat er die Leiche ja hier zurückgelassen, weil er wollte, dass sie gefunden wird, *hè*? Er will damit etwas sagen. Schaut alle her, was ich tue! Ich töte Frauen mittleren Alters. Ich hacke ihnen die Hände ab, weil sie schmutzig und unrein sind und weil sie alle Mah-Jongg gespielt haben.«

»Warum hast du das gesagt?«, wollte Ruud wissen.

»Was denn?«

»Das gerade über die Hände. Dass sie schmutzig und unrein wären.«

»Ich weiß nicht. Wahrscheinlich, weil die Menschen hier die linke Hand für unrein halten.«

»Ja, aber schmutzig kann auch unzüchtig und lasterhaft bedeuten, oder nicht?«

Imke zuckte die Schultern.

»Ein hoher Prozentsatz der Serienmörder wurde als Kind missbraucht oder misshandelt, sexuell, physisch oder seelisch. Etwa siebzig Prozent, habe ich gelesen. Und bei einem Großteil der Täter hat es sich um die eigenen Eltern gehandelt«, erklärte Ruud.

»Und?«, fragte Imke.

Unvermittelt tauchte ein Bild in Ruuds Kopf auf. Er sah einen kleinen Jungen, eingesperrt in einen dunklen Wandschrank auf dem Boden sitzen, die Knie an die Brust gezogen, die Hände auf die Ohren gepresst. Er ist wie wahnsinnig vor Angst. Die Person draußen versetzt ihn in Panik. In der Hand hält sie eine Gerte aus dünnem Bambus. Wenn sie ihn schlägt, hinterlässt es rote Striemen. Die Türe zum Schrank öffnet sich, und er versucht wegzurennen, aber sie packt ihn mit der Faust an den Haaren.

»Er tötet seine Mutter. Jedes Mal, wenn er eine dieser Frauen tötet, hat er ihr Bild vor Augen. Sie war es, die ihn misshandelt hat. Die Opfer sind nur Stellvertreter, ein

Ventil für den Zorn auf seine Mutter«, sagte Ruud langsam.

Imke nickte zustimmend. »Das ist möglich.«

Er hob abwehrend die Hände. »Es ist nur so eine Ahnung.«

Ruud ging in die Hocke und untersuchte den Boden neben den Fastfood-Verpackungen. In der Nacht hatte es geregnet, doch er konnte noch kleine Flecken ausmachen, schwache Verfärbungen im Schotter, die Absonderungen eines Körpers, der den Boden berührt hatte.

Ruud zog sein Mobiltelefon heraus und sprach mit Aiboy Ali. Er erklärte ihm, dass er die Spurensicherung noch einmal beim HERO brauchte, außerdem jemanden, der das Standbild von einer Überwachungskamera vergrößern konnte, um das Nummernschild eines Autos zu erkennen.

»Ja, so schnell wie möglich«, drängte er. Er schwieg kurz und lauschte auf Aiboy Alis Antwort. »Was? Wann? Das versteh ich nicht, wie konnte sie … In Ordnung. Aber wie kann er sich da sicher sein? Verstehe. Ja, ich sag ihr Bescheid.«

Ruud beendete den Anruf und sah Imke an.

»Was ist los?«

»Das Palastpersonal hat angerufen. Sie suchen dich. Es geht um deine Tante; sie ist verschwunden.«

VIERZEHN

Es herrschte abendliche Totenstille im Bungalow. Die Uhr im Korridor zeigte Viertel nach zehn. Von den Lilien in der Vase löste sich ein weiteres Blütenblatt und segelte zu Boden, wo bereits mehrere andere lagen.

Imke schob die Verandatüren auf. Staffelei, Leinwand, Pinsel, Spachtel und Malmesser lagen dort, wo Erica sie abgelegt hatte. Ratlos trat sie in den warmen Abend hinaus. Die mit Farbe bespritzte Abdeckfolie auf dem Boden raschelte, als sie darauftrat. Auf dem Arbeitstisch sah sie ein halb leeres Wasserglas und eine Tube Sonnencreme, Lichtschutzfaktor 40, daneben einen Teller mit Schokoladenkeksen, die mit einer Glashaube bedeckt war, um die Ameisen fernzuhalten.

Imke versuchte, die Lage zu erfassen: Ihre Tante Ecks war verschwunden. Als Letztes hatte sie der Boy um elf Uhr morgens gesehen, und das war nun beinahe zwölf Stunden her. Er hatte den Frühstückstisch abgeräumt und ihr ein Tablett mit Assamtee gebracht. Sie hatte einen Wirbel um die Kondensmilch veranstaltet und nach frischer Milch gefragt, indem sie mit ihren Farbstiften das Bild einer Kuh mit großem rosa Euter auf ein DIN-A4-Blatt gemalt hatte, um ihren Standpunkt klarzumachen.

Kurz darauf war er wiedergekommen, um ihr Zimmer

aufzuräumen, und sie hatte ihn angewiesen, damit bis morgen zu warten.

Zu dem Zeitpunkt hatte er keinerlei Anzeichen von Verstörung oder Beunruhigung an ihr bemerkt.

Als sie nicht zum Mittagessen auftauchte, dachte sich der Boy nicht viel dabei. Als sie jedoch die Schokoladenkekse ignorierte, die ihr der Koch eine Stunde später hinstellte, alarmierte er den Haushaltsvorstand. Und als sie auch zum Nachmittagstee nicht auftauchte, entschloss sich das Palastpersonal, Imke zu benachrichtigen.

Dem Captain zufolge musste sie zu einem Spaziergang aufgebrochen sein, da ihr Wanderstock fehlte; aber sie hatte weder Handy, Brieftasche noch Geldbörse dabei. Sie hatte kein Taxi bestellt, und die Chauffeure des Palastes und ihre Wagen waren entweder vor Ort oder anderweitig eingesetzt. Die Wachtposten an den Toren und die Sicherheitsleute hatten niemanden kommen oder gehen sehen. Und auch auf der rückwärtigen Seite des Anwesens, wo die Angestellten untergebracht waren, hatte niemand etwas bemerkt.

Das alles ergab keinen Sinn, dachte Imke. Und es war mein Wanderstock, den sie mitgenommen hat, Vaters Stock aus Amboinaholz.

Sollte sie eine Suchmannschaft anfordern? Aber sicher waren sie doch noch nicht an dem Punkt angelangt, oder? Leute, die Ketten bildeten und das Gras mit Stöcken abklopften? Nein, noch nicht.

Erica war eine erwachsene Frau. Eine verantwortungsvolle Erwachsene. War sie zu einem Spaziergang aufgebrochen? Vielleicht. Aber wohin hätte sie gehen können?

Wohin würde sich eine Frau ohne Freunde in einem fremden Land und ohne Geld wenden?

Imke ging wieder hinein und schloss die Doppeltüren hinter sich. Doch sie ertrug es keine Minute, dann brauchte sie wieder frische Luft. Mit bloßen Füßen tappte sie über die rutschigen Fliesen und starrte in die Dunkelheit. Dann band sie ihr Haar zu einem losen Knoten und trat auf den Rasen in den prasselnden Regen hinaus.

Sie ging bis zum See, und einen kurzen, verrückten Moment lang dachte sie, sie würde Ericas Stimme aus den Tiefen des Wassers rufen hören.

Kurz vor Mitternacht kam der Captain hereingeschneit, ausgerüstet mit einem Notizbuch. Es regnete immer noch, und seine Schuhe waren völlig durchweicht. Er zog sie im Korridor aus.

Imke folgte dem Captain, der seinerseits seinem Nasi-Goreng-Bauch folgte und geschäftig von Zimmer zu Zimmer schritt, Schranktüren öffnete und wieder schloss. Der beleibte Mann zog seinen silbernen Kugelschreiber aus der Tasche, wirbelte ihn zwischen den Fingern und kritzelte etwas in sein Notizbuch.

Er betrat Ericas Schlafzimmer, und Imke erschauderte beim Anblick des Chaos. Kekskrümel in den Laken, leere Essens-Verpackungen auf dem Teppich, Broschüren, Flugschriften, Stifte und Skizzenbücher wahllos im Zimmer verstreut. Ein Gewirr aus Tüchern und Büstenhaltern hing von der Schreibtischlampe.

»Unordentlich, aber keine offensichtlichen Anzeichen für einen Kampf«, stellte der Captain fest.

›Unordentlich‹ war noch höflich ausgedrückt, dachte Imke. Es sah aus wie am Morgen nach der Schlacht von

Hastings. Wenn der Boy abends Ericas Bett aufschlug, fand er wahrscheinlich Doughnuts darin.

»Wertgegenstände fehlen auch nicht. Ihre Kleider und anderen Dinge sind unberührt. Keine Anzeichen für Raub und keine Spuren eines Eindringlings. Verschwindet sie in Holland öfter auf diese Art?«, wollte der Captain wissen.

»Nicht, ohne Bescheid zu sagen oder eine Nachricht zu hinterlassen. Sie ist eine ziemliche Naschkatze, deshalb läuft sie manchmal noch abends los zu irgendeinem Spätkauf.«

Der Captain schüttelte den Kopf, doch Imke konnte nicht sagen, ob aus Frustration oder aus Sorge.

Auf jeden Fall, dachte sie, hatte Erica immer noch zwei Packungen *honingdrop*-Lakritze und einen kleinen Berg KitKats auf dem Nachttisch liegen. Wenn sie den Bungalow freiwillig verlassen hatte, dann jedenfalls nicht auf der Suche nach einem Imbiss.

»Dürfte ich auch Ihr Schlafzimmer überprüfen?«

»Ja, natürlich.«

Imke holte Schaufel und Besen und begann, die Lilienblüten im Flur zusammenzukehren. Als sie schließlich ins Schlafzimmer trat, ertappte sie den Captain, wie er sich bei ihrem Kleiderschrank herumdrückte und ungeschickt irgendetwas in die Hosentasche stopfte. Sie hätte schwören können, ein Knäuel weißen Stoff in seiner Tasche verschwinden zu sehen – ein Taschentuch vielleicht oder, Gott bewahre, einen Schlüpfer. Nein, bitte, nur das nicht, dem war sie im Moment wirklich nicht gewachsen.

Er räusperte sich und verschränkte rasch die Arme vor der Brust. »Wissen Sie, was Ihre Tante anhatte?«

»Ich habe ihren Malkittel gefunden, er hängt in der Garderobe. Vermutlich hat sie ein schwarzes Top und schwarze Jeans getragen. Sie ist immer in Schwarz gekleidet, wenn sie arbeitet.«

Als hätte sie sich, dachte Imke, für eine Beerdigung angezogen.

Inzwischen war es zwei Uhr morgens. Imke beobachtete die Schatten am See, während sie im Geiste mit wachsender Sorge wieder und wieder unterschiedliche Szenarien durchspielte.

Der Regen hatte aufgehört, doch aus den Dachrinnen tropfte weiterhin unaufhörlich das Wasser.

»Die Wachen am Haupteingang haben sie nicht gesehen, aber wir vermuten, dass sie an ihnen vorbeigegangen sein könnte, ohne dass sie sie bemerkt haben.« Es war die Stimme des Captains. »Allerdings behauptet eines der Dienstmädchen aus dem Palast, das auf der Westseite einen Teppich ausgeklopft hat, sie hätte gesehen, dass Ihre Tante den Schotterweg entlanggegangen wäre und die Anlage verlassen hätte, etwa gegen Mittag. Wir haben auf den nahe gelegenen Farmen und Plantagen nachgefragt und einen Radius von etwa fünfzehn Kilometern überprüft, wir haben Hostels und Unterkünfte an der Straße angerufen, aber niemand hat sie gesehen.«

Er trommelte nachdenklich mit den Fingern auf seinem Bauch. »Unglücklicherweise können wir die Überwachungskameras nicht überprüfen, da sie gestern nicht eingeschaltet waren. Instandhaltungsarbeiten.«

»Instandhaltungsarbeiten«, wiederholte Imke tonlos.

»Ich schlage vor, Sie ruhen sich aus, Miss Sneijder. Sie wird zurückkommen, wenn es Allah gefällt.«

Imke starrte in die Dunkelheit. Der Captain plapperte vor sich hin; halb zu ihr, halb zu sich selbst. Der Präsident, erklärte er, würde am Morgen verständigt werden. Doch Imke hörte gar nicht mehr zu.

Die Sonne ging auf.

Als die Nacht dem Tageslicht wich, hob die Wirklichkeit ihr schreckliches Haupt wie eine Schlange. Imke konnte nur noch an Erica denken. Sie ließ Kiki nach ihrer Tante suchen, aber wann immer der Hund eine Fährte aufnahm, verlor sie sich ebenso schnell wieder im hohen Gras.

Es war zum Verrücktwerden. Imke konnte Verwirrung, Angst und Zorn nicht länger unterdrücken. Jahrelang hatte sie sich damit abgefunden, dass ihre Tante ein sehr exzentrischer Mensch war. Aber dieses Verschwinden war beispiellos. War sie entführt worden? War sie verletzt oder krank oder womöglich tot? Imke bekam Panik. Ihre Augen waren verquollen, und sie fühlte sich völlig übernächtigt. Sie trat auf die Veranda hinaus, lehnte sich an einen Stützpfeiler und beschirmte ihre Augen gegen das Licht der aufgehenden Sonne. Ein Hahn stolzierte vorbei, und Imke musterte den Vogel anklagend.

»Wo zum Teufel steckst du, Tante Ecks?«, sagte sie leise und verzweifelt zu sich selbst. Ihre Fingernägel gruben sich in die Handflächen. Zorn und Angst stiegen in ihr hoch, bis sie glaubte, daran ersticken zu müssen. Sie wiederholte leise den Namen ihrer Tante, wieder und immer wieder.

FÜNFZEHN

»*Inspektur* Pujasumarta?«

»Wer will das wissen?«

»*Salaam.* Tut mir leid, dass ich in der Mittagspause bei euch reinplatze. Mein Name ist Timur Djamin.« Der Mann nahm seine Schirmmütze ab und klemmte sie unter den Arm. »Ich bin Oberstlieutenant bei der Brigade Mobil 27, bewaffneter Raubüberfall.« Er zeigte Ruud Dienstausweis und Abzeichen.

Ruud war gerade aus dem Aufzug getreten, einen brandneuen Kenwood-Toaster in der Farbe Sun Kissed Yellow unter dem Arm. Er stellte ihn in der Teeküche ab und führte Timur Djamin zu einem kleinen Besprechungsraum, aber das Zimmer war bereits belegt. Eine Reihe von Leuten breiteten ihre Gebetsteppiche aus und wandten sich in Richtung Osten. Diejenigen, die zu beschäftigt waren, um das *zuhr*-Gebet zu verrichten, fuhren wie selbstverständlich fort, an ihren Schreibtischen zu arbeiten.

Ruud dirigierte Djamin in sein Büro und bot ihm einen Stuhl an. »Wie kann ich Ihnen helfen, Oberstlieutenant?«

»Ich gehe davon aus, dass Sie über den Raubüberfall bei der Post im letzten Monat informiert sind?«

»Den im Sawah Besar-Bezirk? Ich habe davon gehört.«

»Was wissen Sie darüber?«

»Nur das, was in den Zeitungen stand.«

»Nun gut, dann versorge ich Sie kurz mit ein paar Hintergrundinformationen. Folgendes ist passiert: Ungefähr einem Zehntel der sechsundzwanzigtausend Angestellten bei der POS Indonesia wird ihr Lohn bar ausbezahlt; das Geld kommt von der Filiale in Sawah Besar. An jedem letzten Freitag im Monat fahren um neun Uhr morgens zwölf gepanzerte Fahrzeuge vor, laden das Geld ein und bringen es zu den unterschiedlichen Filialen in der Stadt und im Großraum Jakarta. Um acht Uhr fünfundfünfzig an diesem bewussten Freitag, als die elektronischen Türschlösser an den Tresorräumen Grün zeigten, stürmten sechs Räuber in den dritten Stock und überwältigten die beiden Sicherheitsleute an der Gittertür sowie die drei Wachen, die an den Tresorräumen postiert waren. Die Räuber trugen Sturmhauben, die das ganze Gesicht bedeckten, schwere Stiefel und Handfeuerwaffen. Außerdem waren sie mit Overalls der Umzugsfirma Seven Continents Movers bekleidet.«

Er machte eine kurze Pause, um sicherzugehen, dass Ruud alle Informationen abgespeichert hatte.

»Als Erstes haben sie dem Leiter der Gehaltsabteilung in die Knie geschossen.« Er formte eine Pistole aus Daumen und Zeigefinger. »Damit brachten sie sämtliche Anwesenden zum Schweigen und sorgten dafür, dass kein verhinderter Held auf die Idee kam, den Alarmknopf zu drücken. Dann griffen sich die Räuber das Funkgerät einer Wache, und einer von ihnen gab sich als Sicherheitschef aus und erklärte den wartenden gepanzerten Transportern an der Straße, dass der Serviceaufzug nicht funktioniere und die bewaffneten Einheiten deshalb in der vorderen Eingangshalle warten sollten. Während der ganzen Zeit sahen die Sicherheitsleute im Untergeschoss auf ihren Überwachungsmonitoren lediglich einen grauen Bildschirm. Da sie glaubten, es läge an einem lockeren Kabel, riefen sie bei der IT-Abteilung an. Nur Sekunden später löste die Bande den Feueralarm aus. In den höher gelegenen Stockwerken verließen zweihundert Angestellte, die nichts von den Vorgängen im dritten Stock ahnten, ihre Schreibtische und marschierten die Treppe hinunter, statt den Serviceaufzug zu nehmen.

Das verschaffte den Räubern einige Extraminuten, um ihre speziell entworfenen Behälter mit Bargeld zu füllen. Als sie fertig waren, deaktivierten sie die Überwachungskameras im Serviceaufzug, zogen ihre Sturmhauben ab und flohen durch den Hinterausgang in einen wartenden Möbelwagen. Zeugen sagten aus, sie hätten mehrere Umzugsmänner in braunen Overalls gesehen, die Metallboxen auf Rädern aus dem Gebäude schoben. Zu diesem Zeitpunkt fand das natürlich niemand verdächtig.«

»Wie viel haben sie gestohlen?«

»Ich bin nicht befugt, Ihnen das mitzuteilen.«

»Das verstehe ich; aber was hat das alles mit meiner Mordermittlung zu tun?«

»Das kann ich Ihnen sagen: Das Ganze lief zu glatt ab. Warum haben die Überwachungskameras im dritten Stock um exakt acht Uhr fünfundfünfzig den Geist aufgegeben? Weil jemand Bescheid wusste und die Kabel durchtrennt hat.«

»Sie meinen, einer der Angestellten hängt mit drin?«

»Wir ziehen diese Möglichkeit in Betracht.«

Ruud sah nachdenklich drein. »Und Sie glauben, Shireen Zee könnte in die Sache verwickelt gewesen sein.«

»Ja, die Möglichkeit besteht.«

»Und ihr Mörder?«

»Vielleicht wollte sie einen größeren Anteil. Vielleicht hat sie gedroht, sie würde auspacken.«

»Also haben sie sie umgebracht.«

»Möglich.«

»Ich gehe davon aus, dass Sie Einsicht in die Akten unseres Mordfalls bekommen haben. Wie erklären Sie sich den Mah-Jongg-Stein?«

»Er sollte uns nur in die Irre führen, uns verwirren.«

»Uns dazu bringen, nach links zu sehen, wenn wir nach rechts blicken sollten. Und was ist mit Mari Agnes Liem? Wie ist sie in die Sache verwickelt?«

Djamins Miene wurde hart. »Dieser Teil hat uns auch durcheinandergebracht. Warum, glauben Sie, bin ich hier, um mit Ihnen zu reden, Erster *Inspektur*?«

Der Oberstlieutenant erhob sich, und Ruud nahm das als Signal, ebenfalls aufzustehen. Die beiden Männer gingen in den Korridor und schritten zwischen den Schreibtischen hindurch. Ruud führte Timur Djamin zum Wasserspender, füllte zwei Becher mit kaltem Wasser und reichte ihm einen. »Es ist eine interessante Theorie, aber sie überzeugt mich nicht ganz. Trotzdem werden wir nach Querverweisen und Verbindungen zwischen Shireen Zee und allen Verdächtigen suchen, die in der Datenbank wegen bewaffneten Raubüberfalls registriert sind. Wir werden ja sehen, was der Computer ausspuckt. Sie könnte die Freundin irgendeines Bandenmitglieds sein oder die Tante oder eine verstoßene Cousine sechsten Grades, aber ich bezweifle es. Shireens Tod war kein Bandenmord.«

»Warum nicht?«

»Wir suchen jemanden mit einem anderen Profil. Hier geht es nicht um Einschüchterung oder Erpressung; es sollte auch niemand am Reden gehindert werden. Es geht um Rache. Wer auch immer Shireen Zee getötet hat, wollte, dass sie sich eines Verbrechens schuldig bekennt, und er wollte den anderen eine Botschaft schicken.«

Timur Djamin sah ihn verständnislos an. »Welchen anderen?«

»Ich glaube, dass Shireen Zee und Mari Agnes Liem zu einer Art Club gehörten, höchstwahrscheinlich eine Gruppe von Frauen, die sich sporadisch getroffen haben. Meine Vermutung ist, dass sich der Mörder eine nach der anderen vorknöpft.«

»Aber Sie werden ihn nicht erwischen, ehe er erneut tötet. Wollen Sie das damit sagen?«

»Es sieht ganz so aus.« Die beiden Männer tauschten ein angespanntes Lächeln. Draußen verstummten die Muezzins, die Gebete waren vorüber. Der Oberstleutenant warf Ruud noch einen langen Blick zu, dann wandte er sich Richtung Ausgang.

Ruud brachte Timur Djamin zum Aufzug. Sie schüttelten sich die Hände, und Ruud versprach, ihm alle wichtigen neuen Informationen weiterzuleiten.

Die Aufzugtüren hatten sich gerade geschlossen und Ruud war auf halbem Wege zu seinem Büro, als er seine Exschwiegermutter kommen sah. Sie schwenkte einen Speisebehälter aus Edelstahl.

»Oh Gott, nein!«, zischte er.

»Guck mal, ich bringe dir was zu essen!«, rief sie. Mehrere Polizeibeamte spähten aus ihren Arbeitsnischen. »Sieh nur, was deine liebe Schwiegermama hier für dich hat!«

Er scheuchte sie in sein Büro und schloss die Tür hinter sich.

Der durchdringende Geruch nach Tiger Balm war überwältigend.

»Warum bringst du mir ein Mittagessen?«, fragte er.

»Was denn? Darf ich meinem Schwiegersohn etwa kein Mittagessen bringen?«

»Exschwieger…«

Sie unterbrach ihn. »Nur weil du und deine Frau nicht mehr zusammen seid, heißt das doch nicht, dass ich dir kein Essen bringen darf. Und in den Gerichtsdokumenten steht auch nichts davon, dass wir keine Freunde sein dürfen, oder?«

»Aber ich …«

Sie ergriff seine Hand. »Ich fühle mich schuldig wegen dem, was sie dir angetan hat. Eine Schuld, die sie ganz offensichtlich nicht fühlt. Das ist meine Art, es wiedergutzumachen.« Sie sah ihm in die Augen und lächelte. »Sieh dich nur an, *meh,* du bist zu dünn. Du musst essen!« Sie stellte den Behälter ab und löste die kleinen Haken an den Seiten. »*Gulai Bebek!*«, sagte sie enthusiastisch und stellte die oberste Essensbox auf seinen Schreibtisch. »Dein Lieblings-Watschelenten-Curry.« Sie stellte sich auf die Zehenspitzen, legte Ruud beide Hände auf die Schultern und drückte ihn auf seinen Stuhl.

»Aber ich bin wirklich nicht hungrig«, log er. Seit seinem Mittagessen mit Imke und Erica hatte er keine anständige warme Mahlzeit mehr zu sich genommen.

»Iss schon, iss!«

Sie legte das Besteck und die Behälter mit gelbem Reis und den Süßkartoffel-*pilus* auf dem Schreibtisch zurecht.

Ruud starrte auf das dampfende Essen. Es sah köstlich aus.

»Meine Tochter rennt mit diesem Playboy herum, und du fragst, warum ich dir Essen bringe?«

Ruud wusste, dass es keinen Sinn hatte, sich zu streiten; sie hörte nicht auf vernünftige Argumente. Seine Exschwiegermutter hörte nur das, was in ihrem eigenen Kopf vorging. Wenn sie sich zu einer Sache entschlossen hatte, wurde alles andere Hintergrundgeräusch. Er griff nach Löffel und Gabel.

»Rede du mit deiner Frau. Sag ihr, sie muss aufhören, mich schlecht dastehen zu lassen, *nuh*?«

Er mischte dunkle Würzsauce unter den gelben Reis.

»Die Nachbarn beschweren sich schon. Ich muss den Fernseher aufdrehen – richtig laut. Deine Frau und dieser verfluchte Playboy machen, wenn sie sich lieben, mehr Krach als zwei Skelette, die auf einem Blechdach tanzen!«

Ruud nahm eine Gabelvoll, schloss die Augen, lehnte sich zurück und lächelte.

Dann hob er den Teller an die Nase. Die Ente duftete nach Tamarinde, Lemongras und Galgant; und dieser Geruch versetzte ihn immer zurück in seine Kindheit und ließ ihn an die warmen Sommerabende denken, die er im Haus seiner Großmutter verbracht hatte.

Er wollte gerade einen zweiten Bissen nehmen, als er sah, wie sich ein Mann dem Empfang näherte und mit dem diensthabenden Wachtmeister sprach. Ruuds Interesse am Curry erlosch schlagartig. Er erhob sich, ohne den Mann aus den Augen zu lassen.

Frau Panggabean schnippte ihm mit dem Finger gegen das Ohr. »Iss!«

Ruud schlug ihre Hand weg.

Er trat einen Schritt vor, hielt jedoch abrupt inne, als er das braune Paket in den Händen des Mannes sah. Es hatte die Größe eines Schuhkartons.

Der Mann hatte eine schwarze Windjacke an, wie sie Motorradkuriere trugen, und sein Gesicht war bleich. In seinen Augen lag ein wilder, verwirrter Ausdruck.

»Was haben Sie da?«, hörte Ruud den diensthabenden Wachtmeister fragen. Ruud konnte beinahe die Gedanken des Beamten hören: Da ist etwas Verdächtiges drin. Was ist es? Eine Waffe? Eine selbst gebastelte Bombe?

»Bitte, *neh,* öffnen Sie die Schachtel.«

Der Mann wurde noch blasser und schüttelte den Kopf. Sein Mund öffnete sich weit zu einem stummen Urschrei.

Bei diesem Anblick lief es Ruud eiskalt über den Rücken. Der Mann stand da und wirkte wie festgefroren. Ruud stieß einen Warnruf aus, und er wirbelte herum. Sie fixierten einander. Der wilde Ausdruck im Gesicht des Mannes war unverändert. Ruud erkannte, dass er schnell handeln musste, er rannte hinüber, drehte dem Mann einen Arm auf den Rücken und führte ihn im Polizeigriff aus dem Gebäude.

Ein paar Minuten später kehrte er mit dem Paket unter dem Arm zurück.

Commissioner Witarsa wartete schon, um ihn zur

Rede zu stellen, die Fäuste in die Seiten gestemmt. Er zog Ruud beiseite. »Was war denn das?«

»Nichts.« Ruud fühlte, wie er erstarrte.

»Nichts?« Das Wort schallte durch den Raum. »Der diensthabende Wachtmeister hätte beinahe Alarm ausgelöst. Bei den ganzen Vorfällen in der letzten Zeit … der Selbstmordattentäter in Pojo, und dann die Explosion in der Zentrale in Rajapolah …«

»Das hier ist was anderes«, unterbrach ihn Ruud. Er ignorierte das beklemmende Gefühl in der Magengegend. Witarsa starrte ihn an und erwartete offensichtlich eine Erklärung.

Ruuds erster Impuls war zu verschwinden, aber sein Vorgesetzter trat ihm in den Weg. »In Ordnung, wenn Sie es unbedingt wissen müssen: Das war mein Bruder.«

»Ihr Bruder?«

»Er hat emotionale Probleme und spricht nicht gern mit Fremden. Ich sollte ihn heute Mittag draußen im Café treffen, aber ich habe es vergessen. Und die neuen Medikamente, die er bekommt, versetzen ihn in Panik, wenn die Dinge anders laufen als geplant.« Ruud hielt das Paket hoch. »Es ist ein Schuhkarton.« Seine Hand wanderte schützend über den Deckel, als wollte er sichergehen, dass der Inhalt nicht hervorquellen konnte. »Ich wollte heute Abend eine Runde Badminton spielen, und er leiht mir seine Turnschuhe.«

Der Commissioner legte misstrauisch den Kopf schräg und zog die Augenbrauen hoch. »Sie teilen sich die Schuhe?«

»Wir haben die gleiche Größe.«

Witarsas Hängebackengesicht verfinsterte sich. Aufgebracht rieb er sich mit der Hand über die Stirn. »Die Ermittlungen treten auf der Stelle, und Sie machen sich aus dem Staub und spielen Badminton.«

Ein winziger Nerv begann unter dem Auge seines Chefs zu zucken.

»Es hilft mir, einen klaren Kopf zu bekommen.«

»Erst Ihre Schwiegermutter und jetzt Ihr Bruder. Was zum Teufel ist das hier, ein Familienfest oder was?«

Frau Panggabean streckte den Kopf aus Ruuds Tür. »Das habe ich gehört! Mein Schwiegersohn ist ein guter Polizist. Er hat mehr Verhaftungen vorzuweisen als irgendjemand sonst in der gesamten Abteilung.«

»Verflucht, schaffen Sie diese Leute hier raus!«

Ruud drehte sich um und ging in Richtung Toiletten. Er verwandte seine gesamte Konzentration darauf, normal zu gehen. Hinter ihm wurde Witarsas Stimme immer höher und eindringlicher.

Ruud ignorierte ihn und versuchte zu verbergen, dass ihm die Hände zitterten. Auf der Toilette schloss er sich in einer Kabine ein, nahm all seinen Mut zusammen und begann, das Paket zu untersuchen.

Es war mit einem Klebeband verschlossen, und Name und Adresse waren von Hand geschrieben:

INSP. POLISI SATU RUUD PUJASUMARTA,
POLISI RESORT JAKARTA PUSAT,
61 JALAN KRAMAT RAYA,
JAKARTA

Ruud öffnete langsam den Deckel des Kartons und warf einen Blick hinein.

Er wurde kreidebleich.

Zunächst sah er nur einen Haufen aus Papiertüchern und Watte. Vorsichtig schob er die Tücher beiseite und berührte etwas Schwammiges, Weiches. Es war eine rosafarbene Zunge. In Watte gepackt, die rot gefärbt war von getrocknetem Blut.

Er krümmte sich und versuchte, den Würgereflex zu unterdrücken, während vor seinen Augen alles verschwamm.

SECHZEHN

Ruud umklammerte den Schuhkarton. Es kam ihm vor, als wäre er schon seit einer Ewigkeit in der Kabine. Er keuchte, als wäre er zu Fuß mehrere Stockwerke hochgerannt, immer drei Stufen auf einmal.

Allmächtiger, ich muss etwas unternehmen. Ich muss ihn zum Arzt bringen. Aber er geht ja schon jede Woche zum Therapeuten. Dann muss er mit jemand anders reden, mit einem neuen, der besser qualifiziert ist. Ich kann dieses … Verhalten doch nicht einfach ignorieren! Ich habe schon viel zu lange weggeschaut. Ich sollte ihn in die psychiatrische Klinik in Magelang bringen.

Moment mal, hast du dir das auch gut überlegt? Sie werden ihn einweisen und sagen, er sei verrückt. Auf gewisse Weise ist er ja auch wirklich ein bisschen verrückt, aber …

Verflucht. Da kommt jemand.

Stimmen aus dem Korridor. Vidi und Aiboy Ali betraten die Toiletten und unterhielten sich laut. Sie pinkelten und gingen wieder, ohne sich die Hände zu waschen.

Ruud kam aus seiner Kabine. Er schrubbte sich die Hände, fuhr sich durch die Haare und betrachtete sich prüfend im Spiegel. Dann setzte er seine professionellste Miene auf.

»Nicht«, sagte er zu sich selbst. »Lass es nicht an dich ran.«

Er schloss die Augen.

Was, zum Teufel, soll ich tun? Das Wichtigste zuerst: Sieh zu, dass du den verdammten Karton loswirst.

Ruud stand unter der Dusche. Er war nach Hause gegangen, um seinen Bruder zur Rede zu stellen, aber die Wohnung war leer. Es roch nach Kaffee, und die Kaffeemaschine war noch warm, daher wusste er, dass er Arjen nur knapp verpasst hatte.

Wieder schrubbte sich Ruud die Hände mit Seife und bemerkte, dass sie noch immer zitterten. Eine verfluchte Zunge! Auf dem Weg nach Hause hatte er den Schuhkarton mitsamt Inhalt in einen Müllcontainer geworfen. Die Ratten würden sich darum kümmern.

In gewisser Weise konnte er seinem Bruder dessen Taten nicht vorwerfen. Aber er würde sie bestimmt nicht stillschweigend billigen. Die Frage, die Ruud quälte, war: Warum? Warum brachte Arjen ihm eine abgetrennte Zunge in einem Karton? Suchte er nach Anerkennung? Wollte er eine Belohnung? War es eine Trophäe?

Ruud rieb sich frustriert das Gesicht.

Der streunende Kater hatte sie seit Wochen wachgehalten, jede Nacht hatte er in der Nähe ihres Fensters im ersten Stock geschrien wie ein misshandeltes Kind und hatte außerdem einen üblen Gestank hinterlassen. Ruud sah Arjen vor sich, wie er das Tier mit einem Tellerchen Milch in die Küche lockte. Wahrscheinlich hatte er ihn mit einer Schnur erdrosselt, bevor er dem armen Kerl die Zunge herausgeschnitten hatte. Grauenhaft. Abstoßend. Völlig krank. Was Ruud Sorgen machte, war der Gedanke, dass so etwas vielleicht auch früher schon passiert war.

Doch die Wohnung schien unberührt. Es gab keinerlei Anzeichen eines Kampfes, kein Katzenhaar, kein Blut, keine Unordnung. Vielleicht hatte er es in der Gasse getan, im Freien. Ruud erschauderte, dann schüttelte er den Gedanken ab. Er würde Arjens Therapeuten davon berichten müssen.

Aber Ruud konnte sich vorstellen, zu welchen Schlussfolgerungen der Seelenklempner kommen würde: mehr Medikamente und eine stärkere Dosierung. Wo wäre Arjen ohne die Tabletten? Die Medikamente gaben Ruud Hoffnung, genau wie eine Boje einem Schiffbrüchigen Hoffnung gab.

Die Krankheit seines Bruders war wie ein Buschfeuer, das mit dem Wind beständig die Richtung änderte und sich rasch ausbreitete. Die Krankheit würde ihm stets folgen und ihn überlisten. Egal in welche Richtung man auch lief, das Feuer folgte einem oder trieb einen vor sich her.

Er ließ das Wasser auf sich niederprasseln, bis er das Gefühl hatte, er wäre mit einem Sandstrahler gesäubert worden und alles fiele von ihm ab: die nörgelnde Stimme seiner Schwiegermutter, das Gesicht seiner Exfrau, die Geschichte über ihr lautes Liebesspiel. Sein vollkommen verrückter Bruder und die verstümmelte Katze. Der Friedhofsgeruch von Mari Agnes Liem und Shireen Zee. Das Blut, der Schrecken und das Hässliche, das mit seinem Job einherging – alles wusch er ab.

Schließlich drehte er den Hahn zu und wickelte sich in ein Handtuch.

Dann betrachtete er sein Spiegelbild. Er sah furchtbar aus. Seine Augen waren verquollen von der Arbeitsüberlastung, die Haut in seinem Gesicht war fleckig und angespannt. Er presste sich zwei Finger an den Hals, um zu prüfen, ob seine Lymphknoten schmerzten. Hatte er sich etwas eingefangen?

Er absolvierte ein paar rasche Dehnübungen für die Oberschenkel, dann machte er zehn Liegestütze.

Er merkte, dass er hungrig war. Ein Brot mit Vegemite wäre jetzt genau richtig.

Nachdem er sich gründlich abgetrocknet hatte, sammelte er seine schmutzigen Klamotten ein und warf sie in den Wäschekorb, dann zog er sich an. Er drehte das Radio an. Der Sender spielte einen R&B Mix. Ruud drehte lauter, schnippte mit den Fingern und wippte im Takt mit dem Kopf, während er laut den Refrain mitsang. Das Telefon klingelte; und ein Blick auf die Rufnummeranzeige sagte ihm, dass es Imke war.

Er erinnerte sich wieder an den freudigen Ausdruck auf ihrem Gesicht, als er sie am Flughafen begrüßt hatte. Es war absurd, dachte er, wie leicht sie ihn zum Lächeln bringen konnte.

»Hey«, sagte er, während er seine Hosen hochzog. »Gibt es Neuigkeiten von deiner Tante?«

»Sie ist noch nicht wieder aufgetaucht. Ich bin wirklich besorgt, Ruud, ich kann mir einfach nicht vorstellen, wo sie hingegangen sein könnte. Irgendetwas muss geschehen, sie ist jetzt seit über vierundzwanzig Stunden verschwunden.«

Stirnrunzelnd schloss Ruud seinen Gürtel, befestigte die Handschellentasche und steckte seine Heckler & Koch 9 mm ins Pistolenhalfter. Er klemmte das Telefon zwischen Kinn und Schulter fest. »Soll ich rüberkommen?«

»Wenn du kannst.«

Er zog sich weiter an, während sie ihm ihre schlaflose Nacht schilderte. Gleichzeitig checkte er seinen Laptop auf E-Mails von Witarsa oder Aiboy Ali. Eigentlich hätte er sich auf den Weg zur Polizeistation machen sollen. Es musste noch so vieles erledigt werden: Die Überwachungskameras aus der HERO-Gasse mussten nochmals geprüft werden; er musste im Büro des Staatsanwalts anrufen, Berichte schreiben; außerdem sollte er nach Querverbindungen zwischen Shireen Zee und Personen suchen, die einen bewaffneten Raubüberfall begangen hatten; und sie musten unbedingt die Frauen auf Frau Zees Foto identifizieren.

Er ging in die Küche und schnappte sich Brot, Butter und Vegemite. Die elektrische Uhr am Herd zeigte 13:14 Uhr an. Ruud machte die Augen zu. »In einer Stunde bin ich bei dir.«

Der mittägliche Berufsverkehr hatte bereits zu einem Rückstau bis zum unteren Ende des Taman Bunga-Parks geführt. Ruud wich auf den Standstreifen aus, befestigte das Blaulicht auf dem Wagendach und stellte die Sirene an. Mit blinkendem Warnlicht erreichte er zehn Minuten später die Jagorawi Toll Road. Seine Augen glitten über die Autobahnschilder und Werbeplakate.

Es war Viertel vor drei, als er vor dem Bungalow hielt. Ruud hatte Imke von unterwegs angerufen, um nach Erica zu fragen – noch immer kein Lebenszeichen. Er sagte ihr, sie solle Ruhe bewahren.

Imke stand barfuß an der Tür, als er vorfuhr, und blinzelte im gleißenden Sonnenlicht. Sie trug kein Make-up und hatte das Haar zurückgebunden.

»Danke, dass du den ganzen Weg hier raus gekommen bist.« Imke griff nach seiner Hand und zog ihn herein.

Im Salon hielt Ruud kurz inne, während er versuchte, die Lage zu erfassen.

Der Bungalow war still und leer. Ruud trat durch die Doppeltüren auf die Veranda hinaus und ließ den Blick über das Gelände schweifen. Am Rande des Bambuswäldchens machte einer der Sicherheitsmänner ein Päuschen. Er saß auf einem Plastikstuhl, den Schlagstock ans Bein gelehnt, und sein Kopf hing nach hinten ins Gesträuch. Er schien tief und fest zu schlafen.

Ruud betrachtete die Staffelei, er untersuchte die Leinwand, die Pinsel, Spachtel und Malmesser. Ein leichter Geruch nach Ölfarbe, Terpentin und Leinöl hing noch in der Luft. Er nahm die Sonnencreme unter die Lupe und stellte die Tube dann auf den Arbeitstisch zurück. »Hast du's mit Kiki versucht?«

»Ja, aber es hat nicht geklappt. Ich habe Ericas Nachthemd genommen und es ihr direkt unter die Nase gehalten.« Imke ging in die Hocke und streichelte dem Hund den Kopf. »Wir sind zusammen rausgerannt – sie darf draußen nicht frei herumlaufen wegen der Rehe, also hatte ich sie angeleint –, aber sie schien verwirrt. Der Regen hat es noch schwieriger gemacht. Sie ist bis zum See gekommen, dann hat sie die Spur verloren. Mein Gott, glaubst du, Erica könnte ertrunken sein?«

»Ich weiß, die Situation ist nicht leicht für dich, aber ich möchte jetzt keine Spekulationen anstellen«, sagte er behutsam. »Kann ich ihr Zimmer sehen?«

Die Vorhänge in Ericas Zimmer waren geschlossen, um das tropische Sonnenlicht draußen zu halten. Ruud trat in den dämmrigen Raum. »War noch jemand von der Polizei hier, abgesehen von mir?«

»Der Captain – er ist der Haushaltsvorstand – wollte nicht, dass fremde Polizisten auf dem Palastgelände herumlaufen. Es würde dem Präsidenten nicht gefallen, hat er gesagt.«

»Und es macht ihm nichts aus, dass ich hier bin?«

»Ich habe ihm gesagt, du wärst ein Freund.«

Ruud betrachtete das riesige Bett, das mit Damast überzogene Kopfteil, die Umrisse der Möbel, das Durcheinander im Raum. »Hier wurde nichts angerührt?«, fragte er.

Imke schüttelte den Kopf.

Er trat über die Türschwelle und ging hinüber zum Bett. Dünne Lichtstrahlen drangen durch die Ritzen in den Vorhängen. Von den Laken stieg der süße Geruch nach Marshmallows auf. Ruud wühlte in seinen Hosentaschen, zog ein kleines Plastikröhrchen heraus und warf eine Energietablette ein. »Fehlt irgendwas?« Er hatte die Stimme zu einem Flüstern gesenkt.

»Ich glaube nicht. Warum flüsterst du?«

Er runzelte die Stirn. »Keine Ahnung.«

Schließlich machte er das Licht an, und gemeinsam durchkämmten sie Ericas Dinge auf der Suche nach einem Hinweis. Wo könnte sie hingegangen sein? Aber sie fanden nichts von Belang. Ruud ging ins angrenzende Badezimmer, hob das zerknüllte Handtuch vom Boden auf und hängte es über eine Stange. Als er zurückkam, zog er sich einen Stuhl heran und setzte sich Imke gegenüber, die bereits auf der Bettkante Platz genommen hatte.

»Ericas Zahnbürste ist noch da«, sagte er.

Imkes Schultern sackten nach unten, und sie gab einen seltsamen, kehligen Laut von sich. Es klang wie ein unterdrücktes Wimmern.

»Bist du in Ordnung?«, fragte er.

»Ihr ist irgendetwas Furchtbares passiert, oder?« Imke blickte Ruud an und wartete darauf, dass er ihre Ängste bestätigte.

Sie sahen sich in die Augen.

»Sie ist entführt worden«, sagte sie hastig, aus Angst vor einer noch viel grauenhafteren Möglichkeit. »Oder nicht?«

»Vielleicht ist es noch zu früh, um das mit Sicherheit zu sagen, aber normalerweise hätten wir jetzt schon etwas hören müssen, wenn sie entführt worden wäre. Die Kidnapper hätten sich gemeldet.«

»Aber was ist, wenn sie gar nichts haben wollen? Was, wenn es politisch motiviert ist? Oder wenn es einfach ein Verrückter war?«

Ruud antwortete nicht. Er verschränkte die Arme und versuchte, nicht an das Schlimmste zu denken, aber vor seinem geistigen Auge blitzten die Lichter eines Notarztwagens, und er sah das gelbe Absperrband der Polizei und eine Leiche im Straßengraben.

Dann beugte er sich vor und drückte beruhigend Imkes Arm, während er überlegte, wann wohl der geeignete Zeitpunkt wäre, um Imke zu fragen, ob ihre Tante Shireen Zee oder Mari Agnes Liem gekannt oder ob sie je Mah-Jongg gespielt hatte.

»Himmel noch mal!« Imke scharrte unruhig mit den Füßen, dann sprang sie auf. »Es hilft Erica herzlich wenig, wenn wir hier herumsitzen, Ruud« sagte sie, die Hände in die Hüften gestemmt.

»Was schlägst du vor – was sollen wir machen?«

»Wir sollten in dein Auto steigen, losfahren und sie suchen.«

Ruud fuhr sich seufzend mit der Hand durch die Haare. »Also gut, los geht's. Bist du fertig?«

Einen Augenblick später hatte sie Kiki Halsband und Leine angelegt, und sie fuhren Richtung Osten. Als sie den Fluss Cibalok erreichten, machte Ruud wieder kehrt.

Alle paar Kilometer hielt er an, um Fußgängern ein Foto von Erica zu zeigen. Doch niemand hatte sie gesehen.

Imke presste die Stirn gegen das Wagenfenster. Die Sonne brannte unbarmherzig herab, und das Glas war heiß, doch Imke lehnte sich so fest dagegen, dass ihr linker Arm einschlief.

Sie nahmen eine Nebenstraße, machten sich auf den Weg nach Süden und landeten in einer kleinen ländlichen Ortschaft. Trotz der Regenfälle war der Platz im Zentrum bereits wieder trocken und staubig. Ruud parkte den Wagen, und Imke öffnete die hinteren Fenster einen Spaltbreit, damit Kiki etwas Luft bekam. Dann stieg sie aus. Sie schüttelte die Hand, um das Blut in den eingeschlafenen Arm zurückzutreiben, und der silberne Armreif an ihrem Handgelenk tanzte wie wild. Die Zikaden zirpten laut. Eine Gruppe Vespafahrer brauste vorüber, dass der Kies nur so aufspritzte, und der Staub aus der Luft schien überall zu sein.

Sie ging zu einem kleinen Laden hinüber, wo zwei Zinnschmiede an einem Tisch saßen und arbeiteten. Einer der Männer blies in eine kleine Pipette, der andere bearbeitete ein Schmuckstück mit einem kompliziert verschlungenen Muster mit einem Rohleder-Hammer und einer kleinen Zange.

Imke zog ihr Handy heraus und fragte die Zinnschmiede, ob ihnen die *bule* Frau auf dem Bild bekannt vorkam. Nein, erklärten sie, die Fremde hätten sie noch nie gesehen. Dann boten sie ihr ein paar Ohrringe an. Zum Sonderpreis.

In diesem Augenblick klingelte Ruuds Handy. Er sprach hastig ins Telefon, dann seufzte er mit gesenktem Kopf.

»Was ist los?«, wollte Imke wissen.

Plötzlich wirkte er sehr angespannt. »Es ist etwas passiert. Ich muss sofort los.«

»Worum geht es? Sag es mir!«

»Man hat eine Leiche gefunden, Imke, nicht weit von hier.«

»Ist es Erica?«

»Ich weiß noch nichts Genaueres.«

»Was haben sie denn gesagt?«

Ruud zögerte. »Sie haben gesagt, es wäre eine Ausländerin.«

SIEBZEHN

Mittwoch, 23:47 Uhr

Heute Morgen hat ein mittleres Erdbeben Serang erschüttert. Viele Leute wissen das vielleicht nicht, aber hier in Indonesien erleben wir mindestens ein Erdbeben pro Tag.

Die Erde bebt.

Und mein Bruder auch.

Er ist so aufgeregt wie ein kleiner Junge auf einer Geburtstagsparty.

Ich ermahne ihn, er soll sich beruhigen. »Im einen Moment bist du wie eine Ziege, die mit den Hörnern gegen den Zaun rennt, und im nächsten schwirrst du herum wie eine Fliege.«

Mein Bruder sieht mich an und lächelt. Die straff gespannten Lippen lockern sich.

Etwas in ihm hat sich verändert, aber dieses Lächeln ist mir trotzdem vertraut. *Aduh,* es ist ein gefährliches Lächeln; er ist wie im Fieberwahn. Direkt unter der Oberfläche bebt die Erde, und sie birgt das Potenzial schrecklicher Gewalt in sich.

Er zittert vor Aufregung, denn er hat ein neues Opfer. Eine ältere Frau, eine, von der er nicht erwartet hatte, dass er sie finden würde. Er nennt sie giftige Ausländerin – *bule beracun.*

Eine Vene an seiner Stirn pocht. Es ist ein bisschen so, als würde ich einen ausbrechenden Vulkan beobachten, oder ein Erdbeben, das seine zerstörerische Kraft vor meinen Augen entfaltet. Man sagt, dass Stunden bevor die Erde zu beben beginnt, die Hunde ins Freie rennen und um die Toten heulen. Die Kühe bocken und trampeln die Stallwände nieder. Vögel fallen vom Himmel. Oft steigt das Wasser, es quillt aus dem Boden, spült die Käfer aus ihren Höhlen und die Regenwürmer aus ihren Kammern. Selbst die Krokodile, diese Kaltblüter mit dem kühlsten aller Köpfe, nehmen ihren Nachwuchs ins Maul und fliehen. Wäre ich ein Krokodil, würde ich jetzt auch fliehen. Aber ich mache es nicht. Ich kann nicht.

Stattdessen betrachte ich ihn.

Er entfaltet das rote Taschentuch und breitet es auf dem Boden aus. Dann positioniert er das Hackbeil in der Mitte.

Vorsichtig, beinahe ehrfürchtig nimmt er einen Thermokarton und stellt ihn neben das Tuch. Der Karton ist mit Trockeneis gefüllt. In der Mitte des Eises ist eine Vertiefung, die so geformt ist, dass eine einzelne Hand hineinpasst.

Das gibt einen Vulkanausbruch wie beim Krakatau.

Donnerstag, 2:30 Uhr

Meine Mutter, möge sie für immer in den Flammen der Hölle schmoren, hat mir einmal gesagt, wir wären Fiebersamen entsprungen. Mein Vater war krank gewesen, mehrere Tage lang hatte er Schüttelfrost gehabt, und sie hatte ihn gesund gepflegt. Sie hat behauptet, dass er seinen Samen in ihr verspritzt hat, sobald er wieder bei Kräften war, aber sie hatte sofort gewusst, dass es schlechter Samen war. Schwarz verkohlt von seiner Krankheit, hat sie gesagt.

Zwei Samen. Ein Ei. Eine einzige Zygote, die sich in zwei Embryos teilt. Im indonesischen Fernsehen gibt es unzählige Geschichten über den gottlosen Zwilling; selbst Hollywood bedient sich manchmal dieses Kunstgriffs.

Ja, im Fernsehen sagen sie uns, wir sollten uns vor dem bösen Zwilling in Acht nehmen, und wenn das Fernsehen das sagt, dann muss es wahr sein. Warum? Weil das allgegenwärtige Fernsehen in unserem Alltag Gott ersetzt hat.

Verzeih mir, ich schweife ab. Vielleicht wirke ich auf andere manchmal oberflächlich und unbeschwert, aber die Menschen verbergen ihre Furcht auf unterschiedliche Weise, nicht wahr?

Donnerstag, 7:25 Uhr

Bogor wird die verregnetste Stadt Javas genannt. Jetzt verstehe ich auch, warum.

Wir sind beide bis auf die Haut durchweicht, aber er ist es, der die Schwerarbeit macht. Mein Bruder keucht. Er hat die alte Frau an den Füßen genommen und über ein Feld geschleift, im heftigen Regen, fünfzehn endlose Minuten lang, und dabei 889 Schritte gemacht. Er zählt die Schritte, während er die Frau zieht, die Fußknöchel unter seine Achseln geklemmt. Die durchweichte Erde unter seinen Füßen gibt bei jedem Schritt ein schmatzendes Geräusch von sich. Er ist froh, dass es regnet. Der

Regenguss wird seine Spuren und einen großen Teil des Bluts verschwinden lassen. Trotzdem ist er vorsichtig. Sein Körper ist in ein graues Bettlaken gehüllt, er sieht aus wie ein Landstreicher. Damit will er seine Identität verschleiern, für den Fall, dass irgendein frühmorgendlicher Spaziergänger ihn sieht. Er hat Lumpen um seine Schuhe gewickelt und mit einer Schnur festgebunden. Das verändert die Form seiner Fußspuren. Später wird er sich um seine Spuren kümmern und die Erde wieder mit einem Zweig glätten.

Er sucht sich einen Flecken, der hinter dichtem Blattwerk verborgen liegt. Dort legt er sie ab und fesselt sie mit einem Seil. Er geht in die Hocke und wartet, beobachtet, wie die Frau aus ihrem künstlichen Schlaf erwacht. Währenddessen dreht er den Mah-Jongg-Stein in seinen behandschuhten Händen und weidet sich an ihrem Anblick. Sie regt sich. Ihre Lider flackern, dann schlägt sie die Augen auf. Ein Lächeln breitet sich auf seinem Gesicht aus – er grinst wie ein *Garuda* –, und beinahe zärtlich schiebt er ihr erst den Stein und dann das rote Taschentuch zwischen die Zähne, stopft sie tief in ihren Rachen. Ihr Atem pfeift durch ihre Nasenlöcher. Er zeigt ihr das Hackbeil und blickt in ihre Augen, die vor Angst weit aufgerissen sind.

Ein erstickter, gurgelnder Laut dringt aus ihrer Kehle. Er drückt die Finger auf ihren Hals, und sie heult durch den Knebel hindurch auf.

Er drückt zu und beobachtet, wie sich ihre Wangen unfassbar violett verfärben, hört den letzten Rest Luft aus ihren Lungen entweichen. Dann lockert er seinen Griff.

Sie ist noch immer bei Bewusstsein.

Als Nächstes krempelt er den linken Ärmel ihres Oberteils auf. Erst liebkost er die fünf langen, dünnen Knochen der Mittelhand, dann krabbelt er sanft und spielerisch ihren Unterarm hinauf, ganz langsam, bis zu ihrer Schulter. Zeichnet gewundene S-Kurven auf ihr Schlüsselbein. Jetzt streichelt er ihre Brust, fühlt das Hämmern ihres Herzens. Wieder grinst er. Was er sieht, gefällt ihm. Sie hat große Brüste, genau wie Mutter.

Sechs, sieben, acht. Er zählt zwanzig Herzschläge, so dicht über sie gebeugt, dass sich ihre Nasen berühren.

Die ersten grünen *angkots* rattern durch die Straßen. Sie sind auf dem Weg von ihren Minibus-Depots nach Gott weiß wohin. Ich kann von der weit entfernten Straße her sogar das Klick-Klack eines Kutschentaxis hören.

Er zieht sich einen Handschuh aus; er berührt sie gerne in dem Moment, wenn sie sterben. Aber er ist vorsichtig und passt auf, dass er keine Abdrücke dort hinterlässt, wo man sie finden könnte, wie er vermutet – Fingernägel, Zähne, Augäpfel und Kleidungsstücke. Nur ihre Haut berührt er.

Ich singe im Geiste das Nina-Bobo-Schlaflied und warte.

Er liebkost sie mit dem Daumen und erklärt ihr, dass sie gleich ins Jenseits wandern wird, unter die Erde, wo sie hingehört.

Wie den beiden anderen wird er auch hier die Hand abhacken, während sie noch lebt. In einer einzigen fließenden Bewegung hebt er das Fleischerbeil, und Blut spritzt und besudelt seine wasserfeste Kleidung. Es ist gut, dass er den Schutz trägt.

Niemand ruft. Niemand schreit. Die einzigen Zeugen

sind die Mauersegler, die in den Zweigen der Bäume rascheln.

Die Bäume ragen zehn Meter hoch über unseren Köpfen in den schieferfarbenen Himmel auf. Bald wird es dämmern. Eine silbergraue Stunde. Da drüben in der Ferne erhebt sich der Vulkan Salak. Und hier, zu meinen Füßen, liegt eine sterbende Frau, zitternd und zuckend, die Hosen durchweicht von ihrer eigenen stinkenden Pisse.

Sie ist am Leben – noch.

Er atmet feierlich ein. Die Luft ist frisch oder wenigstens so frisch, wie Luft in einer Elf-Millionen-Stadt sein kann.

Ich sehe, wie er in der anbrechenden Dämmerung grinst und sich Schweiß und Regen aus den Augen wischt. Regentropfen laufen ihm zum Kinn hinab. Er riecht nach Blättern. Nicht die Art von gesunden und lebendigen Blättern, die die Sonne wärmt; er riecht nach den Blättern, die in der feuchten Erde vermodern.

Donnerstag, 17:48 Uhr

Die Fernsehnachrichten reden von einer Leiche, die im Wald gefunden wurde. Ich bin wie besessen von Angst und Erwartung.

Besessenheit: ein faszinierendes Wort, findest du nicht? Etwas Greifbares, Sinnliches schwingt darin mit, wie eine Heimsuchung.

Mein Bruder ist besessen. In ihm hausen Dämonen.

Nein, das ist ein Missverständnis. Ich fange jetzt nicht an, Märchen zu erzählen. In ihm hausen echte Dämonen.

Ich habe mit eigenen Augen beobachtet, wie sie von ihm Besitz ergriffen haben; ich habe die *pocongs* gesehen, die um seine Seele gekämpft haben. Sie waren schwarz und wirbelten die Luft so heftig auf, dass sie ganz kalt wurde. Einer vor allem war da, mit blutrotem Gesicht und Reißzähnen, der über ihm schwebte und flüsterte: »*Maga bathanga, maga bathanga.* Hier sind die Leichname, hier sind die Leichname.« Für den Bruchteil eines Augenblicks glitt der Blick seiner gelben Augen hungrig über mich hinweg, dann fixierte er wieder meinen Bruder.

Ich wollte schreien, aber ich bekam keine Luft. Und dann war da dieser Geruch nach glühenden Kohlen und verbrannten Hühnerfedern. Es ist der Geruch der sieben Tore von *Jahannam* – dem Ort, der schwärzer ist als Teer.

Sie haben seinen Widerstand bereits gebrochen, verstehst du, und jetzt fressen sie seine Seele.

Was mich so erschreckt, ist die Tatsache, dass die Leute nicht mich sehen, wenn sie mich ansehen. Sie sehen meinen Bruder.

Aus diesem Grund habe ich meinen kleinen Schrein ohne sein Wissen gebaut. Die Leute müssen begreifen, dass wir unterschiedlich sind. Verstehst du, der Zoo Man in Knoxville war genau wie ich. Und obwohl sie ihn erwischt haben, ist er ungeschoren davongekommen.

ACHTZEHN

Das Wetter hatte sich deutlich verschlechtert, als Ruud und Imke am Tatort eintrafen. Ein wolkenbruchartiger Regenguss hatte die gesamte Landschaft durchtränkt. Abzugsgräben und Gullys waren so überlastet, dass Ruud gezwungen war, den Wagen an einer höher gelegenen Stelle zu parken und dann zu Fuß zum Wald hinunterzulaufen. Noch immer regnete es in Strömen.

»Bleib hier«, wies er Imke schroff an.

»Ich komme mit.« Sie nahm Kiki an die Leine.

Ruud machte einer Polizistin mit weißem Kopftuch ein Zeichen. »Nein. Imke, du dürftest noch nicht mal hier sein.«

»Sie ist meine Tante.«

»Bis jetzt haben wir nur die Information, dass hier eine Leiche liegt. Es ist nicht gesagt, dass es Erica ist. Bleib bitte erst mal hier, ich meine es ernst. Und lass Kiki nicht von der Leine, bis die Spurensicherung grünes Licht gibt.«

Und damit ließ er Imke unter der Aufsicht der Polizistin zurück.

Der Regen ließ etwas nach. Ruud stieg über die Leitplanke, schlitterte den Hügel hinunter und watete durch das schlammige Gelände. Aiboy Ali, der eine vom Regen durchtränkte Metallica-Weste trug, führte ihn zu einem

Geländewagen der Polizei. Er redete kurz mit der Zeugin, die hinten im Wagen saß und die Leiche gefunden hatte. Sie war mit ihrem Cockerspaniel spazieren gewesen. Es war einer der wenigen Orte hier, sagte sie, an denen man die Hunde frei herumlaufen lassen durfte. Sie hatte sofort den Notruf 110 gewählt, als ihr klar wurde, worauf sie gestoßen war.

Ruud dankte ihr und wies sie an, Aiboy Ali die Einzelheiten zu berichten. Dann machte er sich auf den Weg zu der Stelle, wo die hohen Akazien ein Wäldchen bildeten. Er duckte sich unter dem gelben Absperrband durch und sah etliche seiner Kollegen, die rauchten und geschäftig telefonierten.

Solossa kniete vor dem Opfer und pickte mit einer langen Pinzette Erdkrümel aus dem Mund der Frau. »Ich würde sagen, sie ist seit zehn, elf Stunden tot, Pujasumarta. Der Modus Operandi ist der gleiche wie bei den anderen Morden. Die linke Hand ist verschwunden, barbarisch, aber sauber abgehackt. Mir ist immer noch nicht klar, ob er die Hände als Trophäe oder als eine Art Fetisch behält. Aber ich nehme mal an, das finden wir noch früh genug heraus.« Solossa hielt kurz inne, damit Arief, der Polizeifotograf, ein Foto machen konnte. Mit einer unwirschen Geste verscheuchte er die Fliegen. »Wir haben ihr das rote Taschentuch aus dem Mund gezogen, und, Abrakadabra, da war er, der Mah-Jongg-Stein. Wurde alles schon eingetütet und etikettiert. Ach ja, und sie ist wirklich eine Ausländerin. Sehen Sie dieses Ding da um ihren Hals?«

Die Puppenaugen der Frau starrten Ruud unverwandt an. Regentropfen fielen auf ihre Wangenknochen, Blätter hingen ihr im Haar und klebten an Hals und Kehle.

Ruuds Magen verkrampfte sich, und er konnte seine Übelkeit nur mühsam unterdrücken. Er betrachtete die Konturen ihres wächsernen Gesichts, ihre zerrissenen Kleider, den verstümmelten linken Arm, dann wandte er sich abrupt um und marschierte den schlammigen Abhang zu seinem Auto hinauf. Er wollte Imke die Neuigkeiten selbst überbringen.

Der Regen hatte kurzzeitig nachgelassen, doch die nächste Regenfront näherte sich bereits. Ruud blickte auf und sah, dass Imke ihn beobachtete. Er verspürte eine sonderbare innere Ruhe. Sie stand neben dem Wagen, die Sorge in ihrer Miene unübersehbar. Ihr lief die Nase, und sie wischte sie unwirsch ab und versuchte, resolut zu wirken, aber man sah ihr die Verzweiflung an.

Als Ruud näher kam, trat die Polizistin beiseite. Das Rauschen des Polizeifunks durchdrang die Stille. Er schlang die Arme so fest um Imke, als wollte er sie vor einem tiefen Fall bewahren, doch sie kämpfte sich frei.

»Es ist nicht Erica«, sagte er.

Einen Augenblick bekam sie keine Luft mehr.

»Sag das noch mal.«

»Es ist nicht Erica.«

Eine Woge unfassbarer Erleichterung erfasste sie. »Bist du ganz sicher?«, sagte sie. »Irrtum ausgeschlossen?«

»Ja, ich bin sicher.«

»Wer ist es?«

»Ich weiß es noch nicht. Aber sie ist keine Europäerin. Wir glauben, dass sie aus Thailand stammt, sie trägt ein Medaillon um den Hals mit dem Bild des thailändischen Königs.«

Ruud ließ sie los, und Imke fühlte, wie ihr die Knie

weich wurden. Sie und Ruud lehnten sich gegen die Motorhaube des Wagens, als müssten sie erst wieder zu Atem kommen. Hinter ihnen bildete sich eine Wolke aus Insekten. Aberhunderte geflügelter Ameisen waren im nachlassenden Tageslicht unterwegs.

»Ich organisiere jemanden, der dich nach Bogor zurückfährt.«

»Nein. Du wolltest Kikis und meine Hilfe. Lass uns die Umgebung absuchen. Später kann mich dann jemand heimbringen.«

»Erica ist aber immer noch verschwunden.«

»Ja, das stimmt. Aber jetzt sind die Spuren hier noch frisch. Wir sollten uns an die Arbeit machen, bevor sie sich stärker verteilen.«

»Schaffst du das auch?«

»Natürlich schaff ich das.« Es war wichtig für sie. Sie nahm sich eine Wasserflasche aus dem Wagen und schüttete sich den Inhalt über den Kopf. »Ich wollte mein Gesicht eigentlich in ein Becken mit kaltem Wasser tauchen, aber das muss reichen.« Sie strich sich das nasse Haar aus dem Gesicht und wrang es aus. Nachdem sie wieder mehr Farbe im Gesicht hatte, schnalzte sie mit der Zunge und führte Kiki den Abhang hinab.

Männer mit gepolsterten Kopfhörern suchten den Boden mit Metalldetektoren ab.

Alles war feucht. Imke stellte den Kragen hoch, obwohl der Regen etwas nachgelassen hatte. Beinahe eine Stunde warteten sie nun schon am Tatort darauf, dass die Spurensicherung mit ihrer Arbeit fertig wurde. Ein weißes Zelt war aufgestellt worden, aber lediglich die Techniker durften hinein. Kiki war längst ungeduldig geworden und zerrte abwechselnd an der Leine und legte sich winselnd hin. Auch Imke war aufgewühlt und angespannt. Sie sah auf die Uhr und rechnete kurz nach. Ihre Tante war seit dreißig Stunden verschwunden.

Ihre Nerven waren zum Zerreißen gespannt. »Wie lange dauert das denn noch?«, drängte sie Ruud und bemerkte, dass sie einen unnötig scharfen Ton anschlug.

Seltsam, dachte sie. Sie war schon an vielen Tatorten gewesen, sie hatte viele Leichen in unterschiedlichen Stadien der Verwesung gesehen, aber jetzt fühlte sie sich zum ersten Mal tief erschüttert. War es der Anblick des Opfers gewesen, der sie aus der Fassung gebracht hatte? Weil es Erica hätte sein können, die da lag? Oder lag es nur an der Übermüdung, dass sie so nervös war? Immerhin hatte sie letzte Nacht nicht geschlafen.

»Es dauert nicht mehr lange«, sagte Ruud.

Imke sah hinüber zu den Leuten der Spurensicherung, die davontrotteten und Handschuhe und Masken abzogen, wie Chirurgen nach einer erfolgreichen Blinddarmoperation. Einige wandten sich um und warfen Imke neugierige Blicke zu. Sie konnte beinahe ihre Gedanken lesen: Was hat diese ausländische Frau an einem Tatort zu suchen? Wahrscheinlich eine Journalistin, vielleicht von CNN. Ob sie rüberkommen wird, um mich zu interviewen?

Noch immer konnte Imke von ihrem Platz aus die Leiche sehen, das weiße wächserne Gesicht. Ein Tausendfüßler huschte über die Nase der Frau. Selbst von hier aus erkannte Imke die Turnschuhe des Opfers; es waren Nikes. In ihrem Beruf sah sie Turnschuhe unterschiedlichster Marken, aber Nikes waren die häufigsten: Zoom

Vapors, Air Max Lites, Low Tops, LeBron Lifestyles, sogar richtig alte Modelle wie Rifts oder Epics waren manchmal dabei. Sie konnte sich nie an die Gesichter der Toten erinnern oder an ihre Namen, aber sie erinnerte sich immer an ihre Schuhe. Drei Monate zuvor hatten sie einen sechs Jahre alten Jungen tot aus dem Kloveniersburgwal-Kanal geborgen, in brandneuen Puma Drift Cats. Wahrscheinlich hatte er gerade erst gelernt, sich die Schnürsenkel zu binden.

Als Ruud hinüberging, um noch einmal mit Solossa zu reden, checkte Imke ihr Handy. Keine neuen Nachrichten. Sie rief den Captain an, wurde jedoch direkt zur Mailbox weitergeleitet. Entnervt drückte sie die Wiederwahltaste, mit dem gleichen Ergebnis.

Sie sah auf. Einige Teenager drückten sich herum. Sie standen etwas abseits bei einer Plakattafel, rauchten und warfen Steine in den Fluss. Der Wind trug ihre Stimmen zu Imke heran. Sie wusste, dass sie darauf hofften, einen Blick auf die Leiche zu erhaschen, etwas Grausiges und Aufregendes zu sehen, das sie später ihren Freunden erzählen könnten. Ein Lichtblitz veranlasste sie, den Kopf zu drehen. Imke sah den Polizeifotografen, der neben dem Opfer hockte und Fotos aus unterschiedlichen Winkeln schoss. Alle paar Sekunden flammte das Blitzlicht auf. Schließlich erhob er sich, wandte sich um und starrte Imke an. Etwas Bedrohliches ging von ihm aus, und sie verspürte eine seltsame Nervosität. Im Verlauf der letzten Stunde hatte sie seinen Blick schon mehrfach auf sich gespürt und hätte ihn gern gefragt: Wer sind Sie und warum starren Sie mich so an?

Nur wenige Augenblicke später kam er auf sie zu.

»Brauchen Sie eine Mitfahrgelegenheit?«, fragte er auf Bahasa Indonesia. Sie schüttelte den Kopf, und er verschränkte die Finger und ließ die Gelenke knacken. Es klang wie das Brechen trockener Zweige. Dann wandte er sich um und stapfte den Abhang hinauf.

Aiboy Ali kam herüber und gesellte sich mit einem Regenschirm zu ihr. Seine Metallica-Weste war inzwischen völlig durchgeweicht, und die feinen Härchen an seinen Unterarmen klebten ihm an der Haut. »Mit dem würde ich auch nicht ins Auto steigen«, sagte er und hielt den Regenschirm über Imke. »Bei dem Kerl kriege ich immer Gänsehaut. Er macht Abzüge von seinen Bildern und verkauft sie an irgendwelche Perverse. Und der Himmel weiß, was er sonst noch damit anstellt.«

»Charmanter Bursche«, sagte sie. »Er hat einen Blick wie ein Raubvogel.«

Der Wind zerrte an Aiboy Alis Regenschirm. Er holte ein Päckchen Zigaretten hervor und bot ihr eine an. »Ich rauche nicht«, sagte sie, nahm aber trotzdem eine. Er beugte sich verschwörerisch vor, während er ihr Feuer gab. »Sie und *Gajah* kennen sich schon lange, stimmt's?«

Ihr Nerven beruhigten sich gleich nach dem ersten Zug, und der Rauch machte sie leicht benommen. »Fast schon ein ganzes Leben lang.«

»Wie war er denn so als Junge?«, bohrte Aiboy Ali mit dem frechen Lächeln einer Grinsekatze; seine gesamte Körperhaltung ließ erkennen, dass er auf Unfug aus war. Sie war überzeugt, dass er großen Spaß daran hatte, Ruud aufzuziehen, und dass er ein grässlicher Plagegeist sein konnte. »Ich wette, er war ein – wie nennen sie die noch in England, diese Kerle, die immer einen Pullunder tragen?«

»Ein Streber.«

»Ein Streber! Bitte sagen Sie mir, dass er einer war.«

Imke unterdrückte ein Lachen. Wenn sie sich recht erinnerte, dann traf das eher auf sie zu. Imke war es gewesen, die bei der Zahl Pi die ersten zehn Stellen nach dem Komma auswendig gelernt hatte; sie hatte in der Pause Schach gespielt, und sie war es gewesen, die Landkarten von fiktiven Königreichen aus dem Märchen angefertigt hatte.

»Ja, er war ein Riesenstreber«, log sie. »Der schlimmste von allen.«

Aiboy Ali war entzückt. »Ich wusste es! Das muss ich unbedingt Vidi erzählen!«

Es wurde schon dunkel, als Witarsa eintraf. Er trug einen Regenmantel über dem Arm. »KENNEN WIR«, schrie er die ersten beiden Worte, bevor er in sein übliches Murmeln zurückfiel, »… schon ihren Namen?«

Die Augen des Commissioners wirkten rot und entzündet, als hätte er sich das Gesicht mit Curryblättern eingerieben. Er hatte den üblichen anklagenden Gesichtsausdruck eines Bassets.

»Noch nicht. Sie hatte nur einen Schlüsselbund bei sich und trug einen pinkfarbenen Jogginganzug und Laufschuhe; ein früher Morgenlauf am Wasser entlang, würde ich sagen«, erklärte Aiboy Ali. »Kein Handy, keine Brieftasche, kein Ausweis.«

»SIND ES Hausschlüssel?«

»Ja, sieht ganz so aus. Autoschlüssel hatte sie keine dabei, also muss sie zu Fuß hergekommen sein.«

»EIN DUTZEND BEAMTE sollen von Tür zu Tür

gehen, vielleicht stammt sie ja hier aus dem Viertel. Wissen wir schon, wann sie gestorben ist?«

»Nur den ungefähren Todeszeitpunkt.«

Witarsa schlüpfte in seinen alten Regenmantel, der sich an den Rändern aufzulösen begann. Er winkte den Gerichtsmediziner herüber.

Der *Dokter forensik* trat mit zerzausten Haaren zu ihnen. Er stellte seine lederne Arzttasche ab und zog zunächst seinen Kamm aus der Hemdtasche, um seine spärliche Haarpracht zu ordnen, bevor er seine bisherigen Erkenntnisse preisgab. »Schätzungsweise seit zwölf Stunden tot, aber das wissen wir erst mit Sicherheit, wenn wir sie auf dem Obduktionstisch haben. Die präzisesten Ergebnisse bekommen wir, wenn wir die Kaliumkonzentration im Glaskörper bestimmen.« Er schniefte. »Das ist die gelartige Substanz im Auge.«

»Was noch?«, fragte Aiboy Ali.

»Ein Mann, der in seinem *bemo*-Minibus Gebäck verkauft, hat gesagt, er hätte eine Frau schreien hören.«

Ruud gesellte sich unter der Straßenlaterne zu ihnen und zog die Kapuze seiner Windjacke fest, um sich vor dem Regen zu schützen. »Wann war das?«

»Etwa sieben Uhr morgens«, sagte Aiboy Ali.

»Hat er irgendwas gesehen?«

»Nein, er war gerade dabei, seinen Bus zurechtzumachen. Die Sonne war noch nicht aufgegangen. Und die Leute in der Bude da drüben, die süßen Tee verkaufen«, er zeigte hinüber, »haben auch nichts gesehen.«

»ALSO WURDE sie hier entführt und dann über das Gras geschleift bis zu den Bäumen«, fasste Witarsa zusammen, der auf und ab lief.

»Etwa einen Kilometer weit. Wenn Sie genau hinsehen, erkennen Sie hier Abdrücke im Gras, aber er hat nicht viel an Spuren hinterlassen, und der Regen hat auch viel weggespült. Gut, dass wir den Hund hatten.«

Kiki hatte ihren Job gut gemacht. Unter Imkes Aufsicht hatte sie sie von der Leiche den ganzen Weg bis zum Flussufer zurück geführt.

Die Spurensicherung arbeitete jetzt bei den Picknicktischen, Holzbänken und Abfalleimern in der Nähe.

»WAS wissen wir noch?«, fragte Witarsa.

»Sie hat eine Einstichstelle am Hals, daher vermute ich, dass er wieder das gleiche Betäubungsmittel verwendet hat, Xylazin. Eine kleine Dosis hat die Frau innerhalb von Sekunden ausgeschaltet und paralysiert. Sie war bewegungsunfähig, aber bei Bewusstsein«, erklärte Solossa.

»IRGENDEINE Spur von der Nadel?«

»Wir suchen noch«, sagte Aiboy Ali.

»ES IST ein Irrer«, verkündete Witarsa.

»Da bin ich mir nicht so sicher, Sir«, erwiderte Ruud vorsichtig. »Das würde voraussetzen, dass er geistig beeinträchtigt ist und ohne Vorsatz handelt, dass er unprofessionell vorgeht. Aber alles weist darauf hin, dass er vorsichtig und methodisch arbeitet. Das Lied, das er im Haus des ersten Opfers hinterlassen hat, kündigt an, wo er die Leichen deponieren wird. Denken Sie doch nur an den dritten Vers:

Cabe-cabean, Cabe-cabean, der Müll ist fortgebracht,
jetzt fischt sie im Parkbach ihr Essen für heut Nacht.

Und unser drittes Opfer hier wurde in einem Park an

einem fließenden Gewässer gefunden. Verstehen Sie, worauf ich hinauswill? Dieser Kerl ist kein Irrer. Er hat alles mit Überlegung geplant.«

Ruud zog das Foto aus dem Schnellhefter, den er unter den Arm geklemmt hatte. »Und das bringt mich zu einem weiteren Punkt.«

Witarsa starrte das Foto an. Es war das Bild von Shireen und ihrer Mah-Jongg-Gruppe. Ruud nahm seine Stiftlampe zur Hand und richtete den Lichtstrahl auf das Bild. »Das hier ist Shireen Zee. Neben ihr steht Mari Agnes Liem. Und jetzt sehen Sie sich die Frau rechts von ihr an«, sagte Ruud. »Das ist die Frau, die da drüben liegt. Drei der Frauen auf diesem Foto wurden ermordet. Sir, Sie müssen das Foto an die Presse weiterleiten. Das ist die einzige Möglichkeit, die anderen beiden Frauen zu identifizieren.Wir müssen sie warnen, bevor es zu spät ist. Uns bleibt nicht mehr viel Zeit.«

»ABER DAS ist ein gefundenes Fressen für die Zeitungen.«

»Und alle Muttchen ab Mitte vierzig werden sich zu Hause verkriechen und sich nicht mehr auf die Straße trauen«, sagte Aiboy Ali sarkastisch.

»Sir, Sie müssen die Sache mit den Medien in die Hand nehmen.«

Vidi kam herüber, sein Mobiltelefon in der Hand. Er trug seine dunkelbraune Polizeiuniform mit den glänzenden Manschettenknöpfen. »Ich habe gerade mit den Technikern telefoniert. Sie haben die Bilder der Überwachungskamera in der HERO-Gasse vergrößert. Ruud, du hattest Recht, er hat ein Auto benutzt. Ich habe eine gute, eine schlechte und eine sehr schlechte Nachricht.«

»LASSEN Sie hören«, stöhnte Witarsa.

»Der Täter fährt einen schwarzen Toyota Camry. Das ist die gute Nachricht.«

Der Commissioner klopfte Vidi aufmunternd auf die Schulter. »UND WAS ist mit dem Fahrer?«

»Der Fahrer ist aus dem Wagen gestiegen und hat etwas, das einem Körper ähnelt, aus dem Kofferraum geholt. Er trägt aber einen Kapuzenpullover, deshalb ist sein Gesicht nicht zu sehen.«

»Das heißt, wir haben wieder nichts in der Hand?«

»Leider nein. Wir können mit den Bildern nicht viel anfangen.«

Ruud fluchte.

»Die Techniker haben mit Genuine Fractals 6 gearbeitet, aber da die Bilder von einem Konvexspiegel eingefangen wurden, ist das Ergebnis bestenfalls lückenhaft, und sie konnten nur den ersten Buchstaben des Nummernschilds erkennen – ein B.«

»EIN NUMMERNSCHILD aus Jakarta«, sagte Witarsa. »HÖREN SIE, ich will, dass wir diesen Mistkerl finden. Das hat oberste Priorität. Sagen Sie ihnen, dass sie notfalls Hilfe von außen anfordern sollen. Ich pfeife auf die Etatkürzungen. Wir haben doch schon mal mit dieser australischen Firma zusammengearbeitet, die ihren Hauptsitz in Sydney hat. Schicken Sie denen das Filmmaterial, so schnell wie möglich. Ich will die höchste Auflösung, Gesichtserkennung, vergrößerte Standbilder, alles, was es gibt. Die Kosten sind mir egal. Noch was?«

Vidi öffnete sein Notizbuch und setzte seine Bifokalbrille auf, um seine Aufzeichnungen vorzutragen. »Ich habe beim Verkehrsministerium angerufen. Es gibt

13,1 Millionen amtlich zugelassene Fahrzeuge im Großraum Jakarta. 2,5 Millionen davon sind Autos, deren Kennzeichen mit einem B beginnt, und bei etwa hunderttausend davon handelt es sich um Toyota Camrys.«

Ruud fluchte erneut.

»Aber die wirklich schlimme Nachricht ist, dass das Nummernschild nicht weiß auf schwarz ist.« Vidis Stimme bebte leicht. »Es ist gelb auf rot.«

Ruud erstarrte. Er wechselte einen Blick mit Vidi und sah die Sorge in den Augen seines Kollegen.

»Und was machen wir jetzt?«, fragte Aiboy Ali erschüttert.

Ruud überlegte einen Moment und entschied, dass sie nicht besonders viel unternehmen konnten.

»ICH FASS es nicht«, knurrte Witarsa. »DAS IST wirklich das Allerletzte, was wir jetzt gebrauchen können.« Er blies seine Hängebacken auf und sah zum Himmel hinauf. »WENN DAS rauskommt, machen die Medien uns die Hölle heiß.«

Oben am Hügel hatte sich eine ganze Meute von Zuschauern und Presseleuten versammelt. Die Männer und Frauen mit Mikrofonen und Spiegelreflexkameras wurden von Verkehrspolizisten in gelben Jacken zurückgehalten.

»Wie fühlst du dich?«, fragte Imke.

Ruud schaute auf die Reportermenge und die surrenden Kameras. »Ziemlich gefragt.«

»Erklär mir, was das bedeutet«, drängte Imke, als sie in sein Auto stiegen. »Gelb auf Rot?«

Ruud legte den Rückwärtsgang ein und hörte, wie der

Schlamm unter den Reifen spritzte. Während der Wagen durch die Schlaglöcher holperte, hielt er den Blick konzentriert auf die Straße gerichtet.

»Die Nummernschilder in Jakarta kann man anhand ihrer Farbe unterscheiden. Weiß auf Schwarz bedeutet, es ist ein Privatfahrzeug. Schwarz auf Gelb sind öffentliche Verkehrsmittel. Feuerwehrautos haben Weiß auf Rot.«

»Und was bedeutet Gelb auf Rot?«

»Verteidigungsministerium.«

»Das kann doch nicht wahr sein.«

»Ist es aber. Zum ersten Mal mache ich mir Sorgen, was wir da aufdecken könnten.«

Imke starrte ihn an. »Du glaubst, der Mörder ist ein Minister?«

»Im Moment weiß ich noch nicht so recht, was ich davon halten soll.« Er hatte das Fernlicht eingeschaltet und fuhr durch den dichten Regen und das Gewimmel der Motorräder bis zur Jagorawi Toll Road, die Jakarta mit Bogor verband.

Dann telefonierte er. »Vidi, wie lange dauert es, bis die australische Firma Ergebnisse liefert zu den Bildern aus der Überwachungskamera? Nein, das ist nicht schnell genug. Ja, sag ihnen, wir brauchen es in spätestens drei Tagen. Außerdem möchte ich, dass du dein Handy nimmst und unauffällig die Schaulustigen filmst. Nimm jedes Gesicht in der Menge auf. Wenn wir Glück haben, ist unser *pelaku* darunter.« Er legte auf.

Sekunden später telefonierte er wieder, dieses Mal mit Aiboy Ali. »Hast du Zugang zum Internet?«

»Ja, *Gajah,* ist in unserem Van eingerichtet.«

»Du musst etwas für mich nachschauen.«

»Warte kurz.«

Er hörte, wie Aiboy Ali durch den Schlamm stapfte, dann das Aufgleiten der Wagentür.

»Okay, ich bin am Laptop.«

»Das Verteidigungsministerium ist in zwei Sektionen aufgeteilt. ABRI ist für die Streitkräfte zuständig und HANKAM für die Verwaltung, sie haben nichts zu sagen, wenn es um das Militärkommando geht. Vermutlich wirst du feststellen, dass die meisten beim Verteidigungsministerium registrierten Toyota Camrys zu HANKAM gehören. ABRI dagegen verfügt über einen Pool von Landrover LWBs.« Ruud trat aufs Gas und überholte einen Lastwagen. Imke hielt die Luft an, als er beinahe einen anderen Wagen streifte, und vergewisserte sich, dass ihr Sicherheitsgurt eingerastet war.

»Hör zu, ich will, dass du mir alles über HANKAM sagst, was du findest. Ich bleibe dran.«

Ruud griff in seine Hosentasche, holte sein Tablettenröhrchen heraus und schluckte eine. Er drehte sich ein wenig zur Seite in dem Versuch, seine Beunruhigung vor Imke zu verbergen.

Während er wartete, war nur das Geräusch der Scheibenwischer zu hören. Stumm lauschten sie dem rhythmischen Schleifen von Gummi auf Glas.

»*Gajah,* bist du noch dran? Ich hab hier ein paar Informationen für dich.« Aiboy Ali las ihm die Namen des Ministers, des Generalsekretärs und der drei Abteilungsleiter vor, dann ging er über zur Organisationsstruktur und der Anzahl der Verwaltungskräfte.

Ruud staunte über die Strukturiertheit und Schnelligkeit seines Kollegen.

»Sehr gut. Sieh zu, was du noch so ausgraben kannst. Und überprüf, ob ein schwarzer Toyota Camry, der bei HANKAM registriert ist, als gestohlen gemeldet wurde. Dann ruf mich sofort zurück.«

Aiboy Ali seufzte laut und vernehmlich. Ruud wusste genau, was er dachte: Dieser Fall würde seine gesamte Zeit in Anspruch nehmen – und die Fußball-WM fing gerade an. Aiboy Ali liebte die Weltmeisterschaft beinahe genauso sehr wie das Dröhnen eines Megadeth-Solos.

»Lass nicht locker, in Ordnung?«

»Ja, *Gajah*.« Er legte auf.

Ruud starrte auf die Straße vor sich und blinzelte geblendet ins Licht der entgegenkommenden Scheinwerfer. Er wirkte besorgt und nachdenklich.

Imke drehte sich leicht in ihrem Sitz und betrachtete ihn. Er sah müde aus um die Augen. Als er spürte, dass sie ihn musterte, hob er die Brauen und warf ihr einen Seitenblick zu.

»Was ist los?«

»Der Polizeifotograf hat etwas an sich, das mir gar nicht gefällt. Mir läuft es kalt den Rücken hinunter, wenn ich nur an ihn denke.«

Ruud ging es genauso, aber das behielt er für sich.

»War er vor allen anderen am Tatort?«

»Warum fragst du?«

»Nur so.«

»Imke, das hier ist kein Fernsehkrimi. Der Verdächtige gehört nicht zwangsläufig zur Besetzung.«

»Ich mein ja nur.«

»Ich weiß, was du sagen willst.«

Ein unbehagliches Schweigen folgte.

»Was denkst du?«, fragte sie schließlich.

»Was ich denke? Ich denke, ich könnte einen starken Kaffee gebrauchen.«

Erneutes Schweigen.

»Der Täter wird versuchen, sich auch die anderen Frauen zu schnappen, oder?«

»Ja.«

»Er wird einen Fehler machen, Ruud, und sobald er das tut, erwischst du ihn.«

»Ich weiß. Aber was ich einfach nicht verstehe, ist: Warum jetzt? Er hat seinen Zorn so lange unter Kontrolle gehabt … und dann auf einmal das. Eine Tote nach der anderen, drei Opfer in nicht mal drei Wochen! Er projiziert seinen ganzen Hass, seine Frustration und seinen Selbsthass auf diese Frauen. Was hat diese Sache ausgelöst?« Er dachte laut nach und redete schnell, als würde ihm die Zeit knapp werden. »Irgendetwas hat ihn aus der Bahn geworfen. Ist jemand aus seiner Familie gestorben? War es der Vollmond? Irgendein sonderbarer Magnetimpuls in seinem Gehirn? Eine Störung des chemischen Gleichgewichts, irgendeine Psychose? Vielleicht sind die abgetrennten Hände ja eine Anspielung auf die Fäuste, die ihn als Kind geschlagen haben.« Ruud trommelte mit den Fingern auf dem Lenkrad, und Imke war sich nicht sicher, ob er mit ihr oder einfach nur mit sich selbst sprach.

»Du hast doch gesagt, er würde seine Mutter töten. Dass er jedes Mal, wenn er eine dieser Frauen tötet, im Grunde seine Mutter vor sich sieht. Und dass sie diejenige war, die ihn misshandelt hat.«

»Das sehe ich auch weiterhin so.«

»Aber du hast Recht«, fuhr Imke fort. »Irgendetwas hat die Sache ausgelöst.«

»Es ist denkbar, dass irgendjemand wieder in sein Leben getreten ist, jemand Besonderes, der ihn verlassen und verletzt hat. Vielleicht sucht er nach Anerkennung.«

»Bei wem?«, fragte Imke. »Seinen Eltern? Einer Exfreundin? Einer Sandkastenliebe?«

»Ich weiß es nicht, aber eines ist sicher. Er wartet auf eine Reaktion.«

Ruud fuhr sehr schnell. »Die Hände abzuhacken und mitzunehmen erzeugt ein Gefühl von Macht. Ebenso wie das Hinterlassen der Mah-Jongg-Steine. Sie sind ein Symbol.«

»Ein Symbol wofür?«

»Für das, was man ihm angetan hat.«

NEUNZEHN

Am Tor zum Palast winkte Ruud mit seinem Polizeiausweis, den Arm aus dem offenen Wagenfenster gestreckt. Es fiel nur noch leichter Nieselregen in nadelspitzenfeinen Tropfen. Die Wachen im Häuschen hoben die Schranke, und Ruud fuhr an dem kleinen Bambusdickicht vorbei und parkte am Weg, der zu den Quartieren der Hausangestellten führte. An den Außenwänden des Bungalows hingen Schnecken, die sich vor dem sintflutartigen Regen gerettet hatten.

Ruud zog seine schlammigen Schuhe aus und hielt Imke die Tür zum Bungalow auf. Sie schlüpfte ebenfalls aus den Schuhen, während Kiki hineinstürmte und schlammige Pfotenabdrücke auf dem Boden hinterließ. Die Lichter waren bereits eingeschaltet, und die Deckenventilatoren schwirrten über ihren Köpfen. Der Boy musste die Lichter im Salon und die Laternen auf der Veranda angezündet haben. Imke warf sich völlig erschöpft aufs Sofa. »Mein Gott, was für ein Tag! Willst du was essen?«

Ruud sah auf die Uhr; es war schon nach acht. »Nein, ich mache mich besser auf den Heimweg«, sagte er. Er stand da, in seinen Socken, und rieb sich müde das Genick.

»Das erinnert mich daran, dass ich Kiki füttern sollte. Das arme Tier ist seit heute Morgen auf den Beinen.«

»Sie hat wirklich gute Arbeit geleistet.«

»Bist du sicher, dass du nicht noch auf einen Drink bleiben willst?«

»Wer redet hier von einem Drink?« Die glockenhelle Stimme schien den gesamten Raum zu durchdringen. »Ich werde die Verwendung dieses Wortes verbieten! Abstinenz lautet die Parole, Abstinenz!«

Sie hörten ein Klappern von der Veranda, und einen Augenblick später kam Erica hereinstolziert.

Ein paar Sekunden blieb sie auf der Schwelle stehen und schlug sich einen Käfer vom Arm, dann zog sie hastig die Türen hinter sich zu. Unbeweglich stand sie da, die Sandalen in der Hand und den Wanderstock unter den Arm geklemmt. Imke und Ruud starrten sie sprachlos an.

»Ein grauenhaftes Wort, ich weiß! Es ruft diese schrecklichen Bilder von Calvinisten und Puritanern mit ihren Tauchstühlen wach. Davon abgesehen, ist es verflucht schwierig zu buchstabieren – schreibt man es jetzt -nens oder -nenz? Ich vergesse das immer. Aber wenn ihr so eine Nacht hinter euch hättet wie ich, würdet ihr auch vom Fuselsaufen abkommen, das kann ich euch sagen.«

Imke erhob sich ganz langsam vom Sofa. Sie war wie betäubt. Als Erstes verspürte sie Fassungslosigkeit, rasch gefolgt von grenzenloser Erleichterung. Die Erleichterung wich der Neugier, und dann, ganz plötzlich, wurde die Neugier von Zorn verdrängt.

»Was ist denn los, mein Schatz? Du bist ja ganz blass. Hallo Ruud, geht es Ihnen gut? Ja? Nein? Warum starrt ihr mich denn an, als wäre ich aus dem Zirkus ausgebrochen?«

Ruud atmete tief durch und sagte ruhig: »Mrs. Erica, ich denke, Sie sollten uns erzählen, wo Sie gewesen sind.«

Kiki stürzte schwanzwedelnd zu Erica hinüber und beschnüffelte deren Hose und Füße. »Der Mann hat mich also zu sich herangewunken. Es glitzerte metallisch in seiner Hand, und natürlich hat mich das neugierig gemacht. Mit der anderen Hand greift er nach einem niedrigen Ast und hebt ihn an, damit ich darunter durchtauchen kann. Ich verliere das Gleichgewicht, und er springt vor und erwischt mich gerade noch am Ellbogen, sonst wäre ich hingefallen. ›Danke‹, sage ich.«

Erica stand gegen die Anrichte gelehnt. Jetzt hielt sie kurz inne, zog die Schultern hoch und beugte den Kopf zurück. Ein Wirbel in ihrem Genick knackte. Sie erklärte, sie sei fix und fertig. Genauso sah sie auch aus, dachte Ruud, mit ihren kurzen, völlig zerzausten Haaren und der ungesunden, leicht grünlichen Gesichtsfarbe.

»Er sagte, sein Name sei Yohanes. ›Freut mich sehr, Yohanes. Ich heiße Erica‹, erwidere ich also. ›Ich sehe, Sie sind Musiker?‹ Er schwenkt seine Metallflöte. ›Aus China‹, erklärt er. Dann zieht er eine Bambusflöte aus seiner Schärpe. ›Die kommt aus Indonesien.‹ Er spielt mir ein wunderbar melodisches Stück aus einem javanischen Volkslied vor. Und dann kommt eine bezaubernde Frau in traditionellen Kleidern herüber und erklärt mir, ebenfalls in gebrochenem Englisch, dass sie alle zu einer reisenden Musikergruppe gehören und auf dem Weg sind, um auf einer Hochzeit zu spielen. *Gamelan,* sagt sie und tippt sich mit dem rechten Zeigefinger an die Brust. »*Assalamu alaykum*«, begrüßt sie mich. Und ehe ich mich's versehe, werde ich eingeladen, mit ihnen zu kommen. Sie streckt ganz unbefangen die Hand aus und führt mich zu einem Lastwagen mit offener Ladefläche.

Zunächst konnte ich mir nicht recht erklären, warum die Truppe auf dem Palastgelände war, aber bald hab ich herausgefunden, dass sie hier ihren *rebab*-Spieler aufgesammelt hatten, der als Konditorlehrling in der Palastküche arbeitet.«

Erica unterdrückte ein Gähnen. »Tut mir leid, es war ein langer Tag. Also, wir machen uns auf zu dieser Hochzeit. Der Empfang war in einem riesigen Gemeindesaal, und es sind ungefähr achthundert Gäste gekommen und gegangen, wie sie Lust hatten – sie haben gegessen, geschwatzt, sind herumgelaufen, haben Fotos gemacht, sind in Wagen gestiegen und wieder ausgestiegen oder aus den benachbarten Häusern aufgetaucht. Ich hatte den Eindruck, jeder erwachsene Mann hat Nelkenzigaretten geraucht und jede Frau trug ein Kind auf der Hüfte. Und ich mittendrin, mit einem geliehenen Tuch über dem Kopf, warf Blütenblätter in die Luft und begrüßte fremde Leute, als wären sie lange verlorene Cousins.

Und das wirklich Wundervolle an der Sache war, dass mich alle so herzlich willkommen geheißen haben, auch Braut und Bräutigam, die beide in Seide und Batik und Silber gehüllt waren, mit Jasminblüten auf den Schultern.

Die Musiker haben stundenlang gespielt, und die Gäste kamen mit ganzen Obstgärten an, mit Weidenkörben voller Früchte, Spenden von ungekochtem Reis, Zucker und Nudeln. Wenn sie wieder gingen, hinterließen sie alle weiße Umschläge mit Geld, die sie in eine Box bei der Türe warfen.«

Erica beugte und streckte ihr rechtes Knie. »Das verdammte Knie macht wieder Ärger. Der Doktor sagt, es wäre Rheuma.« Sie hielt inne. »Wo war ich? Ach ja, also, es wird dunkel, und während die Nacht voranschreitet, beginnen erst die richtigen Festlichkeiten. Wenn ihr glaubt, Glastonbury oder das Lowlands-Musikfestival wäre ein Ereignis, dann habt ihr noch nie eine javanische Hochzeit erlebt. Ich weiß gar nicht, wo ich anfangen soll. Alles bestand nur noch aus einem einzigen Wirbel aus Farben und Lärm. Es gab ein Feuerwerk und Böller.

Um ehrlich zu sein, es ist mir ein bisschen peinlich, dass ich da so uneingeladen reingeplatzt bin. Aber es hat solchen Spaß gemacht! Ich wünschte nur, ich hätte dem glücklichen Paar ein Geschenk überreichen können. Und das Essen! Berge von Essen, ihr könnt es euch nicht vorstellen. Es gab da ein Tintenfischgericht, das hatte eine eigenartige, süße Note, einfach köstlich. Und dass man in diesem Land nichts trinkt, ist kompletter Blödsinn. Sie tun es, aber sie machen es diskret. Selbst gebrannter Reiswein, *tuak* genannt. Ich muss ein paar Flaschen von diesem dreckigen Zeug getrunken haben.«

Erica hustete bei der Erinnerung.

»Und als wäre der Reiswein nicht schon schlimm genug gewesen, hat ein Bandmitglied auch noch eine Zigarette herumgereicht, die uns alle zum Kichern gebracht hat. Es ist ja witzlos, Künstler zu sein«, sagte Erica, »wenn man nicht auch mal ein bisschen über die Stränge schlägt, oder? Er nannte es Shabu, aber es war kein Cannabis, so viel kann ich euch sagen. Ich habe stundenlang getanzt. Es muss auch etwas leicht Halluzinogenes darin gewesen sein, weil ich danach die lächerlichsten Träume hatte –

ich habe Gemüse das Singen und Tanzen beigebracht. Großen, fetten Tomaten in kleinen Schnallenschuhen. Es war haarsträubend. Jedenfalls bin ich mit trockenem Mund und einem grauenhaften Kater in der strohgedeckten Hütte irgendeines Dorfbewohners aufgewacht, übersät von Moskitostichen. Und das Erste, was ich sehe, als ich die Augen öffne, ist ein Bild von SBY. Es ist drei Uhr nachmittags, und ich habe nicht die geringste Ahnung, wo ich eigentlich bin. Vier Männer liegen ausgestreckt auf dem Boden und schnarchen wie die Warzenschweine – alle vollständig bekleidet, wie ich hinzufügen möchte –, und mir dämmert, dass ich nicht weiß, wie ich nach Hause kommen soll.«

Erica redete weiter, doch Ruud sah Imke deutlich an, dass sie nichts mehr hören wollte.

»Schließlich hat mich ein Zigarettenverkäufer auf seiner Vespa mitgenommen. Ich habe ihm angeboten, ihn in Marsriegeln zu bezahlen, aber er hat mich nicht verstanden.« Sie sah Imke und Ruud an und seufzte. »Also, das war mein kleines Abenteuer. Alles in Ordnung mit euch? Gut. Es geht doch wirklich nichts über eine Nahpsychosenerfahrung, um den Appetit in Schwung zu bringen. Weiß jemand, wo die Kekse sind?«

Imkes Stimme wurde scharf und streitlustig.

Ruud fühlte sich sehr unwohl und verspürte das dringende Bedürfnis, den Bungalow so schnell wie möglich zu verlassen und sich aus dem Staub zu machen. Auf keinen Fall wollte er in eine Familienfehde mit hineingezogen werden. Langsam trat er den Rückzug in Richtung Tür an.

»*Kekse?*«, brüllte Imke. »Zur Hölle mit deinen verfluchten Keksen!«

Ruud räusperte sich. »Tja, ich lass euch dann mal allein«, sagte er und rang sich ein höfliches Lächeln ab.

Imke starrte Erica finster an, dann folgte sie Ruud hinaus zu seinem Wagen. »Lass Gnade walten«, sagte er.

In ihren Augen standen Tränen. Sie küsste ihn sanft auf den Mund. »Ich bin heilfroh, dass sie wieder da ist«, murmelte sie. »Aber sie hat eine gehörige Abreibung verdient.«

»Lass uns morgen telefonieren.«

»Morgen.«

Sie küsste ihn erneut auf die Lippen. »Danke für alles, was du heute für mich getan hast. Und fahr vorsichtig, ja?«

Er nickte.

Dann wirbelte sie herum und stürmte zurück in den Bungalow, um Erica ordentlich die Meinung zu sagen.

Kiki hatte den Kopf schief gelegt. Sie hatte Imke selten so laut erlebt. Ein paar Mal wedelte sie verwirrt mit dem Schwanz, da sie dachte, dass es sich um ein neues Spiel handeln könnte, doch dann beschloss sie, sich unters Bett zu verkriechen.

»Was, zum Teufel, hast du dir dabei gedacht? Wie konntest du einfach so verschwinden? Das ist unverantwortlich! Hast du nicht mal eine Sekunde daran gedacht, dass ich mir Sorgen machen könnte?«

»Es tut mir leid, Imke.«

»Ich war nicht nur besorgt, ich war krank vor Angst. Und es geht hier nicht nur um mich! Du hast den Captain, das gesamte Palastpersonal und Ruud in Aufruhr versetzt. Sie haben sogar Yudhoyono benachrichtigt. Was zur Hölle ist denn bloß in dich gefahren?«

»Ich wollte einfach mal raus an die Luft.«

»Du warst eineinhalb Tage verschwunden!«

»Ja, das ist mir jetzt auch klar, aber …«

»Aber was? Kein Aber! Hör auf, den Kopf zu schütteln.«

»Imke, ich bin achtundfünfzig Jahre alt. Ich kann auf mich selbst aufpassen; das mache ich schon mein ganzes Leben lang.«

»Darum geht es nicht.«

»Ich fürchte doch. Ich bin eine erwachsene Frau, und manchmal brauche ich ein bisschen Freiraum. Ich muss raus in die Welt, ihre Farben und ihre Beschaffenheit studieren.«

»Du hast mir gar nicht zugehört.«

»Ich glaube, du hast mich jetzt genug angebrüllt.«

»Du hättest tot sein können!«

»Hör auf, so überzureagieren.«

»Ich reagiere nicht über!«

»Doch, das tust du. Du klingst wie eine Hysterikerin.«

»Es ist eine dritte Frau ermordet worden. Ich dachte, du wärst es. Ich habe ihren Leichnam gesehen. Ihren Leichnam!«

»Ich war keinen Augenblick in Gefahr.«

»Und woher hätte ich das wissen sollen? Es ist so verflucht selbstsüchtig von dir gewesen.«

Erica verzog den Mund und ging zu ihrem Zimmer.

»Und jetzt verziehst du dich einfach und schmollst, ja?«

»Ich werde mich hinlegen.«

»Gott, ich weiß gar nicht, warum es mich überhaupt kümmert.«

Erica wollte eigentlich nichts mehr sagen, aber die Bitterkeit in Imkes Stimme traf einen Nerv bei ihr. Sie blieb stehen und wandte sich um. »Vergiss nicht, mit wem du redest, junge Dame. Dein Vater hatte Recht, du hättest nie mitkommen sollen auf die Reise. Er hat gesagt, du würdest damit anfangen und Inquisition spielen.«

»Inquisition spielen?«

»Von Anfang an ging es um seine Vergangenheit. ›Papa, was ist los? Papa, warum benimmst du dich so komisch?‹ Von morgens bis abends die gleiche Leier.«

»Was hast du denn für ein Problem?«

»Ich sage einfach nur, dass man die Dinge manchmal lieber ruhen lassen sollte.«

»Wovon redest du?«

»Von deinem Vater. Ja, er hat eine Vergangenheit. Ja, er ist in Schwierigkeiten geraten. Lass es auf sich beruhen!«

»Glaubst du denn, ich weiß nicht, dass da irgendwas im Dunkeln liegt? Er ist mit eingekniffenem Schwanz hier weg. Natürlich weiß ich, dass da was nicht stimmt, es ist doch völlig offensichtlich.«

»Hör auf so zu tun, als wärst du wahnsinnig besorgt, wenn du es gar nicht bist. Tu nicht so als ob …«

»Ich tue nicht so als ob! Wie kannst du so was sagen!«

»Tut mir leid, Imke, das war unter der Gürtellinie«, entschuldigte sie sich. »Ich weiß, dass du nicht nur so tust als ob.«

»Und warum hast du es dann gesagt?«

»Um vom Thema abzulenken … ich weiß auch nicht. Ich glaube, ich versuche, dich zu beschützen.«

»Wovor denn?«

»Ich weiß es nicht. Ich ...«

»Was?«

»Fragen kann man nie wieder zurücknehmen, wenn man sie einmal ausgesprochen hat. Ebenso wenig wie Beschuldigungen. Was ich dir sagen will, ist, dass die Wahrheit manchmal gottserbärmlich schmeckt. Und dann musst du auch noch auf ihren Nachgeschmack gefasst sein.«

Sie starrten sich eine Weile an.

»Du redest von Papa, oder?«

Erica nickte.

Irgendwann ergriff Imke ihre Tante bei der Hand und hielt sie fest. »Du hast gesagt, er ist in Schwierigkeiten geraten. Was hat er getan? Erzähl es mir. Ich muss es wissen.«

Erica begann zu erzählen, ungeordnet, ungeschminkt und unzensiert. Die Worte, die sie so viele Jahre unterdrückt hatte, sprudelten nur so aus ihr heraus.

Ein Geheimnis. Ein dunkles Geheimnis.

Imke hielt den Atem an und spürte, wie die Worte sie versengten, wie sich langsam ein Feuer in ihren Eingeweiden ausbreitete. Das Blut schien ihr immer heißer durch die Adern zu fließen, und gleichzeitig war ihr eiskalt. Sie beugte sich vor. Ericas Worte knisterten weiß und grell in ihrem Gehirn nach. Einige benebelte Augenblicke lang war sich Imke nicht sicher, ob sie das tatsächlich gerade alles gehört hatte. Dann aber sackten Ericas Worte. Schock und Begreifen wandelten sich schnell in Verleugnung.

Das stimmt nicht! Erica hat alles falsch verstanden. Die Geschichte kann nicht wahr sein, das muss ein Irrtum sein, eine Lüge. Papa hätte mir das nicht angetan. Er würde so was nie tun!

Sie rannte nach draußen und übergab sich auf dem Rasen.

Erica beobachtete sie von der Veranda aus und ließ den Kopf hängen, ging ihr jedoch nicht nach. Ihr Instinkt sagte ihr, dass ihre Nichte das mit sich selbst ausmachen musste.

ZWANZIG

Auf den Straßen herrschte reger Verkehr.

Ruud fuhr wie jemand, der seit zwei Tagen nicht geschlafen hatte, und starrte benommen auf die roten Rücklichter vor sich. Die Aussicht auf ein warmes Essen und sein Bett spornte ihn an.

Er war hundemüde. Was er brauchte, war eine Pause, und zwar eine lange. Er wollte nur noch Feierabend machen, nach Hause fahren, sich die Schuhe ausziehen, eine Pepsi hinunterstürzen, in sein »Spart Wasser, trinkt Bier«-T-Shirt schlüpfen, zehn Minuten mit der PlayStation spielen und dann bis zum späten Vormittag durchschlafen, die Klimaanlage auf volle Touren gestellt.

Während der gesamten Fahrt auf der Schnellstraße dachte Ruud ununterbrochen an Imke. Er war überrascht gewesen, als sie ihn plötzlich geküsst hatte – aber es hatte ihn nicht überrascht, wie sehr er den Kuss genossen hatte. Ihre Lippen waren weich wie Butter, und er spürte das verzweifelte Verlangen, Imke an sich zu ziehen und sie zu streicheln. Ein paar Kilometer lang gab er sich seinen Tagträumen hin.

Als er nach Hause kam, stand Arjen über das Bügelbrett gebeugt, sah kurz von seiner Arbeit auf, nickte und befeuchtete den Kragen eines Hemds mit seiner Sprühflasche.

»Bist du auf den Markt in der Putra Raya gegangen, wie ich dir gesagt hatte?«

Sein Bruder brummelte eine unverständliche Antwort. Ruud warf einen Blick in den Kühlschrank und stellte fest, dass er gut gefüllt war.

Er zog die Schuhe aus. Seit dem Kuss schien er leichteren Schritts zu gehen. Er löste die Handschellen vom Gürtel, verstaute seinen Revolver, schlüpfte in ein bequemes T-Shirt und machte Abendessen, wobei er streng darauf achtete, dass keinerlei grüne Nahrungsmittel ins Essen seines Bruders gerieten. Arjen hasste es, etwas Grünes auf seinem Teller zu sehen; er behauptete, er müsse dann an Schleim und Schimmel und phosphorhaltiges Gift denken und an Krötenhaut. Außerdem erklärte er, grün klinge wie das Wort *Gangrän,* und das erinnerte ihn an verrottendes Fleisch. Also bestand das Gemüsespektrum in ihrem Haushalt aus Karotten, Blumenkohl, Radieschen, Rüben, Pastinaken, Tomaten, roter und gelber Paprika, weißen Gurken, roten Salatblättern, Auberginen oder violettem Spargel, den ihre Mutter jedes Jahr zu Weihnachten aus Australien mitbrachte.

Arjen hatte auch damit zu kämpfen, irgendetwas Dreieckiges zu sich zu nehmen, ganz egal wie klein es sein mochte, was in seiner Furcht vor spitzen Dingen begründet lag.

Ruud beobachtete seinen Bruder, wie er das Bügeleisen aufstellte, die Hemden faltete und etwaige Knitterfalten mit der Handfläche glättete. Er überlegte, wann er das Thema mit der Katzenzunge anschneiden sollte. Wahrscheinlich war es besser, wenn er bis nach dem Essen wartete.

Nach dem Abendessen brachte Ruud Arjen dazu, die Kratzer an seinem Arm mit Jod zu betupfen, damit sie sich nicht entzündeten. Wer wusste schon, wo der Kater sich überall rumgetrieben hatte!

»Die sehen fast mehr nach den Kratzern eines Menschen aus als nach denen einer Katze«, bemerkte Ruud, während er ihm Jodflasche und Wattepads reichte. Sein Bruder starrte zu Boden. »Du hättest ihn nicht töten sollen«, sagte Ruud.

Arjen erwiderte, dass niemand den streunenden Kater vermissen würde und dass sein furchtbares nächtliches Jaulen die gesamte Nachbarschaft wachgehalten hätte.

»Du wolltest, dass der grauenhafte Lärm aufhört. Das ist ja in Ordnung«, sagte Ruud. »Aber jetzt müssen wir mal ein ernstes Wörtchen miteinander reden. Du kannst nicht einfach irgendwelche Tiere töten. Es ist nicht erlaubt, und es ist grausam.« Ruud erklärte ihm, dass jeder mal einen Fehler machte, das sei in Ordnung, aber er dürfe so etwas nie wieder tun. Was er getan habe, sei falsch gewesen.

Woraufhin Arjen sich kleinlaut entschuldigte und sagte, er würde es einsehen.

Ruud fragte ihn, warum er ihm den Karton gebracht habe. »Kannst du dir vorstellen, was mein Chef mit dir gemacht hätte, wenn er mitbekommen hätte, was da im Karton war? Er hätte dich einsperren lassen.«

Arjen sah auf den Fußboden.

»Ich werde nächsten Mittwoch einen Termin bei Dr. Jayadi ausmachen.«

Sein Bruder verzog das Gesicht.

»Ja, ich weiß schon. Du glaubst, er gibt dir sowieso nur

wieder irgendwelche Tabletten. Aber sie würden dir sicher helfen, wenn du endlich mal dran denken würdest, sie auch zu nehmen.«

Arjens Miene blieb missmutig. Er fragte, welche Farbe ein Mittwoch habe.

»Tage haben keine Farben.«

Er bestand darauf, dass sie welche hätten.

Ruud machte sich Sorgen um ihn, aber die ganze Angelegenheit hatte auf eine morbide Art auch eine komische Seite. Ruud seufzte und sah schon die Schlagzeilen vor sich: SCHUHKARTON MIT VERSTÜMMELTER KATZE AUFGETAUCHT – GEISTESKRANKER BRUDER EINES HOCHDEKORIERTEN KRIMINALBEAMTEN SORGT FÜR EKLAT. TIERSCHUTZORGANISATIONEN IN HELLER AUFREGUNG – INDONESISCHE KATZENVEREINIGUNG FORDERT ENTLASSUNG DES BEAMTEN. VERGEBLICHER VERTUSCHUNGSVERSUCH – IMMER MEHR DETAILS DES DUNKLEN FAMILIENGEHEIMNISSES KOMMEN ANS LICHT

»Warum hast du das getan?« Ruud ließ nicht locker.

Arjen wand sich und erwiderte, er habe gedacht, es würde Ruud gefallen, vor allem, da er ja mit der Faust gegen die Wand geschlagen und mitten in der Nacht gebrüllt hatte: »Dreh doch mal einer diesem verfluchten Vieh den Hals um!«

Ruud sah Arjen lange an. In einem solchen Moment verspürte er tiefes Mitgefühl, und er begriff, wie zerbrechlich die Welt seines Bruders war. Und außerdem wurde ihm wieder mal klar, warum ihn seine Frau verlassen hatte. Es hatte nicht ausschließlich daran gelegen, dass sie sich in einen anderen Mann verliebt hatte, auch wenn es so gewesen war. Es war nicht wegen seines Jobs gewesen und wegen seiner familienunfreundlichen Arbeitszeiten und auch nicht, weil er manchmal mit Blut auf der Kleidung nach Hause gekommen war. Es war wegen Arjen gewesen. Er war der Elefant, der auf Ruuds Brust saß. Seine Frau hatte es nicht ertragen, mit Arjen zusammenzuleben.

Ruud räumte den Esstisch ab und stapelte das Geschirr im Spülbecken, während Arjen abzuwaschen begann und die Bratpfanne sauber kratzte. Das schwache Klirren von Geschirr und das Klappern von Besteck drang bis in Ruuds Schlafzimmer.

Dieser Teil seines Jobs – das Abschalten – war der schwierigste: nach Hause gehen, Abstand kriegen, die Toten hinter sich lassen und ein paar Stunden lang ein ganz normales Leben führen.

Als Ruud es sich gerade bequem machte und eine Runde Golf an der PlayStation spielen wollte, klingelte sein Handy. »*Gajah,* die Identität des Opfers steht jetzt fest. Sie ist Thailänderin, und ihr Name ist Supaphorn Boonsing, siebenundvierzig Jahre alt. Lebte früher in Jakarta, ist aber nach Dänemark ausgewandert. Offenbar hat sie sich vor Kurzem von ihrem Lebensgefährten getrennt und ist letzten Monat hierher zurückgekehrt.«

»Okay.«

»Außerdem haben wir noch etwas über das Xylazin herausgefunden. Werry Hartono hat mit Dr. Prasasti vom Institut für Veterinärmedizin gesprochen. Sie haben eine Liste aller registrierten Tierärzte in Jakarta erstellt, in deren Praxen in den letzten zwei Jahren eingebrochen wurde.«

»Und?«

»Elf Einbrüche wurden in dem Zeitraum gemeldet, und jedes Mal wurden Drogen gestohlen, normalerweise Ketamin, Oxytocin und Diazepam. Nur eine Praxis hat Xylazin als gestohlen gemeldet; ziemlich viel sogar. Ich habe mit dem Tierarzt geredet. Er war sich sicher, dass seine Angestellten an der Sache beteiligt waren. Ein paar Kerls, die dort gearbeitet haben, haben sich nach dem Vorfall ziemlich schuldbewusst benommen, also hat er sie entlassen mit der Begründung, dass er die Praxis verkleinern wolle. Er war zu eingeschüchtert, um sie anzuzeigen.«

»Okay.«

»Und jetzt kommt's: Einer von ihnen hat ein Vorstrafenregister, bei dem unser Serienkiller Baekuni rot werden würde.«

»Name?«

»D. W. Soeprapto. In Bengkulu geboren, achtundzwanzig Jahre alt. Hat sechs Jahre wegen Drogendelikten gesessen und ein Jahr wegen Erpressung. Verhaftet, aber nicht verurteilt wurde er wegen eines sexuellen Übergriffs auf eine Frau im Jahr 2013.«

»Warum, um alles in der Welt, hat die Praxis ihn angestellt?«

»Rehabilitationsprogramm für Sträflinge.«

»Ja, klar«, sagte Ruud spöttisch. »Als ob das schon jemals geklappt hätte.«

»Da ist noch was. Rate mal, zu wem er früher Kontakt hatte?«

»Sag schon.«

»Quassel-Susanti.«

»Das ist ja besser als im Kino.«

»Ich werde ihm ein paar Fragen stellen. Werry begleitet mich.«

»Was ist mit Vidi?«

»Er ist heute Abend bei einem kranken Cousin und kommt später dazu.«

»Ich bin in zehn Minuten bei euch.«

»Dann schicke ich dir seine letzte bekannte Adresse per SMS. Und – *Gajah*? Danach brauchen wir aber beide eine Mütze voll Schlaf.«

Leichter Nieselregen fiel, und die Scheibenwischer ruckelten und quietschten. Im Auto dröhnte schmerzhaft lauter Heavy-Metal-Sound. Aiboy Ali, der gerade ein wildes Headbanging vollführte, hatte die Musik mitgebracht. Ruud drehte leiser und stellte die Scheibenwischer ab. »Erzählt mir mehr über den Kerl.«

»Er hatte eine ausgefallene Jobbezeichnung in der Praxis: Tiertransportkoordinator«, erklärte Werry Hartono.

»Wohl eher Drogentransportkoordinator«, lachte Aiboy Ali. Ruud lächelte auch. Eine leise Andeutung des würzigen Aftershaves seines Kollegen hing in der Luft.

Ruud sah auf die Uhr. »Also, hab ich das richtig verstanden? Ihr wollt einfach um Viertel vor elf abends bei ihm vor der Tür stehen wie die Zeugen Jehovah.«

»Wenn er nichts zu verbergen hat, wird er mit uns reden«, parierte Aiboy Ali.

Die drei Männer diskutierten noch ein Weilchen im geparkten Wagen. Dann schob Aiboy Ali ein Magazin in seine Pistole und lud durch. Ruud sah seinen Kollegen fragend an. »Glaubst du, wir brauchen die?«

»Reine Routine.«

Aiboy Ali trug eine Glock 17, aber Ruud gefiel es nicht, dass die Glock keinen Hahn hatte und immer teilgespannt war. Er selbst hatte sich von Witsara eine Sondererlaubnis für eine Heckler & Koch 9 mm geholt. Ruud entsicherte sie und prüfte das Magazin.

Werry Hartono konnte seine Aufregung kaum im Zaum halten. »Das Spiel, Mrs. Hudson, hat begonnen!«, rief er.

»Ruhe!«, brüllte Aiboy Ali zurück. »Schrei nicht so rum! Wovon redet er, zum Teufel?«

»Irgendwas aus *Sherlock*, schätze ich«, erwiderte Ruud. »Nicht mehr lange, und er läuft mit Deerstalker-Mütze herum.«

»Was ist ein Deerstalker?«

»Vergiss es. Fertig?«

»Es kann losgehen!«

Sie stiegen alle gleichzeitig aus dem Auto. Die Nacht war frischer und kühler als sonst, die Regengüsse hatten die Luft vom Gestank der Abgase gereinigt. Ruud überquerte die Straße, blieb zögernd stehen und musterte Werry Hartono. »Ich will, dass Sie hierbleiben.«

»Warum?«, kam das vertraute nasale Quengeln.

»Weil ich es sage.« Er warf ihm die Autoschlüssel zu. »Lassen Sie die Klimaanlage laufen.«

Werry kehrte missmutig um, stieg wieder ins Auto und warf die Tür mit einem lauten Knall zu.

Die beiden Polizisten stiegen in den dritten Stock hinauf und betraten einen langen Korridor. Auf beiden Seiten gingen Wohnungstüren ab. Die gelblichen Deckenleuchten blinkten und flackerten, und das Geräusch ihrer Schritte hallte von den Wänden wider.

»Wohnung Nummer drei-vier-vier. Hier ist es«, verkündete Aiboy Ali.

Ruuds Blick wanderte langsam und sorgfältig durch den verlassenen Korridor. Er hörte Gezanke zu seiner Linken und lautes Kinderrufen irgendwo über ihnen.

Aiboy Ali klingelte und klopfte dann laut und vernehmlich. Ruud wappnete sich.

Keine Antwort.

Er versuchte es erneut.

»Schätze, es ist niemand zu Hause«, meinte Ruud.

Sein Kollege holte ein Taschenmesser hervor. »Ich könnte das Schloss aufbrechen.«

»Keine gute Idee.«

»Dann lass uns einen Durchsuchungsbefehl organisieren und morgen früh zurückkommen. Was meinst du, *Gajah*?«

»Klingt gut. Ich muss mich unbedingt ausruhen und ein paar Stündchen schlafen.«

»Ich auch.«

»Zu Bett, zu Bett! Es wird ans Tor geklopft.«

Aiboy Ali warf ihm einen fragenden Blick zu. »Macbeth«, erklärte Ruud. »Meine Mutter war Englischlehrerin.«

»Erst *Sherlock* und jetzt auch noch Shakespeare.« Er erschauderte, dann schaute Aiboy Ali auf die Uhr, und ein erwartungsvoller Ausdruck huschte über sein Gesicht.

»Du gehst nach Hause und legst dich hin, oder?«

»Natürlich.«

»Ja, ja, schon klar. Brasilien ist heute Abend in der Eröffnungspartie der WM, richtig?«

Aiboy Ali musste grinsen, aber ehe er antworten konnte, hörten sie Schritte im Treppenhaus.

»Ich wette, das ist Werry«, seufzte Ruud. »Er schert sich einfach nie um das, was ich ihm sage.«

Sie hörten die Schritte die Treppen hinaufsteigen. Am anderen Ende des langen Korridors trat ein einzelner Mann aus dem Treppenhaus. Er stand im Gegenlicht und kam ein paar Schritte auf sie zu, dann blieb er stehen.

Aiboy Ali hielt seinen Dienstausweis hoch. »D. W. Soeprapto?« Er trat einen Schritt vor. Ruud starrte den Mann an, und der Mann starrte zurück. Er trug in beiden Händen Einkaufstüten. Ruud konnte die Form einer Saftverpackung erkennen und Gemüse, dessen Blätter aus der Tüte ragten. Der Mann stand etwa zwölf Meter entfernt, und im trüben Licht war nicht zu erkennen, ob er neugierig, verwirrt oder verängstigt war.

Ruud spürte, wie er sich verkrampfte.

»Zeigen Sie mir Ihre Hände!«, rief Aiboy Ali.

Ruud, den Blick starr nach vorne gerichtet, griff langsam nach unten, um seine Heckler vom Gürtel zu lösen. Der Mann ließ die Einkaufstüten fallen und griff an seinen Bund.

Mündungsfeuer blitzte auf, und ein Schuss zerriss die Stille. Dann schlugen mehrere Kugeln hintereinander neben Ruuds Kopf ein und zerfetzten einen Teil des Türrahmens.

Ruud prallte zurück. Er wusste sofort, dass Aiboy Ali getroffen war. Hastig löste er den Blick von dem Mann mit der Pistole und sah die Wunde, aus der das Blut strömte. Verflucht! Aiboy Ali ging wild feuernd zu Boden, doch die Kugeln schlugen weiter in die Decke über ihnen ein.

Beweg dich, zum Teufel! Beweg dich endlich! Ruud wirbelte herum, warf sich zur Seite und umklammerte die Heckler. Vier Schüsse. Die leeren Patronenhülsen fielen zu Boden. Ein pfeifendes Geräusch in seinen Ohren.

Die Luft um ihn herum schien zu explodieren.

Sie war erfüllt von hässlichen Schmerzensschreien.

Er sah den Mann davonrennen, in die Richtung, aus der er gekommen war.

Ruud reagierte schnell. Er löste seinen Gürtel und band ihn fest um das Bein seines Freundes, oberhalb der Einschusswunde. Dann sprang er wieder auf und lief los, geduckt, anfangs in der Hocke laufend, die Heckler & Koch im Anschlag. Um ihn herum öffneten sich vorsichtig die Wohnungstüren, und neugierige Gesichter starrten hinaus.

Ruud rannte jetzt den Korridor hinunter, sprang über die am Boden verstreuten Lebensmittel und schrie den Leuten zu, sie sollten in ihren Wohnungen bleiben. »Ruft einen Notarzt!«, brüllte er. »Ein Polizist ist angeschossen worden! Zum Teufel, geht wieder rein!«

Im Rennen wählte er den Notruf. »Wir haben einen Notfall! Polizist angeschossen!« Er blaffte die Adresse ins Telefon.

Nach links, ins Treppenhaus. Er riskierte einen raschen Blick über das Geländer. Drei Meter unter ihm, an der Treppenbiegung, schwang eine Pistolenmündung herum und zeigte direkt auf sein Gesicht. *Beweg dich!* Er taumelte genau in dem Augenblick zurück, als eine Reihe von Kugeln direkt über ihm einschlug. Querschläger schwirrten ihm um dic Ohren, und Putz regnete auf ihn herab. *Schieß zurück! Los! Erschieß den Mistkerl!* Ruud hielt die Waffe um die Biegung und eröffnete blind das Feuer. Vier Schüsse. Das Geräusch splitternden Glases hallte von unten herauf. Er hörte jemanden davonrennen und war sofort wieder auf den Beinen, nahm fünf Stufen auf einmal, sodass ihm die Zähne hart aufeinanderschlugen, dann sprang er über das Treppengeländer und war im Erdgeschoss.

Er stürzte auf die Hauptstraße hinaus und mitten hinein in ein Hupkonzert. Licht explodierte vor seinen Augen, und Scheinwerfer blendeten ihn, während die Autos an ihm vorüberrasten.

Da!

In einiger Entfernung rannte ein Mann die Straße hinunter.

Ruud setzte ihm nach, jagte eine Verbindungsgasse entlang, sprang durch Pfützen und prallte in einen Mopedfahrer, der langsam die Straße entlangtuckerte. Ein Auto bremste mit quietschenden Reifen und geriet ins Schleudern. Ruud rannte weiter. Er holte auf, jetzt konnte er bereits den Hinterkopf des Mannes erkennen. Die Haare waren an den Seiten rasiert und oben zu einem Zopf geflochten, der sich in viele dünne, lange Zöpfchen aufteilte.

Ruuds Blick war ganz auf die Flechtfrisur konzentriert. Er sah, wie die Zöpfe flogen und hin und her tanzten.

Ein Fußgänger rutschte auf dem Bürgersteig aus. Ruud warf sich in eine kleine Menschenmenge – entsetzte

Mienen und weit geöffnete Münder wischten an ihm vorüber.

Die Alarmanlage eines Wagens begann zu schrillen, und lautes Hupen ertönte.

Eine weitere verkehrsreiche Straße.

Der Mann lief im Zickzack durch den unübersichtlichen Verkehr. Ruud folgte ihm dichtauf. Noch eineinhalb Meter. Einen Meter. Gleich hatte er ihn.

Da plötzlich ein Knall!

Ein entgegenkommendes Auto schleuderte Ruud hoch. Er prallte auf die Motorhaube, und sein Pistolengriff schlug gegen die Windschutzscheibe und zeichnete ein Spinnennetz aus Haarrissen ins Glas. Trotz des heftigen Schmerzes hielt er die Heckler fest umklammert.

»*Dapatkan keluar dari jalan sialan!*«, schrie der Fahrer und schlug mit den Fäusten aufs Lenkrad. »Runter von der Straße, verflucht!«

Ruud rutschte zu Boden, war aber innerhalb von Sekunden wieder auf den Beinen. All das geschah so schnell, dass er keine Zeit zum Nachdenken hatte.

Seine Ohren schrillten; er konnte das Hupen der Autos und die Rufe nicht mehr hören. Er hörte nur noch das heftige Keuchen, das aus seinem offenen Mund drang.

Mit pfeifendem Atem beobachtete er, wie die geflochtenen Zöpfe in einer weiteren Seitengasse und in einem Apartmentblock verschwanden. Ruud machte sich erneut an die Verfolgung.

Er fand sich in einem Hinterhof wieder. Die Wände waren mit Graffiti übersät. Tropfende Klimaanlagen. Bellende Hunde. Vor sich sah er eine Hintertür und überall Wäsche, die zum Trocknen in den offenen Fenstern hing.

Der Mann mit den Zöpfen duckte sich unter der Wäsche hindurch, stürzte in eine Wohnung und schob die Glastür zu. Ruud, der in vollem Lauf war, konnte nicht mehr anhalten. Er riss die Ellbogen hoch, zog Kopf und Kinn ein und flog durch die Scheibe. Der Aufprall war so heftig, dass er beinahe das Bewusstsein verlor. Er dankte dem Himmel, dass es kein Sicherheitsglas gewesen war. Er spuckte Glasstückchen aus und blinzelte kleine Splitter aus den Augen, während er die frisch gewaschene Wäsche von den Füßen kickte. Er riss sich ein Pyjamaoberteil vom Kopf und sah sich um. Wo war er hier gelandet?

Ein Blumentopf prallte dicht neben seinem Kopf gegen die Wand, und Ton und Erde erwischten ihn an der Wange. Er sah den Mann mit der Zopffrisur gerade noch um die Ecke verschwinden.

Ruud schlitterte auf die andere Seite der Küche. Der Mann hatte eine Spur von zerbrochenem Geschirr hinter sich gelassen. Eine Frau, die einen Korb voll Wäsche trug, schrie in Panik auf. Ruud schaute sich nicht um. Er absolvierte einen Hindernislauf durchs nächste Zimmer, dessen Boden mit Spielzeug übersät war, und machte einen Bogen um ein älteres Paar, das vor dem Fernseher saß.

Durch den Vordereingang jetzt und auf die lärmende nächtliche Straße hinaus. Seine Wadenmuskeln brannten. Er feuerte seine Waffe ab, verfehlte den Flüchtenden aber.

Der Mann wirbelte herum, zielte und erwiderte das Feuer. Ruud duckte sich, und Mauerstücke flogen ihm um die Ohren.

Sie gaben beide ihr Letztes, wie in einem spannenden

Finale eines Hundertmeterlaufs. Hinter ihnen heulte eine Polizeisirene auf. Ruud überlegte, dass er sein Tempo verlangsamen, die Gestalt vor sich anvisieren und zielen sollte. Das Heulen der Sirene wurde lauter und lauter. Er blieb stehen und zielte. Der Flüchtende war genau in seinem Visier. Und dann, ohne jede Vorwarnung, wurde er durch die Luft geschleudert und landete mit voller Wucht auf dem Asphalt. Er überschlug sich und scheuerte sich die Haut an Brust und Unterarmen auf. Es fühlte sich an, als würde jemand mit einem Messer über sein Gesicht schaben.

Er landete mit einem dumpfen Aufprall, sein Kiefer knallte gegen irgendetwas, und glühender Schmerz schoss seine linke Hüfte hinauf.

Das Polizeiauto mit dem Blinklicht kam mit quietschenden Reifen zum Stehen.

Ruud blinzelte sich Blut aus den Augen und sah Werry Hartono aussteigen. Der Zweite Lieutenant kniete sich neben ihn und entschuldigte sich immer wieder. Seine Ohren schrillten; Ruud konnte nicht hören, was der junge Mann zu ihm sagte. Er starrte nur hinauf in sein Gesicht, das vom Blinken der Polizeilichter in Blau getaucht war.

Ruuds linke Seite fühlte sich taub und heiß an, und seine Hand wurde feucht, als er vorsichtig an sich entlang tastete. Ein Glassplitter stak in seinem Arm.

Er versuchte, auf die Füße zu kommen, denn er wollte wissen, ob er stehen konnte oder ob er sich irgendetwas gebrochen hatte. Schließlich hatte er es geschafft und klammerte sich haltsuchend an Hartono fest, beugte und streckte die Knie. Seine Gliedmaßen fühlten sich an wie aus Gummi. »Mein Gott!«, sagte er leise, als ihm bewusst wurde, wie knapp er soeben dem Tod entkommen war. »Heilige Scheiße!«

Hartono entschuldigte sich immer noch, und Ruud war kurz davor, sich auf ihn zu stürzen und ihn zu würgen, aber eine andere Gestalt hielt ihn zurück. Es war Vidi.

Ruud drehte sich wieder zu Hartono herum und zuckte zusammen, als ihm der Schmerz den Arm hinaufschoss. Vidi packte Ruud am Handgelenk. Er hatte den Griff eines Menschen, der es gewohnt war, Hühnern den Hals umzudrehen. Hartono brachte Ruud seine Waffe, und Vidi befahl ihm, einen Krankenwagen zu rufen.

Ruud hatte sich vornübergebeugt, die Hände auf den Knien, und schnappte nach Luft. Glassplitter fielen ihm aus den Haaren. Er hatte Schnittverletzungen am ganzen Körper – einige davon sehr tief –, und von seinen Armen tropfte Blut.

Der Mann mit den Zöpfen war entkommen.

Ruud schnitt eine Grimasse, ließ sich zu Boden fallen und brüllte seine Wut in den Nachthimmel hinauf.

EINUNDZWANZIG

Donnerstag, 23:40 Uhr
Keuchend halte ich in den Schatten an, um wieder zu Atem zu kommen. Ich muss aufpassen, ich war zu leichtsinnig. Das nächste Mal werde ich sicher weniger Glück haben. Ich darf nicht so unbesonnen sein.

Freitag, 3:33 Uhr
Mein Bruder sagt mir, er hätte Pläne mit unserer neuen Lady. Große Pläne. Er spricht leise und monoton. Ich höre ihm zu und entschließe mich, weitere Plastikplanen zu kaufen. Es wird eine Sauerei geben. Er kichert; er kann gar nicht erwarten, dass die Sonne endlich aufgeht.

Freitag, 6:58 Uhr
Wir nähern uns dem hohen Gebäude und nehmen die hintere Treppe in den dritten Stock. Der Wachmann schläft immer noch. Sonst ist niemand zu sehen. Auf der Rückseite des Gebäudes liegt der äußere Treppenaufgang im Dunkeln. Wir setzen uns auf den Boden, unter das Belüftungsgitter zu ihrem Badezimmer.

Einige Augenblicke verstreichen. Mein Bruder hört von drinnen das leise Schlurfen von Schritten. Eine Dusche wird aufgedreht. Ich stelle mir vor, wie der Kimono von ihren Schultern gleitet; ich stelle mir vor, wie sie in die Duschkabine tritt, die mit pinkfarbenen marmorierten Kacheln ausgekleidet ist. Wir hören ein Plätschern, leises Singen. Dampf strömt durch das Belüftungsgitter. Zwei Minuten später stellt sie die Dusche wieder ab. Das Wasser gurgelt den Abfluss hinunter. Jetzt muss sie sich gerade abtrocknen mit einem dieser samtigen türkisfarbenen Handtücher, die sie jeden Morgen auf ihre ausziehbare Wäscheleine hängt. Ich habe gestern gesehen, wie sie im Wind flatterten und in der Sonne trockneten. Wie eine Gebetsflagge, die aus einem Fenster im dritten Stock weht.

Mein Bruder holt eine dünne Klinge aus seiner Tasche und inspiziert sie, dann steckt er sie behutsam wieder in die Jacke. Er erhebt sich und verschwindet auf der Nebentreppe.

Freitag, 10 Uhr

Die Türen des SOGO-Kaufhauses öffnen sich pünktlich. Wir nähern uns dem Guerlain-Verkaufsstand, und die vielen verschiedenen Düfte drohen mich zu überwältigen. »*Bagaimana mungkin saya membantu Anda?*«, fragt sie mich in höflichem Tonfall. »Wie kann ich Ihnen helfen?« Ich erkenne sie sofort in ihrer eleganten Kosmetikabteilungs-Uniform und erkläre ihr, dass ich einen Herrenduft suche. Ohne zu zögern, zeigt sie mir ein helles Fläschchen, besprüht einen Teststreifen mit dem Duft und wedelt damit unter meiner Nase herum. »Héritage«, sagt sie. »Oder vielleicht mögen Sie lieber Guerlain Homme?« Sie nimmt eine rechteckige mattschwarze Flasche und sprüht etwas Eau de Parfum auf einen frischen Teststreifen.

Wir kaufen zwei Fläschchen, eins für jeden. Sie freut sich, weil sie schon so früh am Morgen eine Verkaufsprovision verdient hat. Ich lächle sie an, und sie fühlt sich geschmeichelt. Sie ist fast so alt wie Mutter. Ich sage ihr, dass ich ein Lokal kenne, das guten *lontong balap* kocht, und wenn sie später Zeit hätte, würde ich sie gerne zum Essen einladen. Ich stecke ihr ein paar knisternde Scheine zu, 20.000 als Trinkgeld, und drücke ihr sanft den Arm. Es ist so einfach.

Freitag, 21:40 Uhr

Aduh, wie leichtgläubig solche Frauen sind, wenn ein jüngerer Mann mit einem freundlichen Lächeln in ihr Leben tritt!

Die Nacht ist hereingebrochen. Mein Bruder hat sie gefesselt und betrachtet sie beinahe schon ehrfürchtig. Er fragt sich, ob ihr Kehlkopf platzen oder ob ihr Zungenbein brechen wird. Sie sind faszinierend, diese letzten Momente – wenn ihre Augen hervorquellen und die Nasenflügel sich weiten, wenn man dieses charakteristische Rasseln beim Atmen hört. Das Warten auf den letzten Sekundenbruchteil, wenn die Schwingungen im Puls zu kribbeln, dann zu verebben beginnen. Es gibt einem ein Gefühl der Macht. Ein bisschen so, als würde man Gott spielen.

Gott fordert Rache.

Mein Bruder fordert auch Rache. Er genießt sie. Vielleicht genießt er es, wie die Rache ausgeführt wird, wie sie einzig und allein geschaffen wurde, um Schmerzen zu verursachen und das Wesen des Rächers ebenso zu verändern wie das Wesen desjenigen, der die Rache erleidet.

Andererseits: Was ist Rache anderes als pure Reinheit? Erlesen. Scharf. Ungeheuer konzentriert.

Seit meiner Kindheit war mein Inneres von Leere erfüllt, von einem Gefühl der Nichtigkeit. Es war eine raue und zerklüftete Wildnis, die aus einem dunklen Abgrund bestand. Nur manchmal dringt ein Lichtstrahl durch die Ritzen, erhellen Bruchstücke von Freundlichkeit oder Rechtschaffenheit das Dunkel; meist aber lebe ich mit dieser schwarzen Leere in mir.

Sie entstammt einer großen Trauer.

Bis ich das über dich herausgefunden habe, liebe Imke.

Und nun ist die Leere angefüllt mit glitzerndem Hass, einer hell leuchtenden Feindschaft. Da wir blutsverwandt sind, sollte ich dich lieben. Aber keine Liebe kann so erfüllend sein wie dieser grenzenlose Hass.

Ich wurde betrogen. Mutter wurde betrogen. Es gab keinen Streit, noch nicht einmal ein Türenschlagen. Er hat uns verlassen, einfach so. Und dieses Verlassenwerden hat unser Leben geprägt. Es hat Mutter böse gemacht. Ich glaube nicht, dass sie schon immer böse war. Ich glaube, es hat sich langsam wie Krebs in ihr ausgebreitet. Erst als er sie sitzengelassen hat, entwickelte sie diesen unglaublichen Zorn.

Es war ein Zorn, an den ich mich als Kind nach und nach gewöhnte.

Jede Nacht blieb ich auf und wartete auf ihre Rückkehr in die kleine Ödnis, die unser Zuhause war, und kaum ein Licht brannte im Haus. Ich ließ die Eingangstür nicht aus den Augen. Mutter hätte überall sein können, in der Villa eines reichen Mannes oder in einem Hotelzimmer. Woher sollte ich das wissen? Der einzige Hinweis auf ihre Aufenthaltsorte waren die kleinen Shampooflaschen, die sie mitbrachte: Grand Hyatt, Willtop, Hotel Fiducia, Mandarin Oriental.

In der Weltordnung meiner Mutter verfügten westliche Männer über alle Macht. Sie tat, was sie tun musste, um sich ihren Lebensunterhalt zu verdienen. Ein Preis für nur einmal, das Doppelte für die ganze Nacht, abhängig vom Alter und Aussehen des Mannes. Bis mein Vater aufgetaucht war. Sie hatte nicht erwartet, dass sie ihn so von sich abhängig machen könnte, wie er es dann wurde. Hat sie ihn betrogen? Ihn übertölpelt? Ich weiß es nicht. Aber mein Vater wollte dann ohnehin nichts mit mir zu tun haben. Er hat mich über Bord geworfen, mich auf den Müll geschmissen. Es ist ein grauenhaftes Gefühl, so zurückgewiesen zu werden. Ich war ein kleiner Junge. Ein kleiner Junge, den seine Mutter später für all ihre Probleme verantwortlich machte. Gelegentlich frage ich mich, ob mein Abscheu vor meinem Vater auf sie zurückzuführen ist oder auf mich selbst. Weißt du, sie war sehr geschickt, wenn es darum ging, meinen Geist zu vergiften.

Und so bin ich gefangen in einem Strudel aus Bitterkeit und Feindseligkeit, einem rasch sich drehenden Wirbel aus reißendem Wasser. Und er zieht mich in die Tiefe.

Ich höre eine Stimme in der Ferne.

Mein Bruder.

Ein Flüstern, gefolgt von einem lauten Ruf.

Manchmal sehe ich mich selbst in einem bis ins Unendliche gespiegelten Raum, ich beobachte die zurückweichenden Bilder meines Selbst, die immer kleiner werden, immer ferner, ich starre einen dunklen Korridor entlang ins Nichts, bis ich nicht mehr bin als ein winziger schwarzer Klecks. Verloren. Unbedeutend. Gepeinigt. Ich kriege keine Luft mehr.

Aber jetzt krieche ich aus diesem Korridor. Und das Licht am anderen Ende des Tunnels ist meine Rettung. Die Rache ist meine Rettung.

»*Buka matamu!*«, befiehlt mein Bruder. »Mach die Augen auf!« Seine Hand umklammert wieder ihre Kehle.

Oje.

Sieht aus, als hätte unsere Freundin die Kontrolle über ihre Blase verloren.

Tsss, tsss, tsss, Fatima! Was für ein garstiger Geruch.

Unsere liebe Fatima arbeitet mit Wohlgerüchen, daher duftet ihre Haut normalerweise nach Jasmin und Ylang Ylang und Wacholder.

Jetzt nicht mehr.

Freitag, 23:19 Uhr

Es wird immer rätselhafter. Aus Gründen, die mein Begriffsvermögen übersteigen, hat er angefangen, von Fischer-Analogien zu reden.

Gestern hat er mir erklärt, er würde mit dem Netz fischen. Hinweise auslegen wie Köder. Mit der beschwerten Angelschnur zwischen den Fingern spielen, um zu sehen, wie viel die Polizei wirklich weiß.

Heute sagt er, er wirft gemahlenen Fischköder aus. Das tun Haifischer, wenn sie draußen sind, um die großen Räuber zu fangen. Sie werfen die gemahlenen Eingeweide und Gräten der Köderfische über Bord und legen einen Teppich aus Fischköder auf dem Wasser. Das zieht die Haie aus einem Umkreis von mehreren Kilometern an. Die Fischer werfen den Köder aus und sehen zu, wie das Meer zu brodeln und zu schäumen beginnt.

Die Presse, sagt er, die Presse, die Öffentlichkeit und die Polizei werden außer Rand und Band sein.

Während er das sagt, knöpft er seine Uniform zu. Ja, er zieht oft seine Uniform an, wenn er zur Arbeit geht. Sie hat leuchtende Stickereien an den Ärmeln. An seinem Rockaufschlag ist eine Nadel und anderer *kecil* Kleinkram, den man anheften kann. Hin und wieder, zu besonderen Gelegenheiten, wird er gebeten, seine Festtagsuniform anzulegen und die Schirmmütze mit dem Goldstreifen aufzusetzen. Es ist eine optische Illusion, die das Auge nicht zu durchschauen vermag.

Bisher hat es geklappt mit der Verkleidung.

ZWEIUNDZWANZIG

Der grüne Button tauchte neben dem Bild von Mathias Sneijder auf, zusammen mit den Worten »Videoanruf« und einem kleinen Kamera-Icon. Imke hörte den vertrauten Skype-Wählton. Ihr Vater nahm den Anruf an, und sein Gesicht erschien auf dem Bildschirm. Sie sah sein besorgtes Stirnrunzeln; er wirkte alt und verbraucht, genau wie das schmuddelige Holzfällerhemd, das er anhatte.

In Amsterdam war es Abend. Mathias Sneijder saß mit dem Rücken zum Küchenfenster. Die tief stehende Sonne hinter ihm erweckte den Eindruck, als würde sein Kopf in Flammen stehen.

Eine Weile saß Imke nur wie betäubt vor dem Laptop. Ihre Körperhaltung sprach Bände. Er sah sofort, dass sie Bescheid wusste.

»Du musst etwa zwei Jahre alt gewesen sein, als die Sache anfing«, sagte er. »Und es ging eine ganze Weile.«

»Wie lange?«

Die Falten um seine Augen vertieften sich. Mit schrecklicher Klarheit kamen ihm die Bilder wieder ins Gedächtnis.

»Ich habe versucht, die Beziehung zu beenden, nachdem das Baby geboren war. Sie kam mit dem Kind zu mir, sie hatte es in Decken gewickelt und eine Tasche voller

Pampers dabei. Ich stand unter Schock. Ich konnte nicht einfach Schluss machen. Sie sagte, ihr Vater hätte sie verprügelt, weil sie schwanger geworden war. Ich konnte sie nicht einfach so sitzenlassen. Stattdessen habe ich ihr Geld gegeben und ihr gesagt, dass sich nichts ändern würde.«

»Wie lange warst du mit ihr zusammen, Papa?«

»Fast zehn Jahre.« Sein Blick war unruhig; er sah immer wieder weg. »Als ich schließlich gesagt habe, dass ich sie nicht mehr treffen könnte, hat der ganze Ärger angefangen.«

Er schwieg einen Moment.

Während er mit monotoner Stimme weitersprach, fühlte Imke, wie ihre Enttäuschung wuchs. Seine Worte bestätigten all ihre Befürchtungen.

Imke zog den Gürtel ihres Morgenmantels straff und sagte: »Zehn Jahre. Du hattest zehn Jahre eine Affäre.«

»Ich bin nicht stolz darauf.«

»Arme Mama. Wo ist sie?«

»Oben. Sie guckt *The Voice of Holland.*«

»Da regt sie sich doch immer so auf. Ich weiß gar nicht, warum sie sich das immer wieder anschaut.«

Er zuckte die Schultern. »Es sind die Blind Auditions, die gefallen ihr. Ich persönlich mag ja *American Idol* lieber.«

Imke blickte auf ihre Hände. Zehn Jahre. Zehn verfluchte Jahre! »Weißt du, was so wehtut? Du bist nach Hause gekommen und hast mir von deinem Tag erzählt und mich zum Lachen gebracht. Du hast mir Geschichten über deinen Kollegen erzählt, der kein R aussprechen konnte, und welches indonesische Mittagsmenü du am

Lebaran Feiertag gegessen hattest. Du hast von den ganzen seltsamen Dingen geredet, die du auf dem Weg in der Stadt gesehen hast. War irgendetwas davon wahr? Oder hast du mir einfach nur irgendwas erzählt und bist stattdessen bei dieser Frau gewesen?« Imke schlug die Hände vors Gesicht. »Warum hast du das getan? Warum hast du mich angelogen?«

»Ich habe einen Fehler gemacht.«

»Die ganzen Jahre hast du die Wahrheit vor mir geheim gehalten.«

»Es tut mir wirklich leid, Imke. Wenn du jetzt bei mir wärst, würde ich dich in den Arm nehmen.«

»Ich will nicht, dass du mich in den Arm nimmst.«

Ein langes Schweigen folgte. Mathias Sneijder saß da, unter Imkes analytischem Blick, und war sich der Tatsache sehr bewusst, dass sich das Gespräch langsam in ein Verhör verwandelte. Er hoffte zu Gott, es würde nicht zu einem Gerichtsverfahren werden.

»Du hast einen Sonnenbrand«, sagte sie schließlich.

»Es war heiß gestern. Ich war im Garten und hab mich um die Rosen gekümmert.«

»Die Haut wird sich schälen.«

»Vielleicht nur die Nasenspitze.«

»Als ich klein war, hast du immer so gut gerochen, wenn du von der Arbeit nach Hause gekommen bist. Ich hab dich dann immer ganz fest umarmt. Du hast nach Paco Rabanne gerochen, ich weiß es noch genau. Aber jetzt sehe ich das alles in einem anderen Licht. Es war, weil du bei ihr gewesen bist, oder? Auf der Heimfahrt vom Büro«, sagte sie mit rauer Stimme. »Für sie wolltest du gut riechen.«

»Ich habe diese Schuld so lange mit mir herumgetragen. Ich hätte es dir viel früher erzählen sollen.«

»Weiß Mama davon?«

Imke kannte die Antwort bereits. Sie hatte die Worte ihrer Tante noch im Ohr: »Dein Vater hat seinen Job nicht wegen der Finanzkrise verloren; und auch nicht, weil die Firma ihre Expats aus Indonesien abgezogen hat. Er wurde wegen eines Skandals entlassen, der sich aus einer Unbesonnenheit heraus entwickelt hat. Deine Mutter wusste natürlich Bescheid. Aber sie hat weggeschaut. Frauen können das manchmal ziemlich gut – die Fehltritte ihres Ehemannes ignorieren und so tun, als wäre alles in Ordnung. Deine Mutter ist ein sehr loyaler Mensch.«

Eine Pause. »Ja, sie weiß es. Willst du mit ihr reden?«

»Nein«, rief sie hastig, denn sie glaubte, er wollte sich aus der Sache herauswinden. »Es geht jetzt nur um uns beide. Wie hat Mama es herausgefunden?«

»Ich habe es ihr erzählt. Nicht sofort, und auch nicht die ganze Geschichte. Das habe ich erst getan, nachdem wir Jakarta verlassen hatten.«

Imke wischte eine Träne der Wut ab. »Du hast es ihr erzählt, weil sie sowieso schon Verdacht geschöpft hatte.«

»Zum Teil ja. Und zum Teil, weil ich hoffte, sie würde es verstehen und mir verzeihen. Und weil ich mich so allein gefühlt habe, so isoliert, weil ich nicht mit ihr darüber hatte reden können.«

»Du hast dich allein gefühlt, weil du deine Affäre nicht mit deiner Frau besprechen konntest? Tut mir leid, aber das ist kompletter Schwachsinn«, sagte Imke ungläubig.

»So hab ich das nicht gemeint.«

»Du bist krank.« Sie wollte eine Reaktion provozieren, damit sie eine Rechtfertigung für den rasenden Zorn hatte, der in ihren Adern pulsierte.

Ihr Vater schien resigniert.

»Es tut mir leid, Imke.« Er hatte den Blick gesenkt.

Imke schluckte und riss ihren Blick vom Bildschirm los. Sie betrachtete Kiki, die bei der Türe schlief und deren Pfoten im Traum zuckten.

»Warum hast du es getan? Warst du einsam, war das der Grund? Hattest du deshalb eine Affäre?«

»Es hat mir geholfen, das Loch in meinem Ego zu füllen. Es war falsch, das wusste ich damals schon.«

Imke streckte wütend das Kinn vor. Kurz fragte sie sich, ob es albern von ihr war, wegen einer Sache, die vor so vielen Jahren passiert war, derart wütend zu sein. Nein, dachte sie, es war nicht albern. Sie fühlte sich betrogen. Bedächtig wählte sie ihre nächsten Worte.

»Hast du nie daran gedacht, dass ich es herausfinden könnte?« Sie beugte sich vor. »Hast du dich nie gefragt, was das für mich bedeuten würde? Für uns?«

»Natürlich hab ich das.«

»Und trotzdem hast du zehn Jahre weitergemacht!«

»Ich habe zu spät erkannt, was für ein Esel ich war.«

»Und dann hast du dich von dieser Frau getrennt und deine Vergangenheit abgestreift wie eine Schlange, die sich häutet. Du hast sie im Stich gelassen, und du hast das Kind im Stich gelassen, das sie dir geboren hat. Du hast dein eigenes Kind zurückgewiesen. Hast sie beide einfach fallenlassen, um deine Karriere zu retten.«

»Und um meine Ehe zu retten.«

»Deine Ehe«, sagte sie ungläubig. »Und was ist aus

dem Jungen geworden? Ist er bei seiner Mutter geblieben? Oder hat sie ihn weggegeben?«

»Zunächst ist er bei seiner Mutter geblieben. Ich habe ihr in den ersten Jahren Geld für seinen Unterhalt geschickt. Später fand ich heraus, dass er von einem Familienmitglied zum nächsten weitergereicht wurde. Ich habe ihn zuletzt gesehen, als er sechs oder sieben Jahre alt war, ein schüchterner kleiner Junge. Was später aus ihm geworden ist, weiß ich nicht.«

»Hast du nicht versucht, ihn zu treffen?«

»Doch, das habe ich, aber seine Mutter hat das nicht unterstützt. Die letzten paar Male, als ich ihn gesehen habe, hatte er Blutergüsse an Armen und Beinen. Ich habe sie zur Rede gestellt, aber sie hat alles geleugnet und es auf irgendwelche Jungs aus der Nachbarschaft geschoben. Ich habe mich an die Fürsorge gewandt, aber wir reden hier von Jakarta in den späten Neunzigerjahren, und, nun ja, in Indonesien geht es eben anders zu, andere Gesetze, andere Regeln, andere Sitten. Den Kinderschutzbund gab es damals noch nicht mal.«

»Ich habe einen Bruder, und du hast es mir nie erzählt.« Ihre Stimme zitterte. »Du wolltest mit deinem eigenen Sohn nichts mehr zu tun haben.« Und wenn du zwischen uns beiden hättest wählen müssen, hättest du mir vielleicht das Gleiche angetan, dachte sie.

»Ja.«

Es kostete Imke ihre gesamte Selbstbeherrschung, nicht auf den Bildschirm einzuschlagen.

»Ich kann einfach nicht glauben, dass du zu so etwas imstande warst.«

Sie hörte, wie er tief Luft holte. Und dann, als hätte sie

schlagartig alle Kraft verlassen, legte sie ihre Hand mit steifen Bewegungen auf die Maus. Er wollte noch etwas sagen, aber sie klickte auf den roten Button und beendete den Anruf.

Ein Teil von ihr wollte mehr erfahren. Der andere Teil wollte die verworrenen, schrecklichen Neuigkeiten unter einen Teppich kehren und nie wieder darüber reden.

Ein Messerschnitt auf der Handfläche, sagt man, tut mehr weh, als man sich vorstellen kann. Nach einiger Zeit bleibt nur eine Narbe zurück. Sie wird zu einem Teil deiner Schicksalslinie oder deiner Herzlinie, ein wulstiger weißer Streifen zwischen Mondberg und Mars. Vielleicht wird dieses Narbengewebe den Lauf deines Schicksals verändern oder deinen Gemütszustand beeinflussen.

Es gibt keinen sicheren Weg, das herauszufinden. Selbst die besten Handleser der Welt wissen es nicht.

Doch Imke wusste eines mit unumstößlicher Gewissheit: Ein Mensch konnte versuchen, seine negativen Gefühle und Selbstzweifel zu ignorieren. Aber es war unmöglich, den Schmerz zu ignorieren, den einem der eigene Vater zugefügt hatte.

Es war eine Enttäuschung, wie sie nur ein Kind fühlt, das im Stich gelassen wird.

Später schrieb Mathias ihr eine E-Mail.

Seit du nach Indonesien aufgebrochen bist, empfinde ich die schlimmste Selbstverachtung. Ich war die ganze Nacht wach und saß vor dem Computer, aber ich bin unsicher, was ich dir schreiben soll. Ich möchte dir so vieles erzählen und mich für so vieles entschuldigen.

Imke las seine lange Mail. Die folgenden Absätze machten sie wirklich stinkwütend:

Jeden Montag und Mittwoch nach der Arbeit bin ich mit ein paar Männern vom Golfclub ausgegangen, immer in die großen, bekannten Nachtclubs, ins Tanamur oder JJ's – zwielichtig, verraucht und laut. Wir haben getrunken und uns amüsiert. Den Mädchen dort habe ich Drinks spendiert; sie haben mir nichts bedeutet. Aber dann habe ich sie getroffen, und das hat mein Leben verändert.
Sie hat mich in ihren Bann gezogen. Es muss schwer für dich sein, das zu lesen, und doch will ich versuchen, es dir zu erklären. Was deine Mutter betrifft: Nach deiner Geburt haben sich die Dinge zwischen uns verändert. Sie mied jede Intimität, angeblich lag es an den Hormonen. Nach einer Weile waren wir wie zwei Fremde, die im selben Haus wohnen, ansonsten aber kaum etwas miteinander zu tun haben. Erst in dem Sommer, den wir in den Niederlanden verbrachten, schafften wir es, unsere Ehe zu retten. Erinnerst du dich an Zeeland, an unseren Ausflug in den Reptilienzoo und den riesigen Hotdog, den wir uns geteilt haben?

Imke war völlig erschlagen. Der Anrufton ihres Skype ertönte, und es dauerte eine Weile, ehe sie sich wieder so weit im Griff hatte, dass sie antworten konnte. Sie klickte auf den grünen Button, und das Gesicht ihres Vaters tauchte auf. Er erzählte ihr die ganze Geschichte, und das dauerte eine Weile.

Sie hätte ihn am liebsten angebrüllt, und gleichzeitig

wollte sie sich zusammenrollen und sich eine Decke über den Kopf ziehen.

»Wie kannst du einfach so dasitzen und mir das erzählen? Ich kann noch immer nicht fassen, was du da getan hast. Du hast mich betrogen, und du hast Mama betrogen.«

»Ich weiß.«

Imke fühlte, dass ihr der Mund offen stehen blieb. Sie setzte sich aufrecht hin und beschloss, dass sie sich der Sache stellen musste.

Sie starrte ihren Vater auf dem Bildschirm an. Sie war immer stolz darauf gewesen, dass sie einander so ähnlich sahen, aber jetzt war sie es nicht mehr. »Wie kannst du nachts nur schlafen?«

»Ich trinke nach acht keinen Kaffee mehr«, witzelte er in dem Versuch, die Spannung zu mildern.

Sie schnitt ihm das Wort ab. »Das ist nicht der richtige Moment für Späße.«

Er errötete. Imkes Blick fiel auf die Reihe von Zierkrügen auf dem Regal hinter ihr. Auf einem stand »Batik'n Beans. Indonesia«. Sie hatte ihm den Krug zum vierzigsten Geburtstag geschenkt, und jetzt hätte sie ihn am liebsten zurückgefordert; aber das wäre eine ziemlich lächerliche Vergeltungsmaßnahme gewesen.

»Es fällt mir schwer, mit dir darüber zu reden«, gestand er.

»Ich will wissen, wer dein Sohn ist. Das Kind, das du im Stich gelassen hast.«

Als Mathias Sneijder nun sprach, war sein Ton eindringlich und aufrichtig: »Das kann ich dir nicht sagen. Unmöglich; ich kann es nicht.«

»Kannst du nicht oder willst du nicht?«

Er schwieg.

»Ich will seinen Namen wissen!« Ihre Worte schienen von den Wänden widerzuhallen.

»Es tut mir leid, Imke.« Seine bedrückte Antwort hing einen Augenblick in der Luft. »Ihr Name war Eny. Mehr weiß ich nicht. Das Kind wurde im Gandaria Krankenhaus geboren, Anfang Dezember. Daran erinnere ich mich, weil das Büro Vorbereitungen für den Geburtstag des Propheten Mohammed getroffen hat. Und sie nannte ihn einfach nur ›den Jungen‹. Keinen Namen.«

Erst wenn man erkennt, dass man von einem anderen Menschen getäuscht worden ist, bemerkt man seine verschlagenen Blicke, den Ausdruck seines Unbehagens, seine hohlen Gesten. Imke betrachtete den Mund ihres Vaters und konnte das leichte Zittern seiner Unterlippe erkennen. Seltsam, dachte sie, wie seine Hand immer zum Gesicht wandert, wenn er lügt. Das habe ich vorher noch nie bemerkt. Vielleicht hatte Ruud Recht gehabt: Es ist schwer, überhaupt jemandem zu vertrauen. Du redest mit einer Person und entdeckst kleine Ungereimtheiten.

»Eine Adresse, Papa. Ich will die Adresse.«

Er berührte seine Wange und blinzelte. »Ich weiß nicht mehr, wo sie gewohnt haben.«

»Ich werde es herausfinden. Ich werde zum Erkennungsdienst gehen und zum Meldeamt.«

»Das solltest du lieber lassen.«

»Er ist mein Halbbruder. Ich habe ein Recht darauf, seinen Namen zu erfahren.«

Seine Miene verdüsterte sich. »Imke, du begreifst

nicht, mit wem du es zu tun hast. Sie hat gedroht, mich im Schlaf erdrosseln zu lassen. Und meine Familie auch.«

»Oh, dann ist sie jetzt eine verhängnisvolle Affäre, was?«

»Sie ist durchgedreht. Sie hat geschworen, sie würde jemanden anheuern, der uns tötet. Das kostet in Indonesien nicht viel. Eines Morgens ist sie mit einem Eimer roter Farbe zu mir ins Büro gekommen, hat die Farbe im ganzen Büro verschmiert und herumgebrüllt. Das Mädchen am Empfang wollte sie aufhalten, aber sie hat sie getreten und geschlagen. Die Sicherheitsleute haben sie vor die Tür gesetzt, dann ist die Polizei gekommen, und sie hat einen der Beamten gebissen. Die Geschichte ging damals durch die Zeitungen. Diese Frau ist gefährlich, Imke. Was immer du tust, du darfst keinen Kontakt zu ihr aufnehmen.«

Imke lehnte sich in ihrem Stuhl zurück und verschränkte die Arme. In der dunklen Nacht, umgeben vom Quaken der Kröten um den Bungalow, dachte Imke an ihre Mutter, die so tief verletzt worden war und dieses Geheimnis die ganzen Jahre mit sich herumgetragen hatte. Plötzlich sah sie ihre Mutter vor sich, wie sie gezwungen war, die Wahrheit zu verdrehen, um den Klatsch abzuwehren. Die Frauen im Country Club hatten wahrscheinlich schon wie die Aasgeier darauf gelauert, saftigen Klatsch verbreiten zu können. Es musste ungeheuer verletzend und erniedrigend für ihre Mutter gewesen sein. Kein Wunder, dass sie immer mit so gepresster Stimme von ihren letzten Tagen in Indonesien erzählt hatte.

»Was hat die Drohungen denn provoziert?«

Als er zögerte, wiederholte sie ihre Frage.

»Ich habe mich geweigert, deine Mutter zu verlassen. Seit damals hatten deine Mutter und ich gute und auch mal miese Zeiten, aber wir sind immer noch zusammen.«

»Warum hat sie sich nicht scheiden lassen?«

»Aus einer leidenschaftlichen Loyalität heraus.« Sein Blick wurde weicher. »Dir gegenüber. Sie wollte dir nicht wehtun, nur um mich zu bestrafen.«

Ein tiefer, intensiver Schmerz.

Vielleicht hatte ihre Mutter ja auch nur Angst gehabt wegzugehen, Angst vor der Veränderung gehabt, davor, sich einem Leben nach der Ehe zu stellen, nachdem ihre besten Jahre vorbei waren …

Imke zog den Gürtel ihres pinkfarbenen Morgenmantels enger. Zu ihrer eigenen Überraschung fühlte sie einen Anflug von Bedauern, dass ihre Mutter ihn nicht verlassen hatte. Aber ihr war klar, dass das nur der Zorn war, der noch in ihr kochte.

»Bitte hass mich nicht«, flüsterte er.

»Ich hasse dich nicht. Ich mag dich im Moment zwar nicht besonders gern, aber ich hasse dich nicht«, sagte sie schließlich. Sie betrachtete sein Gesicht noch einmal genau, dann seufzte sie tief auf. Wie konnte sie ihn denn hassen? Er war schließlich ihr Vater und sie seine Tochter. Sie waren untrennbar miteinander verbunden. Aber diese Geschichte hatte er komplett versaut. Er verdiente kein Pardon. Imke dachte an einen Nachmittag vor vielen Jahren; sie war fünf Jahre alt gewesen, im Park auf einen hohen Baum geklettert und hatte viel zu spät bemerkt, wie hoch oben sie war. Jetzt hockte sie da auf ihrem Ast, die kleinen Finger ums Holz geklammert. Der Boden war tief unter ihr, und sie hatte schreckliche Angst, weinte und schrie. Schon hatte sich eine kleine Menschenmenge am Fuß des Baumes versammelt. Pini kam angerannt, und ihre Mutter lief herbei. Aber je mehr sie riefen, umso mehr Angst bekam Imke. Der einzige Mensch, dem sie zutraute, dass er ihr helfen könnte, war ihr Vater. Und er kam mit einer Bambusleiter, stieg bis auf die oberste Sprosse, griff hinüber und nahm sie in die Arme. Er sah ihr fest in die Augen und erklärte ihr, dass sie jetzt in Sicherheit wäre und dass er ihr immer helfen würde. Dann stieg er mit ihr die Leiter hinunter, Wange an Wange, und setzte seine Tochter behutsam am Boden ab.

Die Stimme ihres Vaters unterbrach ihre Gedanken.

Er hatte ihr eine Frage gestellt. Imke blinzelte, als würde sie aus einer Trance erwachen. Ihr Vater hatte sie gefragt, ob es ihr gut gehe. Sie lächelten sich traurig an. Nein, sie hasste ihn nicht. Aber das Vertrauen, das sie immer in ihn gesetzt hatte, war verloren. Sie fühlte sich nicht mehr sicher. Jetzt hatte sie niemand mehr, der ihr half.

DREIUNDZWANZIG

Reglos verharrte er, verborgen im Schatten. Die Augen erfassten die Bewegungen um ihn herum, wie ein Schakal in der Nacht.

Von der schmalen Gasse aus beobachtete er das Fenster über sich eine Weile. Als alles ruhig blieb, näherte sich der Mann mit der Bifokalbrille dem hoch aufragenden Gebäude und stieg die Treppen in den dritten Stock hinauf. Der Wachmann schlief, niemand sonst war in der Nähe.

Die beiden noch verbleibenden Frauen auf der Liste lebten an unterschiedlichen Enden der Stadt. Eine lebte angeblich mit ihrem Sohn zusammen, diese hier lebte allein. Er ging zur Tür und klopfte.

Wartete. Klopfte erneut, etwas lauter, aber nicht zu laut, um die Nachbarn nicht zu wecken. Nichts rührte sich. Das Licht im Korridor ging nicht an.

Also war niemand zu Hause. Er kehrte um und ging die Treppen wieder hinunter, den ganzen Weg um das Gebäude herum und nahm diesmal die Hintertreppe in den dritten Stock.

Die Straßenlaternen und die beleuchteten Fenster der Nachbargebäude sorgten dafür, dass die Nacht nicht vollständig dunkel war.

Er ging den Außengang entlang und fand die Tür, nach

der er gesucht hatte. Das Licht im Gang blieb aus. Er fuhr sich mit der Hand durch den Bart, dann machte er sich bereit und klemmte eine dünne Stabtaschenlampe zwischen die Zähne.

Der Mann beugte sich vor und begann methodisch zu arbeiten, hielt den Lichtstrahl der Taschenlampe ruhig, rückte seine Brille zurecht und konzentrierte sich auf die Schlösser. Sein Sehvermögen schien immer weiter nachzulassen. Es gab zwei Schlösser an der Tür. Er schätzte, dass in jedem Schloss sechs Stifte waren. Kurz warf er mit angespannter Miene einen Blick über die Schulter.

Beim Geräusch eines sich nähernden Motors schrak er zusammen. Ein Auto fuhr vorbei, ein Polizeiwagen. Er kauerte sich zusammen. Der Strahl der Scheinwerfer erleuchtete die Straße hinter ihm. Dann bog er links ab und verschwand.

Er massierte sich mit den Spitzen seiner behandschuhten Finger die Schläfen. Schweiß kribbelte auf der Haut unter seinem Hemd.

Mithilfe zweier kleiner Werkzeuge machte er sich an die Arbeit. Als Erstes führte er den Spanner ins Schlüsselloch ein. Das flache Metallstück, dessen vorderes Ende in einem rechten Winkel gebogen war, drang in den Schlüsselkanal ein. Er übte leichten, aber konstanten Druck aus. Als Nächstes führte er den Haken ein. Er war dünn, etwa dreizehn Zentimeter lang, und seine Spitze war leicht gebogen. Er schob ihn oberhalb des Spanners in den Schlüsselkanal.

Schweiß tropfte ihm von der Nase.

Er bearbeitete die Stifte und drückte einen nach dem anderen hinunter. Sekunden später gab der Gehäusestift nach, gefolgt vom Kernstift. Das Schloss öffnete sich mit einem Klicken. Auf die gleiche Weise verfuhr er mit dem anderen Schloss.

Ein kleiner Stoß, und die Tür öffnete sich.

In halb gebückter Haltung betrat er die Wohnung, und das Licht der Stablampe glitt in die Ecken jedes Raumes, fuhr durch jeden Winkel, jedes Versteck. Wie er vermutet hatte: niemand zu Hause. Alles war unberührt, sauber und ordentlich.

Im Schlafzimmer durchsuchte er die Kommodenschubladen und Handtaschen und fand zerknüllte blaue 50.000er-Scheine und im Innenfach einer Hermes-Imitation ein zartes Goldarmband ohne Gravur. Er würde es verpfänden. Unter der Matratze fand er einen Umschlag, prallvoll mit Geldscheinen. Er zählte sie kurz – etwa sechs Millionen Rupiah in großen und kleinen Scheinen. Rasch stopfte er den Umschlag in seine Gesäßtasche.

Zufrieden machte er sich bereit zu gehen. Doch dann glitt die Stablampe über ein Bücherregal, und sein Blick blieb an einem Fotoalbum mit einem Einband aus Kunstleder hängen.

Er blätterte durch die festen schwarzen Seiten. Sie waren alle da drin: Mari Agnes Liem, Shireen Zee, Supaphorn Boonsing …

Und dann stieß er auf etwas Unerwartetes.

Er hielt die Lampe dichter an das Fotoalbum. Der Lichtstrahl erhellte das Gesicht auf der Seite. Es gab keinen Zweifel, wer das war.

Die Familienähnlichkeit war frappierend.

VIERUNDZWANZIG

Das Persahabatan-Kreiskrankenhaus. Der Geruch von Reinigungsalkohol und Desinfektionsmitteln hing in der Luft. Ruud hasste Krankenhäuser, und an Ärzten lag ihm auch nicht viel.

Er betrat die Station und suchte nach Bett Nummer vierunddreißig. Dort steckte er den Kopf durch den weißen Vorhang, und Aiboy Ali hob eine Augenbraue zum Gruß. Ruud zog den Vorhang wieder hinter sich zu.

»Hey, Kumpel!«

»Hallo«, murmelte Aiboy Ali. Er bekam Sauerstoff durch eine Nasensonde, seine Stimme klang heiser, sein Gesicht war verschwollen. »Wie sehe ich aus?«

Ruud lächelte. »Du siehst klasse aus. Ich hab dir was zu lesen mitgebracht.« Ruud legte die Juniausgabe von *Trax*, einem Musikmagazin, auf die Bettdecke.

»Was ist mit Soeprapto? Ist er entkommen?«

»Ich fürchte ja. Das war vielleicht ein Höllenritt. Wie geht es dir?«

»Die Kugel hat die Oberschenkelarterie um Haaresbreite verfehlt. Ich hätte verbluten können. Aber es war ein sauberer Durchschuss, der auch am Knochen vorbei ist. Tut trotzdem höllisch weh.« In einem kleinen Körbchen beim Bett lagen seine schwarzen Bikerarmbänder auf dem säuberlich gefalteten Burgerkill-T-Shirt; nur die blutige Hose war nirgends zu sehen. »Und du? Dein Gesicht sieht zerschrammt und ziemlich beschissen aus.«

»Das hier musste mit sechzehn Stichen genäht werden.« Ruud hob den linken Arm. »Und neun Stiche am anderen Arm. Am Hintern hab ich einen Bluterguss von der Größe Balis, dank Werry Hartono. Er hat mich mit dem Außenspiegel erwischt.« Es tat immer noch höllisch weh, bei jedem Schritt jagte ein stechender Schmerz durch seine Lendenwirbelsäule. In der Notaufnahme hatte er sich umgezogen und war in ein frisches Hemd geschlüpft. Duschen durfte er nicht, ehe nicht die Nähte getrocknet waren.

Eine Schwester schob sich durch den Vorhang. Sie schob die Infusionsnadel an Aiboy Alis Handrücken zurecht und entfernte die Klemme des Oximeters von seinem Finger.

»Willst du die Fußballergebnisse von letzter Nacht hören?«, fragte Ruud, um ihn aufzumuntern.

Aiboy Ali hob den Kopf ein wenig und stöhnte. Er trug ein grünes Krankenhaushemd, und sein Hals war noch wund vom Schlauch der künstlichen Beatmung.

»Drei zu eins für Brasilien.«

Die Andeutung eines Lächelns.

Die Schwester befestigte die Blutdruckmanschette an Aiboy Alis Oberarm, tastete nach seinem Puls und presste das Stethoskop dagegen.

»Vidi und ich sind zu Kentucky Fried Chicken gegangen und haben einen Big Bucket geholt. Wir haben dir die Chicken Wings aufgehoben«, sagte Ruud, und seine Stimme klang falsch und bemüht.

Aiboy Ali sah wenig beeindruckt aus.

Die Schwester begann die Manschette aufzupumpen.

»Wie wär's damit?«, beharrte Ruud und schwenkte die Box. »Mit ein bisschen Junk-Food wird's dir sicher gleich besser gehen.«

Aiboy Ali winkte ab, um ihn zum Schweigen zu bringen. Ruud wusste, dass er zu viel redete. In all den Jahren, die er bei seiner Einheit war, war nicht einer seiner Kollegen angeschossen worden. Man hatte auf sie geschossen, das schon, aber noch nie war jemand getroffen worden. Ruud wollte gerade sagen, dass dies ein historischer Moment war, doch in letzter Sekunde wurde ihm bewusst, wie absurd das klingen würde. Der Blutdruckmesser zischte, und die Schwester riss den Klettverschluss der Manschette mit einem lauten Ratschen auf. Ruud wartete, bis sie ihre Zahlen auf dem Klemmbrett eingetragen hatte und sich durch die Lücke im Vorhang hinausschob.

»Endlich Ruhe«, sagte Ruud und stellte das Fast Food auf dem Nachttisch ab.

Aiboy Ali machte ihm ein Zeichen.

Ruud beugte sich vor und lehnte sich über das Seitengitter des Betts. Aiboy Alis Stirn legte sich in Falten, seine Augen waren zusammengekniffen.

»Näher«, sagte er schroff.

Ruud beugte sich noch dichter zu seinem Kollegen, und Aiboy Ali packte Ruuds Handgelenke und umklammerte sie fest. »Ich will, dass du ihn findest, *Gajah.*« Er drückte so fest zu, als hätte er die Hände an einem Fahrradlenker. »Finde ihn und töte ihn.«

Er ließ los, seine Muskeln entspannten sich, und sein Kopf sank nach hinten.

Ruuds Mobiltelefon klingelte; es war der *Dokter foren-*

sik. Er zog sich wieder ans Fußende des Bettes zurück. »Ja?«

»Haben Sie einen Moment Zeit, Pujasumarta?«

»Natürlich, Solossa. Was gibt es?«

»Ich habe einen Kontakt zum FBI. Streng genommen, ist der Mann Attaché für Rechtsfragen bei der amerikanischen Botschaft. Manchmal tauschen wir Informationen aus, und er war mir gerade einen Gefallen schuldig.«

»Und, was haben Sie für uns?«

»Einen einzelnen Fingerabdruck.«

»Wie zum Teufel haben Sie das fertiggebracht?«

»Ich habe mir vom FBI erklären lassen, wie ich latente Fingerabdrücke von der Haut eines Opfers bekommen kann. Latente Fingerabdrücke entstehen durch den Schweiß- und Fettfilm auf der Oberfläche der Haut, und wenn diese Oberfläche vollkommen glatt ist, besteht die Chance, dass man den Abdruck ›heben‹ kann. Unser drittes Opfer hatte vollkommen unbehaarte Arme. Wir haben den Körper mit Poly-Licht abgesucht und einen partiellen Fingerabdruck auf der Innenseite ihres Unterarms gefunden, zwei Zentimeter vom rechten Ellbogen entfernt. Wir hatten großes Glück, dass der Arm auf ihrem Bauch lag, denn so war der Abdruck vor Schmutz und Regen geschützt. Die Feuchtigkeit hat auch geholfen, die Spuren des Fingerabdrucks zu initialisieren; dadurch wurde die chemische Analyse erleichtert.«

»Ich kann Ihnen nicht ganz folgen, Solossa.«

»Ich mach es kurz: Wir haben den Fingerabdruck mithilfe von Sekundenkleber sichtbar gemacht.«

»Klingt nach Zauberei.«

»Wir erhitzen den Sekundenkleber, sodass er verdampft und die Gase auf dem Fingerabdruck kondensieren.«

»Bei Ihnen hört sich das wunderbar einfach an.«

»Das ist es nicht, Erster *Inspektur,* das können Sie mir glauben.«

Der Patient im Bett nebenan furzte laut. »'tschuldigung«, kam es schwach von der anderen Seite des Vorhangs.

Ruud legte einen Zahn zu. »Bringen Sie den Abdruck ins Labor und lassen Sie überprüfen, ob er sich mit D. W. Soepraptos deckt.«

»Wird bereits erledigt. Sind Sie im Krankenhaus bei Aiboy Ali?«

»Ja.«

»Wie geht es ihm?«

Ruud sah hinüber zu seinem Kollegen, der gerade in einen knusprigen Chicken Wing biss.

»Er wird's überleben.« Ruud deckte Aiboy Ali die Füße zu. *Ein bisschen psychotisch, aber er wird's überleben.*

»Gut. Und wie geht's Ihnen? Konnten Sie ein wenig schlafen?«

»Ein bisschen.«

Ruud beendete den Anruf, steckte das Handy wieder ein und warf einen Blick auf seine Hände. Unter den Fingernägeln war getrocknetes Blut. Er versuchte, sie an seiner Hose sauber zu reiben. »Verdammt, das geht einfach nicht ab«, fluchte er. Er schnappte sich ein feuchtes Tuch vom Nachttisch und machte sich daran, sich die Hände zu säubern.

Die Stationsschwester kam mit ihrem Klemmbrett durch den Vorhang geschlüpft und eröffnete ihm, dass die Besuchszeit vorüber war. Ruud drückte seinem Freund vorsichtig die Hand und ging. Am Ende des Korridors stand Hamka Hamzah, ein Fotoalbum mit Kunstledereinband unter dem Arm. Er sah zerzaust aus, und seine Polizeiuniform war großzügig mit Asche seiner *kreteks* gesprenkelt.

»Wir haben die anderen Frauen auf Shireen Zees Foto identifiziert.« Er nannte Ruud die Namen. »Sie gehörten zu einer Gruppe, die sich die Bintang-Fünf nannten. Freischaffende Huren, die aufeinander aufgepasst haben; sie haben in den Clubs im Gambir-Bezirk gearbeitet, im Tanamur und im JJ's zum Beispiel.«

Ruud bat ihn, die Namen der anderen beiden Frauen zu wiederholen, doch sie sagten ihm nichts. »Gute Arbeit. Aber stecken Sie Ihr Hemd in die Hose, Hamzah! Sie sehen ja schrecklich aus.«

Der Polizist tat wie ihm geheißen.

»Was ist das?«, wollte Ruud wissen und deutete auf das Album.

»Das wurde heute Morgen anonym geschickt. Der Diensthabende hat es auf Fingerabdrücke überprüft, aber alles sauber gewischt. Sie sollten sich das ansehen. Wir sind uns sicher, dass es einer der Frauen aus dem Mah-Jongg-Kreis gehört. Sehr wahrscheinlich hat der *pelaku* es geschickt, um uns zu verhöhnen.«

»Wessen Album ist es denn?«

»Es gehört Fatima Iswandari. Ihr Name steht auf der Innenklappe; sie ist eine der fünf Frauen, die zweite von links auf Shireen Zees Foto. Es hat ein paar Stunden gedauert, aber wir haben einen Durchsuchungsbefehl bekommen und Beamte hinübergeschickt in ihre Wohnung, aber sie war leer. Sieht so aus, als wäre Frau Iswandari verschwunden.«

»Verschwunden«, echote Ruud.

»Jakarta ist eine große Stadt; sie verschluckt die Leute einfach.«

Ruud griff nach dem Album und blätterte es rasch durch. Es gab eine einzelne Aufnahme von Mari Agnes Liem und einige Gruppenfotos des Mah-Jongg-Kreises, alle aus den mittleren bis späten 1990er Jahren; das Datum war immer dazu notiert. Sonst erkannte er niemanden.

Bis er auf einmal …

»Was zur Hölle …?«

»Was ist los? Sagen Sie schon«, drängte Hamzah.

»Der Mann hier, den kenne ich.«

»Wer ist das?«

Ruud warf eine Energietablette ein und schob zwei extrastarke verschreibungspflichtige Schmerztabletten nach.

Der Mann auf dem Foto … Er erinnerte sich noch genau an das Gesicht und die Haare. Er konnte es nicht sein, und doch war er es.

Ruud zitterten die Hände. Das getrocknete Blut war immer noch unter seinen Fingernägeln.

Der Mann auf dem Foto war Imkes Vater.

Ruud eilte durch die Schwingtüren und nahm die Treppe zum Erdgeschoss. Auf der anderen Straßenseite, gegenüber vom Krankenhaus, beim Eingang zur Moschee mit den aufragenden Minaretten, erblickte er Witarsa. Er sah seltsam schuldbewusst aus, wie er dastand, umgeben von Schuhen und Sandalen der Betenden. Außerdem trug er eine Schildplatt-Sonnenbrille, die die Hängebacken in seinem zerknitterten Walter-Matthau-Gesicht noch betonte.

Ruud ließ eine elegante Frau auf einem pinkfarbenen Honda-Scooter passieren, dann überquerte er die Straße, begleitet von einem Hupkonzert. »Boss, geht's Ihnen gut? Sie benehmen sich, als hätte man Sie in der Apotheke erwischt, wie Sie gerade Kondome mit Minzgeschmack kaufen.«

»SEHR witzig, Pujasumarta. *Alhamdulilah!* Das ist vielleicht ein Bluterguss in Ihrem Gesicht!«

»Meinem Gesicht geht's gut. Was machen Sie hier?«, fragte Ruud. »Ich habe Sie nie für sonderlich religiös gehalten.«

»BIN AUF DER FLUCHT vor der Presse«, schnaubte sein Chef erkennbar verärgert. »Sie haben ihre Zelte direkt bei uns vor der Tür aufgeschlagen und hätten mich beinahe bei lebendigem Leib verschlungen.«

Witarsa sah elend aus. Er wirkte wie jemand, der gerade gedankenverloren die Straße überquert und vom wilden Hupen eines Autos zu Tode erschreckt worden war.

Soeben hatte er ein Telefongespräch mit seinen Vorgesetzten beendet; die Konferenzschaltung hatte exakt zwei sehr harsche Minuten lang gedauert. Die Oberen wollten den Fall schnell gelöst haben. Ramadan rückte näher, und sie bestanden darauf, dass die Akte noch vor Beginn des Fastenmonats geschlossen werden sollte. Die Mordserie hatte Jakarta eine Menge ungewollter nationaler und internationaler Medienaufmerksamkeit beschert, und das Einzige, was der Brigadegeneral nun wollte, war eine Lösung – und zwar schnell.

Witarsa hielt eine Ausgabe der *Jawa Post* hoch, eine der indonesischen Tageszeitungen. Der Tic an seinem linken Augenlid machte Überstunden. »HABEN SIE das gesehen?« Er kicherte leicht irre und humorlos.

Herrgott noch mal, Witarsa, dachte Ruud, machen Sie mir hier doch nicht einen auf Chefinspektor Dreyfus.

»Was gesehen?«

»Die Zeitungen.«

»Nein, tut mir leid, ich war zu sehr damit beschäftigt, mich wieder zusammenflicken zu lassen.«

Der Aufmacher nahm die gesamte Titelseite ein und verkündete: PEMBUNUH BERANTAI!

»Serienmörder!« Witarsa schwenkte die Zeitung. »WAS FÜR eine reißerische Schlagzeile.« Wütend rieb er sich über das Gesicht. »Nur zwei Wörter und das verfluchte Bild einer Machete darunter. Das ist die Art von Sensationsjournalismus, der zu irrationaler Panik führt.«

Die beiden Polizisten standen vor einem *bungkus*-Wagen. Ein Mann näherte sich auf einem Motorrad und wollte ihnen eine Schachtel Schmuggelzigaretten verkaufen. Ruud wandte ihm den Rücken zu. Als der Mann Ruud stattdessen ein Päckchen Kaugummi anbot, trat der Commissioner vor und schlug seine Hand weg, während er gleichzeitig seine Dienstmarke hervorzog.

Der Mann trat aufs Gas und verschwand.

»DIE PRESSE nennt ihn Mah-Jongg-Meister.«

»Nicht besonders originell«, stellte Ruud fest.

Leicht zerstreut, murmelte Witarsa, mehr zu sich selbst: »Die Presse, alles verfluchte Arschlöcher.« Dann riss er sich zusammen. »NUN?«, fragte er herausfordernd. »Was haben Sie mir Neues zu berichten?«

»Wir haben eine Fahndung nach D. W. Soeprapto eingeleitet und das ganze Viertel gewarnt.«

»Glauben Sie, dass er unser Mann ist?«

»Ich habe da meine Zweifel.«

»Ich auch.«

»Trotzdem bin ich zuversichtlich, dass wir ihn bis heute Abend fassen.«

»HEUTE ABEND! In Jakarta leben elf Millionen Menschen, und Sie glauben, Sie haben ihn bis heute Abend. Ich bewundere Ihren Optimismus. Hören Sie, ich habe Anweisung von oben bekommen. Wir ändern unsere Prioritäten und setzen mehr Leute auf den Fall an. Wenn Ihnen die Sache über den Kopf wächst, dann möchte ich das hier und jetzt wissen.«

»Ich habe alles im Griff.«

»DAS hoffe ich für Sie. Sonst noch was?«

»Wir kennen jetzt die Identität der beiden anderen Frauen auf dem Foto.«

»HABEN SIE sie über die Gefahr aufgeklärt, in der sie möglicherweise schweben?«

»Wir sind noch dabei, sie ausfindig zu machen.« Ruud zögerte. Seine Gedanken wanderten zu dem Fotoalbum und der Aufnahme von Mathias Sneijder. Was hatte er mit dieser Sache zu tun? War er in Gefahr? War Imke in Gefahr?

»Wenn Sie die Frauen finden, bringen Sie sie in die Zentrale.« Witarsa nahm die Sonnenbrille ab und musterte ihn. »Und Sie sollten sich rasieren.«

»Ach ja?«

»SIE HABEN in einer Stunde eine Verabredung mit Brigadegeneral Fahruddin.«

»Mist. Warum denn das?«

»WAS GLAUBEN Sie wohl?« Witarsa schlug einen versöhnlicheren Tonfall an. »Er will Sie in die Mangel nehmen. Seien Sie darauf gefasst, streiten Sie nicht mit ihm.«

»Ich streite mich nicht mit ihm. Vielleicht führen wir eine leidenschaftliche Diskussion, und ich werde ein bisschen vorlaut, aber mehr ganz bestimmt nicht. Wo soll ich ihn treffen?«

»In D. W. Soepraptos Apartment. Die Leute von der Spurensicherung kriechen dort herum.«

Bei Tageslicht wirkte das Mietshaus mit den niedrigen Decken und seiner Kastenform wie eine Festung und schien ganz dafür gemacht, seine Bewohner vor der Außenwelt zu beschützen.

Ruud parkte seinen Wagen und ging zu Fuß hinüber. Es wimmelte vor Polizisten; Uniformierte standen beisammen und verglichen ihre Aufzeichnungen.

Ruud ging noch einmal durch, was er dem Brigadegeneral sagen wollte. Es gab keine Möglichkeit, die Sache schönzureden; die Ermittlungen waren an einem kritischen Punkt angelangt. Sobald er die Treppe hinaufstieg, fühlte er sich unbehaglich, und das Gefühl wurde stärker, als er sich unter dem gelben *Garis Polisi*-Absperrband hindurchduckte. Witarsas Vorwarnung hatte ihn beunruhigt. Was er in D. W. Soepraptos Räumen vorfand, war allerdings noch viel beunruhigender.

Er hatte eine Wand erwartet, die gepflastert war mit Fotos von Frauen, von ehemaligen Opfern, einige im Todeskampf. Das Heiligtum eines Stalkers – Zeitungsausschnitte, Alben mit den Zeugnissen paranoider, obsessiver Ausschweifungen, Puppen mit abgerissenen Köpfen, Fässer mit Säure, in denen kürzlich abgehackte Hände lagerten, Leichen hinter falschen Ziegelwänden. Teufelsanbetung. Verborgene Schrecken. Stattdessen aber …

»Ein Crystal-Meth-Labor«, sagte Vidi und zupfte an seinem *Sunnah*-Bart. »Ist das zu fassen?«

Es roch nach faulen Eiern und Feuerzeugbenzin.

Das Apartment war übersät mit Messbechern, PYREX-Behältern, Kübeln, Gummiröhrchen, Heizplatten, Klemmen und Trichtern. Auf den Regalen standen Becher, fein säuberlich beschriftet mit den Begriffen Schwefelsäure, Organischer Schwefel, Trichloräthan und Ätznatron.

»Das passt einfach nicht zusammen«, sagte Ruud. »Unser Mann ist nicht im Drogengeschäft.«

»Woher willst du das wissen?«, fragte Vidi.

»Es passt nicht ins Profil.« Ruud beobachtete einen Spezialisten der Spurensicherung, der sich durch eine Unmenge von Starthilfespray, Thermometer, Aluminiumfolie und eine Substanz arbeitete, die wie Jodsalz aussah. Er sah zu, wie ein Beamter mit weißer Maske und Schutzbrille mithilfe eines Spatels weiße Kristalle von einer Heizplatte in einen Plastikbecher kratzte. Es dauerte ein Weilchen, da die Kristalle hart geworden waren. Ruud hielt sich die Hand vor die Nase. Allmählich wurde ihm übel – kein Wunder in einem stickigen Raum, der nach faulen Eiern stank, wo mehr als ein Dutzend Leute zugange und die Fenster geschlossen waren.

Er wandte sich um und stand Timur Djamin von der Brigade Mobil 27 gegenüber.

»Was machen Sie denn hier, Oberstlieutenant?«, fragte Ruud.

Timur Djamin nahm seine Schirmmütze ab und klemmte sie unter den Arm. Er nippte an einer Tasse Tee und saugte dann an dem Stück Würfelzucker, das er sich zwischen die Schneidezähne geklemmt hatte.

»Wir haben einen Hinweis bekommen. Ich habe vorhin einen Anruf erhalten; man sagte mir, es wurden Sturmhauben, einige Handfeuerwaffen und Overalls der Umzugsfirma Seven Continents Movers gefunden. Scheint so, als würden diese Typen nicht nur Drogen herstellen, sondern wären auch in den Raubüberfall auf die Post verwickelt gewesen. Ich schätze, es sind die Waffen, die bei dem Raubüberfall eingesetzt worden sind, der ballistische Bericht wird das wahrscheinlich bestätigen.« Er saugte an seinem Würfelzucker.

»Na, so ein Glück für Sie.«

»Sie haben Recht, Erster *Inspektur,* Glück für mich. Sieht aus, als wären Sie im richtigen Moment über den falschen Verbrecher gestolpert.«

Ein uniformierter Polizist kam hereinmarschiert und stampfte kräftig auf. »*Hormat gerak!* Brigadegeneral anwesend!« Alles stand stramm.

Der Brigadegeneral der Polizei, Fahruddin, kam in seiner Uniform hereinstolziert. Er war Mitte sechzig und eine einschüchternde Gestalt. Schrittweise hatte er seine Karriere vorangebracht, indem er manipuliert und die Trümmer politischer Reformen umschifft und außerdem den Schwergewichten bei bürointernen Gefechten Rückhalt gegeben hatte. Er war groß, vornehm und hatte O-Beine, die so krumm waren, dass ein Hund bequem hindurchgepasst hätteFahruddin war der bei Weitem schickste Mann, dem Ruud je begegnet war; und er war so vornehm, dass sich sein Kiefer kaum bewegte, wenn er sprach.

»Auf ein Wort, Pujasumarta.« Er warf Ruud einen scharfen Blick zu und nahm ihn beiseite. »Sie haben ziemlichen Mist gebaut. Sie hatten den Mann bereits, und dann haben Sie ihn laufen lassen.«

»Ich *hatte* ihn nicht, Sir, ich war ihm auf den Fersen. Er war bewaffnet. Sicher haben Sie gehört, was mit Detective Aiboy Ali passiert ist.«

Sie waren draußen im Korridor, und Ruud sah die Spuren der Einschüsse im Türrahmen neben sich.

»Neun Schüsse haben Sie abgefeuert und nicht ein Mal getroffen.« Fahruddins Tonfall war sehr bestimmt. Ruud fühlte sich, als würde man ihm die Eingeweide mit dem Löffel herauskratzen. Er sah die Stelle, wo sein Kollege zu Boden gegangen war; der Boden war noch immer voll Blut.

In Ruuds Ohren begann es zu sirren; ihm wurde schwindlig. Irgendetwas geschah in seinem Kopf, es engte seinen Blickwinkel ein, verwackelte ihm die Sicht und schien den Raum zusammenzufalten. Plötzlich sah er den Mann mit Zopffrisur wieder, er hörte seine Schritte auf der Holztreppe, sah seine Gestalt im Gegenlicht am anderen Ende des langen Korridors. Aiboy Ali zückte wieder seinen Dienstausweis und hielt ihn hoch. Die Einkaufstüten in den Händen des Mannes. Saftverpackungen, Gemüse, dessen Blätter aus der Tüte ragten. Verschwommene Bewegung. Schüsse, Kugeln, die in die Wand einschlugen und Stücke aus dem Türrahmen rissen. Aiboy Alis Schreie. Eine klaffende Wunde. Blut.

Ruud wurde bleich und rang nach Atem. Als er den

Brigadegeneral wieder ansah, war ihm, als würden rasiermesserscharfe Glassplitter seine Schläfen streifen.

Fahruddin schürzte die Lippen. »Was noch schlimmer ist, Sie waren offenbar hinter dem falschen Mann her. Sieht das hier für Sie etwa aus wie der Schlupfwinkel eines Serienmörders? Die Zeitungen nennen ihn den Mah-Jongg-Meister. Das ist schlechte Presse, Pujasumarta, sehr schlechte Presse. Hat Witarsa mit Ihnen geredet?«

Ruud schwitzte; sein Herz hämmerte, und sein Atem ging viel zu schnell.

»Ich habe gesagt: Hat Witarsa mit Ihnen geredet?«

»Er hat gesagt, dass wir personell aufstocken werden.«

»Man hat Sie von dem Fall abgezogen.«

»Sagen Sie das noch mal.«

»Administrative Befreiung.« Fahruddin betonte die einzelnen Silben laut und deutlich.

Bestürzt schüttelte Ruud den Kopf. »Wovon reden Sie?«

»Wegen Ihrer Verletzungen. Nehmen Sie sich ein paar Tage Zeit, um Ihren Kopf wieder klar zu bekommen.«

»Mir fehlt nichts.«

»Wunden, die mit fünfundzwanzig Stichen genäht werden mussten, kann man wohl kaum als nichts bezeichnen, Erster *Inspektur.* Und mir ist Ihr unangebrachter Medikamentenkonsum zu Ohren gekommen.«

»Oh, verdammt!« Ruud zog sein Röhrchen Head-Start-Tabletten heraus. »Meinen Sie etwa die hier? Das sind einfach nur Energietabletten!«

»Sie sind ein guter Polizist, Pujasumarta. Sie haben es weit gebracht, ich habe Ihre Akte gesehen. Die Anzahl Ihrer Festnahmen ist beachtlich, und Sie haben eine große Zukunft vor sich. Aber wir haben den Eindruck, dass Sie noch nicht reif für einen Fall wie diesen hier sind. Sie müssen mal ein paar Schritte zurücktreten, wieder zu Atem kommen. Unter Ihrer Leitung erscheinen die Fortschritte ein wenig … gehemmt.«

»Was meinen Sie mit *gehemmt*?«

»Wir übertragen den Fall jemandem mit mehr Erfahrung.«

Ruud starrte Fahruddin herausfordernd an. »Wem? Durch wen ersetzen Sie mich?«

Der ältere Mann musterte Ruud scharf, und sein Tonfall wurde eisig. Er beugte sich vor. »Das werden Sie zu gegebener Zeit herausfinden, wenn Sie sich wieder zum Dienst zurückmelden.« Ruud konnte in seinem Atem den Kaffee riechen, den er nach dem Mittagessen getrunken haben musste.

»Sie machen einen Riesenfehler!«

Ein herablassendes Lächeln. Der Brigadegeneral rückte seine Schirmmütze zurecht. »Das werden wir ja bald sehen. Wenn Sie mich jetzt entschuldigen, ich habe hier genug gesehen und muss mich jetzt um andere Angelegenheiten kümmern.«

Ruud schüttelte noch immer den Kopf. Er war zu perplex und zu enttäuscht, um zu antworten. Unter normalen Umständen hätte er diskutiert, um eine weitere Chance gebeten, aber sein Instinkt riet ihm zum Rückzug. Die Entscheidungsträger versuchten verzweifelt, das Gesicht zu wahren. Die Botschaft von Thailand hatte sich eingeschaltet, weil einer ihrer Staatsbürger ermordet worden war. Nationale Interessen standen auf dem Spiel. Die Ereignisse trübten das Bild des modernen Indonesien, das zurzeit auch noch die turbulente Phase des Wahlkampfes für die Präsidentschaft durchlief. Unsichere Situationen erschütterten das Vertrauen von Investoren und verringerten den Kapitalzufluss. Ruud seufzte leise. Er hatte keine Wahl, er musste sich fügen.

Vidi klopfte ihm auf den Rücken und erklärte ihm, die Sache würde sich in ein paar Tagen in Wohlgefallen aufgelöst haben.

Die Lautsprecher knisterten, und von einer nahe gelegenen Moschee ertönte der durchdringende Gebetsruf des Muezzins. Er dauerte beinahe drei Minuten.

FÜNFUNDZWANZIG

Erica verbrachte den frühen Morgen auf dem Rücken, die Füße im Gras, und starrte in den Himmel und die vorüberziehenden Wolken hinauf. Erst als der Frühstücksgong ertönte, erhob sie sich wieder.

Auf dem Büfett befand sich ein silberner Speisenwärmer mit Rinderwürstchen und Truthahn-Bacon, und ein Krug mit geeistem Orangensaft stand unberührt auf dem Frühstückstisch.

Imke zog den Gürtel ihres Morgenmantels enger und stieß mit der Gabel in eine Schale mit Papayastücken. Ihr Blick war starr auf das Obst gerichtet, aber sie sah das Gesicht ihres Vaters vor sich, das alte vertrauenswürdige Lächeln, an das sie nicht länger glaubte.

»Schön, dass du heute Morgen etwas sanfter bist.« Erica warf ihr einen Seitenblick zu. Die Zeitung war beim Rätselteil aufgeschlagen, und Ericas Teetasse stand auf einem halb ausgefüllten Sudoku.

»Es ist schließlich sein Leben«, schnaubte Imke. »Aber ich bin immer noch wütend auf ihn. Und auf dich bin ich auch nicht gerade gut zu sprechen, weil du mir die ganzen Jahre nichts erzählt hast.«

»Mein Ohr ist ganz verliebt in deine Melodie; auch ist mein Auge betört von deiner lieblichen Gestalt.«

»Shakespeare?«

»Ein Sommernachtstraum.«

»Eher ein Sommernachtsalbtraum.«

»Die Wahrheit kommt früher oder später ans Licht. Es tut mir leid, dass ich diejenige sein musste, die sie dir sagt.« Erica zog sie an sich und umarmte sie. »Besser?«

»Besser.«

»Verzeihst du mir?«

»Ich verzeihe dir.« Sie küsste ihre Tante auf die Wange. »Tee?«

»Ja, bitte.«

Imke schenkte ihr Earl Grey nach. Von draußen war der unentwegte Gesang der Grasmücken in ihren Nestern in den Affenbrotbäumen zu hören.

»Tante Ecks, kannst du mir einen Gefallen tun?«

»Was denn?«

»Könntest du die Sache mit Papa Ruud gegenüber nicht erwähnen?«

»Wenn du willst.«

Sie wollte Ruud alles erzählen, aber jetzt war nicht der richtige Zeitpunkt – sie begannen gerade erst wieder, sich kennenzulernen und sich von Neuem anzufreunden. Imke hatte das Gefühl, dass ihre Beziehung jeden Tag intensiver wurde, und sie wollte das nicht verkomplizieren, indem sie die schäbige Vergangenheit ihres Vaters ins Spiel brachte. »Ich werde es ihm erzählen, aber jetzt noch nicht. Gott, das ist alles so beschämend.«

Der Boy näherte sich verschlafen mit einem Tablett, beladen mit Brötchen und getoastetem Brot.

»Na, dann lass uns mal auch für kleine Gnaden dankbar sein. Wir kriegen heute Morgen Toast zur Butter«, verkündete Erica und begann, die Scheiben in Dreiecke zu schneiden.

Sie nippte an ihrem Tee und warf einen Blick in die Morgenzeitung.

»Die BBC berichtet, dass Indonesien zu einem internationalen Drehkreuz der Schokoladenproduktion aufgebaut werden soll! Wenn das keine gute Nachricht ist! Der drittgrößte Kakaobohnenproduzent der Welt macht sich bereit, in die höchsten Höhen des Süßwarenmarkts vorzustoßen, mit COKELAT MONGGO an der Spitze.«

Erica hielt inne und freute sich über die Neuigkeiten.

»Übrigens«, fuhr sie dann fort, blätterte durch eine alte Ausgabe des *Conde Nast Traveller* und klappte die Seiten in der Mitte der Zeitschrift auf dem Tisch aus. Imke beugte sich vor. »Erinnerst du dich an den Ort, von dem ich dir erzählt habe? Jelekong bei Bandung, wo fünfunddreißig Prozent der fünftausend Einwohner Künstler sind?« Sie zeigte auf die Karte. »Da fahren wir heute hin. Der Captain hat angeboten, uns hinzubringen.«

»Wie, jetzt gleich etwa?«

»Na ja, noch nicht sofort.«

Aufgeregt straffte Imke ihr Haarband. »Worauf warten wir noch?«, fragte sie.

»Ich habe heute Morgen eine Sitzung mit dem Präsidenten. Wir fahren los, sobald ich fertig bin.«

Da war er, zu einem Drittel in Schatten getaucht: eisgraues Haar, der kräftige Kiefer, die buschigen Augenbrauen. Er sah sehr formell aus, trotz seiner bärenhaften Haltung, vielleicht einen Hauch zu streng in seiner Ausgehuniform. Breite Schultern und funkelnde Orden, Sterne, die silbrig in einer Andeutung aus weinrotem Umbra glänzten.

»Bitte drehen Sie den Kopf in Richtung Licht.« Erica war zufrieden. Die Arbeit nahm Form an. Sie blickte auf die Leinwand, dann wieder zum Präsidenten.

Das sieht wirklich verdammt gut aus, sagte sie sich. Nicht schlecht für ein Mädel aus Dokkum.

Erica staunte oft darüber, wie weit sie es als Künstlerin gebracht hatte. Lange hatte man sie entweder als potenzielle Vertreterin dieser Kunstrichtung oder aufstrebende Verfechterin jenes Stils betrachtet, und sie war erst relativ spät in ihrer Laufbahn in Paris von einem griechischen Kunstsammler entdeckt worden. Er hatte sein Vermögen im Assetmanagement gemacht und war unglaublich wohlhabend; und er kaufte gleich sechs ihrer Bilder. Im darauf folgenden Jahr bekam sie Ausstellungen in London, New York, Frankfurt und Moskau, und sie verkehrte mit Jeff Koons, Damien Hirst und Cy Twombly. Sie wurde gefeiert, wurde beklatscht und war plötzlich berühmt – und wider Erwarten sogar von Dauer.

Der Präsident räusperte sich.

Er saß gerade mal fünf Minuten Modell, aber er wurde bereits ungeduldig. Heute war er schweigsam, und sie fragte sich, was mit ihm los war. Kein heiteres Geplauder über das Kauen von Teeblättern oder witzige Bemerkungen über Affandi-Fälschungen, keine Geschichten über sein zukünftiges Restaurant. Ging es ihm nicht gut? Vielleicht war er verärgert, dass sie sich einfach vom Palastgelände entfernt hatte. Nein, das war ihm sicher egal. Wahrscheinlich war er in Sorge wegen der Wahlen, bei den ganzen Hetzkampagnen, flammenden Reden, wild schwankenden Meinungsumfragen und kursierenden Beschimpfungen.

»Was glauben Sie, wer die Wahlen gewinnen wird, Jokowi oder Prabowo?«, wagte sie sich vor.

Wahrscheinlich würde Joko »Jokowi« Widodo mit geringem Vorsprung gewinnen, aber man befürchtete Wahlbetrug und sogar drohende Instabilität. Die herrschende Schicht misstraute seinen reformerischen Zielen. Er war ein Außenseiter aus einem Slum, ein Möbelhersteller, der es zum Gouverneur von Jakarta gebracht hatte. Sein Rivale Prabowo Subianto dagegen war ein ehemaliger General des Militärs, der von einer Koalition aus den größten politischen Parteien des Landes unterstützt wurde und eine ganze Medienmaschinerie hinter sich wusste. Seine Familie konnte ihre Abstammung bis zu Javas Sultanen zurückverfolgen, und sein Vater war unter Suharto Handelsminister gewesen. Selbst Yudhoyono als Vorsitzender der Demokratischen Partei hatte Prabowo unterstützt.

Der Präsident murmelte diplomatisch etwas im Sinne von »die wirtschaftliche Stabilität aufrechterhalten«, und Erica nickte. Es war die Stunde der Wahrheit für Indonesiens Demokratie.

Aufbruchsstimmung lag in der Luft. Erica sah ein zielstrebiges, junges Land auf dem Weg in die Zukunft. Sie hätte dem Präsidenten gerne gesagt, dass sie den Aufschwung spürte, dass die Schwingungen einer kommenden geopolitischen und sozialen Revolution in der Luft lagen, doch ausnahmsweise versagte ihr die Stimme den Dienst.

»Hoffen wir einfach«, brachte sie schließlich heraus,

»dass alles friedlich bleibt und der Staat den Willen des Volkes respektiert, egal wie das Ergebnis ausfällt.«

Die Antwort des Präsidenten bestand in einem Gegrummel, das ebenso autoritär wie desinteressiert klang. Dieses Verhalten hatte sie schon früher bei wichtigen Leuten beobachtet – glücklich und gesprächig an einem Tag, mürrisch am nächsten. Es machte ihre Arbeit schwierig, vor allem, wenn ein Modell, so wie jetzt, offenbar innerlich zumachte, wie ein Fenster, das vor einem heraufziehenden Taifun verrammelt wurde.

Erica bemerkte, dass sich an seinem Hals eine Sehne anspannte: Ärger oder Erschöpfung? Wie auch immer, sie beschloss, den Mund zu halten und auf Abstand zu gehen. Schließlich war es nicht ihr Job, ihn zu unterhalten.

Ihr Wagen stand bereits wartend in der Auffahrt.

Der Himmel war leicht bewölkt. Vögel zwitscherten in den nahe gelegenen Bäumen, Rehe weideten auf dem Rasen und zuckten aufmerksam mit den Ohren. Auch das Krötenkonzert war in vollem Gange.

»Tut mir leid, dass wir Sie haben warten lassen, Nakula«, sagte Imke, als sie aus dem Bungalow kam. Sie trug ein Kleid mit Obstmuster und ihren Sonnenhut und duftete nach Sunblocker. »Was für ein schöner Tag.«

»Das Warten gehört zu meinem Job, Madam. Wenn ich nicht warte, fahre ich. Wenn ich nicht fahre, dann warte ich. Das ist die Aufgabe des Chauffeurs.« Er legte die Hand aufs Herz und neigte den Kopf.

Der Captain watschelte hinter ihr her. Zu Ehren ihres Ausflugs trug der Haushaltsvorstand einen Safarianzug in der Farbe von Honigmelonen und glänzend polierte Schuhe.

»Guten Tag, Miss Imke.« Er verneigte sich.

»Guten Tag. Sie sehen heute aber sehr schick aus«, erwiderte sie und musterte seine Schuhe, die braun und spitz zulaufend waren und breite Absätze hatten. Die Schuhspitzen brachten sie für einen Moment aus dem Konzept, aber sie hätte nicht sagen können, weshalb.

Der Captain setzte sich nach vorne auf den Beifahrersitz. Man hörte, wie sich die Kleidung spannte, als er sich zwischen Türe und Handbremse auf den Sitz zwängte. Als er es geschafft hatte, gähnte er und nickte Nakula zu.

Imke und Erica stiegen hinten ein.

»Sind wir alle bereit für unseren Ausflug nach Jelekong?«, fragte der Captain. Wie gewöhnlich wirbelte er seinen silbernen Kugelschreiber zwischen den Fingern.

»Ja!«, riefen die beiden Frauen und kicherten in freudiger Erwartung. Ein Hauch von Ferienstimmung machte sich breit.

Zehn Minuten später öffnete Erica ein Päckchen Schokoladenkekse. »Möchten Sie einen Keks, Captain?«

»Nein, nein. Ich esse nie während einer Autofahrt. Das hält mein Magen nicht aus.«

Gut, dass du's sagst, dachte Erica und unterdrückte ein Kichern. Sie reichte die Packung herum.

»Schmeckt gut«, sagte der Chauffeur mit vollem Mund. »Haben Sie schon unsere berühmten indonesischen Kekse mit Ananasmarmelade probiert, Slai O'lai? Nächstes Mal bringe ich Ihnen welche mit.«

»Das wäre wunderbar, Nakula«, erwiderte Erica.

Eine Stunde später, nachdem sie die ländliche, holprige

Straße überstanden hatten, passierten sie den niedrigen Bogen, der die Besucher im »Dorf der Bilder« willkommen hieß. Sie hatten nur einmal unterwegs gehalten, um bei einer Bude am Straßenrand eine Tüte Krabbenchips zu kaufen.

Obwohl es verhältnismäßig klein war, zog Jelekong täglich eine beachtliche Zahl ausländischer Touristen an. Das Dorf war von großen Urwaldbäumen und prallen Bambusdickichten umgeben, eine ländliche Idylle wie aus dem Bilderbuch.

Erica und Imke erblickten eine lange Reihe von Häusern mit roten Dächern und Mauern aus buntem Stein. In jedem Haus befand sich die Werkstatt eines Malers. Imke sah Gemälde in allen Formen und Größen, die vor den Gebäuden ausgestellt waren. Weiter vorne drängte sich ein Pulk lärmender chinesischer Touristen aus dem Atelier eines Künstlers. Sie posierten für die Kamera des Reiseführers, indem sie sich gegen eine beschlagene antike Tür lehnten und das Friedenszeichen machten.

Imke beschloss, einen weiten Bogen um sie zu machen, und zog stattdessen los, um den Blick ins Tal zu bewundern. Das Kronendach des Waldes war in Nebelschleier und blaue Schatten gehüllt. Und dann erspähte Imke einen bekannten blauen Wagen, der die Straße heraufgezockelt kam. Sie beobachtete, wie der Toyota Yaris hielt, und als Ruud aus dem Wagen stieg, leuchteten ihre Augen.

Erica war die Erste, die ihn begrüßte. Sie musterte ihn argwöhnisch. »Geht es Ihnen gut, Ruud? Sie sehen heute leicht zwielichtig aus. Und auch ein bisschen benebelt, als kämen Sie gerade aus einem Amsterdamer Coffeeshop. Sind das da Blutergüsse in Ihrem Gesicht?«

»Ich würde gerne kurz mit Imke reden, wenn das in Ordnung ist.«

»Aber natürlich.« Sie ließ ihn allein und ging zu einer Gruppe Kinder hinüber, die *semut, orang, gajah* spielten – eine Version von Stein, Schere, Papier.

Auf der langen Fahrt nach Bandung hatte Ruud versucht, Ordnung in seine Gedanken zu bringen, aber die Worte des Brigadegenerals klangen ihm in den Ohren, und er war noch immer wütend, als das Ortsschild von Jelekong in Sicht kam.

Er ging zu Imke hinüber, küsste sie auf die Wange und nahm einen frischen Duft nach Bergamotte und Sandelholz auf ihrer Haut wahr.

»Stellen Sie mir nach, Erster *Inspektur* Pujasumarta?«, neckte sie ihn, während sie ihn taxierte und sich eine Haarsträhne um den Finger wickelte.

»Ich bin Polizist, Miss Sneijder. Wir nennen das observieren. Das Palastpersonal hat mir gesagt, dass du hier bist.«

»Und da bin ich auch schon. Was ist denn mit deinem Gesicht passiert?«

»Ich bin mit einem Stück Bürgersteig zusammengestoßen. Es brennt ein bisschen. Dein Haar sieht hübsch aus.«

»Oh, na ja. Ich hab es heute mal gewaschen.« Sie kicherte. Noch nie hatte ihr jemand ein Kompliment wegen ihrer glanzlosen Haare gemacht. Vielleicht wirkte das neue Shampoo ja Wunder.

»Sind diese blonden Strähnchen neu?«

»Das kommt von der Sonne.«

»Wo ist Kiki?«

»Zu Hause im Bungalow. Sie hat sich mittlerweile eingewöhnt.«

»Und wie geht es deiner Tante?« Er sah an Imke vorbei zu Erica, die sich zu den Kindern gehockt hatte und Grimassen schnitt. Die Kleinen sprangen begeistert um sie herum.

»Theatralisch wie immer. Sie behauptet, sie spürt die künstlerische Energie in der Luft.«

Die beiden schüttelten den Kopf und lächelten sich an.

Dann sah Imke mit bewusst ausdrucksloser Miene an ihm hinab. »Deine Socken passen übrigens nicht zusammen.«

»Ich bin spät aufgestanden und musste mich deshalb ziemlich schnell anziehen. Ich hätte den ganzen Tag weiterschlafen können.«

»Wie kommen deine Ermittlungen voran?« Imke nahm den Sonnenhut ab.

»Darüber wollte ich mit dir sprechen. Es gibt da eine neue Entwicklung.«

»Das ist doch gut, oder nicht?«

Er erwähnte weder seinen dramatischen Zusammenstoß mit D. W. Soeprapto noch die Verletzungen an seinen Armen oder die zwei Stunden, die er in der Notaufnahme verbracht hatte. Außerdem verschwieg er, dass Aiboy Ali angeschossen worden war.

Stattdessen sagte er: »Na ja, eigentlich nicht. Ich wollte dir etwas sagen.« Das Bild von Mathias Sneijder blitzte wieder vor seinem inneren Auge auf. Was hatte es in Fatima Iswandaris Fotoalbum zu suchen? Wie war es da hingekommen? In welcher Beziehung stand Imkes Vater zu den fünf Frauen? Wie ein hartnäckiger Tinnitus im

Ohr ließen sich die Gedanken nicht vertreiben und machten ihn schier wahnsinnig. »Was denn?«

»Man hat mich von dem Fall abgezogen.«

»Oh, Ruud, das tut mir leid. Bist du sehr wütend darüber?«

»Ich? Nein, ich bin okay … mir geht es gut.« Er seufzte und rang mit sich. Schließlich flüsterte er fast: »Um ehrlich zu sein, doch, ich bin wirklich wütend. Und verwirrt.«

Er bemerkte, dass er ihr nicht in die Augen schaute; stattdessen starrte er auf einen Punkt links von ihrem Kopf.

Sie nahm ihn sanft am Arm und führte ihn zu einem *kaki lima* am Straßenrand, einem mobilen Imbissstand. »Komm, ich spendier dir einen *rujak.*« Der Verkäufer, ein kleiner Mann mit nacktem Oberkörper und ungezwungenem Lächeln, begrüßte sie herzlich. Er wischte sich die Hände an der Zeitung ab, die er als Behelfsschürze um die Hüfte trug, und zeigte ihnen die Behälter mit hausgemachten Gewürzmischungen. Ruud wählte Ananas, Yambohne, Mango, Gurke und Wasserapfel und ein süßscharfes Dressing.

Bevor sie aßen, wuschen sie sich die Hände an einem öffentlichen Waschbecken, dann setzten sie sich auf eine Holzbank unter einen breiten Sonnenschirm. Der kalte Salat schmeckte gut. Imkes Kleid rutschte ein wenig nach oben und enthüllte ihre wohlgeformten Oberschenkel.

»Hör zu«, sagte sie irgendwann, »ich habe schon mit vielen Leuten zusammengearbeitet, mit erfahrenen, ausgezeichneten Kollegen. So was passiert eben manchmal.«

»Ich weiß, dass so was manchmal passiert. Aber mir ist es eben noch nie passiert.«

»Was ist eigentlich aus meinem Freund geworden, der leicht wie ein Luftschiff ist?«

Er hob im Roger-Moore-Stil eine Augenbraue, und sie lächelten beide. »Ich bin immer noch der Alte.«

»Weißt du, was ich tun würde?«

»Was denn?«

»Ich würde weiter an dem Fall arbeiten.«

»Du meinst, hinter Witarsas Rücken?«

»Ja, warum denn nicht? Trommel dein Team zusammen, diejenigen, denen du vertraust. Trefft euch an einem neutralen Ort, vergleicht eure Notizen und macht einfach da weiter, wo du ausgestiegen bist. Halt dich lauernd im Hintergrund. Darin bist du gut.«

»Klingt nach einem brauchbaren Plan.«

»Darin bin ich eben gut. Und wenn du meine Hilfe brauchst …«

»Danke. Ich hole mir besser erst grünes Licht von Vidi und den anderen. Für sie bist du immer noch eine Außenstehende.«

»Ich verstehe.«

Sie bummelten die Gasse entlang und betraten eine der Galerien, wo sechs Künstler bei der Arbeit saßen. Imke sah einem Mann mit grauem Pferdeschwanz zu, wie er ein Spachtelmesser über die Leinwand zog. »Hahnenkampf?«, wollte sie wissen.

Der Mann nickte und machte mit der freien Hand eine schwungvolle Bewegung, um das Schwirren von Federn anzudeuten.

Nach einer Weile nahm Ruud sie am Ellbogen und führte sie wieder in den Sonnenschein hinaus. Sie befanden sich in der Mitte der Gasse. Nicht weit von ihnen stand ein Galeriebesitzer vor seinem Laden und schlug gelegentlich zwei Holztafeln aneinander, in der Hoffnung, ihr Interesse zu wecken. Seine Frau kauerte neben ihm an einem Wasserhahn und wusch das Frühstücksgeschirr in einem Plastikeimer.

»Imke, eines würde mich interessieren. Kennt deine Familie den Namen Fatima Iswandari?«

»Nein. Sollten wir?«

»Ich bin nicht sicher.«

Ruud erzählte ihr ein wenig über Fatima Iswandari und dass die Polizei am Morgen ihre Wohnung überprüft und sie verlassen vorgefunden hatte. Er sagte ihr, dass sie sich in Luft aufgelöst zu haben schien und dass er um ihr Leben fürchtete. Doch er erwähnte Imke gegenüber nicht ihren Vater. Ruud wollte Mathias Sneijder nicht ins Spiel bringen, solange er nicht wusste, worin die Verbindung zwischen ihm und der Frau bestanden hatte. Fatima Iswandari und Mathias Sneijder – das war kein Zufall, da war er sich sicher.

Aber es war sein Job, Fragen zu stellen. Vorsichtig fragte er: »Ist dein Vater oft ohne deine Mutter auf Reisen gewesen?«

»Er hat Kaffeeplantagen in Süd-Sulawesi geleitet. Alle zwei Wochen war er ein paar Tage unterwegs. Aber das weißt du doch, oder?«

»Ist er alleine hingefahren?«

»Ja.«

Ruud wagte einen neuen Vorstoß. »Und wie war es, wenn er in Jakarta war? War er oft bis spät in die Nacht unterwegs?« Was er eigentlich fragen wollte, war: Hatte er Beziehungen mit einheimischen Frauen?

Imke wollte seine Frage schon beantworten, doch dann hielt sie inne. »Worum geht es hier, Ruud?«

»Im Moment habe ich noch nicht die geringste Ahnung.«

Imke schwieg ein Weilchen. Sie war tief in Gedanken versunken und fragte sich, ob die ganze Angelegenheit etwas mit der Affäre ihres Vaters zu tun hatte. Wieso sollte Ruud sie fragen, ob sie schon einmal von einer Frau namens Fatima Iswandari gehört hatte? War das die Frau, die beinahe ihre Familie zerstört hätte? Aber das wäre wirklich ein ganz unglaublicher Zufall. Sie hätte sich Ruud nur zu gerne anvertraut und ihm erzählt, wie verletzt sie war, aber sie entschied sich dagegen. Dies war weder der richtige Ort noch der richtige Zeitpunkt.

Eine Gruppe brauner Enten mit drei Küken watschelte in der Nähe herum. Entzückt von dieser Ablenkung, wirbelte Imke herum, um Erica darauf aufmerksam zu machen, und da bemerkte sie, dass der Captain ganz in ihrer Nähe stand. Er blinzelte in der Sonne, und in seinen Augen sah sie Zorn und Qual aufblitzen. Sie hatte ihn mit ihrer hastigen Bewegung überrascht, und er bückte sich rasch und hob seinen silbernen Kugelschreiber auf, der ihm heruntergefallen war. Er steckte den Stift ein und ging schnell davon.

Imke schüttelte sich leicht. Vielleicht hatte sie es sich nur eingebildet, aber aus irgendeinem Grund war sie sicher, dass er sie belauscht hatte.

Sie beugte sich dicht zu Ruud und senkte ihre Stimme zu einem Flüstern. »Der Captain hat sich gerade hier herumgedrückt und uns belauscht.«

»Ja, ich hab's gemerkt.«

»Was glaubst du, wie lange hat er hinter uns gestanden?«

»Ein paar Minuten vielleicht, schwer zu sagen.«

»Was wollte er?«

»Er hat in der Sonne gestanden. Vielleicht will er ja braun werden«, witzelte Ruud. »Aber es ist seltsam, findest du nicht?«

»Äußerst seltsam.« Imke beobachtete den dicken Mann, wie er sich zu Nakula trollte, der im Schatten stand, und mit ihm verschwand. »Weißt du was?«

»Was denn?«

»Ich glaube, er hat neulich eine Unterhose aus meinem Schrank gestohlen.«

»Du machst wohl Witze!«

»In der Nacht, als Erica verschwunden ist, hat er den Bungalow durchsucht. Ich bin mir sicher, dass er ein Höschen eingesteckt hat.«

»Starr nicht so zu ihm rüber, schau hierher zu mir.«

»Hab ich dir von dieser seltsamen Nachricht erzählt, die ich bekommen habe?«

»Was für eine Nachricht?«

»Am Tag, als ich angekommen bin, hat jemand einen Zettel auf den Nachttisch gelegt. Er wünscht mir einen kurzlebigen Aufenthalt in Indonesien. Tante Ecks glaubt, dass da jemand nicht richtig Englisch konnte und dass ich paranoid bin.« Ruuds Stimme veränderte sich – da war auf einmal ein stahlharter Unterton. »Und du hast den Verdacht, der Captain hätte die Nachricht geschrieben?«

»Das ist es ja. Ich weiß es einfach nicht.« Sie starrte Ruud an. »Was denkst du?«

»Du weißt, was ich denke.«

Sie schnappte nach Luft. »Der dickste Indonesier der Welt? Er könnte noch nicht einmal einen Baumstamm kleinhacken, geschweige denn einem Menschen die Hand abschneiden.«

»Imke, ich sage ja nicht, dass der Captain der Mah-Jongg-Meister ist, aber ich will, dass du aufpasst. Traue niemandem.«

»Warum? Was glaubst du, was da vor sich geht?«

»Etwas, das ich noch nicht ganz begreife.«

»Aber was?«

Ruuds Unruhe wuchs. Er wollte verzweifelt gern die Einzelteile dieses Puzzles zusammenfügen, aber er wusste nicht wie. Er war sich nicht sicher, was er sagen sollte, doch sein Instinkt warnte ihn, dass die Ereignisse im Begriff waren, eine finstere Wendung zu nehmen. Und er wusste, dass sich die gefährlichsten Räuber frei in den dunkelsten Bereichen des Dschungels bewegten.

Er strich Imke mit der rauen Kuppe seines Daumens über die Wange. »Sei einfach vorsichtig, Imke. Pass um Himmels willen auf dich auf.«

SECHSUNDZWANZIG

Mittwoch, 1:20 Uhr

In einer Nacht gegen Ende des Idul-Adha-Opferfestes schnitt meine Mutter meinen Penis mit einem Messer ab. Damals war ich sieben Jahre alt.

Sie schob mir ein Holzstück zwischen die Zähne und sagte, es wäre ein Initiationsritus und er müsste während der Regenzeit stattfinden, wenn die Cassavasträucher in voller Blüte stehen und bevor die Reisblätter in den Feldern gelb werden.

An den Schmerz werde ich mich immer erinnern.

Meine Mutter lachte. Die anderen Frauen – vier waren es – lachten ebenfalls.

Eine von ihnen, die sie Shireen nannten, zog mich aus und fesselte mich ans Bett. Ich war ein dünner kleiner Junge, und meine Rippen zeichneten sich unter der Haut ab. Das Seil scheuerte und schnitt mir in die Haut. Je mehr ich darum kämpfte freizukommen, umso mehr riss meine Haut auf.

Ich zitterte am ganzen Körper.

»Stopp!«, schrie ich. »*Tidak!* Nein!« Aber sie hörten nicht auf. Ich betete, dass ein Nachbar aus dem Dorf kommen möge. Dass jemand vom anderen Ende des Wegs oder von der *lurah* meine Schreie hören würde. Aber niemand kam.

Es war tintenschwarz draußen, die dunkelste Stunde vor Sonnenaufgang.

Alles, was ich sehen konnte, wenn ich aus dem Fenster starrte, war die Stange der Wäschespinne, die an einen aufrecht stehenden Leichnam erinnerte. Und die gefürchteten massiven Umrisse der *kepuh*-Bäume.

Der magische *kepuh*-Baum. Der geheimnisvolle *kepuh*-Baum. Das Symbol für einen javanischen Friedhof.

Während Shireen die Knoten festzog, wies sie mich an, mich zu entspannen. Sie sagte, es wäre ein Initiationsritual, aber ich hörte nicht auf zu schluchzen. Ich verstand nicht, warum sie mir wehtun wollten, also erzählte sie mir von einer Beschneidungszeremonie auf dem Land, die jedes Jahr stattfand. Sie dauerte drei Festtage lang, sagte sie. Einem Dutzend Jungen und einem Dutzend Mädchen wurden die Genitalien beschnitten. Leute aus der ganzen Umgebung kamen mit Opfergaben aus Betel und Zucker und süß duftenden Balsamen. Sie versammelten sich auf dem *alun-alun,* dem öffentlichen Platz, und die Stammesfrauen stampften Reis und rieben Kokosnüsse. Musik spielte, und Puppenspiele wurden aufgeführt. Um Mitternacht bewegten sich die Sisingaan-Tänzer in den Schatten, die das Mondlicht warf.

Nach drei Tagen der Feierlichkeiten, erzählte sie, wurden die Kinder den Dorfältesten vorgeführt und dann im Fluss gebadet.

Eine Stunde vor der Morgendämmerung legten sich dann die Jungen auf den Boden des *alun-alun,* und der Medizinmann schnitt ihnen die Vorhaut ab.

Shireen kniff mich in die Nase und lachte. Sie schob einen Eisbeutel zwischen meine Beine. »Hier«, sagte sie,

»drück das Eis fest gegen deinen Pillermann. Ich verspreche dir, dass es nicht wehtun wird.«

Dann massierte sie meine Vorhaut.

Noch am Tag zuvor hatte ich glücklich auf dem Platz des *kampung* gespielt und mit meinem Stock Bilder in die Erde gezeichnet. Ich mochte diesen Stock. Er war kurz und weich und stämmig, und er hatte gut in der Hand gelegen. Also hatte ich ihn mit nach Hause genommen.

Jetzt schob mir meine Mutter den gleichen Stock in den Mund. Ich bäumte mich wild auf. Sie griff nach meinem Geschlecht, zerrte die lose Haut nach vorne und beschnitt mich.

Die Wunde blutete und blutete, die Laken unter mir wurden feucht von Blut.

Meine Mutter ging hinaus, um einen Vogel aus dem Käfig draußen zu holen. Sie hielt den Hahn an den Füßen, mit dem Kopf nach unten, und opferte ihn. Als sie ihm den Bauch aufschlitzte, lösten sich die Eingeweide und platschten zu Boden.

Aber es war nicht geplant gewesen, dass es so stark bluten würde. Sie brauchten ein großes Handtuch und einige Verbände, um die erste Blutung zu stillen. Meine Mutter brachte mich zu einem Wunderheiler, der ein geheimes Mittel auf meine Leistengegend sprenkelte, aber das verschlimmerte die Sache nur. Ich bekam eine Infektion und dann eine Blutvergiftung. Mein ganzer Körper fühlte sich an, als wäre er entzündet. Ich kam ins Gemeindekrankenhaus, wo meine Mutter den Arzt beschuldigte, er hätte sie übers Ohr gehauen. Sicher wäre es nicht nötig gewesen, den infizierten Teil wegzuoperieren, behauptete sie. Der Chirurg erklärte ihr, dass es notwendig gewesen war;

aber es waren keine Betten frei. Sie müsse ihn schon bezahlen, damit er eines frei machte. Zunächst weigerte sie sich zu bezahlen und veranstaltete einen Höllenspektakel. Sagte, das wäre eine Verschwörung, und dass alle mit dem Schakal von meinem Vater im Bunde wären. Erst als irgendjemand die Sicherheitsleute rief, gab sie nach. Sie verpfändete ihre silberne Uhr, ein Geschenk von einem ihrer Kavaliere.

Das Krankenhaus war trostlos und der Aufenthalt zermürbend. Ich bekam Schmerzmittel und war gezwungen, auf dem Rücken zu schlafen, damit die Wunde heilen konnte. Auf einer Krankenstation voller Fremder wechselten die Schwestern jeden Morgen meine Verbände. Der Verbandmull klebte an dem getrockneten Blut, und egal, wie vorsichtig sie waren, jedes Mal riss die Haut von Neuem auf.

Zwei Wochen nachdem ich entlassen worden war, verprügelte mich meine Mutter, weil ich krank geworden war und ihr hart verdientes Geld verschwendet hatte. *Aduh,* wie sie mich geschlagen hat! Sie hat mich geprügelt wie einen geliehenen Maulesel. Ich ließ niemanden merken, wie sehr ich mich schämte und wie weh es tat.

Danach fing sie an, Zigaretten auf meinem Rücken auszudrücken.

Mittwoch, 2:40 Uhr

Ich bin nur ein halber Mann, von Narben gezeichnet. Die Ärzte verschreiben mir Tabletten. Die Tabletten helfen gegen die Beschwerden, aber ihretwegen nehme ich auch immer mehr zu.

Die Narbenbildung hat eine Verengung der Harnröhre zur Folge, deshalb habe ich Schmerzen beim Urinieren.

Ich brauche jetzt eine regelmäßige Bougierung.

Das steht auf dem Kärtchen, das mir der Arzt gegeben hat und das mir helfen soll, die Sache besser zu verstehen. Ich habe den Verdacht, dass er es direkt aus medicinenet.com kopiert hat.

Bougierung: eine Prozedur, die den Einsatz einer Bougie erfordert. Eine Bougie ist ein dünner Plastik- oder Metallzylinder, den ein Arzt in oder durch ein röhrenartiges Organ im Körper führt, wie beispielsweise den Penis, um die Engstelle aufzudehnen, damit ein anderes Instrument in den Durchgang geschoben werden oder ein Objekt entfernt werden kann.

Oh Mutter, wie ich dich liebe! Möge deine stinkende Seele für immer in den Flammen der Hölle schmoren.

Mittwoch, 3 Uhr

Einmal die Woche kamen sie, um ihr Spiel zu spielen, und warfen ihre klirrenden Steine auf die Tischplatte.

Sie wussten, was sie mit mir machte. Sie wussten es die ganze Zeit. Und doch haben sie nichts unternommen.

Sie schloss mich bis zum Ende des Spieleabends im Dunkeln ein. Erst dann wurde ich herausgelassen und vorgeführt.

»Yang ayahmu?«

Sie fragte mich, wer mein Vater war.

Ich erwiderte, ich wüsste es nicht.

Das war ihr Einsatz. Das Stichwort für ihren Auftritt, ihre Rolle in unserem hässlichen kleinen Drama, in dem sie von edler Herkunft und ich einem üblen, verachtenswerten Vater entsprungen war. Sie zog mich aus und zwang mich, nackt vor diesem Krähenschwarm zu stehen. Beschimpfte mich, demütigte mich, schlug mit der Hand wie mit einer Peitsche gegen meinen abgerissenen Schwanz, nannte mich einen Bastard, den Sohn eines Schakals.

Und mich überkam ein bestimmtes Gefühl. *Aduh,* wie es mich überkam!

Das erste überlieferte Gefühl der Menschheit, zumindest nach der christlichen Genesis, ist die Scham: Adam und seine Frau Eva fühlten sich schmutzig. Sie kauerten sich in ihrer Nacktheit unter Gottes Blick zusammen und bedeckten sich hastig mit Feigenblättern. Schlägt man den Heiligen Koran auf, stößt man auf die gleiche Geschichte. »Ihr Kinder Adams! Wir haben Kleider auf euch herabgesandt, dass sie eure Scham verbergen.«

Es gibt keine ursprünglichere, tiefere Scham, als wenn man nackt vor einem Fremden steht.

Die vier Frauen sahen zu, wie sie mich schlug, wie ich mich krümmte und versuchte, das bisschen zu schützen, was von mir da unten noch übrig war.

Und doch haben sie nichts unternommen.

Dann, wenn die Frauen nach Hause gegangen waren …

Die Augen fest geschlossen, gebe ich vor zu schlafen. Ich kann es noch immer fühlen.

Ich bin wieder sieben Jahre alt. Der Schrecken. Der Rausch. Die Angst. Wie eine Hornisse, die zwischen meinen Zähnen summt. Meine Mutter, wie sie meine Beine berührt, ihre Finger, wie sie langsam meinen Oberschenkel hinaufwandern. Ich winde mich, krümme mich, kämpfe. Ihre Hand, ihre harte, knochige Hand auf meinem Penis, angespannt wie ein Skorpion vor dem Stich.

Sie drückt die Spitze fest. So fest, dass ich fürchte, sie könnte jeden Moment platzen.

Danach leiste ich keinen Widerstand mehr, als sie meine Hand nimmt und zu ihrer nackten Brust führt. Ich fühle die kleinen Unebenheiten auf ihren Brustwarzen. Dann tiefer, über ihren Bauch, über das flaumige Haar und noch weiter. Meine Fingerspitzen tauchen tiefer. Sie ist feucht und seltsam geschwollen. Ihr Atem wird laut und immer lauter, bis er zum lautesten Geräusch auf Erden anschwillt.

Danach schlägt sie mich.

Sie schlägt mich, weil sie mich hasst. Weil sie sich schuldig fühlt. Weil sie glaubt, dass da niemand *Echtes* in meinem Inneren ist. Weil ich ein schüchternes, sieben Jahre altes Kind bin, das ins Bett macht und die Ursache all ihren Übels ist.

Ein Siebenjähriger, gefangen in Dunkelheit.

SIEBENUNDZWANZIG

Auf der Tür war in goldenen Lettern »Com. Pol. JOYO T. WITARSA« eingearbeitet. An manchen Stellen war die Goldfarbe bereits rissig und angeschlagen. Vidi klopfte und trat ein.

Der Polizeichef hielt einen Teller in der Hand und biss gerade in ein Orangenstück.

»Das Treffen fängt gleich an, Boss.«

»Ist der *Ajun Komisaris Polisi* schon da?«

Der Polizist mit seinem eindrucksvollen *Sunnah*-Bart verzog das Gesicht und drückte seinen federnden Handtrainer. »Ja, er ist da.«

Vidi, Witarsa, Hamka Hamzah und Solossa traten nacheinander in den Lageraum und waren überrascht, Aiboy Ali dort vorzufinden. Er saß auf einem Aluminiumstuhl mit dem Rücken zum raumhohen Fenster, eine Krücke im Arm, als wäre sie ein Maschinengewehr, und hatte ein Bein hochgelagert. Ein Infusionsständer stand neben ihm.

»Du kommst geradewegs aus dem Krankenhaus, kann das sein?«, bemerkte Vidi.

Aiboy Ali strich sich die Haare aus den Augen.

»Ich habe mich selbst entlassen. Man konnte da kein Fußball gucken, und es war so verflucht schwierig, sich am Schwesternzimmer vorbeizuschleichen.«

»Du wirst uns hier aber nicht den Boden vollbluten, oder?«

»Mir geht's gut, solange ich mich kaum bewege.«

»Also nichts Neues.«

Der ganze Raum lachte.

Sobald er nicht mehr im Mittelpunkt der Aufmerksamkeit stand, wählte Aiboy Ali eine Nummer an und stellte auf laut. Am anderen Ende der Leitung ging Ruud dran, sagte jedoch nichts. Er nahm ein anderes Mobiltelefon und schrieb Aiboy Ali eine SMS.

Wer hat den Fall übernommen?

Aiboy Ali schrieb Ruud zurück.

AKP Natsir, ein richtiger Arsch aus Sektion 12

Drei Sekunden verstrichen.

Kennst du ihn?

Aiboy Ali schnitt eine Grimasse.

Ist angeblich Carpenters-Fan

Aiboy Ali verachtete die Carpenters.

Hat sicher ein Poster von Karen Carpenter an der Wand

Aiboy Ali verachtete Popmusik mehr als jedes andere Musikgenre. Easy Listening und Folk waren auch nicht gerade seine Favoriten.

Wie ist die Tonqualität? Kannst du gut hören?

Aiboy Ali starrte auf sein Display.

Laut und deutlich

Wie aufs Stichwort erhob sich Ruuds Nachfolger, Captain Natsir, und stellte sich vor. Er begrüßte Commissioner Witarsa und verneigte sich unterwürfig. Und er sprach so laut, dass die Leute nebenan noch alles mithören konnten.

»Bevor wir anfangen: Kann mir jemand erklären, warum die Stühle im Kreis aufgestellt sind?«, fragte Natsir.

Werry Hartono, eifrig wie immer, sprang hoch wie ein fertig getoastetes Toastbrot. »Erster *Inspektur* Pujasumarta stellt sie immer gern im Kreis auf«, erklärte er. »Er meint, die Leute würden so offener miteinander reden.«

»Nun, er ist ja nicht mehr mit dem Fall betraut, oder?«

Du hast Recht, er ist ein Gockel

»Alles aufgestanden. Bis auf Sie da mit den Krücken.« Er ließ die Aluminiumstühle in zwei Reihen anordnen. »Das hier ist doch keine Gruppentherapie!«

Vidi schnaubte und kraulte seinen *Sunnah*-Bart. Dann holte er zwei Münzen aus der Tasche und benutzte sie als Pinzette, um sich einzelne Härchen vom Hals zu zupfen.

»Und Sie, Hamzah?« Natsir wies mit dem Kinn auf den kleinen Beamten. »Was hat ein Streifenpolizist hier verloren?«

»Ich war von Anfang an bei dem Fall dabei«, erwiderte dieser und nahm sein Barett ab. »Woher kennen Sie überhaupt meinen Namen?« Eine *kretek* baumelte in seinem Mundwinkel.

»Weil er auf dem Namensschild auf Ihrer Brust steht. Wie lange sind Sie schon bei der Polizei?«

»Noch nicht lange«, räumte Hamzah ein. Er wollte an seiner Nelkenzigarette ziehen, besann sich jedoch anders und drückte sie aus. »Achtzehn Monate.«

»Was haben Sie vorher gemacht?«

»Ach, so dies und das.«

»Beispielsweise?«, fragte Natsir herausfordernd.

Hamzah bekam einen Hustenanfall, und die Gespräche verstummten, während alle darauf warteten, dass das Husten nachließ. Als der Anfall vorüber war, riss Hamzah den Filter von einer frischen Gudang Garam, zündete sie an und nahm einen tiefen Zug.

»Sie rauchen, als wäre es eine Alternative zum Atmen.«

Ein neuerlicher Hustenanfall endete damit, dass der Streifenpolizist den Raum verlassen musste.

Natsir rückte seine Krawatte zurecht. »Ich vermute, unser Freund wird ein Weilchen brauchen, bis er sich wieder erholt hat. Also fangen wir schon einmal ohne ihn an, in Ordnung, Gentlemen? Hier sind die Fakten. Der Flüchtige D. W. Soeprapto befindet sich mittlerweile in Gewahrsam. Er wurde heute Morgen verhaftet und von den Beamten der Brigade Mobil 27, bewaffneter Raubüberfall, befragt. Sie haben einen ballistischen Abgleich gemacht. Eine der Handfeuerwaffen, die man in seinem Apartment entdeckt hat, wurde beim Raubüberfall auf die Post in Sawah Besar benutzt. Allerdings weist nichts darauf hin, dass er etwas mit unseren drei Morden zu tun hat. Es gibt keinen Anlass anzunehmen, er wäre der Mah-Jongg-Meister. Davon abgesehen, hat er in einem Fall ein wasserdichtes Alibi: In der Nacht, als Mari Agnes Liem ermordet wurde, befand er sich in Untersuchungshaft – er ist festgenommen worden, weil er in eine Schlägerei verwickelt war. Und das bedeutet, dass wir wieder ganz am Anfang stehen.«

»Nicht ganz«, unterbrach Solossa. Der Gerichtsmediziner erhob sich, holte seinen Kamm aus der Hemdtasche und begann, sich gemächlich sein dünnes Haar zu ordnen. »Wir haben einen latenten Fingerabdruck von Supaphorn Boonsings Haut genommen, mithilfe von Sekundenkleber.«

Und los geht's …

»Es ist nur ein unvollständiger Daumenabdruck, und trotzdem haben wir es geschafft, ihn erfolgreich zu übertragen«, fuhr Solossa fort. »Aber leider ist unser Mann nicht in der Datenbank registriert. Ich habe mich auch schon an Yogyakarta gewandt. Wer auch immer diese Frauen getötet hat, hat keine Vorstrafen.«

Sag Natsir, er soll den Abdruck mit der Datenbank der E-KTP-Personalausweise abgleichen

Werry Hartono, eifrig wie immer, kam ihm zuvor, sodass Aiboy Ali Ruuds Aufforderung gar nicht erst umsetzen konnte. »Seit 2011 enthält das elektronische ID-Kartensystem, bei dem alle indonesischen Staatsbürger registriert sind, in der Regel auch die biometrischen Daten des Besitzers wie Fingerabdrücke und Iris«, schoss er sein Wissen heraus.

Commissioner Witarsa rief sofort beim Innenministerium an.

»Wenn wir nur einen unvollständigen Daumenabdruck haben, wird es länger dauern, ihn zu identifizieren. Einen Tag, vielleicht auch zwei«, sagte Solossa.

Natsir klatschte in die Hände. »Während der Commissioner die notwendigen Anrufe macht, habe ich weitere Fakten für Sie. CrimeLab Outsourcing in Sydney hat etwas über das Kfz-Kennzeichen des geheimnisvollen schwarzen Toyota Camry herausgefunden. Sie schicken uns spätestens morgen das vergrößerte Bildmaterial.

Jetzt zu den anderen Frauen auf Shireen Zees Foto. Gibt es etwas Neues zu berichten, Zweiter Lieutenant Hartono?«

»Eine der beiden Frauen ist vor einigen Monaten eines natürlichen Todes gestorben. Die andere, Fatima Iswandari, ist verschwunden, Sir«, legte Hartono los, der es offensichtlich genoss, im Rampenlicht zu stehen. »Wir gehen davon aus, dass sie sich in ernsthafter Gefahr befindet. Sie ist am Dienstag nicht zur Arbeit aufgetaucht. Bei einer Durchsuchung ihrer Räumlichkeiten waren keine Anzeichen eines Kampfes zu sehen. Das Bareskrim-Hauptquartier hat Porträtaufnahmen an die Zeitungen geschickt, und es wurde eine landesweite Vermisstenfahndung eingeleitet. Ich fürchte, wir müssen davon ausgehen, dass der Mah-Jongg-Meister für ihr Verschwinden verantwortlich ist. Von heute an erhält ihre Familie psychologische Betreuung und Polizeischutz.«

»Wir haben es ganz offensichtlich mit einer sehr intelligenten Person zu tun«, fügte Natsir hinzu. »Dass er es geschafft hat, die Frau einfach so zu kidnappen, ist erstaunlich.«

»Er spielt mit uns«, knurrte Vidi.

»Wenn wir es mit Moriarty zu tun hätten, wären wir jetzt schon tot«, murmelte Werry Hartono.

»Wie bitte?«, dröhnte Natsir.

»Nichts.«

Hamka Hamzah tauchte wieder auf und setzte sich auf seinen Platz.

Vidis Handy summte. Er ging ran, sagte ein paar scharfe Worte, dann stand er auf.

»Wo wollen Sie hin?«, bellte Natsir.

»Auf die Toilette.« Vidis Stimme troff vor Sarkasmus. »Wenn's erlaubt ist.« Er warf seinen Handtrainer auf den Konferenztisch und verschwand.

Aiboy Ali sah ihm nach, wie er den Raum verließ, doch statt sich nach links in Richtung Toiletten zu wenden, ging Vidi zu seinem Schreibtisch, holte eine kleine durchsichtige Box aus der Schublade und marschierte Richtung Aufzüge.

Gajah, es ist was im Busch. Vidi haut ab

Ruud schrieb zurück.

Raus aus dem Gebäude?

Aiboy Ali drehte sich leicht Richtung Fenster und schrieb dabei weiter an seinen SMS.

Ja und nicht das erste Mal dass er sich komisch benimmt letzte Zeit haut ab wie ein einsamer Wolf und sagt nicht wohin

Während der ganzen Zeit behielt Aiboy Ali Natsir im Auge.

Sein kranker Cousin?

Eine Pause.

Möglich

Eine weitere Pause.

Wo geht er hin?

Aiboy Ali lehnte den Kopf gegen die Fensterscheibe.

Seh ihn nicht STOPP sehe ihn.

Von seinem Platz am Fenster aus hatte Aiboy Ali ungehinderten Blick auf die Straße. Über das Summen der Klimaanlage hinweg waren die Busse und das Hupen der Lastwagen zu hören.

Er sah Vidi auf der anderen Straßenseite, wie er sich umsah, als wollte er sich vergewissern, dass er nicht verfolgt wurde. Dann stieg er in einen schwarzen Toyota Camry und fuhr davon.

Sunda Kelapa. Die alten Docks.

Ein großes weißes X auf rotem Hintergrund kennzeichnete den baufälligen Bunker als statisch bedenklich.

In den Schatten der Frachtschiffe war undeutlich eine Gestalt zu sehen, die sich durch das Halbdunkel bewegte. Die Gestalt blieb vor einer schweren Tür stehen, beugte sich vor, lockerte die Finger und zog ein Paar Handschuhe an.

Der Mann beugte sich wieder vor und begann, im schwachen Licht methodisch zu arbeiten. Er rückte seine Bifokalbrille zurecht und konzentrierte sich auf das Vorhängeschloss. Sein Bart war feucht vor Schweiß. Er blickte nervös über die Schulter, aber die Dockarbeiter in der Ferne waren viel zu sehr mit ihrer Fracht beschäftigt, um ihn zu bemerken.

Sekunden später klickte das Schloss. Er zerrte die schwere Tür auf und war drinnen.

Einen Moment stand er da und lauschte. In der Dunkelheit krabbelte eine Kakerlake über seinen Schuh. Er schloss die schwere Tür hinter sich und richtete den Strahl seiner Stablampe auf die steinernen Stufen, die nach unten führten.

Der verlassene unterirdische Eiskeller war einst von den Holländern benutzt worden, um Buntbarsche und Schnapperfische zu lagern, die direkt von den Booten hierhergebracht worden waren. Die Luft war klamm und kühl, und mit jedem Schritt die Treppe hinunter wurde es noch kühler. Unten verengte sich der Raum zu einer Höhle.

Hier blieb er stehen. Der kleine unterirdische Raum war wie ein Kokon aus Beton, in dem mittlerweile nur noch Ungeziefer und Insekten hausten. Doch er roch noch etwas anderes als feuchte, abgestandene Luft: Verwesung.

Der Mann fand zwei tragbare Atelierleuchten, die an eine 12-Volt-Batterie angeschlossen waren. Er stellte sie an und blinzelte, als das grelle Licht ihn blendete.

Langsam sah er sich um.

Zu seiner Rechten bemerkte er leere Paraffinkanister, ein aufgewickeltes Seil und Styroporplatten. An der Wand lehnte ein weißes Fahrrad, ein hiesiges Fabrikat, mit rotem Plastiksattel. Shireen Zees Fahrrad.

Zu seiner Linken sah er ein zusammenklappbares Feldbett. Das einzige Anzeichen, dass jemand hier gewesen war, waren ein dunkler Urinfleck und das Blut auf dem Boden. Das Blut war getrocknet, ein Teil war in die Risse im Erdboden gesickert.

Der Mann fuhr sich durch seinen *Sunnah*-Bart. Er ging zur Wand hinüber und betrachtete die Fotos, die an den Stein geheftet waren. Fünf Fotos. Fünf verschiedene Frauen.

Aber es war der Zeitungsausschnitt, der ihn fesselte.

Er war ebenfalls an die Wand geheftet, aber etwas abseits. Der Ausschnitt stammte aus der *Jakarta Post* und zeigte Erica und Imke Sneijder in der Ankunftshalle am Flughafen von Jakarta.

Um Imkes Gesicht war ein roter Kreis.

Ein Kreis aus Blut.

Langsam nahm er das Foto von der Wand, und sein Gesichtsausdruck wurde hart. Die Augen hinter der Bifokalbrille hatten die Farbe von Kohle angenommen.

Ohne Zweifel: Die junge Holländerin sollte sterben.

ACHTUNDZWANZIG

Am nächsten Morgen stand Imke vor dem *Kementerian Sosial.* Sie hatte sich dezent und umsichtig gekleidet und trug ein weites dunkles Baumwollkleid mit langen Ärmeln, das Arme und Beine bedeckte.

Die Uhr an der Wand zeigte Mittag. Es war spät, aber das war Imke egal. Sie war fest entschlossen, ein paar Antworten vom Sozialministerium zu bekommen. Sorgfältig und unter Zuhilfenahme von Google Translate füllte sie ein weiteres Formular auf Bahasa Indonesia aus. Eine Frau in einem smaragdgrünen Hidschāb sammelte höflich ihre Papiere ein.

Nachdem sie bereits zwei Stunden im schmuddeligen Empfangsbereich verbracht und sich mit diversen widerspenstigen Beamten auseinandergesetzt hatte, war sie darauf vorbereitet, hier noch weitere Stunden zu verbringen und den Behörden auf die Nerven zu gehen. In den letzten hundertzwanzig Minuten hatte sie mit einem untergeordneten Sekretär des Ministers gesprochen, mit seinem persönlichen Assistenten und dem Unterstaatssekretär für Resozialisierung. Außerdem hatte sie zwei Anrufe bekommen – einen vom Chefkoch des Palasts, der sie darüber in Kenntnis setzte, dass Kiki zum Mittagessen Reis mit Corned Beef bekommen würde, und den anderen von Erica, die ihr auftrug, auf dem Heimweg beim Shangri-La-Hotel zu halten und eine Schachtel Lindt-Mischung zu kaufen.

Ein eulenhafter Mann, der ein gutes Englisch sprach, begrüßte sie mit einem *salaam* und bat sie in sein Büro. Er forderte sie mit einer Geste auf, Platz zu nehmen, und fragte, wie er ihr behilflich sein könne.

»Ich bin auf der Suche nach jemandem«, begann sie, »der mir sehr wichtig ist. Allerdings weiß ich nicht, wie er heißt.«

Die großen Augen des Mannes blinzelten leicht verwirrt.

»Er wurde 1988 in Jakarta geboren, irgendwann Mitte Dezember. Der Name seiner Mutter ist Eny. Sein Vater ist Ausländer, Nachname Sneijder. Bis der Junge acht Jahre alt war, lebte er bei seiner Mutter, aber was danach passiert ist, weiß ich nicht. Vielleicht wurde er zur Adoption freigegeben.« Sie merkte, dass sie zu hastig und mit gepresster Stimme sprach, und atmete kurz durch. Dann fuhr sie langsamer fort: »Wissen Sie, wie ich ihn finden kann? Ich möchte ihm helfen.«

»Ist diese Person als vermisst gemeldet?«

»Nein, nichts dergleichen.« Sie musste deutlicher werden. »Mein Vater hatte eine Affäre, und dieser Junge ging aus der Beziehung hervor. Ich weiß, Sie werden das für aussichtslos halten, aber ich muss versuchen, ihn zu finden. Er ist mein Halbbruder. Könnte ich vielleicht Ihre Akten durchsehen? Vielleicht gibt es eine Geburtsurkunde oder etwas in der Art …«

»Dieses Kind ist mittlerweile ein Mann.«

»Ja.«

»Hatten Sie je zuvor Kontakt mit ihm oder seiner Mutter?«

»Nie.«

»Mrs. Sneijder, nicht wahr? Mrs. Sneijder, was Sie da vorhaben, ist bewundernswert, aber unmöglich.«

»Er wurde im Gandaria-Krankenhaus geboren.«

»Ich fürchte, Sie schwimmen da in einem Gewässer, dessen Tiefen und Strömungen Sie nicht kennen.«

»Das ist mir durchaus bewusst.«

»Indonesiens Geburtenregistrierung ist eine der niedrigsten in ganz Südostasien. Ich bedaure, sagen zu müssen, dass Kambodscha, Vietnam und Thailand uns meilenweit voraus sind, was das betrifft. Fünfunddreißig Millionen unserer Staatsbürger sind nicht amtlich registriert. Sie sehen also, sofern dieses Kind nicht in einer Familie der Mittelschicht aufgewachsen ist, wird es meiner Meinung nach nahezu unmöglich sein, es zu finden. Aber die Dinge ändern sich«, fuhr er fort. »Das indonesische Parlament hat ein Gesetz auf den Weg gebracht, das die amtliche Bescheinigung von Geburten weniger kompliziert macht. Außerdem wurde die Anmeldegebühr abgeschafft.« Kenntnisreich erklärte er Imke, dass es geschätzte fünf Millionen verlassener Kinder in Indonesien gab, von denen etwa 170 000 auf der Straße lebten, 80 000 davon allein in Jakarta.

»Was passiert mit diesen Straßenkindern?«

»Die Glücklicheren kommen in ein Sozialzentrum für Kinder. Wenn die Polizei keine Familienmitglieder ausfindig machen kann, werden sie unter staatliche Vormundschaft gestellt. Es gibt auch viele nichtstaatliche Organisationen, die versuchen, die Lage zu verbessern.«

»Könnten wir nicht die Krankenhausakten einsehen? Dürfte ich einen Blick in die Datenbank des Gandaria-

Krankenhauses werfen? Wenn ich seinen vollen Namen herausfinde, könnte ich eine Anzeige in die Zeitung setzen.«

»Selbst wenn wir alle notwendigen Informationen hätten, wären die Chancen sehr gering, ihn zu finden. Unser System ist und bleibt rückständig.«

»Und es gibt nichts, was Sie unternehmen könnten?«

»Es tut mir leid.«

Als Imke das Sozialministerium verließ, fühlte sie sich müde und deprimiert.

Mit wenigen Schritten durchquerte sie die Eingangshalle und trat draußen auf den Bürgersteig, an dem *kaki lima* vorüber, der gebratene Bananen verkaufte, dann an dem zweirädrigen Wagen, der *mie ayam bakso* feilbot, Hähnchen-Fleischbällchen mit Nudeln, und vorbei an der Reihe von blauen Minibussen, deren Fahrer aufs Autoblech klopften und ihre Fahrtziele ausriefen.

Sie brauchte eine Aufmunterung. Es würde ihr nicht helfen, wenn sie vor sich hinzubrüten begann.

Zunächst wollte sie ihre Tante anrufen, doch dann fiel ihr ein, dass Erica heute bei einem Mittagessen war, zu dem das ISI sie eingeladen hatte, das Indonesische Institut der Schönen Künste in Yogyakarta. Als Ehrengast erwartete man von ihr, dass sie eine kleine Rede halten und später eine Meisterklasse in Ölmalerei unterrichten würde.

Imke folgte ihrer Nase. Schwatzende Leute saßen an Tischen auf dem Gehsteig und aßen zu Mittag. Beim Geruch der gebratenen Bananen lief ihr das Wasser im Mund zusammen. Sie rief Ruud an.

»Ich bin am Verhungern«, verkündete sie.

»Wenn du beim Pizzaservice anrufen wolltest, hast du die falsche Nummer erwischt.«

»Wo bist du?«

»Zu Hause.«

»Allein?«

»Eigentlich nicht. Ich habe Besuch.«

Imke hörte eine weibliche Stimme im Hintergrund, und ihr sank der Mut.

»Ach?«

»Ja. Sie ist ziemlich unerwartet vorbeigekommen.«

Seine Frau, dachte Imke. Verdammt! Mist!

Unglücklich sagte sie: »Dann ruf ich später noch mal an, wenn du nicht so beschäftigt bist.«

»Warte! Ich bin nicht beschäftigt. Ich bin alles Mögliche, aber nicht beschäftigt. Geht es dir gut?«

»Alles in Ordnung. Ich wollte eigentlich fragen, ob du Zeit zum Mittagessen hast.«

»Ja, klar habe ich Zeit.«

Die Stimme der Frau ertönte wieder im Hintergrund.

Imke glaubte die Worte »Watschelenten-Curry« und »Ich bin extra rübergekommen« zu hören.

»Wer ist denn da bei dir?«, fragte sie schließlich.

»Das willst du gar nicht wissen, glaub mir. Sag mal, wo bist du denn?«

Sie sagte es ihm.

»Was machst du denn ausgerechnet in dem Stadtteil?«

»Nur Sightseeing«, log sie. Imke fühlte sich noch immer unbehaglich bei der Vorstellung, ihm von der Affäre ihres Vaters zu erzählen.

»Ich kenne ein großartiges Lokal da ganz in der Nähe.«

Noch mehr Geplapper im Hintergrund, gefolgt von undeutlichem Gemurmel.

Seine Stimme klang auf einmal gedämpft. »Was? Nein. Das Curry hält sich noch, ich kann es auch morgen essen. Ja, ja. Ich weiß, wie man den Reis aufwärmt. Du hast doch sicher noch Wichtigeres zu tun. Oh, um Himmels willen. Ja, ja, in Ordnung. Ich nehme dich mit.«

Imke wartete.

»Imke? Bist du noch dran? Trink einen Kaffee bei J.CO Donuts, und ich komme und hole dich da in zwanzig Minuten ab.«

Das Restaurant war eines der ältesten in Zentral-Jakarta und durchdrungen von einem eigenartig nostalgischen Zauber. Ursprünglich hatte man es Cooky getauft, doch mittlerweile war es unter dem Namen Restoran Miranda bekannt. Die Küche hatte sich auf Steaks aus Ochsenzunge, Hähnchen und *tahu telor* spezialisiert, ein Tofu-Omelette, das mit in Sojasauce marinierten Sojabohnensprossen zubereitet wurde.

Es überraschte nicht, dass das Lokal voll besetzt war.

Ruud stellte Imke seiner Exschwiegermutter vor. Die Frau lächelte strahlend. »Sie dürfen mich Nyonya Panggabean nennen.«

»Ich freue mich, Sie kennenzulernen«, sagte Imke, die sich bemühte, den intensiven Geruch nach Tiger Balm zu ignorieren.

In der kühlenden Brise der Ventilatoren saßen sie draußen unter einem wunderschönen Bougainvillea-Rankgitter.

»Ich war 1978 zum ersten Mal hier in diesem Restaurant. Da war ich zum Mittagessen mit Alan Whicker verabredet.«

»Sie kannten Alan Whicker?«, fragte Imke überrascht.

»Natürlich kenne ich ihn. Ich habe als Journalistin gearbeitet und als Erste die Story über den Mann gebracht, der auf einer Palme gewohnt hat. Er hat sich ein Bett aus Blättern und Zweigen gemacht und kam nie wieder runter. Der Mann war im *Guinnessbuch der Rekorde.*«

»Du hättest zu ihm raufklettern und gleich oben bleiben sollen«, sagte Ruud, und Nyonya Panggabean schnippte ihm strafend mit dem Finger gegen das Ohr.

Imkes sah die Frau mit großen Augen an und musterte ihr gutmütiges Gesicht. »Und Alan Whicker fand die Geschichte von dem Baummann interessant?«

»Als wir damals hier zu Mittag gegessen haben, war der Mann schon seit acht Jahren auf der Palme. Ich habe selbst sechzehn Tage lang unter dem großen, hässlichen Baum gesessen und habe versucht, ihn runterzulocken. Schließlich musste ich aufgeben, weil bei mir die Wehen einsetzten. Das Erste meiner neun Kinder. Ruuds Frau …«

»Exfrau!«

»Wie auch immer. Ruuds Exfrau war mein neuntes Baby.«

»Wurde die Geschichte denn je im Fernsehen ausgestrahlt?«

»1979 in *Whicker's World: Indonesia*; zumindest hat man mir das gesagt. Hier wurde es nicht gesendet.«

»Wie war er denn so?«

»Alan war ein netter Mann, sehr englisch. Er hat einen marineblauen Safarianzug mit kurzen Ärmeln getragen. Hübscher Schnurrbart. Nicht wie der Schnurrbart eines

Bollywood-Gangsters, aber nett, sauber und gestutzt. Und immer hat er gelächelt, selbst wenn er die ungezogensten Fragen gestellt hat. Er hatte so ein Blitzen in den Augen, genau wie mein Schwiegersohn hier.« Sie legte Ruud die Hand auf den Arm. »Deshalb hab ich ihn so gerne. Meine Tochter hat ihn verletzt und mir Schande gemacht, aber ich versuche, es wiedergutzumachen.«

»Was ist aus dem Mann im Baum geworden?«

»Oh, der sitzt immer noch da oben.«

Das Essen wurde serviert, und Imke konnte es kaum noch erwarten. Sie hielt Gabel und Löffel schon im Anschlag. »Esst! Esst!« Frau Panggabean machte ihnen eine Geste, dass sie zugreifen sollten.

Auf der anderen Straßenseite, keine hundert Meter entfernt, kam ein schwarzes Auto zum Stehen.

Der Mann in dem Wagen beobachtete die drei, und er fixierte die junge Holländerin in ihrem dunklen Baumwollkleid mit den langen Ärmeln. Sie räkelte sich unter einem Spalier mit einer roten Bougainvillea, aß, schwatzte und lachte. Mehrere Minuten lang vergaß er alles um sich herum.

Eine wilde Hitze loderte tief in seiner Brust.

Er holte eine Plastikbox aus dem Handschuhfach; darin befand sich eine Injektionsnadel, eine Spritze und eine Phiole mit Xylazin. Mit zitternden Fingern strich er über die Box, dann fuhr er mit dem Daumen die Nadel entlang.

Nicht mehr lange, sagte er sich. Es dauert nicht mehr lange.

NEUNUNDZWANZIG

Um vier Uhr nachmittags war Imke zurück in Bogor und lag in einem Liegestuhl auf der Veranda. Sie hatte Ochsenschwanzsuppe, Hähnchenschnitzel, gebratene Garnelen mit süßsaurer Sauce, Melonensaft, Erdbeerjoghurt, zwei Tassen Zitronentee und einen Becher sirupartigen Kaffee zum Mittagessen vertilgt und fühlte sich nun wohlig satt und zufrieden.

Kiki beobachtete sie erwartungsvoll und wedelte mit dem Schwanz. Dann winselte sie leise und legte eine Pfote auf Imkes Bein.

»In Ordnung, schon gut«, murmelte Imke. Sie hatte Kiki die Hähnchenreste aus dem Restaurant mitgebracht und schüttelte den Behälter, um Kiki ein wenig zu necken, bevor sie sie zu füttern begann.

»Schmeckt's?«

Kiki nieste anerkennend.

Imke blieb noch eine ganze Weile draußen, genoss das Sonnenlicht, das zwischen den Bäumen tanzte, und lauschte auf den Gesang der Vögel. Erst als die Moskitos sich auf ihre nackten Knöchel stürzten, schloss sie die Schiebetüren der Veranda hinter sich.

Fast stieß sie mit Erica zusammen, die gerade vom Institut der Schönen Künste in Yogyakarta zurückgekehrt war.

»Wie war's?«

»Nicht übel.«

Sie hielt einen Strauß künstlicher Blumen an die Brust gepresst, und Imke bemerkte noch mehr unechte Buketts.

»Plastikblumen?«

»Der Direktor hat sie mir überreicht. Was wird nur aus der Welt!« Sie steckte ein besonders scheußliches Bukett aus orchideenblütigen Dahlien in eine Porzellanvase und stellte sie in die Küche.

Imke hörte, wie sich die Kühlschranktür öffnete und wieder schloss.

»Hast du meine Schachtel Lindt bekommen?«

»Ich hab's vergessen, tut mir leid!«

»Macht nichts. Ich werde den Captain alarmieren, dass ich Schokolade brauche. Da wir gerade dabei sind: Hast du etwas von ihm gehört oder gesehen?«

»Nicht, seit wir in Jelekong waren.«

»So viele Tage ohne ein Sterbenswörtchen. Das sieht ihm gar nicht ähnlich.«

Erica schnappte sich die Fernbedienung und stellte den Flachbildfernseher an. ANTV zeigte Ghana gegen USA. Sie wechselte zu TVOne, wo Portugal gerade im Spiel gegen Deutschland Prügel bezog.

»Fußball, überall nur Fußball. Wissen die nicht, dass die Wahlen anstehen?«

Das altmodische Bakelit-Telefon im Korridor klingelte, und Imke ging hinüber und nahm ab. Die Wache am Portal teilte ihr mit, dass sie Besuch habe. *»Polisi«*, sagte er. Seine Stimme hallte leicht in dem beengten Raum des Wärterhäuschens. Sie bat darum, den Besucher durchzulassen, und legte wieder auf.

»Wer kann das sein?«, wunderte sich Erica.

»Ruud«, erwiderte Imke und versuchte, ihre Aufregung zu verbergen.

»Ich gehe duschen. Grüß ihn von mir.« Damit verschwand ihre Tante in ihrem Zimmer. Imke eilte auf die Veranda.

Das Auto fuhr in die Auffahrt, doch es war nicht Ruuds blauer Toyota, sondern ein schwarzer Toyota Camry.

Sie starrte den Wagen verwirrt an, während ein Mann mit *Sunnah*-Bart ausstieg. Seine Augen hinter den rechteckigen Brillengläsern waren schmal und von langen Wimpern umrandet.

Er starrte Imke an und wirkte nicht im Entferntesten freundlich.

Captain Natsir erhob sich und klatschte in die Hände. »Alle mal zuhören! CrimeLab Outsourcing in Sydney hat sich gemeldet. Wir haben das Kennzeichen des Wagens!«

Werry Hartono stand in der Mitte des Lageraums stramm und blätterte durch sein Notizbuch. »B six-nine-eight-seven«, las er die Nachricht im Original vor und hoffte, er würde wie Benedict Cumberbatch klingen, erinnerte in Wahrheit jedoch mehr an Mr. Bean. »Die letzten beiden Buchstaben sind weiterhin nicht erkennbar. Trotzdem haben wir es eingegrenzt auf zwei Toyota Camrys, die zum Verteidigungsministerium gehören.«

»Ist eines von ihnen verschwunden oder als gestohlen gemeldet?«, brüllte Natsir und marschierte im Zimmer auf und ab.

»Nein, Sir.«

»Sonderbar. Ich will, dass beide Wagen beschlagnahmt und von der Spurensicherung untersucht werden.«

»Sie sind schon dabei.«

»Prüfen Sie auch, ob Dellen an der vorderen Stoßstange erkennbar sind. Das kann Vidi übernehmen.« Natsir sah sich um. »Wo ist Vidi?«, bellte er.

»Er hat angerufen, um zu sagen, dass er einem Hinweis nachgeht«, erwiderte Hamka Hamzah.

»Letzte Nacht hat er behauptet, sein Cousin wäre im Krankenhaus.« Natsir blickte verärgert drein. »Das ist nicht hinnehmbar!«

Aiboy Ali, das Bein auf einem Stuhl abgestützt, hob die Hand. »Woher wissen wir, dass es keine gefälschten Nummernschilder sind?«

»Wie meinen?«

»Wenn ich der Mah-Jongg-Meister wäre, würde ich falsche Nummernschilder nehmen und nach dem Mord wieder die echten Kennzeichen einsetzen.«

»Ich glaube, da trauen Sie ihm dann doch zu viel zu«, sagte Natsir scharf.

»Eigentlich hat er da nicht Unrecht«, widersprach Witarsa, dessen Backen noch schlaffer schienen als gewöhnlich und so faltig waren wie ein Elefantenhintern. »Alles, was man dafür braucht, ist ein anständiger Bohrer.«

»Sie wollen also behaupten, unser Mörder hätte in der Nacht vom zwölften Juni mit voller Absicht HANKAM-Kennzeichen angebracht, um uns zu täuschen, weil er wusste, dass er von der Überwachungskamera gefilmt werden würde?«

»Ich finde, das klingt logisch.«

»Und Sie glauben, er ist jetzt gerade da draußen unterwegs, in seinem schwarzen Toyota Camry, auf der Suche nach seinem nächsten Opfer?«

»Er hält uns ganz schön in Atem, Sir«, sagte Aiboy Ali. »Von Anfang an hatte er die Oberhand.«

Der bärtige bebrillte Mann ging auf Imke zu und machte einen *salaam*. »Mein Name ist Vidi von der Hauptpolizeiwache auf der Jalan Kramat Raya.« Er sprach sie auf Englisch an, wobei er das R stark rollte und die Vokale rundete.

»Ja, ich weiß, wer Sie sind. Sind Sie offiziell hier?«

»Bitte leinen Sie Ihren Hund an. Ich muss mit Ihnen reden.«

»Mein Hund ist gut aufgehoben, wo er ist.«

»Es ist *najis*. Ich darf das Tier nicht berühren.«

Imke fühlte, wie ein Gefühl in ihr aufzukeimen begann – Angst, erst im Entstehen begriffen, aber nichtsdestotrotz lebendig. Das Geflecht seiner dünnen, hässlichen Wurzeln wuchs nach und nach in die Tiefe.

»Was machen Sie hier?«

»Ich bin gekommen, um Sie zu warnen.«

»Mich zu warnen?«

»Ihnen zu helfen. Ich bin gekommen, um Ihnen zu helfen.«

»Ich verstehe nicht, was Sie meinen.«

»Sie sollen mit mir kommen, in meinem Wagen. Ich soll Sie zur Polizeistation bringen.«

»Auf wessen Befehl?«

»Commissioner Witarsa hat es angeordnet.«

»Warum? Was ist los? Ist irgendetwas mit Ruud?«

Nein, kam es ihr dann, mit Ruud war alles in Ordnung; sie war es, die in Gefahr schwebte. Sie blickte über die Schulter und sah zu ihrer Bestürzung, dass der Park, der Weg und der befestigte Platz vor den Quartieren der Hausangestellten menschenleer waren. Die Chauffeure und Gärtner hockten entweder vor dem Fernseher oder sie dösten.

»Sie müssen tun, worum der Chef Sie bittet. Kommen Sie mit mir.« Imke versuchte verzweifelt, ruhig zu bleiben. Sie verschränkte die Arme vor der Brust. »Geben Sie mir die Telefonnummer Ihres Chefs, ich will ihn anrufen. Ich weiß nicht, was das alles soll, aber ich werde …«

Er unterbrach sie, und sein Tonfall wurde drängender. »Ich habe Grund zu der Annahme, dass Sie sich in ernster Gefahr befinden.«

»Das verstehe ich nicht.«

»Vielleicht reden wir besser drinnen weiter. Sind Sie allein? Wo ist Ihre Tante?«

Die Angst. Wieder dieses Gefühl in ihrem Bauch, ein kleines, hartes Samenkorn, das aufkeimte, Wurzeln schlug und wuchs, schneller und schneller.

Wider besseres Wissen ließ sie ihn herein.

Sobald er im Bungalow war, begann Vidi sich umzusehen.

»Sie wollen, dass ich mit Ihnen zur Polizeistation komme? Jetzt sofort?«

»Ja.«

Halt ihn hin, sagte sie sich. »Lassen Sie mich erst noch ein paar Sachen zusammensuchen. Kleider, Zahnbürste, meinen Reisepass.«

»Das ist Ihr gutes Recht.«

Imke eilte in ihr Schlafzimmer. Sie schloss die Tür, dann bemerkte sie zu ihrem Schrecken, dass die Türen keine Schlösser hatten. Warum war ihr das bloß vorher noch nie aufgefallen? Sie kramte nach ihrem iPhone und rief Ruud an.

Es klingelte und klingelte.

Keine Antwort.

Dann die Mailbox.

Sie versuchte es noch einmal.

Wieder keine Antwort.

Die Stille im Raum erschien ihr unnatürlich. Sie fühlte sich, als säße sie in der Falle, und überlegte, ob sie Erica alarmieren sollte. Sie könnten eine Barrikade aus Stühlen und Tischen errichten. Vielleicht könnten sie sich alle beide ins Badezimmer flüchten … nein, das war eine dumme Idee. Er würde bald kommen und sie suchen.

Wie wäre es mit einer Waffe? Ja, eine Waffe. Für wen hältst du dich denn, für Katniss Everdeen? Aber besser eine knallharte Katniss Everdeen als ein bedauernswertes Rotkäppchen. Such nach einer Schere oder einem schweren Aschenbecher! Oder Haarspray in die Augen! Oder etwas zum Werfen, ein Messer beispielsweise.

Imke atmete ein paar Mal tief durch. Sie schüttelte ungläubig den Kopf und ermahnte sich zur Ruhe. Es gab eine vernünftige Erklärung für alles. Kein Grund, in Panik zu geraten. Er war schließlich Polizist. Trotzdem steckte sie zur Sicherheit eine Nagelfeile in die Tasche. Sie wappnete sich, drehte den Türknauf, schwang die Tür weit auf und trat in den Salon.

Vidi stand in der Küchentüre. Seine Miene war ausdruckslos und kalt, wie eine Festung. Einen Moment lang starrten sich die beiden in die Augen. Ihr Herz setzte einen Schlag aus. Er fragte noch einmal, ob sie alleine war. Das kann alles nicht wahr sein, sagte sie sich. Und dann: Ich muss etwas unternehmen, bevor es zu spät ist.

Sie hatte das Gefühl, er könnte sie jeden Moment anspringen, und grub die nackten Zehen in den Boden. Was hatte Ruud zu ihr im Auto gesagt: »Imke, das hier ist kein Fernsehkrimi. Der Verdächtige gehört nicht zwangsläufig zur Besetzung.«

Ein Schauer überlief sie. Auf einmal nahm sie alles nur noch verschwommen wahr, und sie hatte das Gefühl, keine Luft mehr zu bekommen. Die Panik kehrte zurück, um ein Zehnfaches verstärkt. Sie blickte zur Veranda und überlegte, wie weit die Tür entfernt war und wie viele Schritte sie brauchen würde, wenn sie rannte. Zehn Schritte, drei oder vier Sekunden höchstens trennten sie von der Freiheit. Aber was dann? Lauf. Renn so schnell du kannst, in Richtung Palasttore. Und ruf nicht um Hilfe. Schrei »Feuer!«. Die Leute kamen immer angerannt, wenn man »Feuer!« schrie. Was, zum Teufel, hieß »Feuer« auf Indonesisch?

Sie fuhr zusammen, als ihr iPhone die Benny Hill-Melodie piepte. Es war Ruud.

»Was ist los?«, fragte er.

»Einer deiner Kollegen ist bei mir. Der mit dem Bart.«

»Vidi? Was will er bei dir?«

»Ich hatte gehofft, das könntest du mir sagen.«

»Gib ihn mir mal.«

Sie ging auf Vidi zu und hörte, wie er schwer durch die Nase atmete.

»Ruud Pujasumarta möchte mit Ihnen sprechen.«

Vidi nahm ihr das iPhone aus der Hand und beendete den Anruf ohne ein Wort. Er schaltete das Handy einfach ab. Seine Augen wurden schmal. »Erster *Inspektur* Pujasumarta ist nicht länger mit dem Fall betraut. Ich kann ihm keine Informationen weitergeben.«

»Sie machen mir Angst.«

In seinem Mundwinkel hatten sich Schaumbläschen gebildet. Erst in diesem Moment bemerkte Imke die Handschuhe. Und in einer seiner behandschuhten Hände hielt er eine kleine durchsichtige Box mit Injektionsnadeln und anderen Utensilien.

DREISSIG

Ihr Herz hämmerte.

Ganz langsam zog sich Imke in die Küche zurück. Sie bewegte sich so vorsichtig, als wäre eine Schlange ins Haus eingedrungen. Sie blieb einen Augenblick stehen, als sie begriff, dass sie nicht stark genug war, um Vidi zu überwältigen. Also wich sie noch weiter zurück. Den Blick weiterhin auf den Mann gerichtet, machte sie noch ein paar Schritte rückwärts, bis ihre Finger das Gestell mit den Küchengeräten berührten. Blind griff sie sich den Gegenstand, der ihr am nächsten war – und schwang einen Kartoffelstampfer. Du lieber Himmel! Sollte sie ihn vielleicht zu Tode pürieren?

Sie zog ihre Nagelfeile und hielt sie vor sich.

»Hey, hey, hey!« Vidi hob die Hände, um Imke zu beruhigen. »Sie brauchen keine Angst zu haben. Ich will Ihnen nichts Böses.«

»Warum tragen Sie Handschuhe? Und was sind das für Nadeln?«, schrie sie.

Als Kiki die Angst in Imkes Stimme hörte, kam sie von der Veranda hereingesaust und begann mit gefletschten Zähnen zu knurren.

»Nein! Rufen Sie den Hund zurück.« Vidi zog etwas aus der Brusttasche seiner Uniform. »Ich werde Ihnen alles erklären. Sie haben Angst, nicht wahr? Es gibt keinen Grund, sich zu fürchten. Hier, schauen Sie sich das mal an.«

Er hielt einen Zeitungsausschnitt in der Hand.

»Was ist das?«

»Nicht berühren. Ich hab ihn an einem Tatort gefunden, und es könnten die Fingerabdrücke des Mörders darauf sein.«

Er legte den Zeitungsausschnitt vorsichtig auf die Arbeitsfläche in der Küche. Imke starrte auf das Schwarzweißbild und erkannte Erica im Vordergrund und ihr eigenes Gesicht direkt dahinter. »Dieses Foto wurde am Tag unserer Ankunft am Soekarno-Hatta-Flughafen gemacht«, folgerte sie. »Warum ist mein Gesicht rot eingekreist?«

»Die Gesichter der Opfer waren an die Wand geheftet. Und das hier hing auch dort. Ich denke, es ist eine Art Souvenir.«

Kiki knurrte noch immer.

Imke schnalzte mit der Zunge, und der Hund kam zu ihr.

»Deshalb bin ich hier. Ich glaube, Sie sind in Gefahr.«

Imke starrte noch immer auf das Schwarzweißbild, und ihr Herz schlug immer noch viel zu schnell. »Wer weiß davon?«

»Ich habe einen Hinweis von einem meiner Informanten bekommen. Er sagte, er hätte einen Mann gesehen, der spätnachts einen Körper weggeschleift und in den Kofferraum eines Wagens geladen hätte. Ich bin dem Hinweis gefolgt bis zu einem unterirdischen, verlassenen Eiskeller. Seit Jahren wird er nicht mehr benutzt. Und ich wusste sofort Bescheid. Es war der Schlupfwinkel des

Mah-Jongg-Meisters. Ich habe Blut gesehen und Stricke. Sobald mir das klar wurde, habe ich Commissioner Witarsa angerufen und ihm berichtet, und er hat mich angewiesen, Sie zu Ihrem eigenen Schutz zur Polizeistation zu bringen.«

Sie war noch immer starr vor Anspannung, aber Vidis Geschichte klang glaubhaft.

Sie schaute noch einmal auf den Zeitungsausschnitt und blickte hastig auf, als sie ein Stöhnen hörte. Sie bemerkte, dass Vidi heftig schwitzte. Seine Hände zitterten, und er schien wacklig auf den Beinen.

»Was ist mit Ihnen?«

»Ich muss mich setzen.«

»Geht es Ihnen nicht gut?«

»Ich … ich würde mich gerne kurz zurückziehen. Haben Sie ein Badezimmer?«

Imke sah, dass er heftig zu blinzeln begann. Und plötzlich begriff sie: die Box mit den Nadeln, das Schwitzen und Zittern … Er war im Unterzucker. »Sie sind Diabetiker, nicht wahr?«

»Bitte, ich muss mich setzen und etwas essen.«

»Warten Sie, ich helfe Ihnen.« Sie nahm ihn am Arm und führte ihn zum Esstisch. »Sie können hier Ihren Blutzucker messen. Das muss Ihnen nicht peinlich sein.«

Ein Stuhlbein scharrte über den Boden, als er den Stuhl zurückzog, und er setzte sich schwerfällig. Seine Schultern sackten nach unten, und er atmete lauter und schwerfällig pfeifend durch die Nase.

Sie holte ihm ein Glas Wasser.

»Pujasumarta und die anderen wissen nichts von meiner Krankheit. Würde mich schwach aussehen lassen.«

Klickend öffnete er die Plastikbox mit den Utensilien und holte sein Messgerät heraus.

»Rima hat mich immer angerufen und mich erinnert, dass ich meinen Blutzucker messen muss. Das war, bevor sie krank geworden ist.« Schwer atmend erzählte er Imke von seiner Frau, die mit Brustkrebs im Krankenhaus lag. »Sie hat meine Diät beaufsichtigt und meine Medikamente kontrolliert. Jetzt vergesse ich es die ganze Zeit. Und so was passiert, wenn ich nicht daran denke, etwas zu essen. Ich habe meinen Kollegen nichts von meiner Frau erzählt, ich will kein Mitleid. Sie glauben, ich hätte einen kranken Cousin.«

Vidi steckte sich ein Stück Traubenzucker in den Mund. »In Ordnung. Jetzt geben Sie mir einen Augenblick Zeit.« Vidi setzte sich aufrecht hin und schloss eine Weile die Augen.

Imke saß stumm neben ihm, die Hände im Schoß.

Mit geschlossenen Augen wischte er sich den Schweiß von der Stirn. Eine einzelne Vene pulsierte an seinem Hals.

»Wie lange sind Sie schon verheiratet?«

»Zwanzig Jahre und drei Monate. Da waren wir beide achtzehn. Wir sind in dem gleichen Dorf in Sumatra aufgewachsen. Mein Vater war Traktorfahrer auf einer Ölpalmenplantage, und Rimas Vater arbeitete am Häcksler. Zwanzig Jahre und drei Monate Ehe, aber meine beste Freundin war sie schon viel länger. Und jetzt wird sie bald fort sein.«

»Geht es zu Ende?«

»Sie meinen, ob sie sterben wird?« Er nickte traurig. »Sie ist in einem Privatkrankenhaus, und die Medikamente sind teuer. Ich tue alles, was ich kann, um das alles zu bezahlen, damit sie nicht so viel Schmerzen hat.«

Imke sah ihn an. Er sah verzweifelt und traurig aus. Die Stille im Bungalow war bedrückend, und Imke suchte fieberhaft nach etwas, das sie sagen könnte, um das Schweigen zu durchbrechen.

Nur Kiki, die Wasser aus ihrer Schüssel schlabberte, durchbrach die Stille.

Er gab ihr ihr iPhone zurück. »Tut mir leid, wenn ich Ihnen Angst gemacht habe.«

»Schon in Ordnung, ich glaube, ich habe überreagiert.« Sie blickte zu den Dahlien in der Porzellanvase hinüber. »Meine Tante hat eine Menge Kunstblumen geschenkt bekommen. Würden Sie gerne welche für Ihre Frau mitnehmen?«

Vidi blinzelte schüchtern. »Machen Sie sich bitte keine Umstände.«

»Nein, bitte, ich bestehe darauf.« Sie stand auf und holte die Dahlien.

In dem Moment kam Erica herein, im Morgenmantel, ein Handtuch um den Kopf gewickelt. Sie summte »Who Let The Dogs Out?«

»Hallo. Sie sind ja gar nicht Ruud.« Ihre Haut war leicht gerötet und noch warm von der Dusche.

Vidi stand auf, verbeugte sich und stellte sich vor.

»Herr Vidi glaubt, ich könnte in Gefahr sein«, erklärte Imke. Sie berichtete Erica, was geschehen war.

»Oje, das klingt ziemlich ernst. Dann zieh ich mich mal besser um. Ich kann schlecht im Bademantel losfahren; die Leute würden glauben, ich wäre ein Boxer kurz vor der ersten Runde.«

Gleich darauf klingelte Vidis Handy.

Er nahm den Anruf entgegen und reichte Imke das Mobiltelefon weiter. Es war Ruud, und er war in heller Aufregung. Imke erklärte ihm, es sei alles in Ordnung, er müsse sich keine Sorgen machen und ja, sie würde ihr Handy wieder anstellen.

»Imke, bist du sicher? Erinnerst du dich an unseren Geheimcode, als wir noch Kinder waren? Sag ihn mir, damit ich weiß, dass du tatsächlich in Ordnung bist.«

»*Putri Salju,* Schneewittchen.«

»Okay, gut.« Ein kurzes Schweigen. »Du willst mir nicht erzählen, was da gerade los ist, oder?«

»Jetzt noch nicht, nein.«

»In Ordnung.«

»Wir sprechen uns später.« Sie legte auf.

Als sie Vidi das Handy zurückgab, klingelte es erneut. Diesmal war es Commissioner Witarsa, und die beiden Männer unterhielten sich kurz.

Als er den Anruf beendet hatte, wandte sich Vidi an die beiden Frauen. »Es gibt Ärger«, sagte er. »Die Polizei hat soeben eine Meldung aus dem Bogor-Palast erhalten, dass es einen Diebstahl gegeben hat.«

»Einen Diebstahl?«, echote Imke.

»Der Tierarzt kommt einmal im Monat, um nach dem Rehbestand zu sehen. Er hat gemeldet, dass Arzneien aus der Palastapotheke entwendet wurden, gleich neben den Quartieren der Angestellten. Der gesamte Vorrat an Xylazin ist verschwunden.«

Der Tierarzt redete und gestikulierte wild. Er ging in den kargen, hellen, nach Chemikalien riechenden Raum, gefolgt von Vidi, Imke und Erica. Das Echo ihrer Schritte hallte auf dem glatten Boden und den nackten Wänden wider.

Imke machte eine kurze Bestandsaufnahme: ein herunterklappbarer Behandlungstisch, ein Spülbecken aus Edelstahl, ein Magazinwagen, Schränkchen, Abspritzausrüstung, Waagen und eine Reihe von Krügen, Kellen und Behältern.

»Alle Medikamente werden hier drin verwahrt«, übersetzte Vidi für Erica. »Der Schrank ist verschlossen, und die Schlüssel werden im Büro des Captains aufbewahrt. Es gibt keinerlei Anzeichen dafür, dass der Schrank gewaltsam geöffnet wurde.«

»Wo ist eigentlich der Captain?«, fragte Erica.

»Er ist heute nicht zur Arbeit erschienen«, erwiderte Vidi. »Sie machen sich Sorgen wegen seines Verschwindens. Es wurde Alarm geschlagen, und der Palast bleibt bis auf Weiteres teilweise gesperrt. Der Captain hat sich abgemeldet, und sie haben im Protokoll vermerkt, dass er zu einem kulinarischen Fest in Gambir fahren wollte, doch seitdem hat er nichts mehr von sich hören lassen.«

Sie standen vor dem geöffneten Medizinschrank. Er war in zwei Bereiche mit unterschiedlichen Temperaturen aufgeteilt: 2° C – 7° C für Antibiotika und 15° C für alle anderen Medikamente.

Der Tierarzt fuhr mit der Hand die Regale entlang und benannte jede Flasche und Phiole. Bei der Lücke im Schrank hielt er theatralisch wirkungsvoll inne. »Das gesamte Xylazin ist verschwunden!«, rief er, und seine Worte hallten dumpf im Raum wider.

»Der Captain ist der Einzige, der Zugang zu den Schlüsseln hat, oder?«, fragte Vidi.

»Ja«, bestätigte der Tierarzt.

»Wann haben Sie die Palastapotheke zum letzten Mal überprüft?«

»Vor vier Wochen, als ich das letzte Mal hier war.«

»Das ist höchst verdächtig. Den Opfern des Mah-Jongg-Meisters wurde Xylazin injiziert, deshalb sollten Sie, Miss Imke«, schloss Vidi, »und Sie, Miss Erica, mit mir zur Polizeizentrale fahren. Zu Ihrer persönlichen Sicherheit; ich bin sicher, das werden Sie verstehen.« Die beiden Frauen sahen sich an.

Vidi hatte Recht. Auf keinen Fall durften sie riskieren, allein im Bungalow zu bleiben.

Der Beamte betrachtete den Raum noch einen Moment. »Es könnte sich als ganz normaler Einbruch herausstellen, aber ich bezweifle es sehr.«

EINUNDDREISSIG

Die Polizei und die Spurensicherung waren im gesamten Bereich des verfallenen Bunkers am Sunda Kelapa-Hafen ausgeschwärmt.

Ruud duckte sich unter dem gelben *Garis Polisi*-Band hindurch und eilte durch die schwere Tür und die Steinstufen zum unterirdischen Eiskeller hinunter. Ein Polizist reichte ihm ein Paar Einweghandschuhe, aber bevor Ruud sie überziehen konnte, riss Captain Natsir sie ihm aus den Fingern.

»Sieh an, wenn das nicht unser Captain Gockel ist.«

»Warten Sie oben, Pujasumarta.«

»Aber oben sind die Menschenwesen. Ich bin ein Maulwurf; ich lebe unter der Erde.«

»Haben Sie nicht verstanden, dass Sie sich verpissen sollen?«

»Hey, ich habe Sie nur auf den Arm genommen. Und jetzt lassen Sie mich durch«, beharrte Ruud.

Natsir hob die Faust, und seine Nasenflügel weiteten sich. »Sie gehen da auf keinen Fall rein.«

»Und ob ich das werde, verflucht.«

Einige spannungsgeladene Sekunden lang standen sie sich gegenüber, und keiner der beiden Männer wich auch nur einen Millimeter zurück.

Natsir zischte wütend: »Sie wurden von dem Fall abgezogen, Pujasumarta. Oder haben Sie das bequemerweise verdrängt?«

»Brigadegeneral Fahruddin hat gesagt, ich soll mir ein paar Tage frei nehmen, und das habe ich getan. Jetzt bin ich wieder zurück und melde mich zum Dienst, unter Ihrer Aufsicht.«

»Sie kommen hier nicht an mir vorbei.«

»Sie nehmen die Sache ziemlich persönlich, Gockel.«

»Ja, verflucht! Sie haben die Ermittlungen beinahe vermasselt. Und hören Sie auf, mich Gockel zu nennen!«

»Nehmen Sie's mir nicht übel, Sir, aber langsam klingen Sie wie ein richtiges Arschloch.«

»Wie können Sie es wagen!« Der Mann packte Ruud am Kragen.

»Das reicht!«, brüllte Witarsa aus den Schatten. »Aufhören, und zwar alle beide.« Er schob seine massige Gestalt zwischen die Männer.

Ruud trat keuchend zurück.

»Was ist los mit Ihnen beiden? Haben Sie Jackfrüchte statt eines Gehirns da oben? Benehmen Sie sich gefälligst Ihrem Rang entsprechend! Pujasumarta, wenn Sie noch einmal einen dienstälteren Beamten beschimpfen, gibt's eine Gehaltskürzung. Und, Natsir, ich habe abgesegnet, dass er hier ist, also würde ich Ihnen dringend raten, ihn nicht zu schikanieren. Wir brauchen jede Hilfe, die wir kriegen können. Und wenn Sie noch einmal einem rangniederen Beamten gegenüber handgreiflich werden, melde ich das nach oben.« Witarsa machte eine kurze Pause, um sich zu vergewissern, dass seine Botschaft angekommen war. »Und jetzt, Captain, geben Sie dem Mann bitte seine Handschuhe zurück.«

Natsir zerknüllte die Einweghandschuhe, dann warf er sie Ruud zu.

»Zur Hölle!«, schimpfte er und stampfte die Stufen hinauf, dem schmalen Streifen Tageslicht entgegen.

Es war ein schaler Sieg.

Witarsa fuhr sich mit der Hand über die Hängebacken. Der Nerv an seinem Auge hüpfte wie Flöhe auf einer Katze, doch Ruud war mittlerweile an den Anblick gewöhnt. Er folgte dem Commissioner in den dunklen Tunnel. Was würden sie hier vorfinden?, fragte er sich. Einen Raum mit den Überresten der abgeschlachteten Frauen? Er schauderte bei dem Gedanken. Die beiden Männer betraten den Raum und gesellten sich zu der Gruppe Polizisten und Spurensicherer.

Trotz der warmen Scheinwerfer war es kühl.

»Frisch hier unten«, sagte der Erste *Inspektur,* »wie in einem Spinnenloch, was?« Er nahm sich Zeit und betrachtete langsam und methodisch den Anblick, der sich ihm bot. Szenario. Er prägte sich die Struktur des Tatorts genau ein.

Er sah die leeren Paraffinbehälter, das aufgewickelte Seil und die Styroporplatten. Ein rascher Blick sagte ihm, dass das weiße Fahrrad in der Ecke Shireen Zees sein musste. Und eine genauere Untersuchung des klappbaren Feldbetts mit dem dunklen Urinfleck bestätigte ihm, dass dies der eigentliche Tatort war. »Hier also wurde Shireen umgebracht.«

Ruud ging in die Hocke, um das Blut auf dem Boden zu untersuchen. »Aber ich habe den Eindruck, sie war nicht die Einzige. Dieser Blutfleck hier kommt mir frischer vor als der da drüben.« Er wies auf den Boden ein

Stückchen entfernt. »Sehen Sie die Stelle, wo das Blut in die Ritzen gesickert ist? Sieht so aus, als wäre es höchstens ein oder zwei Tage alt.«

Er richtete sich wieder auf, näherte sich der Wand und blickte auf die Bilder der fünf Frauen. Ein Beamter von der Spurensicherung untersuchte sie auf Fingerabdrücke und bestäubte sie leicht mit einem Marbou-Federpinsel. Ein anderer Beamter leuchtete mit einem tragbaren UV-Licht über den Bereich.

»Noch immer keine Spur von den anderen beiden?«

»Nein«, erwiderte Witarsa. »Aber es gibt Hinweise, dass er sie möglicherweise hier gefangen gehalten hat, bevor er sie anderswo hingeschafft hat.«

»Was darauf schließen lässt, dass er zwei Schlupfwinkel hat.« Ruud dehnte seinen Nacken. »Was zum Teufel ist denn das?« Er wies auf einen schweren, dunklen Vorhang.

Witarsa ging hinüber und zog ihn zur Seite. »*Alhamdulilah!* Das ist so eine Art Schrein.«

Die Wand war mit Dutzenden Fotokopien des immergleichen Bildes gepflastert. Ruud löste eines und betrachtete es. Er sah einen weißen bärtigen Mann europäischer Abstammung, etwa fünfunddreißig Jahre alt. Es war ein Verbrecherfoto, und der Sträfling trug einen blauen Overall mit einem schwarzen Schild, das ihn als TDOC 255783 identifizierte.

»Wer ist das?«

»Ich habe keine Ahnung, Sir.«

»Finden Sie es heraus!«

Das Handy des Commissioners summte. Er wanderte davon auf der Suche nach besserem Empfang.

Ruud ging zurück zu dem Beamten mit dem Pinsel. »Irgendwas gefunden?«, fragte er.

Der Ermittler nickte. »Wir haben Glück. Sehen Sie das? Sieht so aus, als hätten wir einen deutlichen Daumenabdruck und ein partiellen Abdruck auf Bild drei und einen weiteren auf Bild vier.«

»Ausgezeichnet.«

Ruud starrte wieder auf die Fotos. Als sein Blick auf Fatima Iswandari fiel, dachte er an Imkes Vater, und die alten Fragen kamen ihm wieder in den Sinn. Was hatte Mathias Sneijder mit diesen Frauen zu tun?

Arief, der Polizeifotograf, trat in sein Blickfeld. Ruud sah zu ihm hinüber und beobachtete ihn einige Augenblicke. Etwas Seltsames war heute in seiner Haltung, aber Ruud brauchte ein Weilchen, bis er sich darüber klar wurde. Er rief Hamzah zu sich. »Was ist denn mit Arief los? Er sieht völlig verstört aus«, flüsterte er.

»Keine Ahnung.«

Arief, von allen nur ›der Mann mit dem irren Blick‹ genannt, stand abseits und starrte mit gefalteten Händen ins Leere. Seine Kameras baumelten unbeachtet von den Schultern.

»Er setzt doch sonst immer die Ellbogen ein und schiebt jeden aus dem Weg, der ihm in die Quere kommt«, bemerkte Ruud.

»Vielleicht hat er seit Wochen nicht mehr geschlafen. So wie ich.«

Ruud wandte den Blick ab. Er rieb sich die Nase und hielt den Mund verdeckt, sodass man seine Lippen nicht sehen konnte. »Ich habe einen Auftrag für Sie, mein Freund. Aber Sie dürfen mit niemandem darüber reden.«

Hamzah reckte sich stolz und dehnte die Schultern.

»Ich möchte, dass Sie Arief folgen. Bleiben Sie ihm auf den Fersen, aber seien Sie vorsichtig. Ich will wissen, wo er hingeht, was er macht und mit wem er spricht.«

»Wird mir das als Überstunden angerechnet?«

»Ja.«

»Und doppelt, wenn ich nach zehn Uhr abends noch dran bin?« Es war nicht zu fassen. »Was immer Sie wollen. Aber passen Sie gut auf, dass er Sie nicht sieht.«

»Sie können sich auf mich verlassen.«

Die Angelegenheit war geregelt, und im gleichen Augenblick begann es in Hamzahs Brust zu rasseln wie die Samen in einem getrockneten Kürbis, der geschüttelt wurde. Der kleine Beamte verließ fluchtartig die Höhle und sauste die Stufen hinauf, um sich eine Gudang Garam anzuzünden.

Dreißig Minuten später, Ruud war noch immer unten im Eiskeller, klingelte sein Handy. Das Display zeigte ihm, dass es Hamka Hamzah war. »Ja?«

»Ich hab ihn verloren.«

»Was meinen Sie damit, Sie haben ihn verloren?«

»Ich bin Arief gefolgt, als er den Tatort verlassen hat. Er ist in ein Taxi gesprungen, und ich habe ein Bajaj-Moped erwischt, aber wir konnten das Tempo nicht halten.«

»In welche Richtung ist er gefahren?«

»Aus der Stadt raus, Richtung Süden. Ich habe das Gefühl, er ist nach Bogor gefahren.«

»Bogor? Warum sollte er denn dorthin fahren?«

»Woher soll ich das wissen?«

»Wir haben etwas gefunden!«, rief Witarsa aus der Höhle. *»Alhamdulilah!«*

»Fahren Sie zum Palast, Hamzah, und warten Sie dort auf meinen Anruf.« Ruud legte auf. »Was gibt es, Boss?« Er wandte sich um, doch die anderen Beamten versperrten ihm die Sicht.

»Pujasumarta, kommen Sie und sehen Sie sich das an!«

Ruud arbeitete sich durch das Gedränge. Der Commissioner und drei Beamte von der Spurensicherung umstanden einen Thermokarton. Der Boden des Kartons war mit Trockeneis ausgelegt, das teilweise sublimiert war.

»Hier drin hat er die Hände aufbewahrt«, sagte Witarsa.

Ruud beugte sich vor, damit er besser sehen konnte, und bedeckte Nase und Mund, um sich vor dem Kohlenstoffdioxid-Gas zu schützen.

»Aber wo sind die Hände jetzt?«, fragte sich Witarsa laut.

»Wahrscheinlich in seinem zweiten Schlupfwinkel.« Ruud beugte sich noch tiefer über die Kiste, als ihm etwas anderes auffiel. Am Fußende des Feldbetts glitzerte unter einem Knäuel aus Zeitungspapier ein metallischer Gegenstand. »Was ist das?«

Ein Beamter der Spurensicherung griff mit behandschuhten Händen unter das Bett. »Es ist ein Stift. Ein silberner Kugelschreiber.«

Ruuds Herz krampfte sich zusammen. »Verdammt! Ich glaube, ich weiß, wem der gehört.«

ZWEIUNDDREISSIG

Imke und Erica packten eine Übernachtungstasche und machten sich bereit, den Bungalow zu verlassen.

»Was glaubst du, wie lange werden wir weg sein, Imke?«

»Ein paar Tage, würde ich sagen.«

Draußen trafen sie Nakula, die Chauffeursmütze schief auf dem Kopf. Er stand in der Biegung der Auffahrt und warf Stöckchen für Kiki. Der Hund war begeistert und vollauf damit beschäftigt, den Stock zu holen, den der Chauffeur über den Rasen schleuderte. Jedes Mal, wenn Kiki mit wedelndem Schwanz zurückgerannt kam und den Stock zu seinen Füßen niederlegte, kraulte ihr Nakula die Ohren und belohnte sie mit einem Leckerli aus einem Plastikbeutel. Als die beiden Frauen sich näherten, legte er die Hand aufs Herz und neigte den Kopf.

»Benötigen Sie heute meine Dienste, Madam?«

»Heute Abend nicht, danke«, erwiderte Imke und hakte sich bei ihrer Tante unter. »Wir werden bei Detective Vidi mitfahren.«

Er streckte ihnen eine kleine Schachtel mit Slai-O'lai-Keksen entgegen. »Erinnern Sie sich an die Kekse mit Ananasmarmelade, von denen ich erzählt habe? Ich habe Ihnen welche mitgebracht.« Er verneigte sich.

»Danke, Nakula. Wie nett von Ihnen.«

Die Sonne begann zu sinken und sandte ihre Strahlen über den schimmernden See.

Imke und Erica stiegen mit Kiki hinten in den Toyota Camry, dessen Klimaanlage auf vollen Touren lief. Vidi fuhr Richtung Norden, ohne ein weiteres Wort mit ihnen zu wechseln.

Sie rasten durch die hereinbrechende Dämmerung und den silbergrauen Dunst der Abgase. Rasch verblasste das Tageslicht, und die Schatten verdichteten sich. Vidi fuhr etwa acht Kilometer, dann murmelte er etwas, das wie »Stoßdämpfer« klang. »Wir haben ein Problem«, fügte er etwas lauter hinzu. Er hat Recht, dachte Imke, der Wagen scherte aus und begann zu schlingern. Vidi fuhr von der verkehrsreichen Jalan Raya Pajajaran ab und holperte in eine ruhige Straße, die durch offenes Gelände führte.

Imke sah verwahrloste Bäume und eine ungepflegte Grasfläche.

Mit ausdrucksloser Miene fuhr Vidi bei einer Bruchsteinmauer an den Straßenrand, stellte das Warnblinklicht an und zog die Handbremse. Er zog die Schlüssel ab; die Klimaanlage stoppte abrupt, und die Armaturenbeleuchtung erlosch. Nur die Ziffern der digitalen Uhr und der Temperaturanzeige waren noch zu sehen.

»Wo gehen Sie hin?«, fragte Imke.

»Ich fürchte, wir haben eine Panne.«

Er stieg aus, ging um den Wagen herum und blieb bei einem der Vorderräder stehen. »Reifenpanne«, sagte er dumpf.

Die breiten Blätter eines Cashewbaums warfen ihren Schatten über das Auto, das Licht der Straßenlaternen war schwach.

Der Kriminalbeamte kniete sich nieder und betrachtete stirnrunzelnd den Reifen – er war ganz offensichtlich angeschlitzt worden. Vidi knirschte mit den Zähnen. Der Schnitt war fingerlang und ging glatt durch.

Erica lehnte sich in ihrem Sitz zurück, biss – was nicht weiter verwunderlich war – in einen weiteren Keks und genoss den berauschenden Geschmack der Ananasmarmelade.

Vidi öffnete den Kofferraum des Toyotas auf der Suche nach Ersatzreifen, Wagenheber und Radkreuz. Zehn Sekunden verstrichen in völliger Stille. Imke stellte sich vor, wie Vidi den Wagenheber aufbaute und ihn unter dem Wagen platzierte, doch als sie das Gesicht ans Fenster drückte, sah sie keine Spur von ihm. Nervös wartete sie und rang die Hände. Sie hörte nichts außer ihrem eigenen Herzschlag.

Dann durchbrach ein metallisches Quietschen die Stille.

Rund um sie war nur spärliches Gehölz und verkrüppeltes Buschwerk. Die Felder waren vor Kurzem gepflügt worden. Keine Menschenseele in Sichtweite. Hundert Meter entfernt lag eine Schule. Imke sah einen Spielplatz mit Schaukeln und Rutschen und ein Lagerhaus in der Ferne, aber niemand war unterwegs.

Die Nacht hatte sich herabgesenkt, und der Himmel war von einem tiefen Indigoblau. Es herrschte nur wenig Verkehr auf dieser Nebenstrecke; lediglich die gelben Doppelscheinwerfer eines fernen Trucks durchschnitten die Dunkelheit in der Ferne.

Neugierig drehte Imke den Kopf, um zu sehen, was hinter ihr passierte, aber die Klappe des Kofferraums verdeckte ihr die Sicht, und sie sah nur schwarzes Metall. Plötzlich wurde ihr sehr unbehaglich zumute, und sie verschränkte erneut nervös die Finger und wand sie im Schoß.

Es wurde langsam warm im Wagen. Die Temperaturanzeige auf dem Armaturenbrett stand auf 27° C, doch trotzdem hatte sie eiskalte Hände und Füße, und die Kälte kroch ihr weiter Knie und Ellbogen hinauf. Sie versuchte, sich zu beruhigen, und drückte Kiki leicht, doch der Hund reagierte nicht, sondern schien tief und fest zu schlafen. Auch Erica blickte schläfrig drein.

Seltsam.

Plötzlich eine Explosion aus Gold, die die Dunkelheit zerriss. Scheinwerfer tauchten im Seitenspiegel auf und blendeten sie. Motorengeräusch verstummte. Eine Autotür wurde geöffnet und wieder zugeschlagen.

Schritte.

Stimmen.

Eine Silhouette glitt an ihrem Fenster vorbei, dann verstummte das Gespräch abrupt.

Imke legte ihre Hand auf Ericas Ärmel, doch ihre Tante war eingeschlafen. Sie rüttelte sie am Arm, aber Erica rührte sich nicht.

Verwirrt schüttelte Imke sie noch kräftiger. »Erica! Wach auf. Hier stimmt was nicht.« Kekskrümel fielen vom leblosen Mund ihrer Tante.

Und dann hörte Imke einen dumpfen Schlag und einen erstickten Schrei.

»Vidi?«, rief sie. »Vidi, was ist los? Vidi!«

Sie stieg hastig aus dem Wagen und wäre beinahe gestürzt.

Sie sah den Kriminalbeamten reglos auf dem Rücken liegen. Um ihn herum breitete sich das Blut aus wie ein roter See.

Die Brille war ihm vom Gesicht gerutscht, quer über seine Kehle lief ein hässlicher blutroter Schnitt, und seine Augen waren offen und schienen hervorzuquellen, während der Mund in einem stummen Schrei erstarrt war.

Imke stand wie versteinert da, den Blick starr auf den toten Polizisten gerichtet, wie hypnotisiert von dem Blut. Nein, formte sie lautlos mit den Lippen. Nein, das kann nicht wahr sein, das passiert nicht wirklich.

Dann spürte sie eine schwache Bewegung hinter ihrer Schulter.

Schwere Schritte, die sich von hinten näherten.

Jeder Muskel in ihrem Körper schrie: Lauf! Aber sie war wie erstarrt vor Angst, ihre Beine schienen steif und hölzern.

Eine behandschuhte Hand legte sich über ihren Mund. Dann ein stechender Schmerz. Sie biss sich in die Lippen. Der Geruch von Kunstfaser drang ihr in die Nase, und sie schmeckte Latex.

Der Erdboden kam ihr entgegen, und sie landete auf dem Gesicht.

Dann wurde sie festgehalten. Harte Knie rammten sich in ihren unteren Rücken und trieben ihr die Luft aus den Lungen.

Rasend vor Angst schlug sie um sich, kratzte und bäumte sich auf, im verzweifelten Versuch, ihren Angreifer abzuschütteln, aber er war zu stark.

Ihr Kleid verhedderte sich, und sie verlor einen Schuh.

Sie nahm mit allen Sinnen überdeutlich wahr: das orange Warnblinklicht; die Hitze, die vom Autokühler ausging; ihre Beine, die auf den feuchten Boden schlugen; der Geschmack von Sand und Schmutz im Mund und der sonnengewärmte Asphalt.

Ein stechender Schmerz schien ihr Genick zu durchbohren. Eine Nadel. »Nein!«, schrie sie.

Aber der Inhalt der Spritze drang schon in ihren Blutkreislauf.

Die Luft um sie herum schien sich zu verdichten, und sie schien zu schweben. Die Augen fielen ihr zu.

Alles wurde schwarz und still.

DREIUNDDREISSIG

Aus den riesigen Außenlautsprechern der Großen Moschee von Sunda Kelapa drang ein statisches Knistern. Der Muezzin hustete ins Mikrofon und scheuchte damit einen Vogelschwarm auf, der aufflog und in der Dunkelheit verschwand. Das *isha*-Gebet begann.

Witarsa wählte erneut Vidis Nummer.

Ruud stand neben ihm. »Und?«

»Er geht nicht ran«, erklärte der Commissioner.

»Verdammt!«, brüllte Ruud. Er hatte bereits unzählige Male versucht, Imke zu erreichen, aber ihr Mobiltelefon war ausgeschaltet.

»Beruhigen Sie sich, Pujasumarta. Ich habe schon drei Streifenwagen zum Palast geschickt. Gehen Sie und informieren Sie die anderen. Ich versuche es weiter bei Vidi.«

»Wo ist Natsir?«

»Den habe ich mit nach Bogor geschickt.«

Ruud atmete tief ein und roch Zigarettenrauch, Schweiß und Dieselabgase.

Die Ermittler waren dabei, Metallbarrikaden zu errichten und die Straße abzuriegeln, und eine Reihe uniformierter Polizisten hinderte Schaulustige und Reporter daran, näher zu kommen. Weiter unten an der Straße bremste ein Pendlerbus quietschend vor einer roten Ampel.

Zehn Minuten verstrichen, dann zwanzig. Noch immer

gab es kein Lebenszeichen von Vidi oder dem Captain oder Imke. Ruud fühlte sich, als würde er auf glühenden Kohlen sitzen.

Die Analyse der Fingerabdrücke bestätigte seine schlimmsten Ängste.

Am Rand der Polizeibarriere hielt Ruud die Asservatentüte mit dem silbernen Kugelschreiber hoch. Alle Blicke waren auf ihn gerichtet. Die Polizisten und die Beamten von der Spurensicherung reckten die Hälse, um zu sehen, was in der Tüte war. Sie waren urplötzlich wieder wachgerüttelt von dem Durchbruch, das konnte er an ihren Mienen ablesen.

Ruud schluckte; plötzlich fühlte sich sein Mund sehr trocken an. »Wir haben hier …« Die Worte blieben ihm beinahe in der Kehle stecken. Einen Moment glaubte Ruud, der Boden unter seinen Füßen würde schwanken und es gäbe ein Erdbeben. Er stampfte mit dem Fuß auf und setzte neu an.

Diesmal gehorchte ihm seine Stimme. »Wir beginnen mit der Großfahndung, Gentlemen. Ich habe hier einen Stift, von dem wir glauben, dass er dem Mah-Jongg-Meister gehört.« Er hielt ihn erneut hoch. »Die Fingerabdrücke auf dem Kugelschreiber stimmen mit den Abdrücken auf den Fotos überein, die unten im Keller an der Wand hängen. Unsere Techniker haben die Bilder der Fingerabdrücke bearbeitet, um Verschmutzungen und digitale Störungen zu entfernen. Sie haben den Abdruck mit unseren Datenbanken abgeglichen – und sie sind fündig geworden. Unser Hauptverdächtiger ist ein Mann namens Chalid Ismail, auch bekannt als ›der Captain‹. Keine Vorstrafen; seit fünf Jahren Angestellter im Istana Bogor-

Palast. Laut Sicherheitsprotokoll hat er sich im Istana Bogor abgemeldet und Urlaub beantragt, um an einem Food Festival in Gambir teilzunehmen. Seitdem hat ihn niemand mehr gesehen, und man hat auch nichts von ihm gehört.

Des Weiteren wurde jetzt bestätigt, dass der schwarze Toyota Camry, den der Täter gefahren hat, zum Fuhrpark des Verteidigungsministeriums gehört. Kennzeichen B 6987 PJ. In der Nacht, in der Shireen Zees Leiche in die Gasse hinter dem HERO geschafft wurde, fand im Palast ein Treffen der *Kabinet Republik Indonesia* statt, an dem achtzehn Ministerräte teilnahmen. Drei der Minister blieben über Nacht, und die Chauffeure verbrachten den Abend mit Kartenspielen und Fernsehen in den Angestelltenquartieren. Niemand hätte es bemerkt, wenn sich unser Mann die Schlüssel geschnappt und eines der Fahrzeuge genommen hätte. Wir haben den Weg des Autos via Automatischer Nummernschilderkennung verfolgt. Die Kameras haben das Kennzeichen an der Automaten-Kasse auf der Jagorawi Toll Road und an der Ausfahrt der Bogor-Ringstraße bestätigt.«

»Gibt es irgendwelche Fotos des Fahrers?«

»Nein. Jetzt, da sich herausgestellt hat, dass Ismail unser Mann ist, muss ich Sie wohl nicht extra daran erinnern, dass er bewaffnet und extrem gefährlich ist. Der Commissioner hat mit sofortiger Wirkung einen Schießbefehl bei Sichtkontakt erlassen.«

Werry Hartono hob die Hand. »Was ist unser nächster Schritt, Erster *Inspektur?*«

»Unsere unmittelbare Aufgabe ist es, den Palast und jeden, der sich auf dem Gelände befindet, zu sichern.«

»Haben wir es mit einer Geiselnahme zu tun?«

Ruud versteifte sich und fühlte, wie sich sein Magen verkrampfte. Seine Gedanken wanderten zu Imke. War sie in Sicherheit? Was, wenn nicht? Er wollte nicht darüber nachdenken, was als Nächstes passieren könnte.

»Eine Geiselnahme? Im Moment noch nicht. Wir haben keine Meldung bekommen, dass es Schwierigkeiten in Bogor gibt. Der Palast wurde abgeschottet. Und ich kann bestätigen, dass Präsident Yudhoyono in Sicherheit ist. Bitte alle Kriminalbeamten und sämtliche Personen ab dem Rang eines Lieutenants zu mir; ich erkläre Ihnen jetzt Ihre persönlichen Zuständigkeiten.«

Ein Hubschrauber des Polizeidezernats schwebte über ihnen. Das dumpfe Wopp-wopp-wopp der Rotorblätter übertönte das Gebet des Muezzins.

Die ganze Zeit über hielt Witarsa sein Mobiltelefon ans Ohr gepresst. Jetzt beendete er das Gespräch und kam zu den Männern herüber. Seine Miene war ernst.

»Sie haben Vidis Auto abseits der Raya Pajajaran gefunden. Er ist tot, man hat ihm die Kehle durchschnitten.«

»Um Himmels willen!« Ruud wurden die Knie weich. Darauf war er nicht vorbereitet. »Wer war bei ihm?«

»Die holländische Frau, Erica Sneijder, und der Hund. Die beiden sind noch immer bewusstlos.«

»Und Imke? Wo ist Imke?« Eine Welle von Panik überrollte Ruud.

»Wir wissen es nicht.«

»Was meinen Sie damit, Witarsa?«

»Er hat sie mitgenommen.«

Bei diesen Worten gefror Ruud das Blut in den Adern, und in seinem Inneren begann eine Stimme zu schreien.

Ruud konnte sich nicht mehr genau erinnern, was dann geschah. Er fühlte sich, als hätte ihm jemand mit einem schweren Gegenstand eins über den Schädel gezogen und er fiele in ein Loch aus schwarzem Nebel. Er erinnerte sich, dass Witarsa ihn an den Schultern rüttelte und ihm der beißende Gestank von Schweiß und Nikotin und seines eigenen Erbrochenen in die Nase stieg. Er rief sich die wilden Telefongespräche mit der Sondereinheit ins Gedächtnis und die mit dem Zweiten Regiment BRIMOB, der Mobilen Brigade. Er erinnerte sich an das Heulen von Sirenen, als sie zum Hotel Borobudur rasten, an den Sprint aufs Hoteldach zum Hubschrauberlandeplatz. Ein Hagelsturm aus Tumult und lauten Rufen, alles Geräusche, die er wie durch Watte wahrnahm, gefolgt von dem lauten, dumpfen Schlagen der metallenen Rotorblätter. Kopfhörer wurden ihm über die Ohren gestülpt, der Sicherheitsgurt eingeklinkt. Die Stimme eines Mannes ertönte über die Sprechanlage. Er holte die Starterlaubnis ein, dann wurde Ruud in seinen Sitz gedrückt, als der Helikopter abhob – ein Gefühl, als würde er Fahrstuhl fahren.

So musste es sich anfühlen, wenn man unter akutem Schlafmangel leidet, dachte er. Man war sich seiner Umgebung bewusst, hatte aber zugleich das Gefühl, man würde in einem Traum leben, mit benebelter Wahrnehmung und beeinträchtigtem Koordinationsvermögen.

Aber das alles war Ruud egal. Das Einzige, was zählte, war Imke. Sie war entführt worden, und ihnen lief die Zeit davon.

Zwanzig unerträgliche Minuten später landete der Hubschrauber auf dem Rasen des Palastes, auf der Ostseite des Sees, wo man für die Landung Fackeln entzündet hatte. Die Propellerflügel drehten sich noch, als die Türen auch schon aufflogen. Ruud fühlte sich noch immer benommen, doch wenigstens war er mittlerweile so klar im Kopf, dass er daran dachte, sich zu ducken, als er aus dem Helikopter sprang.

Scheinwerfer erleuchteten das Gelände, und ein Trupp uniformierter Wachen mit Gewehren erwartete sie.

Witarsa ging mit seinem Spreizfußgang voran, die große Gestalt wegen der Luftbewegung durch den Hubschauber vorgebeugt. Ruud musste sich beherrschen, um ihn nicht zu überholen und vorzupreschen.

Sie betraten den Palast durch einen Hintereingang und schoben sich in die Büros der Angestellten. Sowohl Natsir als auch Hamzah waren bereits da.

»Ich muss mit Erica sprechen«, drängte Ruud. »Hat sie irgendetwas gesehen? Weiß sie, wohin Imke gebracht wurde, ob sie verletzt ist?«

»Miss Erica ist immer noch ziemlich benebelt und macht einen verwirrten Eindruck. Sie ruht sich im Bungalow aus, unter Aufsicht«, sagte Natsir. »Eine Schwester passt auf sie auf. Sie sagt, sie kann sich an nichts erinnern, glaubt aber, dass sie betäubt wurde, mit irgendwelchen präparierten Süßigkeiten. Der Hund ist immer noch bewusstlos, daher gehe ich davon aus, dass sie ihm etwas von den Süßigkeiten abgegeben hat.«

Ruud sah auf die Uhr. Drei Stunden, seit Imke verschwunden war. Die ersten vierundzwanzig Stunden waren ausschlaggebend. Die meisten Morde und Entführungen wurden innerhalb dieses Zeitraums gelöst – oder gar nicht.

»Wir sollten versuchen, das Mobiltelefon des Captains zu orten.«

Natsir schüttelte den Kopf. »Dafür ist er zu clever. Er weiß, dass wir das versuchen.«

»Was ist mit Imkes Handy?«

»Imke Sneijders iPhone wurde in Vidis Wagen gefunden. Aber wir glauben, dass er ihren Laptop mitgenommen hat.«

»Können Sie ihn orten?«

»Nein, sie hat keine Ortungssoftware installiert.«

»Habt ihr den Kofferraum von Vidis Auto überprüft? Imke könnte …«

»Ein bisschen was sollten Sie uns schon zutrauen, Pujasumarta.«

Ruuds Gedanken wanderten zum Captain. »Was wissen wir über ihn? Wo lebt er?«

»Er wohnt seit fünf Jahren auf dem Palastgelände, in einem der größeren Zimmer in den Personalquartieren. Es wird gerade durchsucht.«

»Haben wir irgendeine andere Adresse? Eltern oder Familie? Eine richtige Heimatadresse? Wohin geht er, wenn er frei hat? Hat er eine Freundin? Oder einen Freund?«

»Wir haben Beamte zur Wohnung seiner Mutter in Jakarta geschickt; keine Spur von ihm. Offenbar ist er schon seit Längerem nicht mehr dort gewesen. Sie behauptet, sie würden nicht gut miteinander klarkommen.«

»Er könnte eine Zweitwohnung haben, eine Garage, ein Lager, irgendetwas!«

»Vertrauen Sie mir, wir sind auf der Suche.«

»Das wurde bei Vidis Leiche gefunden«, sagte Hamzah. Ruud griff nach dem Zeitungsausschnitt und starrte auf das Schwarzweißfoto von Imke, deren Kopf rot eingekreist war.

Er hätte es wissen müssen. Er hätte da sein sollen, um sie zu beschützen. Wie hatte das nur passieren können? Er nahm sich zusammen und schob die lähmenden und sinnlosen Schuldgefühle beiseite.

»Was sollen wir tun?«, fragte er mit rauer Stimme. Ruud sah den Commissioner flehend an. Er fühlte sich völlig hilflos. »Imke ist da draußen bei ihm. Ich werde wahnsinnig, wenn ich nur dran denke. Der Himmel allein weiß, was er mit ihr macht.«

Witarsas Hängebackengesicht verfinsterte sich. »Ich werde die Holländische Botschaft verständigen müssen. Der Botschafter wird sicher ein Mordsspektakel veranstalten.«

Das kann alles gar nicht wahr sein, sagte sich Ruud. Er hielt sich an einem Stuhl fest. Im Fenster sah er die Widerspiegelung einer hageren Gestalt hinter sich. Er fuhr herum, aber es war nicht die Person, mit der er gerechnet hatte. Also fragte er Hamzah: »Ist Arief aufgetaucht?«

Der kleine Beamte schüttelte den Kopf.

»Natsir, wie hat der Polizeifotograf bei Vidis Leiche ausgesehen?«

»Woher soll ich das wissen?«

»Denken Sie nach! War es ein großer, schlaksiger Kerl?«

»Nein. Er war klein und kahl. Ich schätze, es war jemand aus der Bogor-Einheit.«

»Hamzah, geben Sie eine Suchmeldung raus.«

»Spielt es denn eine Rolle, wo Arief ist?«, fragte Hamzah. »Jetzt, wo wir wissen, dass der Captain der Mörder ist?«

»Tun Sie einfach, was ich Ihnen sage!«

Hamka Hamzah wich einen Schritt zurück, und auch Natsir schien sich an seinem Tonfall zu stören. »Worauf zum Teufel wollen Sie eigentlich hinaus?«

Immer sachte, nimm dich verflucht noch mal zusammen, ermahnte sich Ruud. Du bist hier immerhin bei der Arbeit. Ordne deine Gedanken! Er hielt kurz inne, während er versuchte, die Fassung wiederzugewinnen und seine Worte mit Bedacht zu wählen. Aber seine Frustration war stärker, und was er sagte, klang noch immer reichlich wirr. »Wir müssen Arief beobachten. Irgendwas stimmt nicht an der Sache.«

»Was meinen Sie damit?«

Er holte tief Luft.

»Ich glaube, dass der Mörder einen Komplizen hat.«

»Einen Komplizen? Unsinn! Alles weist darauf hin, dass der Captain ein Einzelgänger ist.«

»Das glaube ich eben nicht.« Ruud holte das Foto aus der Tasche, das Sträfling 255783 zeigte.

»Alles herhören! Kommen Sie näher und sehen Sie sich die Person auf dem Foto an. In dem Bunker an den Sunda Kelapa-Docks war eine der Wände mit Dutzenden von Kopien dieses Fotos gepflastert. Es ist ein bärtiger Weißer, Alter etwa fünfunddreißig Jahre. Versuchen Sie, seine Identität festzustellen. Ich will wissen, ob er irgendwas mit der Sache hier zu tun hat.«

Natsir besah sich das fotokopierte Verbrecherfoto.

»Und da ist noch etwas«, sagte Ruud. »Ich glaube, dass irgendeine Beziehung zwischen Imke Sneijders Vater und dem Mörder besteht. Ein Foto von ihm wurde in Fatima Iswandaris Fotoalbum gefunden. Mathias Sneijder kannte diese Frauen, vielleicht hatte er auch intime Beziehungen zu ihnen. Ich kann nur nicht erkennen, wie der Captain da hineinpasst. Und solange wir den Captain nicht in Gewahrsam und sein schriftliches Geständnis haben, werde ich die Sache weiter aus jeder nur möglichen Perspektive betrachten.«

»Welche mögliche Perspektive denn? Dass ein Polizeifotograf hinter all dem steckt?«, stichelte Natsir. »Und was für eine Grundlage haben Sie für Ihre Vermutung?«

»Instinkt.«

»Sie wollen also Stunden an Polizeiarbeit für irgendwelche Torheiten verschwenden.«

»Ich habe über den Captain nachgedacht. Es ist schlicht zu einfach – der Stift, den wir gefunden haben, und die Fingerabdrücke überall. Der Kerl war bis jetzt so vorsichtig; warum sollte er dann plötzlich einen derartigen Fehler machen?«

»Jeder macht Fehler. Er hat offensichtlich geglaubt, wir würden seinen Bunker niemals finden. Und der Stift und die Fotos sind Beweismittel, Pujasumarta, die vor jedem Gerichtshof zugelassen würden. Stichhaltige Beweise, keine Mutmaßungen.« Für einen Augenblick wurde Natsirs Stimme freundlicher. »Hören Sie, ich weiß, Imke Sneijder ist eine Freundin von Ihnen. Und wir alle haben Vidi gemocht. Aber lassen Sie uns professionell vorgehen, in Ordnung?«

Ruud ließ sich auf einen Stuhl fallen und stützte den Kopf in die Hände. Es ist zu einfach, sagte er sich. Warum sollte der Mörder ausgerechnet jetzt einen Fehler machen? Warum?

VIERUNDDREISSIG

Samstag, 1:00 Uhr
Du bist dran, sagt er.

»Nein«, erwidere ich.

DU BIST DRAN!, brüllt er.

Samstag, 1:10 Uhr
Mein Kopf ist voll mit seinen Wörtern. Überfüllt mit seinen Wörtern. Er quillt über. Aus allen Ecken und Winkeln dringen seine Wörter auf mich ein. Es ist, als würden vier unterschiedliche Fernsehsender gleichzeitig die Nachrichten hinausplärren.

Die Fernbedienung in meinem Gehirn wechselt den Kanal. Weißes Rauschen. Atmosphärische Störungen. Verzerrungen. Das Geknister elektrischen Schnees.

Die Panik schlägt wie eine große Welle über mir zusammen. Ich würge. Versuche zu atmen, bekomme aber keine Luft.

Charlie Chaplin in der Fabrik; er dreht Schraubenmuttern am Fließband fest, einen Schraubenschlüssel in jeder Hand, aber es geht zu schnell. Das Förderband ist unerbittlich. Es wird schneller und schneller, und die Schraubenmuttern kommen und kommen und kommen. Ich kann nicht mehr mithalten.

Die Neurotransmitter in meinem Schädel laufen heiß.

Nina Bo, Nina Bo! Nina Bo! Nina Bo! NINA BO! NINA BO!

Weißes Rauschen.

Ich bin ein kleines Kind, eingesperrt an einem dunklen Ort, zusammengekrümmt wie ein Fötus. Ich presse mir die Hände auf die Ohren und singe mein Schlaflied, das Lied, das ich immer gesungen habe, wenn meine Mutter mir Angst gemacht hat. »Nina Bo, Nina Bo, beißt dich der Moskito«, singe ich laut, um meinen Bruder zu übertönen. Hör auf! Hör auf, mir Wörter in den Kopf zu setzen!

Schneller und schneller fließt das Blut.

Er wird ungeduldig mit mir. Sagt, ich bremse ihn aus. Zuvor hat er mir die Machete zugeworfen und darauf bestanden, dass ich jetzt endlich meinen Wert unter Beweis stellen müsse. Er hat mich gezwungen, die gefesselte Frau anzusehen. »Tu es, oder ich schlitze dich auf wie eine Chilischote.« Ich habe mich geweigert, aber er hat mich gekniffen und mir den Daumen verbogen, und ich habe gemerkt, dass ich reagieren muss, bevor ihn die Wut vollständig übermannt, daher habe ich die Machete genommen.

Die Klinge ist scharf genug, um Zeitungspapier zu durchtrennen. Sie verjüngt sich zur Spitze hin und hat eine ovale Schneide. Ich hebe sie hoch und fühle eine weißglühende Woge reiner, unverfälschter Wildheit. Dann lasse ich sie mit Schwung niedersausen.

Ich brauche zwei Anläufe. Ein arterieller Sprühregen geht auf uns nieder und umhüllt uns wie feuchter roter Nebel, und jetzt ist meine Haut mit Blut benetzt. Ich knie mich hin und sehe zu, wie das Leben aus ihr herausströmt.

Sie erschlafft, und ihre Augen trüben sich.

Aber er wird sie am Leben halten.

Erst einmal.

Samstag, 2:05 Uhr

Irgendetwas tropft aus der leblosen Hand, ich sehe faseriges Bindegewebe.

Wieder beginnt seine Stimme in mich zu dringen. Ich krümme mich zusammen, rolle mich noch stärker ein, singe lauter, damit er verschwindet.

Reglos liege ich da, die Stirn auf den Boden gepresst, und atme mit offenem Mund.

Der Laminatboden ist klebrig und feucht von Blut.

Ich blinzle, einmal, zweimal, und stöhne laut. Und dann höre ich schlagartig auf und werde still.

Das weiße Rauschen, die Verzerrungen – alles hat sich geklärt.

FÜNFUNDDREISSIG

Eine aufreibende Stunde nach der anderen, wachgehalten vom Koffein und *kerupuk*-Chips aus der Präsidentenküche, arbeiteten die Ermittler bis in die frühen Morgenstunden. Sie durchstöberten das Büro des Captains, leerten die Schubladen und Schränke, durchkämmten seine Korrespondenz und die offiziell aussehenden Briefe, blätterten in Ringbüchern und Aktenordnern, prüften die Telefonlisten, suchten nach einem Hinweis darauf, wo Imke gefangen gehalten wurde. Zwei Techniker hatten eine Reihe von Computerfestplatten und etliche USB-Sticks zur Überprüfung mitgenommen, untersuchten gründlich die sozialen Netzwerke und Textnachrichten und analysierten Mailbox, Fotos und Videos. Bis jetzt hatte sich nichts ergeben.

Eine frische Kanne wurde aus der Palastküche gebracht. Witarsa verbrannte sich an dem brühend heißen Kaffee die Lippen und fluchte.

Um zwanzig nach drei in der Früh rief Hamzah an, um zu berichten, dass sie Arief, den Fotografen, in einer Spielhalle in Thamrin aufgegriffen hatten, die die ganze Nacht geöffnet war. Zeugen bestätigten, dass er seit Stunden dort gespielt hatte. Zu seinem eigenartigen Verhalten am gleichen Tag befragt, räumte er ein, dass er sich wirklich seltsam fühlte. Er sei das ganze Blut leid, erklärte er, er habe die Nase voll davon, Leichen zu fotografieren; er wolle einen neuen Markt erobern und in die Modebranche wechseln, mit Models arbeiten, sich einen Namen machen.

»Modefotografie!«, rief Hamzah aus. »Unser Mann mit dem irren Blick! Ist das zu fassen?«

Ruud beendete das Gespräch und schleuderte sein Handy quer durch den Raum.

Er arbeitete sich durch Abrechnungsformulare und das jährliche Haushaltsbudget. Witarsa und er saßen da, die Beine ausgestreckt, den Rücken an die Wand gelehnt, und durchkämmten die Dokumente des Captains. Die anderen hatten ihre Bildschirme nebenan aufgebaut, weil sie Platz brauchten.

Ruud schlug seine Akte zu und streckte sich.

»Irgendwas gefunden?«

»Abgesehen davon, wie viel der Chefkoch verdient, wie hoch die monatliche Stromrechnung ist und wie viel Liter Mungbohnensaft der Präsident trinkt? Nein.«

Der Commissioner schob die Papiere beiseite. »Bei mir das Gleiche.«

Frustriert ließ Ruud den Kopf sinken. »Wo ist eigentlich Vidis Leiche?«, fragte er nach einer Weile.

»Sie haben ihn in die Leichenhalle gebracht.«

»Er ist hergekommen, um Imke zu beschützen. Ich kann nicht fassen, dass er wirklich tot ist.«

Der Commissioner schüttelte den Kopf. »Armer Vidi.«

Ruud warf Witarsa einen forschenden Blick zu. »Ich habe herausgefunden, was er gemacht hat.«

»Wer? Vidi?«

»Ich weiß, dass er in die Wohnungen der Opfer eingebrochen ist, um Geld und Dinge zu stehlen, die er verpfänden konnte.«

Witarsa schwieg einen Moment. »Er musste die Behandlung seiner Frau bezahlen.«

»Das habe ich mir schon gedacht«, sagte Ruud. »Wann haben Sie es rausgefunden?«

»Letzte Woche, als das Fotoalbum aufgetaucht ist. Ich hatte es schon eine ganze Weile vermutet. Er war immer der Erste, der die Adresse der Toten hatte. Meiner Meinung nach hat er es aber nur ein paar Mal gemacht. Und nur, wenn das Opfer allein gelebt hat.«

»Warum haben Sie keinen Bericht geschrieben?«, fragte Ruud herausfordernd.

»Das habe ich.«

»Aber Sie haben ihn nicht weitergeleitet.«

»Nein.« Witarsa rutschte unbehaglich hin und her. »Er war ein guter Polizist.«

Ruud leerte seinen Becher und starrte in den Kaffeesatz. »Er hat die Toten bestohlen.«

»Ich bin müde, Pujasumarta.« Der Commissioner blinzelte und rieb sich niedergeschlagen übers Gesicht. »Dieser Job hat mich ausgelaugt. Sie haben keine Vorstellung, wie das ist; diese hinterhältige Taktiererei, die Engstirnigkeit der einzelnen Abteilungen, wenn sie zusammenarbeiten müssen … da draußen sind Leute, die es auf mich abgesehen haben. Die Oberen verlassen sich auf mich. Vidi bloßzustellen und ihn zu feuern war das Letzte, was unsere Dienststelle brauchte. Ich hatte vor, ein ernstes Wörtchen mit ihm zu reden.«

»Ein ernstes Wörtchen?«, schnaubte Ruud und blätterte eine Seite in dem Ordner auf seinem Schoß um. »Ich würde eher sagen, Sie wollten Ihren Arsch retten. Sehr nobel von Ihnen.«

»Das reicht jetzt, Pujasumarta.«

Ruud wandte sich wieder den Zahlen zu, und plötzlich leuchteten seine Augen auf. »Verdammt noch eins!«

Witarsa pustete die Backen auf, aber ehe er fragen konnte, war Ruud schon aufgesprungen. »Da, schauen Sie mal!« Er schwenkte ein Blatt.

Einen Moment lang war der Commissioner ratlos, dann machte es Klick. »Eine Wasserrechnung.«

Ruud fühlte das Blut in seinen Ohren rauschen, während sein Chef die Stimme erhob, um das Team im Nachbarraum zusammenzutrommeln. »Los geht's! Wir haben eine Adresse! Kramat Jati, Ost-Jakarta. Nummer zwölf, Jalan Al Amin. Bewegung, Leute!«

Witarsa rannte aus dem Zimmer und brüllte klare, prägnante Anweisungen in sein Handy. »Ich will ein bewaffnetes Einsatzkommando vor Ort. Umstellt das Gebäude, sichert alle Ausgänge.« Er schickte Natsir und Ruud im Hubschrauber voraus.

Eine halbe Stunde später landeten sie auf dem Dach des Lippo Plaza-Turms. Unten angekommen, kletterten Natsir und Ruud in einen Streifenwagen und bekamen jeder ein Funksprechgerät ausgehändigt. Eine knisternde Stimme verkündete, dass die Scharfschützen in Stellung gegangen waren.

Natsir brüllte in sein Walkie-Talkie, das Einsatzkommando solle die Wohnung stürmen.

Ihr Streifenwagen raste mit heulenden Sirenen durch die Stadt. »Geschätzte Ankunftszeit in elf Minuten«, sagte der Fahrer.

»Schaffen Sie's in acht!«, brüllte Ruud und beugte seinen Oberkörper vor, als säße er auf einem galoppierenden Pferd.

Der Wagen beschleunigte.

Ruud hielt den Atem an.

Als das Funkgerät knackte, erwartete er, Schüsse zu hören. Eine Minute und fünfzehn Sekunden schaffte es Ruud, die Luft anzuhalten.

»Captain Natsir?«, ertönte dann eine Stimme über das Walkie-Talkie. »Wir haben das Gebäude gesichert. Kein Schusswechsel. Tut mir leid, das sagen zu müssen, aber wir sind zu spät gekommen.«

»Einzelheiten, bitte!«

»Zwei Leichen. Ein Mann und eine Frau. Sie sollten es sich selbst ansehen.«

SECHSUNDDREISSIG

Große dunkle Gewitterwolken ballten sich am Himmel, schwarz wie das Innere der Hölle. Sie wurden von Westen herangeweht.

Der Wolkenbruch kam mit einer derartigen Heftigkeit, dass die Leute auf den Straßen Zentral-Jakartas das Gefühl hatten, sie würden mit Wasserwerfern beschossen. Alle rannten in die nächstliegenden Gebäude oder versuchten, sich irgendwo unterzustellen.

Der sintflutartige Regen überflutete die Innenstadt knietief. Warane und Schlangen kamen aus den offenen Gullys gekrochen und schwammen durch die Fluten. Es war fünf Uhr morgens, und das Bildungsministerium in Jakarta war im Begriff, den Unterricht an allen Schulen der Innenstadt für den Tag abzusagen.

In Kramat Jati stieg der Wasserspiegel noch an, und der Wind wehte so heftig, dass die Fenster des Streifenwagens zitterten und knarrten, als sie in die Jalan Al Amin einbogen, eine schmale Anwohnerstraße mit einer Moschee am einen Ende und einem kleinen Imbiss am anderen. Die gesamte Straße war abgeriegelt; Polizeiwagen und andere Einsatzfahrzeuge standen wild durcheinandergeparkt. Rote und blaue Lichter blinkten, und die Anwohner beobachteten die Vorgänge von ihren Türen aus.

Der Fahrer hielt sein Dienstabzeichen gegen die Windschutzscheibe gepresst, und die Motorradpolizisten in ihren gelben Jacken winkten sie durch.

»Hier entlang!«, signalisierte ihnen ein Sabhara-Streifenpolizist, dessen Barett völlig durchweicht war. Er führte sie zu einer Reihe von Häusern mit niedrigen Dächern, und sie folgten ihm mit raschem Schritt. Der Regen peitschte auf sie herab. Bei Nummer zwölf standen zwei Beamte der BRIMOB bei der aufgebrochenen Tür. Der linke Beamte hielt eine Ramme in der Hand, der Polizist rechts hob seine getönte Plastikbrille und sah sie mit abgespanntem Blick an; er sprach durch die Luftschlitze in seiner Maske. »Machen Sie sich auf was gefasst; es ist kein schöner Anblick.«

Dann wies er in Richtung der schmalen Treppe. »Folgen Sie mir.«

Ruud nickte, als wollte er sagen, er hätte schon alles gesehen, aber der Ausdruck in seinem Gesicht strafte ihn Lügen – die Welt um ihn herum schien gerade zusammenzubrechen.

Der schwer bewaffnete Lieutenant führte sie die Treppen hinauf. An seiner Schulter baumelte eine Heckler & Koch MP5, und in seinem Gürtel steckte eine halbautomatische Glock 17. Ruud folgte ihm mit kurzen, raschen Schritten. Vom Treppenabsatz im ersten Stock traten sie durch Plastikvorhänge, die die Spurensicherung angebracht hatte. »Hier drin.«

Ruud, ein lautes Dröhnen im Kopf, wappnete sich. Imkes Gesicht tauchte blitzartig vor seinem inneren Auge auf. Er konnte noch ihr Lachen hören. Imke, seine *Putri Salju*, sein Schneewittchen. Ihm wurde übel, aber er musste es sehen. All die grauenhaften Dinge, deren Zeuge er in der Vergangenheit geworden war, kamen ihm wieder in den Sinn: der Transvestit, den sie in einem Pappkarton gefunden hatten, die Augenlider abgetrennt, Arme und Beine mit Fahrradschläuchen gefesselt; die Filipina, eine Kannibalin, die ihre Opfer ihren Freunden serviert hatte; das Model, das mit den Absätzen eines High Heels durchbohrt worden war.

Ihm war schon früher übel gewesen vor Angst, aber das war kein Vergleich zu jetzt.

Natsir trat als Erster ein und blieb abrupt stehen.

Ruud blinzelte. Ein Nachhall der Gewalt hing noch in der Luft, wie das Knistern von statischer Elektrizität. Er klemmte sich die Hände unter die Achseln, damit sie nicht mehr so zitterten, und schluckte schwer. Dann trat er über die Schwelle.

Ihm wurde kalt.

Die Leichen lagen direkt vor ihm.

Er sah Beine und Fußknöchel und Füße, aber das Gesicht der Frau blieb vor seinen Blicken verborgen. Er würde nicht hinsehen. Er konnte es nicht. Aber was, wenn …?

»Ist es Imke?«, fragte er mit rauer Stimme.

Keine Antwort.

Ruud trat noch einen Schritt vor. Der Anblick glich einem Schlachthaus. Überall war Blut, es glänzte an den Wänden, am Boden, überall.

Noch immer weigerte er sich, der Frau ins Gesicht zu blicken.

Solossa, der *Dokter forensik*, stand über die Leichen gebeugt.

Stumm, voller Angst, starrte Ruud ihn an.

Solossa sprach in sein Aufzeichnungsgerät. »… blutüberströmt auf dem Laminatboden. Der linke Arm ist verstümmelt, der Knochen sichtbar. Mit der rechten Hand hält sie ein Tranchiermesser umklammert, dessen Spitze noch im Körper des Angreifers steckt.«

Ruud begann zu würgen. In dem Raum roch es, als hätte er die Nase in einen Krug mit alten Kupfermünzen gesteckt, die in Fäkalien getaucht worden waren; ein süßlicher Gestank von Metall und feuchter Erde.

»Ist sie es, Solossa?«

»Wer?«

»Imke Sneijder. Die Holländerin.«

»Nein.«

Ruud öffnete die Augen wieder.

Zwei Menschen, ein Mann und eine Frau, lagen als blutiges Bündel in der Mitte der Küche ineinander verknäult; ihre Köpfe berührten sich beinahe. Er sah den Captain, nackt bis auf eine blutbefleckte Unterhose und ein Paar Gummihandschuhe. Seine Hände umklammerten die Kehle der Frau.

Der Mund des Captains stand weit offen, das Gesicht war zu einer Grimasse verzerrt. Auf seinen dicken Beinen sprießten kleine schwarze Löckchen. Sein riesiger Bauch klaffte auseinander wie ein geplatzter Ballon, und die Eingeweide quollen heraus und hatten sich auf dem Laminatboden verteilt.

»Wer ist die Frau?«

»Fatima Iswandari.«

Ruud atmete hörbar aus. Er brauchte frische Luft. Es war stickig im Raum, die Fenster waren geschlossen und Ventilatoren und Klimaanlage abgestellt.

Natsir ging in die Hocke und betrachtete das blutgetränkte Messer. Die Wand war übersät von Blutspritzern. Bis auf das Brummen des Kühlschranks war es ganz still im Raum.

Solossa fuhr mit seinem Bericht fort: »Wir haben eine einzelne Hand, grob abgetrennt, in einer flachen Metallschüssel. Daneben liegt eine Machete auf einer Zeitung mit getrockneten Blutflecken. Außerdem eine Wasserflasche mit Tropfen von Kondenswasser.«

»Sie hat sich gewehrt«, sagte Natsir. »Er hatte sie gefesselt, aber sie konnte sich befreien. Eine tapfere Frau. Sie sind beide verblutet; eine hässliche Art zu sterben.«

Ruud blinzelte heftig. Er war wütend auf sich selbst, weil er so kurz vor einem Zusammenbruch gewesen war. Jetzt ging er rasch ins angrenzende Zimmer, doch es war leer.

»Ist sie hier?«, fragte Natsir, der hinter ihm herkam. Er machte den Deckenventilator an, und das Flappen der Rotorblätter ertönte über ihren Köpfen. Die Schranktüren standen offen, aber außer Kleidung war nichts zu sehen.

»Nein«, sagte Ruud. »Imke ist nicht hier.« Er fühlte, wie es ihm kalt den Rücken hinunterlief. Wo war sie? Wenn sie nicht hier war, wo dann? Er schüttelte sich, um die aufsteigende Panik zu unterdrücken. Dann kehrte er in die Küche zurück und starrte Fatima Iswandaris verzerrtes Gesicht an. »Gibt es denn überhaupt eine gute Art?«

»Was?«

»Sie haben gesagt, das wäre eine hässliche Art zu sterben. Gibt es auch eine gute Art zu sterben?«

Tap, tap, tap. Ruud träumte. Der weiße Stock eines Blinden klopfte drei Mal auf die Erde. Die Gestalt ging eine schmale Straße entlang und verschwand im aufsteigenden Nebel. Tap, tap, tap. Ein Mah-Jongg-Spieler pochte mit der Kante seines Steins auf die Tischplatte. Er hatte gute Steine – ein *Chow* und ein Drachen-*Pong*. Wieder klopfte er auf die Tischplatte. Tap, tap, tap.

Ruud öffnete die Augen. Er blinzelte ins Sonnenlicht und brauchte ein paar Augenblicke, bis er merkte, dass er auf dem Parkplatz hinter der Hauptpolizeiwache auf der Jalan Kramat Raya war. Leider waren die Ereignisse der letzten vierundzwanzig Stunden kein böser Traum gewesen. Die schreckliche Tatsache, dass Imke noch immer verschwunden war, traf ihn wie ein Faustschlag in den Magen.

Ruud dehnte die steifen Arme und reckte sich. Er hatte zusammengekauert auf dem Fahrersitz seines Toyota geschlafen, sein unterer Rücken und die linke Hüfte schmerzten. Instinktiv tastete er nach seiner Heckler & Koch und vergewisserte sich, dass er seine Waffe noch hatte.

Werry Hartonos beringter Finger klopfte erneut gegen die Wagenscheibe. Tap, tap, tap.

Ruud wandte sich um und erblickte Hartonos Hose auf Gürtelhöhe. Er stieg aus und streckte die Beine. Behutsam dehnte er einen Ellbogen zur entgegengesetzten Schulter und zählte bis fünf. Dann wiederholte er die Prozedur mit dem anderen Arm.

»Wo sind Sie denn!«, beschwerte sich der Zweite Lieutenant. »Wir versuchen seit einer Ewigkeit, Sie auf dem Handy zu erreichen.«

Ruud zog sein Mobiltelefon aus der Tasche. »Der Akku ist leer. Wie spät ist es denn?«

»Zwölf Uhr, beinahe Mittag.«

»Mist.« Ruud kämmte sich die Haare mit den Fingern zurück. »Ich habe drei Stunden geschlafen.«

»Captain Natsir will Sie dringend sprechen.«

»Irgendwas Neues von Imke Sneijder?«

»Nein.«

Ruud nahm den Aufzug in den zweiten Stock, warf sich in seinem Büro auf seinen Stuhl und fuhr sich müde übers Gesicht. Eine Weile starrte er vor sich hin, ohne die pastinakenfarbenen Wände zu sehen, die große Karte Süd-Jakartas oder das Porträt von General Sutarman.

Ein gelber Post-it-Zettel hing an seinem Computer, und Ruud erkannte Aiboy Alis Handschrift. »Ruf Solossa an. Und lade dein verfluchtes Handy auf!«

Zunächst wollte er Erica kontaktieren, aber dafür musste er sich innerlich wappnen. Er zog eine Flasche Whisky aus seiner Schreibtischschublade und nahm einen stärkenden Schluck.

Zweimal musste er noch innehalten und seine Gedanken sammeln, bevor er den Istana Bogor anrufen konnte. Wenige Sekunden später wurde er zu Erica durchgestellt.

»Haben Sie sie gefunden?«

»Noch nicht.«

»Ich halte das nicht mehr aus. Oh, Ruud, was sollen wir nur machen?« Ihre Stimme klang heiser. »Niemand will mir etwas über Imke sagen. Ich piesacke die Hausangestellten, aber alles, was sie wissen wollen, ist, ob ich Sahne in den Kaffee haben will und ob ich Wäsche zu waschen hätte. Eine Schwester ist bei mir, und Hamzah auch, aber er ist überhaupt keine Hilfe. Es macht mich wahnsinnig. Soll ich Mathias anrufen und es ihm sagen?«

»Nein, sagen Sie Imkes Eltern noch nicht Bescheid.«

»Aber sie müssen doch informiert werden.«

»Ich werde Imke zurückholen, Erica, aber Sie müssen mir vertrauen. Wenn Sie mit Mathias reden, wird das die Angelegenheit nur gefährden. Er ist in irgendeiner Form in die Sache verwickelt, aber ich weiß noch nicht wie. Haben Sie mit irgendjemand sonst über Imke gesprochen?«

»Ich habe mich an die Holländische Botschaft gewandt, aber die sind auch ratlos. Sie telefonieren die Hotels und Krankenhäuser ab. Ich bin verrückt vor Sorge. Arme Imke. Ich wollte sie morgen überraschen mit einem Meeresalgen-Peeling im Wellnesscenter des Intercontinental.« Sie gab einen erstickten Laut von sich und rang um Fassung. »Gibt es denn gar nichts Neues?«

Als Ruud ihr gestehen musste, dass es keine Neuigkeiten gab, begann sie zu schluchzen.

Die Korktafel im Lageraum war mit Fotos aller Opfer gespickt. An einer benachbarten Tafel hing ein Stadtplan, der von einem Spinnennetz aus roten Filzstiftlinien überzogen war, die die Adressen der vier Opfer mit den Tatorten verbanden.

»Es passt alles zusammen«, verkündete Natsir triumphierend. Er musterte den zerknittert aussehenden Ruud und schob den Kiefer vor. »Der Mah-Jongg-Meister, Chalid Ismail alias der Captain, ist tot. Der Albtraum ist vorüber. Wir haben seine Fingerabdrücke auf der Machete gefunden, und die Machete ist die Waffe, die auch bei den vorangegangenen Verstümmelungen verwendet wurde. In seiner Wohnung in der Jalan Al Amin haben wir mit Trockeneis gefüllte Thermokartons gefunden. Jeder davon hatte eine Vertiefung in der Mitte, in die genau eine einzelne Hand gepasst hätte. Der Fall ist gelöst.«

»Aber wir haben die Hände nicht gefunden.«

»Vielleicht hat er sie ja an wilde Hunde verfüttert.«

»Vier Frauen sind tot und verstümmelt«, sagte Ruud. »Aber Shireen Zees Mah-Jongg-Gruppe bestand aus fünf Frauen.«

»Die fünfte war eine Frau namens Eny. Sie ist bereits Anfang dieses Jahres an einer Herzerkrankung gestorben.«

»Natsir, überlegen Sie doch mal einen Augenblick«, flehte Ruud. »Fällt Ihnen denn gar nicht auf, dass es nichts gibt, was diese Frauen mit Chalid Ismail verbindet?«

»Wovon reden Sie? Wir haben ihn praktisch auf frischer Tat ertappt.«

»Es war inszeniert.« Auch in seinen eigenen Ohren klang diese Behauptung unangebracht dreist.

»Lassen Sie's gut sein, Pujasumarta. Sie hatten Ihre Chance, und dies hier ist meine. Ich weiß, Sie ertragen es nur schwer, dass ich die Ermittlungen erfolgreich …«

»Das Motiv!«, unterbrach ihn Ruud laut. »Entscheidend ist doch, dass wir kein Motiv haben. Kommt Ihnen das nicht seltsam vor?«

»Vielleicht gibt es gar kein Motiv. Vielleicht war er einfach nur kaputt. Sexuell abartig. Die Techniker haben jede Menge Pornos auf seiner Festplatte gefunden.«

»Aber keine der Frauen wurde vergewaltigt oder sonst wie missbraucht. Wie erklären Sie sich das?«

»Er war verrückt; es ist irgendeine Geisteskrankheit.«

»Und jetzt ist er praktischerweise tot.«

»Sehen Sie, Pujasumarta, manchmal können wir nicht die ganze Geschichte erfassen. Ja, es gibt durchaus noch Fragen, die wir nicht beantworten können, aber unsere Chefs sind hocherfreut und sehr erleichtert, dass die ganze hässliche Angelegenheit geklärt wurde.«

»Und was ist mit Imke Sneijder?«

»Im Moment können wir nichts weiter tun, als eine Vermisstenmeldung zu machen und den Fall an die Tourist Police weiterzugeben.«

»Nein, nein, nein! Sie dürfen die Suche jetzt nicht abbrechen. Imke Sneijder wird nicht ›vermisst‹, sie ist irgendwo eingesperrt. Er hält sie in einem anderen Schlupfwinkel gefangen – in einem Keller, einem verlassenen Lagerhaus. Einem Käfig oder in einer verfluchten Kiste, in der sie langsam erstickt. Sie wird verhungern oder verdursten. Um Himmels willen, das können Sie doch nicht machen!«

Natsir rückte seine Krawatte gerade. »Es tut mir leid, Erster *Inspektur.* Ich befolge nur die Dienstanweisungen. Wenn Sie eine formelle Beschwerde einreichen möchten, müssen Sie das schriftlich machen und an die Dienstaufsichtsbehörde weiterleiten.«

SIEBENUNDDREISSIG

Es war seltsam still, aber Imke war überzeugt, dass sie noch lebte. Sie war sich deshalb so sicher, weil sie als Tote keinen Schmerz im Kopf mehr gespürt hätte.

Einige Stunden lang trieb sie dahin in einem Zustand zwischen Wachheit und Bewusstlosigkeit. Als sie schließlich die Augen aufschlug, war das Erste, was sie sah, skelettartige Arme über ihr, draußen am Himmel. Verwirrt versuchte sie, die furchterregenden Umrisse zu deuten, und nach einigen Sekunden verwandelten sich die Zombiegliedmaßen in die dicken, dunklen Äste eines *kepuh*-Baums.

Sie begriff nicht sofort, wo sie war. Zunächst dachte sie an eine Bootskabine, weil alles leicht zu schwanken schien. Dann wurde ihr klar, dass sie durch einen Vorhangspalt starrte und sich in einem fremden Zimmer befand.

Wie war sie hierhergekommen? Ihr Kopf pochte dumpf, während sie sich zu erinnern versuchte. Mehrmals atmete sie durch die Nase ein, dann riss sie den Blick von den Bäumen los. Vermutlich lag sie schon eine ganze Weile hier. Am Winkel der Sonnenstrahlen erkannte sie, dass es Nachmittag sein musste. Der halbe Tag war verstrichen, und sie hatte keinerlei Erinnerung daran, was geschehen war. Es war wie damals nach ihrer Mandeloperation.

Ihr Kopf wurde klarer. Nach und nach wurde sie sich ihrer Umgebung bewusst, der Moskitos auf ihrer Haut und der abgestandenen Luft.

Sie lag mit dem Gesicht nach unten auf einem Bett; ein metallenes Bettgestell mit Messingpfosten. Die Matratze unter ihrem Körper fühlte sich klamm und klebrig an. Eine Metallfeder ragte aus der Matratze und bohrte sich bei ihrer rechten Brust ins Fleisch. Vorsichtig versuchte sie, die Arme zu bewegen, doch sie konnte sich kaum rühren. Sie versuchte es erneut, heftiger diesmal, aber mit dem gleichen Resultat. Nur dass diesmal das Bett zu wackeln begann. Sie bäumte sich auf, wand sich und zerrte an ihren Fesseln.

Handschellen klapperten gegen das Messinggestell des Betts und schnitten ihr in die Handgelenke. Noch einmal versuchte sie, sich zu befreien, sie zog die Arme zusammen wie ein Vogel, der zu fliegen versucht. »Oberkörper hoch, los geht's!« Die autoritäre Stimme ihres Sportlehrers dröhnte in ihrem Kopf. Sie hatte diese Übungen unzählige Male gemacht. »Auf geht's! Und jetzt nach oben stemmen!« Sie spannte sich mit aller Kraft an, dann fiel sie wieder aufs Gesicht. Es war hoffnungslos.

Sie drehte den Kopf und starrte an der Matratze entlang zu ihren Füßen. Ihre Knöchel waren ebenfalls gefesselt, mit Riemen mit einem Klickverschluss an jedem Fuß. Die Riemen waren mit Ketten verbunden, die ihre nackten Beine weit auseinanderzogen.

Und man hatte ihr irgendetwas Hartes in den Mund gestopft, sodass ihr der Kiefer wehtat. Ein dünner Speichelfaden lief ihr übers Kinn.

Ein Stück weit entfernt, zu ihrer Linken, sah sie einen

großen Spiegel an der Wand, der so angebracht war, dass er ihr Bild einfing. Sie hob den Oberkörper ein paar Zentimeter von der Matratze und erblickte ihr Gesicht im Spiegel. Ein runder schwarzer Gegenstand schien ihr aus dem Mund zu wachsen, und Lederbänder um Wangen und Kopf verhinderten, dass das schwarze Ding herausrutschen konnte.

Und dann wurde ihr bewusst, dass sie nackt war.

Nackt und mit ausgestreckten Gliedern.

In diesem Augenblick spürte sie, dass sie nicht alleine war, und in ihr wuchs die Gewissheit, dass jemand hinter ihr stand und sie beobachtete.

Sie hörte das Quietschen einer Tür und das Schlurfen von Hausschuhen. Nahm wahr, dass jemand atmete, lauschte und sie beobachtete.

Dann strich eine Hand, kalt wie Marmor, leicht über ihre Wade und kitzelte sie spielerisch.

Sie schrie durch den Knebel hindurch.

Aber der Ballknebel blieb, wo er war, und sie schmeckte bitteren Gummi.

ACHTUNDDREISSIG

Ruud starrte über eine Stunde lang auf die DIN-A4-Kopien des rätselhaften Unbekannten. Alles in allem hatten sie 365 Duplikate von den Wänden im Eiskeller abgenommen. Immer wieder das gleiche Foto: ein Weißer in den Dreißigern mit Bart, gekleidet in einen blauen Gefängnisoverall mit einem schwarzen Schild, das ihn als TDOC 255783 identifizierte.

»Wer zum Teufel ist der Kerl?«, fragte er sich laut und zerbrach sich den Kopf, wofür TDOC stehen könnte. Er begann eine Liste der Staaten und größten Städte in den USA zu erstellen, die mit dem Buchstaben T anfingen: Texas, Tennessee, Tallahassee, Trenton, Tampa, Tulsa …

Keine zehn Minuten später hatte er herausgefunden, dass TDOC »Tennessee Department of Corrections« bedeutete und 255783 die Nummer des Sträflings war.

Er rief eine Website auf, auf der er mittels der Nummer die Identität von Häftlingen ermitteln konnte.

Die Website spuckte den Namen Thomas Dee Huskey aus – der Serienmörder aus Knoxville, den alle nur den »Zoo Man« nannten.

»Ich fass es einfach nicht.« Ruud schüttelte verblüfft den Kopf. Es ergab keinen Sinn. Sie saßen auf Bürostühlen, eingekeilt in Aiboy Alis enger Arbeitsnische, lediglich durch eine Trennwand vom Rest der Welt abgeschirmt. Die Trennwand war mit Burgerkill-Erinnerungsstücken und einer alten Picture Disc von Iron Maiden geschmückt.

Ruud und Aiboy Ali bewarfen sich mit Papierbällen, aber Aiboy Ali konnte wegen seines verletzten Beins die verirrten Wurfgeschosse nicht wieder aufheben.

»Sie sind zu zweit«, sagte Ruud schließlich. »Ich bin mir sicher.«

»Wie kommst du darauf?«

»Entweder hatte der Captain einen Komplizen«, er schloss die Augen und dachte nach, »oder der Mörder hat ihn als Geisel genommen und die ganze Sache in der Jalan Al Amin inszeniert. Warum, zum Teufel, hat er seine Wände mit dem Bild eines Serienmörders gepflastert?«

»Warum klebt man überhaupt irgendwas an die Wand?«

»Heldenverehrung.«

»Wer ist dieser Thomas Huskey?«

»Er ist ein verurteilter Vergewaltiger, der außerdem vier Frauen ermordet hat. Er behauptet, sie wären von einem Alter Ego namens ›Kyle‹ getötet worden. Er sagt, er wäre geisteskrank und würde an einer Persönlichkeitsspaltung leiden. Obwohl er selbst erklärte, ›Kyle‹ wäre für die Morde verantwortlich, wurde Thomas vor Gericht freigesprochen – wegen eines Verfahrensfehlers.«

»Und was, glaubst du, hat das mit unserem Fall zu tun? Meinst du, unser Mann leidet an einer dissoziativen Identitätsstörung? Komm schon, *Gajah,* so was gibt's nur im Kino.«

»Ich bemühe mich verzweifelt, es herauszufinden.«

»Was sollen wir tun, was schlägst du vor?«

»Ich bin mir nicht sicher«, erwiderte Ruud. Aber bei einem war er sich sicher: Hinter der Sache steckte mehr. Er fing den Ball aus der Luft und warf ihn wütend in den Papierkorb. Dann griff er zum Telefon, um Erica noch einmal anzurufen. »Erica, hören Sie zu. Es gibt eine Verbindung zwischen Mathias Sneijder und den Opfern. Das ist der Schlüssel zu diesem Fall, da bin ich mir sicher. Und ich bin überzeugt davon, dass Imke aus diesem Grund entführt worden ist.«

Daraufhin erzählte Erica ihm alles, was sie wusste, und Ruud saß ganz still da und hörte zu. Als er schließlich auflegte, zog er die Schuhe aus und kühlte seine Füße auf dem Betonboden. Plötzlich ergab alles einen Sinn. Er ordnete seine Gedanken.

Aber es gab immer noch so viele Fäden, die nicht entwirrt waren.

Er presste die Augen fest zusammen und führte sich das schreckliche blutige Bild in der Jalan Al Amin wieder vor Augen.

»Ich weiß, dass ich irgendetwas übersehe.« Mit einem frustrierten Laut, die Fäuste gegen die Stirn gepresst, ging er die Szene immer wieder durch. Vor seinem inneren Auge flackerten die Bilder: die Unterhose, die Gummihandschuhe, die winzigen schwarzen Löckchen auf den dicken Beinen und den Schultern, der aufgerissene Bauch, aus dem die Eingeweide quollen, eine Machete, getrocknetes Blut, die Wasserflasche …

»Das Wasser!«, rief er und sprang auf.

»Zum Teufel!« Aiboy Ali prallte zurück. »Was ist denn los?«

»Da war noch Kondenswasser auf der Flasche. Laut Gerichtsmedizin ist der Captain schon Stunden, bevor wir in die Wohnung gekommen sind, gestorben. Aber an der Flasche hingen Wassertropfen.«

»Das bedeutet, dass noch jemand da gewesen ist. Jemand hat die Flasche kurz zuvor erst aus dem Kühlschrank geholt und ist gegangen, bevor wir eingetroffen sind.«

»Mein Gott!«

»Hast du Solossa angerufen?«

»Nein. Warum?«

»Ich hab dir eine Nachricht an den PC geklebt. Hast du sie nicht gesehen?«

»Hab ich total vergessen. Schnell!« Ruud deutete auf das Telefon am Schreibtisch.

Aiboy Ali drückte die Kurzwahltaste und reichte ihm den Hörer.

Solossa nahm erst beim elften Klingeln ab.

»Wo, zur Hölle, waren Sie?«, brüllte der *Dokter forensic*. »Ich hab es den ganzen Morgen auf Ihrem verfluchten Mobiltelefon versucht!«

»Was gibt es, Solossa?«

»Die Körpertemperatur des Captains betrug um halb sechs Uhr morgens, als wir ihn gefunden haben, 30,9 Grad Celsius. Nach dem Tod kühlt ein Körper im Allgemeinen ein Grad pro Stunde ab, was auf eine Todeszeit zwischen dreiundzwanzig Uhr dreißig und Mitternacht hindeutet. Leichenstarre, Leichenflecken und Totenkälte nach liegt die Todeszeit zwischen zweiundzwanzig Uhr und Mitternacht. Selbst wenn wir berücksichtigen, dass er übergewichtig war – das Fett um die Organe kann die

Geschwindigkeit des Temperaturverlusts beeinflussen –, passt das alles nicht zusammen.«

»Warum?«

»Fatima Iswandaris Leiche war noch warm. Sie war höchstens drei Stunden tot. Die beiden können sich nicht gegenseitig umgebracht haben.«

»Ich wusste es! Also hat der Mörder den Captain auf dem Weg zum Food Festival in Gambir entführt und in dem Haus im Kramat Jati-Distrikt drei Tage lang gefangen gehalten. Wurde er betäubt?«

»Es gibt keine Spuren von Toxinen in seinem Körper, aber eine Wunde am Hinterkopf, Einwirkung eines stumpfen Gegenstandes.«

»Wahrscheinlich hat man ihm in einer Tiefgarage eins übergezogen.«

»Und da ist noch etwas. Der einzelne Fingerabdruck, den wir bei Supaphorn Boonsing gefunden haben, bei der Frau im Park.«

»Ja?«

»Erinnern Sie sich an den latenten Abdruck, den wir auf der Unterseite ihres Arms entdeckt haben?«

»Ja, ja. Was ist damit?«

»Er stimmt nicht mit Chalid Ismails Fingerabdrücken überein.«

Ruud schnippte mit den Fingern in Aiboy Alis Richtung, um ihm zu signalisieren, dass er mithören sollte, und warf beinahe die Lampe um, als er herumfuchtelte. »Wem gehört er denn?«

»Sie werden es nicht glauben.«

»Pujasumarta erwartet uns im Lageraum. Sofort!«

»Also ist der Captain nicht der Mörder?« Werry Hartono blieb der Mund offen stehen.

»Es war alles inszeniert«, rief Aiboy Ali, der sich auf seine Krücken stützte und sich mit dem gesunden Bein vorwärtsschwang. Hartono öffnete die Tür und hielt sie ihm auf. »Bevor er den Palast verlassen hat, hat der Täter Vidis Reifen aufgeschlitzt und ist ihm in seinem eigenen Auto gefolgt. Und dann hat er Imke Sneijder entführt.«

»Ich versteh das nicht«, sagte Hartono ratlos.

»Was gibt es da nicht zu verstehen? Zurück in der Jalan Al Amin hat er den entführten Captain gezwungen, seine Kleider auszuziehen und die Gummihandschuhe überzustreifen, und dann hat er ihn erstochen. Erst später hat er Fatima Iswandari getötet. Das alles war inszeniert, um es so aussehen zu lassen, als hätten sich die beiden gegenseitig umgebracht.«

»Bist du sicher?«

»Ja!«

»Und was machen wir jetzt?«

»Jetzt finden wir die Holländerin!«

NEUNUNDDREISSIG

Sonntag, 14:20 Uhr

Eine bessere Stimmung, eine gute Stimmung. Er hat gute Launen, schlechte Launen und schwarze Launen. Wenn er eine seiner schwarzen Launen hat, dann sinkt ein Nebel aus Wut auf ihn herab. An diesen Tagen ist er so aggressiv wie ein Elefantenbulle während der Brunstzeit. Es sind die Tage, an denen ich alle scharfen Gegenstände im Haus wegsperre.

Aduh, mein Bruder hat sich wieder beruhigt. Er erklärt mir, ich müsse das große Ganze sehen. Regentropfen, sagt er. Sieh dir die dicken fetten Regentropfen an. Jeder Tropfen fällt einzeln vom Himmel, doch wenn er auf die Erde trifft, bildet sich eine Pfütze. Die Pfützen werden zu einem Bach und zu einem Fluss, und zusammen erreichen die Tropfen schließlich das Meer. Ich verstehe die Metaphorik, aber ich begreife nicht, worauf er hinauswill.

Wenn es um Philosophie geht, ist mein Bruder nicht unbedingt ganz vorn dabei. Es sollte verboten werden, dass sich Geschwister aufführen wie aufgeblasene philosophische Denker.

Aber wahrscheinlich sollte ich froh sein.

Denn nach unserer ganzen minutiösen Planung, nach den schlaflosen Nächten und so viel Sorge und Ärger ist es vollbracht. Endlich haben wir die Frau.

Sonntag, 14:42 Uhr

Heute Nachmittag habe ich versucht zu masturbieren. Es ist harte Arbeit, sich selbst zu befriedigen, wenn man nur noch einen halben Penis hat. Sobald er sich versteifte und ich ein bisschen nachließ, schrumpfte er sofort wieder.

Manche Leute werden zweifellos glauben, ich würde aus sexueller Frustration töten.

Aduh, aber ich kann dir sagen, dass das eine völlig falsche Annahme ist.

Sonntag, 15:21 Uhr

Ich hasse es, ein Zwilling zu sein. In der öffentlichen Wahrnehmung werde ich nicht als Individuum, sondern als Klon betrachtet – wie ein Spiegelbild.

Doch warum ist mir das so verhasst? Sind wir denn nicht die beiden Hälften der gleichen Person?

Sonntag, 15:23 Uhr

Er geifert. Mein Bruder ist ungeduldig wie ein hungriges Kind. Ich zähle ein paar Stunden rückwärts, um die Zeit zu berechnen – jetzt ist es Vormittag in Holland. Er müsste gleich aus der Messe kommen, es ist Sonntag. Es wird Zeit, dass ich mich meinem Vater ganz offiziell vorstelle.

VIERZIG

Mathias Sneijder war glücklich. Er spürte den Wind in den Haaren, und die Sonne wärmte sein Gesicht. Der Raadhuisstraat-Fahrradweg war weniger befahren als gewöhnlich an einem Sonntagmorgen. Er war in Westerkerk gestartet und nach Norden Richtung Keizergracht gefahren, bevor er sich auf den Rückweg entlang der Herengracht gemacht hatte. Auf dem Weg sah er Familien in den nahe gelegenen Parks ihren Grill vorbereiten, roch den Duft von Hickoryholzrauch und gegrillten Würstchen, hörte Gelächter und Weinflaschen, die entkorkt wurden. Er fühlte sich berauscht.

Er blieb innerhalb der weißen Linien des Fahrradwegs und passierte das Ambassade Hotel. Als Nächstes kam das vertraute und imposante Bijbels Museum. Er hatte vorgehabt, bis Vijzelstraat und vielleicht zum Blumenmarkt zu fahren, obwohl der Markt selbst heute geschlossen war.

Er fuhr ein *Opafiets* – das traditionelle ›Oparad‹. Das Tourenrad für Herren hatte eine aufrechte Sitzposition und einen Stahlrahmen. Eine Ausgabe des gestrigen *Telegraaf* klemmte auf dem Gepäckträger. Wenn er nach dem Mittagessen nicht einschlief, würde er das Champion-Sudoku in Angriff nehmen.

Am Hugo-Boss-Laden bog er links ab in die Koningsplein und überquerte die Trambahnschienen.

Etwa hundert Meter weiter hielt er an, um zu verschnaufen. Er stellte sein Fahrrad ab und setzte sich auf eine Bank, die auf die Kanäle blickte. Die frische Luft und die Bewegung hatten ihn munter gemacht. Er tat das beinahe jedes Wochenende, um fit zu bleiben und den Blutdruck niedrig zu halten, und jedes Jahr im April nahm er an einem Halbmarathon für ein Kinderhilfswerk teil – allerdings war seine Laufzeit von zwei Stunden und einundzwanzig Minuten dieses Jahr um sieben Minuten länger geworden. Er trainierte, um fit zu bleiben, aber auch, weil ihm die Vorstellung Angst machte, alt und krank zu werden.

Mathias Sneijder zog Turnschuhe und Socken aus und genoss das Gefühl des Pflasters unter seinen bloßen Füßen. Neben ihm arbeitete sich eine dünne grüne Raupe zu einigen Wildblumen vor. Mathias tat es ihr nach, indem er den Rücken dehnte und streckte.

Die Kirchenglocken begannen zu läuten, und ein Kanalboot glitt vorbei. Er winkte den Touristen zu, und sie winkten lächelnd zurück.

Wieder reckte er sein Gesicht der Sonne entgegen und war dankbar, dass sich der Himmel nicht bewölkt hatte. Er bewegte seine leicht arthritischen Finger und bewunderte seine Arme, die von der Junisonne leicht getönt waren. Nicht schlecht für einen Kerl mit roten Haaren, dachte er und lächelte. Er war sechsundfünfzig, fühlte sich jedoch viel jünger. Seiner Meinung nach sah er langsam ein bisschen aus wie Gene Kelly, eine Vorstellung, die ihm gefiel; das Problem war nur, dass die anderen glaubten, er würde eher Gene Wilder ähneln.

Erneut holte er tief Luft und genoss den Geruch nach Gras und Eiscreme. Er liebte Eis – vor allem Vanilleeis.

Vielleicht nicht ganz mit der Leidenschaft, mit der seine Schwester Schokolade liebte, aber es war seine große Versuchung.

Ihm knurrte der Magen. Die Versuchung war groß, bei Rogh's Deli vorbeizufahren und sich einen *pannenkoek* zu holen. Das Wasser lief ihm im Mund zusammen bei dem Gedanken an einen warmen, mit knusprigem Speck gefüllten und mit Sirup bestrichenen Pfannkuchen. Dann aber erinnerte er sich, dass er Ardy versprochen hatte, einen Brunch vorzubereiten.

Er überlegte, was er im Kühlschrank gesehen hatte, und entschied, dass er einen Salat aus Makrelen und pochierten Eiern machen würde, gefolgt von Armen Rittern mit Nutella und Speck. Das Einzige, was dazu fehlte, war die Makrele.

Als junger Mann hatte er seinen Fisch immer direkt bei den Fischern gekauft, wenn sie im Hafen einliefen, begleitet vom Kreischen der Möwen und dem Geruch nach Salz. Glitzernde Pyramiden aus Makrelen und langem schlankem Hering hatte es da gegeben, Eimer mit Aalen und Muscheln und rote, glänzende Garnelen direkt aus dem Netz. Heringe waren immer seine Lieblingsfische gewesen, und er hatte sie nach Hause gebracht, wo seine Mutter sie ausnahm und zubereitete. Manchmal aber gönnte er sich auch einen *maatjesharing* mit Zwiebeln und Essiggurken in einem Brötchen.

Heutzutage kaufte niemand mehr seinen Fisch direkt von den Fischern; die meisten Leute gingen zum Albert Cuyp-Markt oder zu Fishes Utrechtsestraat 98, aber sonntags hatten sie geschlossen. Er musste also zu Albert Heijn, auch wenn es dort teurer war.

Nachdem er die Makrelenfilets auf den Grill gelegt hatte, setzte er Wasser auf, um die Eier in einer breiten, tiefen Pfanne zu pochieren.

»Brauchst du Hilfe, Thys?«, rief Ardy aus dem Wohnzimmer.

»*Nee, bedankt.* Ich mach jetzt das Salatdressing.« Er gab Olivenöl, einen Teelöffel Honig, Zitronensaft, Apfelessig und frisch gemahlenen schwarzen Pfeffer in eine Schüssel. Inzwischen … wo bewahrten sie noch die tiefen Waterford-Teller auf? Er suchte ein Weilchen, dann gab er auf und nahm stattdessen zwei Keramikschüsseln; er kippte Spinat, Rucola und Rote Beete hinein und machte den Salat an.

Das Wasser siedete nun, und er gab ein paar Spritzer Weißweinessig hinzu, schlug zwei Eier auf und goss sie langsam einzeln ins Wasser, mit dem Eiweiß voran.

Die Eier schwammen träge auf dem Wasser.

»Riecht gut«, rief seine Frau aus dem Wohnzimmer.

Mit einem Schaumlöffel in der Hand wartete er, dass sich der Rand des Eiweißes verfestigte, damit er sie sofort herausheben konnte. Aber er vermasselte es. Er hatte zu viel Wasser in den Topf gegeben, und die schweren Eidotter sanken auf den Grund und zogen das Eiweiß herunter. Es sah aus wie eine Qualle auf Tauchgang. Und als er die Makrelenfilets aus dem Ofen holte, waren sie zerkocht.

»*Verdomde!*«, fluchte er leise.

Mit dem Schaumlöffel in der Hand stand er da und überlegte, ob er sie trotzdem servieren sollte; er hoffte nur, Ardy war nicht allzu hungrig.

»Ich bin am Verhungern«, sagte sie wie aufs Stichwort. Sie lehnte in der offenen Küchentür und beobachtete ihn.

Mathias war der Meinung, dass seine Frau seine Gedanken lesen konnte. Von dem Augenblick an, als sie sich kennengelernt hatten, waren sie auf der gleichen Wellenlänge gewesen – zwei Gehirne, die synchron funktionierten, zwei Nervensysteme im harmonischen Miteinander. Gut, dass er auch etwas Räucheraal gekauft hatte. Außerdem konnte er noch auf köstlich-sündige Nutella und mit Speck belegte Arme Ritter zurückgreifen. Rasch griff er nach dem Brotmesser und schnitt Toast, dann teilte er die dicken Scheiben noch einmal in Dreiecke.

»Könntest du den Tisch decken?«

Sie kam in die Küche und holte eine Flasche Rosé aus dem Kühlschrank, dann stellte sie ein Paar langstielige Weingläser auf den Tisch.

Er war gerade dabei, die Sandwiches in einer Eiercrememischung zu wenden, als der Skype-Klingelton an seinem Laptop ertönte. Das Ehepaar stand reglos beieinander und starrte auf den Bildschirm.

»Willst du rangehen?«

»Was kann denn so dringend sein, dass wir dafür unsere Armen Ritter warten lassen?«

»Es ist Imke«, sagte Ardy, und er trocknete sich die Hände ab und ging zur Anrichte, wo sein schwarzer Laptop geöffnet auf den Kochbüchern stand. Er klickte auf den grünen Button, begierig, Imkes Gesicht zu sehen, und zog sich einen Stuhl heran. *»Hallo mijn mooie dochter!«*, sagte er fröhlich.

»Hallo, böser verlorener Vater.« Es war die Stimme eines Mannes.

Zu seiner Verwirrung sah Mathias Sneijder nicht das Gesicht seiner Tochter, sondern einen seltsamen Mann mit nacktem Oberkörper. Er sah gerissen aus und hatte welliges schwarzes Haar. »Was soll das? Wer sind Sie?«

Der Mann, er war vielleicht so alt wie Imke und mit dunkler Haut, lachte trocken. »Ernsthaft?«, sagte er, wobei er das ›R‹ rollte und auf typisch indonesische Art in die Länge zog. *»Nah, nah.«* Er grinste in die Kamera, und seine Augen waren so kalt und hart wie die eines Krokodils. »Du erkennst mich nicht? Ha! Du lügst! Du kennst mich sehr wohl, das sehe ich an deinem schuldbewussten Blick.«

»Wovon zur Hölle reden Sie? Wer sind Sie?« Das muss ein Irrtum sein, dachte er. »Und wie kommen Sie dazu, vom Computer meiner Tochter aus anzurufen? Wo ist sie?«

»Oh, sie ist hier«, sagte er breit lächelnd, während er Mathias beobachtete. »Direkt hinter mir. Kannst du sie nicht sehen?« Er öffnete die Arme weit und schien in den Bildschirm hineinzuwachsen; das Bild ruckelte. »Sie liegt auf dem Bett und wartet auf mich. Einen festen Hintern hat sie, was? *Aduh,* ganz rund. Sieh dir nur die Pobacken an.«

Mathias keuchte erstaunt auf. Er konnte kaum glauben, was er da sah. Da war seine Tochter, nackt, mit dem Gesicht nach unten, Arme und Beine ausgestreckt und an Hand- und Fußgelenken gefesselt. Ein schwarzer Riemen war fest um ihr Gesicht gebunden und schnitt in ihre Wange.

Der Laptop schwebte einen Moment in der Luft, dann wurde er auf dem Bettrand abgestellt.

Mathias hörte einen erstickten Schrei von seiner Tochter.

Plötzlich begriff er – er begriff es mit einer gottesfürchtigen Gewissheit –, welche Höllenqualen ihn erwarteten. Er verstand, worum es sich handelte, wusste, wer der Mann war und, schlimmer noch, er sah, was aus ihm geworden war. Jahrelang hatte er versucht, ihn aus seinen Gedanken zu verbannen, ihn aus seiner Erinnerung zu tilgen, und bis zu einem gewissen Grad war ihm das auch gelungen. Aber jetzt ging das nicht mehr. Das Kind war zu einem Mann herangewachsen, und er konnte seine Existenz nicht mehr leugnen.

Imke heulte trotz des Gummiknebels. Es war ein animalisches Röhren, eine Mischung aus Protest, Zorn und Angst.

»Hab keine Angst!«, brüllte Mathias. »Hab keine Angst, *lieveling*!«

Betont entspannt, setzte sich der Mann aufs Bett neben Imke, zog seinen *sarong* hoch und schmiegte seine nackten Beine und seinen Oberkörper an ihren Po. »Jetzt komm schon, Schwester, du brauchst keine Angst vor mir zu haben. Ich gehöre zur Familie.«

Seine Hand wanderte über ihren Körper. Er zupfte an ihren hervortretenden Wirbeln wie ein Harfenspieler. Dabei kam er ihr so nahe, dass sie seinen Atem auf der Haut spürte.

»Wie wär's, wenn wir uns hinlegen und es uns ein bisschen gemütlich machen?« Er legte sein Gesicht an ihr Genick. »*Sih*, damit dein lieber Papa«, er leckte sich über die Lippen, »uns dabei zusehen kann.«

Er pustete ihr leicht auf ihren Rücken, als wollte er eine Tasse heißen Tee abkühlen.

Imke war so verängstigt, dass sie noch nicht einmal die Augen schließen konnte.

»Nein, bitte«, flehte Mathias. Nie zuvor hatte er erleben müssen, dass seine Tochter der Gnade eines anderen Menschen ausgeliefert war. Er fühlte Abscheu. Seine verzerrte Miene zeigte panische, animalische Angst.

Der Mann ignorierte ihn und begann durch den Sarong hindurch seine Genitalien zu massieren. »Dein Vater«, zischte er Imke ins Ohr, »hätte mir gehören sollen. Aber du hast ihn mir weggenommen.«

Mathias Sneijder bekam eine Gänsehaut. Er hatte das Gefühl, sein Herz würde sich langsam aus der Brust lösen. Das Zimmer, die Wände, die Decke, alles schien näher zu kommen und ihn zu erdrücken.

Hinter ihm plumpste etwas auf den Boden, und er hörte ein Keuchen. Seine Frau war auf die Knie gefallen, die Arme ausgestreckt. Ihr Mund war geöffnet, aber sie war sprachlos vor Schreck, sie schien keine Worte und Laute bilden zu können. Das Einzige, was Mathias verstehen konnte, waren die beiden erstickten Silben: »Oh Gott.«

Ruud, Aiboy Ali und Werry Hartono arbeiteten mit rasender Geschwindigkeit. Jeder hielt zwei Telefonhörer in der Hand und versuchte, mehrere Gespräche gleichzeitig zu führen.

Aiboy Alis Festnetztelefon klingelte. Er stellte auf laut, und sofort erfüllte eine laute, hysterische Walter-Matthau-Stimme den Raum. »*Alhamdulilah!*«, brüllte Witarsa. »WAS IST los?«

»Die Fingerabdrücke stammen von jemandem, der im Istana Bogor arbeitet; aber es ist nicht Chalid Ismail. Sein Name ist Nakula, und er ist Chauffeur. *Polda Metro Jaya* hat seine KTP-Daten und seine Akte rübergeschickt, und jetzt raten Sie mal! Seine Mutter ist eine der Frauen auf Shireen Zees Foto. Es ist Eny, die vor fünf Monaten an einem Herzleiden gestorben ist. Wir versuchen, Nakulas Handy zu orten. Wo sind Sie gerade?«

»Ich habe eine Nachbesprechung mit dem Generalkommissar.«

»Sagen Sie ihm, wir haben Mist gebaut, und kommen Sie, so schnell Sie können!« Aiboy Ali legte auf.

Dann herrschte ungewohnte Stille.

»Rufen Sie mich an, sobald Sie die Info haben!« Ruud knallte den Hörer auf. Eine Minute verstrich, dann noch eine.

Aiboy Ali säuberte seine Fingernägel.

Werry Hartono, die Hände hinter dem Rücken verschränkt, wanderte im Zimmer auf und ab.

»Warum zur Hölle brauchen die so lange?«

Obwohl Ruud den Anruf erwartet hatte, fuhr er zusammen, als es endlich klingelte.

Er riss den Hörer hoch, lauschte und schrieb mehrere Ziffern auf einen Block.

»Okay!«, brüllte er. »Vier Sendemasten, alle im Südosten von Jakarta, Richtung Setu, haben Signale empfangen. Standort 3-1-3-8 und Standort 3-4-8-8, Standort 5-8-6-4 und Standort 4-3-4-5. Das heißt, wir haben einen Schnittpunkt, ein Haus in der Nähe von Bekasi, Setu, West-Java. Etwa siebzig Kilometer außerhalb von Jakarta.« Er gab die Koordinaten auf Google Maps ein und druckte eine Karte des kleinen Dorfes aus.

Hartono rannte zum Waffenschrank und holte ein Remington-870-Gewehr heraus.

Ruud, fest entschlossen, aber immer noch wie im Fieberwahn, prüfte das Magazin seiner Heckler & Koch, entsicherte die Waffe und lud sie durch. »Du bleibst hier«, sagte er mit einer raschen Geste zu Aiboy Ali, »und koordinierst unseren Kontakt zu Witarsa. Außerdem möchte ich, dass du Istana Bogor anrufst. Rede mit Hamzah. Er soll den Hund mitbringen.«

Nein, er wollte nicht, dass Ardy Zeugin dieser Szene wurde. Er fasste sie um die Taille und führte sie sanft zu einem Sessel im Wohnzimmer.

Dann küsste er sie und bemerkte, dass das Lederband ihres Jadeanhängers zerfranst war. Er beschloss, ihr zu Weihnachten ein neues zu schenken. Weitere irrationale Gedanken schossen ihm durch den Kopf, während er seine Frau zu beruhigen versuchte. Hatte er eigentlich den Ofen abgestellt? Sollte er ihr eine Zeitschrift bringen, um sie abzulenken? Ein bisschen Musik vielleicht, Verdi oder Strauss? Sollte er ihre Hausschuhe holen? Er murmelte vor sich hin, es waren Bruchstücke eines Gebets.

»Was ist da los, Thys? Was hast du gemacht?«

»Ich werde mich darum kümmern, mach dir keine Sorgen. Kommst du klar?«

Sie antwortete nicht, und er sah, wie ihre Miene starr wurde.

»Bleib hier«, ordnete er an.

Er streichelte ihr die Hand und wies sie erneut an zu bleiben, wo sie war, aber sie wollte ihn nicht gehen lassen. Schließlich musste er ihre Finger gewaltsam von seinem Unterarm lösen. Er ließ sie allein und ging wieder in die Küche.

Der Mann auf dem Bildschirm war noch immer da und beobachtete ihn.

»*Maaf, maaf,* Thys Sneijder, ich entschuldige mich dafür, dass ich mich nicht in aller Form vorgestellt habe. Mein Name ist Nakula.«

»Ich weiß, wer du bist.«

»Ja, ich bin sicher, dass du dich noch erinnerst. Ich bin dein uneheliches Kind, das du im Stich gelassen hast.«

Im Hintergrund in elftausend Kilometern Entfernung ertönte Musik, ein in Indonesien sehr beliebtes Lied: »Bengawan Solo« von Waljinah. Die Platte hatte Kratzer, sie blieb ständig hängen und spielte immer wieder den gleichen Satz, *»Terkurung gunung seribu«*. Die immergleichen Wörter klangen mechanisch und beängstigend, als kämen sie direkt aus einem Horrorfilm.

Wenn es Nakula störte, so ließ er es sich nicht anmerken.

»Ich frage mich …«, er senkte die Stimme, als wollte er ein Geheimnis mit ihm teilen, und beugte sich dicht zum Bildschirm, »ob du jemals verstehen könntest, wie es sich anfühlt, aus dem Leben des eigenen Vaters ausgelöscht zu werden.«

Die Worte schmerzten Mathias. Er bemühte sich, an Nakula vorbeizuschauen, um zu sehen, ob Imke verletzt war.

Als er das merkte, wandte Nakula sich kurz um und blickte zu Imke. »Es geht ihr gut, lieber Vater. Du musst dir keine Sorgen machen. Mein Bruder wird auch bald da sein; er ist schon ganz begierig, dich zu sehen.«

Bis jetzt hatte Mathias es nicht gewagt zu sprechen, doch nun platzte er heraus: »Du hast einen Bruder?«

»Mein Zwillingsbruder.«

»Wenn du Eny Solehs Sohn bist, hast du keinen Zwillingsbruder.«

»Wir sind Zwillinge. Das solltest du, lieber *ayah*, doch nun wirklich wissen.«

»Aber dein Zwillingsbruder ist tot.«

Nakula lachte trocken. »Spiel keine Spielchen mit mir. Er kommt und freut sich schon darauf, dich zu treffen.«

Mathias versuchte, in ruhigem Tonfall zu sprechen. »Er ist vor sechsundzwanzig Jahren gestorben, ich erinnere mich. Ich war dabei, als Eny euch zur Welt gebracht hat.«

»*Nah, nah, nah.*« Nakula schüttelte den Kopf. Mathias sah, wie sich das Gesicht des Mannes grotesk verzerrte. Ihm wurde immer klarer, dass Nakula völlig aus dem Gleichgewicht war. Glaubte er ernsthaft, sein Bruder wäre noch am Leben?

»Und wo ist dein Bruder jetzt?«

Der Mann vergrub sein Gesicht in den Händen. Nach einer Weile hob er langsam, aber bestimmt den Kopf. Um seinen Mund und die Augen war eine leichte Veränderung. »Ich bin hier, Vater.« Er sprach mit einer unheimlichen Kinderstimme, und Mathias fühlte, wie sich die Härchen in seinem Nacken aufstellten.

»Wer bist du?«

»Budi.«

Bluffte er? Wie, zum Teufel, gelang es ihm, seine Stimme so zu verstellen? War es möglich, dass er an einer Geisteskrankheit litt, an irgendeiner Form von Persönlichkeitsspaltung? Einer dissoziativen Identitätsstörung? Er hatte von einer Frau in Südlondon gelesen, die eine multiple Persönlichkeit hatte – insgesamt waren es über hundert Personen, die in einem einzigen Körper lebten. Sie war als Kind schrecklich misshandelt worden, und ihr Geist hatte irreparablen Schaden genommen und eine ganze Heerschar unterschiedlicher Charaktere oder »Alter Egos« herausgebildet, um sich vor der Erinnerung an das zu schützen, was sie erlitten hatte.

»Was«, sagte Mathias mit zusammengebissenen Zähnen, »wirst du mit Imke machen, Budi?«

Seine Augen mit den winzigen schwarzen Pupillen betrachteten Mathias einige Sekunden lang, dann drehte er sich um.

»Was wirst du mit Imke machen, Budi?«

Schweigen.

»Budi?«

Schweigen.

Er versuchte es erneut. »Nakula?«

»Ja.« Jetzt war es wieder die Männerstimme.

»Nakula, was wirst du mit Imke machen?«

»Das muss mein Bruder Budi entscheiden.«

»Hör zu, dein Bruder Budi ist tot. Er starb am gleichen Tag, als du geboren wurdest.«

»Alles Lüge! Behandle mich nicht wie einen Dummkopf, Vater. Glaubst du, ein Dummkopf hätte das alles planen und der Polizei so lange entwischen können? Ich bin kein Dummkopf! Seit ich den Artikel in der *Jakarta Post* gesehen habe, dass Erica Sneijder den Präsidenten porträtieren wird, habe ich mich an die Arbeit gemacht. Das war vor fünf Monaten.«

»Nakula, hör mir zu.«

»Vor fünf Monaten habe ich mich als Chauffeur im

Bogor beworben, und man hat mir gesagt, es wäre keine Stelle frei.«

»Nakula …«

»Was habe ich also getan? Ich habe einen Fahrer vergiftet. Nur eine kleine Dosis Rattengift in seinem Milo-Kakao, nichts, was irgendwie Verdacht erregt hätte. Und als er krank wurde, habe ich mich wieder beworben. Ich hatte einen Führerschein und keine Eintragungen im Verkehrsstrafenregister. Ich bin nicht vorbestraft. Ich spreche Englisch und ein wenig Holländisch, und ich kann taktvoll und diplomatisch sein, wenn es sein muss. Außerdem habe ich dem richtigen Mann ein bisschen Geld gegeben, damit er meinen Namen hervorhebt. Das ist hier in Indonesien nicht sonderlich schwierig.«

»Hör zu.« Mathias spürte, dass das hier seine Chance war, die Initiative zu ergreifen. Er sprach sehr bestimmt. »Du bist als Zweiter auf die Welt gekommen, Budi, der Erstgeborene, war ganz blau. Eine Totgeburt.«

»Mutter sagt, es war ganz anders«, sagte er mit rauer Stimme. »Sie sagt, ich hätte ihn umgebracht, in ihr drin, als ihr Bauch *besar* und *bulat* war. Ich hätte Budi erdrosselt, sagt sie, mit der Nabelschnur, und hätte ihn umgedreht, sodass er mit den Füßen zuerst rauskam.«

Mathias' Stimme wurde noch bestimmter. Er musste unbedingt die Kontrolle über die Situation gewinnen. Sprich mit ihm, sprich ihn mit seinem Namen an, sagte er sich, bring ihn dazu, dir zu vertrauen. Sprich mit fester Stimme zu ihm, aber ruhig. Werde ja nicht laut und sprich nicht zu schnell. »Nakula«, sagte er. »Was immer deine Mutter gesagt hat, es ist nicht wahr. Was passiert ist, war tragisch, aber es war nicht deine Schuld.«

»Da sagt Mutter aber was anderes. Sie hat mir an allem die Schuld gegeben.«

Er entschloss sich zu einer direkten Konfrontation. »Nakula, deine Mutter war ein grausamer Mensch. Ich habe erlebt, wozu sie imstande war. Diese Budi-Persönlichkeit ist jemand, den du erfunden hast, um dich vor ihr zu schützen. Er mag dir real vorkommen, aber er lebt nur in deinem Kopf. Du bist ganz offensichtlich krank, du brauchst Hilfe. Ich kann dir die Hilfe beschaffen, die du brauchst.«

»Du? Wann hast du mir je geholfen! Du hast mich aus deinem Leben getilgt!«

»Und es tut mir sehr leid, dass ich dir das angetan habe, mein Sohn. Es tut mir wirklich leid.«

»Oh, jetzt auf einmal änderst du deine Meinung?«

»Nakula, glaub mir, ich wünschte, ich könnte die Vergangenheit ändern. Das kann ich nicht, aber ich kann dir zu einer Zukunft verhelfen.«

Nakula sprach einfach weiter, er hörte kaum hin. Er hob die linke Hand. »Siehst du das?« Er wackelte spielerisch mit den Fingern. »Linke Hand Nakula. Rechte Hand Budi. Die rechte Hand spiegelt die linke. Die rechte Hand spricht, sie spricht mit Budis Stimme. Er redet mit mir. Er sagt, die linke Hand ist unrein. Seine Stimme ist immer in meinem Kopf. *Sih,* immer in meinem Kopf. Er redet mit mir in den komischen Bereichen in meinem Kopf. Wie also ist es«, er hielt kurz inne auf der Suche nach dem richtigen Wort, »möglich? Wie kann es sein, dass er tot ist? Weißt du, was Nakula bedeutet? Es bedeutet ›einer von einem Zwilling‹. Das bin ich – die Hälfte eines Zwillings. Deshalb ist er in mir. Zum Ausgleich. Die linke

Hand gleicht die rechte Hand aus. Ohne mich ist er nur ein halber Mensch. Ein Behinderter.«

Das Bild verzerrte sich leicht, als Nakula aufstand und den Laptop anderswo abstellte. Die Kamera zeigte nun das Geschehen aus einer Entfernung von zwei oder drei Metern.

Er schwitzte stark, als er sich wieder umwandte, um Imke zu betrachten. Dann begann er, ihr die Fesseln abzunehmen. Die Ketten klirrten, als er die Schlösser öffnete. In diesem Augenblick sah Mathias das Messer in seiner Hand: eine fünfzehn Zentimeter lange Klinge mit schwarzem Griff.

Er hielt den Atem an, von Grauen erfüllt bei der Vorstellung, was als Nächstes passieren würde. »Was machst du da, Nakula?« Seine Bauchmuskeln spannten sich an, als würden sie einen Schlag in den Magen erwarten. »Was willst du mit dem Messer?«

Nakula anwortete nicht. Mathias sah, dass sein Oberkörper vor Schweiß glänzte. Den ganzen Rücken entlang bis zum Steißbein waren alte Verbrennungen von Zigaretten zu sehen, hässliche, rot geränderte Quaddeln, eine Reihe unregelmäßiger Kreise.

Sie sahen aus wie Kriegsverletzungen, als wäre er von Granatsplittern getroffen worden.

»Nakula, hör mir zu. Rede mit mir. Sag mir, was mit deinem Rücken passiert ist!«

»Das war Mutter, wenn sie wütend wurde.«

Er befreite Imke von ihrem Knebel und setzte sie direkt vor die Kamera. Sie verschränkte die Arme vor der Brust und schauderte. Jetzt hatte er alle Handschellen und Fesseln abgenommen. Er legte den Arm um Imkes nackte

Schultern, zog sie dicht zu sich heran und drehte sie so, dass sie direkt in die Kamera blickte. Auf ihren Wangen waren die Abdrücke der Riemen zu sehen, die Augen waren gerötet. Ganz offensichtlich hatte sie geweint, aber Mathias konnte auch sehen, dass sie beißen und kratzen und kämpfen wollte.

»Na komm, wehr dich nicht. Sieh dich nur an, *aduh,* was für eine Wildkatze! Ich könnte dir die Kniescheiben zertrümmern, auf Nummer sicher gehen, damit du nicht wegrennst. Willst du das? Nein, das glaube ich nicht.« Er drückte ihr Gesicht. »Wenn ich fest genug zudrücke, würde ihr Kopf dann platzen wie diese kleinen Luftnoppen bei einer Folie?«

»Du willst Zuschauer«, sagte Imkes Vater sachlich. »Das Beste, was ich tun kann, ist diesen Anruf zu beenden.«

»Dann wirst du nie erfahren, wie deine Tochter gestorben ist.«

Eine angespannte Stille folgte.

Mathias schluckte. Er musste das Spiel mitspielen. Er starrte seine Tochter an. Unternimm etwas, schien sie ihm mit ihrem Blick zu sagen. Er sah den Puls an ihrem Hals pochen und begriff, dass er die Unterhaltung von Imke ablenken musste. »Wo«, fragte er mit harter Stimme, »ist Eny?«

»Mutter? Mutter ist wie Sand zwischen den Zähnen.« Er spuckte aus.

»Wo ist sie?«, wiederholte Mathias.

»Bei ihren Freundinnen. Du erinnerst dich doch an ihre Freundinnen, oder? Nein? Dann werd ich sie dir noch mal vorstellen.« Er griff nach unten. »Das ist Marie

Agnes Liem.« Er wedelte mit einem durchsichtigen Plastikbeutel in der Luft. »Hier haben wir Supaphorn Boonsing. Und sicher erinnerst du dich noch an Shireen Zee? Die gute alte Shireen.«

Mathias starrte voll Entsetzen auf die amputierten Hände.

»Vor Kurzem habe ich einen Witz gehört«, kicherte Nakula. Er fuhr sich mit der Zunge über die Lippen. »Warum hat das einhändige Mädchen die Straße überquert? Weil sie nach drüben in den Secondhandladen wollte. Witzig, oder?«

»Was hast du mit Eny gemacht?«

Nakulas Blick schien sich nach innen zu richten und in die Vergangenheit abzudriften. »Sie war herzkrank. So was kann von einer kleinen Prise Bariumchlorid jeden Morgen im Kaffee kommen. Ich habe sie immer morgens besucht, um ihr Kaffee zu machen. Ganz der pflichtbewusste Sohn. Barium ist ein sehr praktisches Gift. Der Blutkreislauf absorbiert es innerhalb von vierundzwanzig Stunden. *Sih,* es lagert sich in den Muskeln und der Lunge ab, aber kein Arzt wird da nachsehen. Und selbst dann bleibt es nur für dreißig Stunden in den Muskeln.

Schließlich kam sie ins Krankenhaus. Ihr Blutdruck war gefährlich hoch, sie hatte Schmerzen in der Brust. Im Krankenhaus hab ich auf einem Stuhl an ihrem Bett gesessen. Ich habe kaum mit ihr gesprochen, habe nur aus dem Fenster gestarrt. Die Krankenschwestern haben miteinander geflüstert, als sie die Schläuche an ihren Armen überprüft haben. Und als sie eingedöst ist, sind die Schwestern weitergegangen zum nächsten Patienten und haben mich mit meinen Gedanken allein gelassen.

Später, als es ganz still geworden war auf der Station, habe ich die Vorhänge um das Bett zugezogen und sie geweckt. Sie war natürlich benommen, aber ich wusste, dass sie mich hören konnte. Und so erzählte ich ihr von meinen Plänen, was ich mit ihren Freundinnen und mit ihr tun würde. Sie war zu schwach, um zu weinen, aber sie tastete nach dem Klingelknopf. Natürlich hatte ich das vorausgesehen und brachte ihn außer Reichweite. In mir war eine ganz neue Ruhe, als ich mich mit meinem ganzen Gewicht auf das Kissen lehnte, das über ihrem Gesicht lag.« Er lächelte. »Ich habe sie beruhigt. Die dunkle Gestalt, die sich da nähert, ist nur der *shaytan*. Er kommt, um dich zu den Toren von *Jahannam* zu führen, in den Abgrund, wo du in Stücke zerspringst und zu den anderen schamlosen Frauen ins lodernde Höllenfeuer kommst.«

Nakula drückte Imkes Kehle zusammen. »Sie haben gesagt, sie wäre an Herzversagen gestorben.« Er starrte in die Kamera und Mathias direkt in die Augen. »*Bumm bumm-bummbumm. Bumm bumm-bummbumm.* Und dann hat es aufgehört zu schlagen. Aber du weißt ja, wie es hier in Indonesien ist. Wenn du tot bist, bist du tot. Man fragt nur selten, warum.« Er hielt inne, befeuchtete sich erneut die Lippen und lächelte. »Aber du willst dein altes Schätzchen sehen, nicht wahr? Kein Problem. Ich habe mir schon gedacht, dass du sie sehen willst. Oh Vater, wir werden einen wunderbaren Nachmittag zusammen haben! Endlich ist die Familie wieder vereint.«

Er griff nach unten, wobei er Imke für einen kurzen Moment freigab. »*Aduh*, es war gar nicht leicht, ein Gefäß zu finden, das groß genug war. Aber es gibt ja das Internet, dem Himmel sei Dank. Nur neunzehn Dollar und neunundneunzig Cents, mit dreißig Prozent Ermäßigung auf die Lieferkosten, wenn ich zwei nehme.« Er grinste. »Das war nett. Und sie haben die Lieferung so sorgfältig verpackt.«

Er hob den Gegenstand hoch, damit Mathias ihn sehen konnte, und drückte ihn an die Brust. Er war wie ein Kokon geformt und mit einem großen roten Tuch bedeckt.

»Na«, fragte er munter, als wäre er der Moderator einer Spieleshow, »wollen wir mal nachsehen, was uns unter Tuch Nummer eins erwartet? Seid ihr alle da?«

Er nahm das rote Tuch zwischen Daumen und Zeigefinger und zog es mit der Geste eines Magiers weg.

Darunter kam ein großes gläsernes Gefäß zum Vorschein.

Und im Inneren befand sich ein Schädel. Er war offensichtlich ausgegraben worden, mit von Käfern zerfressenen Augäpfeln, Büscheln schwarzen Haares und den getrockneten Überresten von Fleisch.

»Sag Mama Guten Tag.«

Mathias begann zu würgen, und er spürte den Geschmack von Galle im Mund. Er war vollkommen erstarrt. Insekten hatten Eny Solehs Gesicht völlig zerstört, er blickte auf das Resultat von Fäulnis und Zersetzung.

Nakula leckte sich die Finger, dann fuhr er mit dem Mittelfinger behutsam die Klinge seines Messers entlang. Mit besitzergreifender Geste umfasste er Imke von hinten.

Mathias schlug mit der Faust auf den Tisch. »Du hörst mir jetzt zu, Nakula!«, befahl er. »Ich bin dein Vater.«

»Halt den Mund, Vater.«

»Wag es ja nicht, ihr wehzutun!«

Das Messer stieß in Richtung von Imkes Kehle. Sie erstarrte. Ein Blutstropfen quoll hervor und lief ihr langsam übers Schlüsselbein.

Dann hörte man auf einmal ein Geräusch in der Ferne: das Bellen eines Hundes.

»Nakula!«, schrie Mathias.

Der Hund musste direkt vor der Tür sein, das Bellen wurde lauter, und er kratzte am Holz, heulte, schlug an, knurrte.

Mathias schrie erneut: »Um Himmels willen, rühr sie nicht an! Wag es nicht!«

Nakula blinzelte heftig. Alles schien auf ihn zuzukommen und ihn niederzudrücken, sein Gehirn drohte zerquetscht zu werden. Mit hervortretenden Augen hielt er sich die Ohren zu, nicht um die Stimme seines Vaters auszusperren oder das Bellen des Hundes, sondern offenbar die Stimme in seinem Kopf. »Still!«, brüllte er. »Ich kann mich nicht denken hören! Halt die Klappe, Budi! Halt's Maul, seid endlich still, halt's Maul!«

»Nakula!«, brüllte Mathias.

»RUHE! Seid still!«

Er stieß das Messer tiefer in den Hals seiner Schwester.

Und da begriff Mathias. Das zweite Glasgefäß. Nakula würde Imke den Kopf abschneiden und in das Gefäß stecken.

Imke wehrte sich, verdrehte den Hals und versuchte, Nakula in die Hand zu beißen.

Seine Finger gruben sich in ihr Gesicht, rissen ihren Kopf nach hinten und entblößten ihre Kehle. Sie fühlte die kalte Klinge am Kinn.

Stahl ritzte ihre Haut.

Dann, plötzlich, erstarrte er. Halb gebückt kauerte er da, hob den Kopf, und sein Blick irrte in alle Ecken. »Da kommt jemand.«

Der Hund tobte noch immer vor der Tür.

Imke hörte Schritte näher kommen.

Er packte ihr ins Haar und richtete das Messer auf die Eingangstür. »Umkreise die Flammen, umkreise die Flammen.« Er wiederholte diese Worte dreimal, viermal, wieder und wieder.

Das Haus mit dem schrägen Dach stand am Rande des *kampung.*

Ein heftiger Sturm tobte, es regnete in Strömen. Das Wasser plätscherte laut aus den Dachtraufen und strömte aus den Fallrohren. Trotz des Regens konnte Ruud sein Keuchen hören.

Er suchte hinter einem Busch Deckung und betrachtete das einstöckige Haus ganz genau. Drei Fenster und eine Tür. Sie wirkte nicht sonderlich stabil. Sollte er einen direkten Zugriff riskieren? Ein Teil von ihm hoffte, Schreie aus dem Inneren des Hauses zu hören, denn das würde bedeuten, dass Imke noch am Leben war. Und ein anderer Teil vom ihm hatte Todesangst. Alles, was er hörte, war der Regen. Mit dem Ärmel wischte er sich übers Gesicht. Das feuchte Hemd klebte ihm an der Brust, und der Geruch nach feuchter Erde hing in seinen Kleidern.

Er schlich sich an, die Heckler & Koch im Anschlag. Der Hund bellte vor der Tür, stellte sich auf die Hinterbeine, kratzte am Holz.

Ruud behielt den Eingang im Auge, während er, verborgen durch dicke Bäume und ein dunkles Geflecht aus Kletterpflanzen, um das Haus in Richtung des Feldwegs ging, der sich durch die Maniokfelder und Bambuswälder schlängelte.

Etwa zehn Meter vor der rückwärtigen Ziegelwand des Hauses blieb er stehen. Von seiner neuen Position aus beobachtete er die Fenster, die durch Vorhänge und Wandschirme geschützt waren. Er war sich sicher, dass ihn niemand bemerkt hatte. Im Haus konnte er keine Bewegung ausmachen.

Zehn Meter vor dem Haus in westlicher Richtung wartete Werry Hartono, zusammengekauert, das Gewehr schussbereit. Er streckte Ruud einen hochgehaltenen Daumen entgegen.

Es gab nur eine Sache, die gefährlicher war als ein Psychopath, der eine Machete schwang – und das war ein machetenschwingender Psychopath mit Geiseln. Mit dem Rücken zur Wand würde er wahllos töten, wie ein Fuchs im Hühnerstall. Normalerweise endete ein solcher Zugriff damit, dass Geiseln und Täter starben.

Ruud ging davon aus, dass Nakula nur Imke als Geisel hatte, aber er konnte sich irren. Vielleicht waren da noch mehr Menschen. Es war unwahrscheinlich, aber er konnte die Möglichkeit nicht einfach ignorieren.

Ruud hatte noch nie zuvor jemanden getötet. Das war das Schwierige bei dieser Sache: Man konnte sich nie sicher sein, ob man dazu fähig war, bis der Moment kam.

Werry Hartono signalisierte noch einmal Daumen hoch. Ruud nahm seinen ganzen Mut zusammen und stürmte durch die Kletterpflanzen und über den holprigen Pfad. Der Feldweg vor ihm schien zu tanzen und zu springen, während weiterhin fette Regentropfen niederprasselten. Schwärme von Flugameisen stiegen vor ihm auf. Das Blut rauschte ihm in den Ohren, als er sich mit seinem ganzen Körpergewicht gegen die Tür warf.

EINUNDVIERZIG

Die Geschichte, die Werry Hartono der Innenrevision erzählte, klang wie eine Standbild-Sequenz aus einem Film, zu dem ein ohrenbetäubender Soundtrack lief, bestehend aus heiseren Schreien und dem Kreischen eines Kindes:

Bild 1: *Erster Inspektur Pujasumarta stürmt mit erhobener Waffe voran. Das dünne Holz splittert, und die Tür schwingt nach innen auf.*
Bild 2: *Totale mit Tonneneffekt zeigt den Mund eines Mannes, zu einem wütenden Zischen verzerrt. Er hält eine Frau an den Haaren gepackt. Eine Messerklinge dringt in ihr Fleisch.*
Bild 3: *Mündungsfeuer.*
Bild 4: *Das Messer schneidet in die Kehle, nähert sich der Luftröhre und den Stimmbändern.*
Bild 5: *Noch einmal Mündungsfeuer.*
Bild 6: *Blutspritzer auf den Wänden.*
Bild 7: *Erster Inspektur Pujasumartas Mund öffnet sich zu einem Schrei, aber man hört nur tödliches Schweigen.*

Im Verhörzimmer herrschte kurz Stille. Hinter den Türen mit ihren Sicherheitsscheiben saßen die fünf Ermittler im

Halbkreis um den jungen Werry Hartono, prüften jedes einzelne seiner Worte, analysierten seine Gesten, Tics und Gesichtsausdrücke.

Sie hatten nur wenige Fragen. Da die prägnante Zusammenfassung der Ereignisse durch den Zweiten Lieutenant Hartono mit dem schriftlichen Bericht des Ersten *Inspektur* Ruud Pujasumarta übereinstimmte, gab es nur wenig zu sagen. Pujasumarta schilderte eine Familie, in der es dunkle Geheimnisse und Verstrickungen gab. Er erzählte von einer Kindheit, die tiefe Narben hinterlassen hatte: durch Misshandlung, seelische Grausamkeit, Geisteskrankheit, Isolation und Hass.

Die Ermittler versahen die interne Akte mit einem roten Stempel und kreuzten einige Kästchen auf ihren Bewertungsbögen an, ganz nach Protokoll. Polizeiliche Verhaltensregeln waren nicht gebrochen worden. Sie machten sich noch ein paar Notizen und waren übereinstimmend der Meinung, dass Nakula Soleh ein besonders perverser Charakter gewesen war.

»Wer war überhaupt dafür verantwortlich, dass dieser Wahnsinnige eingestellt wurde?«, fragte einer von ihnen. »Das Sicherheitsprotokoll im Bogor-Palast muss verschärft werden. So etwas darf nie wieder vorkommen. Es ist ein Segen, dass dem Präsidenten nichts passiert ist.«

Die Klimaanlage summte.

Als sich die Beamten einander zuwandten und sich berieten, fühlte sich Werry Hartono plötzlich sehr verloren. Er verkrampfte sich, und die Erinnerungen schwirrten ihm wahllos durcheinander durch den Kopf.

Während er den leitenden Vernehmungsbeamten ansah, sah er vor seinem inneren Auge wieder das Haus mit dem schrägen Dach vor sich, den heftigen Sturm, das Wasser, das sturzbachartig aus den Regenrinnen und Abflussrohren strömte. Seine Atmung wurde schwer, mühsam, keuchend.

Drüben an der anderen Seite des Hauses sah er Pujasumarta, geduckt, hinter dicken Bäumen verborgen, die Heckler im Anschlag. Er gab Ruud mit dem Daumen das Zeichen, dass er bereit war. Der Erste *Inspektur* sprang auf und rannte durch die Kletterpflanzen. Auch er selbst rannte jetzt. Überall lag feuchtes Laub, und der feuchte, erdige Geruch des Bambus stieg ihm in die Nase. Er sprang über den holprigen Pfad und rannte durch den Regen den Feldweg entlang. Seine Zähne schlugen aufeinander, und seine Füße spritzten durch Schlammpfützen.

Krach! Die Tür flog auf. Hartono stürzte hinein.

Dann verwackelte seine Sicht. Er sah einen Mann, der Oberkörper in Schweiß gebadet. Der Mann brüllte und hielt eine Frau als menschlichen Schutzschild vor sich, die er mit einem Messer bedrohte. Seine Stimme klang wie die eines kleinen Jungen. »Ich werde sie töten! Ich töte sie!«, kreischte er. Die Schreie hallten von den Wänden wider und erfüllten den Raum. »Bleibt weg!«

Das Gewehr wog schwer in Werrys Armen. Jetzt erst wurde er sich bewusst, dass die Frau nackt war.

Ruud schrie: »Lass das Messer fallen! Lass es los!«

Der Hund bellte und knurrte.

Der Erste *Inspektur* feuerte, und es nahm ihm fast den Atem.

Noch immer hielt der Mann ihr das Messer an die Kehle.

»Hör zu, Nakula!«, schrie Ruud. »Du willst sie doch

gar nicht verletzen. Es ist dein Vater, den du bestrafen willst, nicht Imke!«

»Aber ich bestrafe ihn doch. Er muss zusehen!«, rief Nakula aus. Er wandte sich zum Laptop und erblickte den zerstörten Bildschirm. »Du hast darauf geschossen! Nein! Nein! Was hast du gemacht! Jetzt kann er nicht mehr zusehen!«

Der Mann schleuderte die Holländerin zu Boden und hielt sich die Klinge an die Kehle.

»Nein! Tu's nicht, Nakula!«

Taumelnd stach der Mann sich in den Hals, genau in dem Augenblick, als der Erste *Inspektur* erneut feuerte. Die Kugel traf den Mann ins Bein.

Werry Hartono ließ sein Gewehr fallen, warf sich neben dem Mann auf die Knie und bog Nakulas Kopf nach vorne. Er presste die Hände gegen die durchtrennte Ader und übte mit Daumen und Zeigefinger Druck auf die Wunde aus. Er starrte in die aufgerissenen Augen des Mannes, auf die bernsteinfarbenen Punkte in seiner Iris und sah, wie das Leben langsam aus dem Körper wich. Einen Moment wirkte Nakula noch einmal sehr wach. Die Andeutung eines Abschiedslächelns.

Der Ausdruck in Nakula Solehs Gesicht erinnerte ihn an ein Kind – ein Kind von unermesslicher Traurigkeit und Unschuld, als hätte sich seine Seele lange Zeit in den Wäldern verirrt und nun endlich den Weg nach Hause gefunden.

Bis zu diesem Moment hatte Werry Hartono, zwanzig Jahre alt und Absolvent der Polizeiakademie, noch nie einen sterbenden Menschen in den Armen gehalten. Erst als er seinen Namen hörte, blickte er wieder auf und schaute in die Gesichter der Ermittler, die im Halbkreis um ihn herum saßen. Er befand sich noch immer im Vernehmungszimmer.

Der Hals war ihm wie zugeschnürt, und er holte tief und verzweifelt Luft. Dann, unerwartet und zur Überraschung der Ermittler, begann Hartono zu weinen.

EPILOG

Sonntag, 27. Juli, der letzte Tag des Ramadan. Es war die Nacht vor dem Fest des *Hari Raya Idul Fitri,* die Nacht, die die Einheimischen *Takbiran* nannten, wenige Augenblicke vor Sonnenuntergang.

Die Wohnung von Familie Witarsa war voller Gäste. Bunte Lichterketten hingen um die Fenster, Schleifen und Blumensträuße von den Vorhangstangen. Leuchtend bunte *Raya*-Sterne, die Frieden und Harmonie symbolisierten, aus Bambusstöcken und pinkfarbenem und rotem Transparentpapier gefertigt, hingen von Decken und Türen. Der größte, ein Stern mit einundzwanzig Zacken, flackerte mithilfe einer Leuchtdiode. Und wie bei allen Familienzusammenkünften gab es auch hier einen Onkel, der sich nur langsam bewegte und schnell und tief eingeschlafen war.

Jubel ertönte. Einige Männer, unter ihnen auch Aiboy Ali, sahen die Wiederholung des WM-Endspiels Deutschland-Argentinien.

Draußen auf dem Balkon im neunten Stock saßen Imke und Ruud dicht nebeneinander auf einer Bank, jeder in seine Gedanken versunken. Imkes Blick war auf die Skyline Jakartas gerichtet, aber mit den Gedanken war sie ganz woanders.

»Meine Tante hat das Porträt von SBY fertig.«

»Ist sie zufrieden damit?«

»Sie hat länger dafür gebraucht als geplant, was nicht weiter überrascht nach allem, was passiert ist. Aber sie ist glücklich mit dem Ergebnis.«

Ruud nickte langsam und lehnte sich an Imke. »Ich hatte ganz schön Angst.«

Einen Moment schienen seine Worte sie zu lähmen, dann, wie um den Bann zu brechen, fuhr sie sich mit den Fingern durch die Haare. »Ich auch. Aber es ist ja vorbei, nicht wahr?« Sie schob ihre Hand in seine. »Ich will nicht mehr daran denken oder darüber reden.«

»Nach meiner Erfahrung sollte man so eine Sache nicht in sich reinfressen.«

»Er hat mir nicht wehgetan, er hat mich nur betäubt und gefesselt.« Sie berührte die noch frische, rote Narbe am Hals, und ein Schatten huschte über ihr Gesicht. »Abgesehen von diesem kleinen Schnitt hier, glaube ich nicht, dass er jemals vorhatte, mich zu verletzen. Er hätte mich jederzeit töten können, als ich im Bungalow war oder als er uns chauffiert hat. Er wollte die Frauen bestrafen, die ihm wehgetan und ihn gedemütigt haben. Und er wollte meinen Vater bestrafen.« Dieser Gedanke brannte noch immer in ihr.

Ruud sagte nichts. Sie täuschte sich, aber das wollte er ihr nicht sagen. Er war überzeugt, dass Nakula von Anfang an geplant hatte, Imke zu töten. Er hätte sie vor Mathias' Augen exekutiert, die Leiche entsorgt und sich einfach in Luft aufgelöst. Es hätte keinen Beweis gegeben, dass ein Verbrechen stattgefunden hatte, und niemand außer Mathias würde ihn suchen – denn warum sollten sie? Warum sollte irgendjemand die Geschichte eines Ausländers glauben? Wenn es nach der Polizei ging, war der Captain der Mah-Jongg-Meister. Fall abgeschlossen.

Und Imke? Nun, man hätte sie als *Orang Yang Hilang* eingestuft, als vermisste Person. Der arme Mathias wäre nach Indonesien gereist und hätte ihre Leiche gesucht und nur wenig polizeiliche Unterstützung bekommen. Vielleicht hätte er einen einheimischen Detektiv angeheuert. Aber wo hätte der mit seiner Suche überhaupt anfangen sollen in diesem Land, das aus 17 000 Inseln und 222 Millionen Einwohnern bestand? Eine schier unmögliche Aufgabe. Ja, Nakula hatte vorgehabt, Imke zu töten und Mathias Sneijder die Hölle auf Erden zu bereiten: die Suche nach einer Leiche, die er niemals finden würde. Nie würde er seiner toten Tochter ein christliches Begräbnis geben, nie Blumen auf ihr Grab legen und sich endgültig von ihr verabschieden können. Bis ans Ende seiner Tage hätte er an dieser Last getragen.

»Nun ja. Gott sei Dank werden wir das nie erfahren.«

Sie zog die Nase kraus und biss sich in die Unterlippe.

»Er muss ziemlich hinüber gewesen sein«, fuhr er fort, »seine eigene Mutter auszugraben und ihr den Kopf abzuschneiden. Glaubst du, er war so verrückt, wie er getan hat?«

Imke zog die Brauen zusammen. Sie hatte es längst aufgegeben, darüber nachzudenken, was in Nakula vorgegangen war. Tagelang hatte sie sich gefragt, warum er die Notiz auf ihren Nachttisch gelegt hatte und ob er nun geisteskrank gewesen war oder nicht, ob er an einer dissoziativen Persönlichkeitsstörung oder Schizophrenie oder einem Borderline-Syndrom gelitten hatte, ob er alle

Menschen hasste oder nur diejenigen, die ihn verletzt hatten. Natürlich fand sie keine Antworten. Sie hatte überlebt, das war das einzig Wichtige. Nakula hatte den Captain und Vidi getötet, Shireen Zee und Mari Agnes Liem und die anderen. Wen kümmerte es, dass er seine Mutter ausgegraben hatte? Vielleicht hatte er ja einen Fimmel und stand auf Norman Bates und Hitchcock-Filme. Es war vorüber, und das war die Hauptsache. Der Albtraum war vorbei.

Zumindest sagte sie sich das.

Sie hatte ein extrem traumatisches Erlebnis hinter sich. Sich wieder neu an die Welt anzupassen war ein täglicher Kampf und würde seine Zeit brauchen. Die Ärzte hatten ihr Tabletten verschrieben – Fluoxetin, einen Stimmungsaufheller.

»Tja«, sagte sie schließlich. »Streng genommen, glaube ich schon, dass er verrückt war. Aber seine Mutter auszugraben, das war ein Hilfeschrei.«

»Er hat sich vor unseren Augen die Kehle durchgeschnitten«, sagte Ruud mit der Bedächtigkeit eines Menschen, der Sensationshascherei hasst. »Also war er schon die ganze Zeit über selbstmordgefährdet.«

»Und dann hast du auf ihn geschossen.«

»Ich habe ihn ins Bein geschossen.«

Sie schloss die Augen und atmete ein paar Mal tief durch. »Ja, ich weiß.« Sie verdrängte die Bilder.

»Ich finde, du solltest mit jemandem reden. Einem Fachmann.«

»Ich brauch keinen Seelenklempner.«

»Ja, aber …«

»Hey. Das ist jetzt schon Wochen her. Mir geht's gut.

Ich weiß«, sagte sie leise, aber bestimmt, »dass ich damit klarkomme.«

Ruud betrachtete sie. Sie war stark und selbstbewusst und schien überhaupt nicht geschwächt durch das kürzlich erlebte Trauma.

In der Ferne ging die Sonne unter. Der Himmel war leuchtend orange, mit roten Streifen dazwischen. »Ah, ein weiterer petrochemischer Sonnenuntergang, dem Smog sei Dank. Die muss man doch einfach lieben.« Er starrte zum Horizont und legte den Arm um Imke. Von Osten her zogen Wolken heran. »Sieht aus, als würde es bald Bindfäden regnen«, sagte er.

»Hast du gewusst, dass man in Holland sagt, es regnet alte Frauen?«

»So ein Quatsch.«

»Und in Bosnien sagen sie, es regnet Brecheisen.«

»Absoluter Schwachsinn!«, lachte er.

»Es stimmt aber!« Ihr ganzer Körper bebte vor Lachen, und sofort fühlte er, wie sie sich entspannte und die Spannung einfach abschüttelte.

Kiki stand auf und leckte Imke die Hand. Imke tätschelte ihr den Kopf, dann machte es sich der Hund wieder zu ihren Füßen gemütlich.

Der aufkommende Wind brachte die ersten Regentropfen. »Ich schätze, du fliegst bald wieder nach Hause«, sagte Ruud. »Zurück nach Amsterdam.«

»Tantchen Ecks hat den Rückflug für übermorgen gebucht. Sie sagt, sie kann es gar nicht erwarten, wieder an den Kanälen spazieren zu gehen. Sie will sich ein Picknick holen und alles im Vondelpark im Gras ausbreiten.«

»Sie.«

»Hmm?«

»Du hast gesagt *sie*, nicht *wir*.«

»Nun, zufällig, Erster *Inspektur* Pujasumarta, habe ich mich dazu entschlossen, noch ein Weilchen in Indonesien zu bleiben.«

»Zu bleiben?«

»Ja. Zu bleiben.«

»Meinetwegen?«

»Nein, ein paar Freunde zu Hause haben mich zu einem historischen Wikingerwochenende in Utrecht eingeladen. Ich bin mir nicht sicher, ob ich an einem feuchten Samstagmorgen mit einem ledernen Brustpanzer und einem Helm mit Hörnern herumlaufen und zum Frühstück Dörfer brandschatzen will. Ich bin nicht so der Typ für Schwerter und Schilder und altnordische Schmiedekunst.« Sie stupste ihm den Ellbogen in die Seite und grinste. »Natürlich deinetwegen.«

Imke schloss die Augen und stellte sich ein zukünftiges Leben an Ruuds Seite vor. Die Bilder kamen ganz leicht, ohne Schwierigkeiten.

»Und davon abgesehen, hat mir Witarsa einen Job angeboten.«

»Wow!« Ruud kratzte sich an der Brust. »Er ist tatsächlich dümmer, als er aussieht, und das will ganz schön was heißen.«

Wieder landete ihr Ellbogen in seinen Rippen.

»Und dein Vater …?«

Ruud beendete den Satz nicht.

»Papa ist sehr unglücklich, dass ich nicht mit Erica heimkomme. Aber nach allem, was er getan hat und was ich durchgemacht habe, kann ich, glaube ich, mit seiner

Missbilligung ganz gut umgehen. Es ist irgendwie schräg, aber ich glaube, ich will ihn ein bisschen enttäuschen. Vielleicht ist das meine Art, ihn zu bestrafen.« Sie seufzte. »Ich glaube, er braucht im Moment sowieso ein bisschen Zeit für sich, um seine eigenen Dämonen zu bekämpfen.«

Im Geiste verblasste die Hand ihres Vaters – die Hand, die sie als kleines Kind umklammert hatte; die Hand, die ihr jeden Morgen vor der Schule über die Wange gestreichelt hatte; die Hand, die ihre gehalten hatte, als sie nach dem Mopedunfall in der Notaufnahme gewesen war.

»Nun ja, wie Gandhi einst sagte ...«

»Du willst doch jetzt nicht ernsthaft Gandhi zitieren«, sagte Imke herausfordernd.

»Und ob.«

»Bitte nicht. Das ist billig. Fast so schlimm, als würdest du Konfuzius zitieren.«

Ruud räusperte sich theatralisch. »Wie Gandhi einst sagte: ›Die einzigen Dämonen, die es gibt, wohnen in unseren Herzen, und dort sollten wir unsere Kämpfe ausfechten.‹«

»Bravo.«

Ruud neigte huldvoll den Kopf und nahm das spöttische Lob entgegen. »Also brauchst du jetzt was zum Übernachten, oder? Ich habe da ein zwei mal drei Meter großes Kabuff – äh, Verzeihung –, freies Zimmer mit fließend kaltem Wasser, das ich vermieten könnte.«

»Kling verlockend. Was ist mit Arjen?«

»Was soll mit ihm sein?«

»Wird es ihm nichts ausmachen?«

»Nein.«

»Wie geht es ihm?«

»Ganz gut, aber er neigt immer noch zu diesen seltsamen Panikattacken.«

»Schlimm?«

»Er hat kein großes rotes Blinklicht am Bett, das wie eine Sirene losgeht, sobald man draufdrückt, aber, ja, manchmal hat er auch eine schlimme Attacke. Es überrollt ihn einfach. Die guten Nachrichten sind allerdings, dass er sich endlich entschlossen hat, es mit Australien zu versuchen. Mum und Dad haben ihn überredet, bei ihnen in Melbourne zu leben. Da drüben kann man sein Asperger besser behandeln, und Mum ist glücklich, wenn er bei ihnen ist.«

Imke lächelte. »Ich erinnere mich daran, wie deine Mum einmal in ihrem weißen Tennisrock aufgekreuzt ist und eine Imitation von ›Endstation Sehnsucht‹ zum Besten gegeben hat.«

»Ja, das klingt ganz nach ihr.«

»Du bist also auf der Suche nach einem Mitbewohner?«

»Könnte sein.«

»Ich werde dir meine Referenzen zukommen lassen.«

»Nur, wenn du bereit bist, es mit Klempnerarbeiten, niederen Küchendiensten und streunenden Katzen aufzunehmen, die dir um drei Uhr morgens ein Ständchen bringen. Kannst du Hemden bügeln?«

»Sicher, wenn du auf Brandspuren stehst.«

Erica kam auf den Balkon hinausgestolpert und johlte vor Lachen. »Wer hätte gedacht, dass man so was mit Leberpastete machen kann? Gott, ist die Geschichte zu fassen?« Sie trug mehrere Halsketten aus Papier um den Hals, als wären es hawaiianische Blumengirlanden.

»Tja, wer hätte das gedacht!«, rief Ruud amüsiert. Aus dem Mundwinkel fragte er Imke: »Welche Geschichte?«

Sie zuckte die Schultern und zwinkerte ihm zu.

Erica zog eine Packung Milkita-Bonbons aus der Tasche, schloss die Augen und steckte eins in den Mund.

»Was ist das?«, fragte Imke.

»Eine Neuentdeckung. Probier doch mal.«

»Ich finde, es wäre höflich, noch die paar Minuten bis zum Fastenbrechen zu warten.«

»Unsinn. Das macht hier niemandem was aus. Komm schon, nimm eins.«

Imke probierte das Bonbon und schmeckte die weiche, karamellartige Konsistenz auf ihrer Zunge. »Mmmmmh!«, stöhnte sie. »Mein Gott, mmmh!«

»Du hast schon wieder Sex mit deinem Essen«, stellte Erica fest. »Da wir gerade von Sex sprechen: Worüber habt ihr beiden Turteltäubchen hier draußen denn geredet?«

»Über gar nichts«, erwiderte Imke.

»Beziehungen? Hochzeiten? Ich würde sie so schnell wie möglich vor den Altar zerren, wenn ich du wäre, Ruud. Bevor sie dahinwelkt.«

»Tante Ecks!«

»Was denn?«

»Warum musst du immer mit solchen Dingen herausplatzen? Denkst du nie nach, bevor du redest? Bist du wirklich so unsensibel?«

»Tut mir leid«, schnaubte Erica. »Ich hatte ja keine Ahnung, dass Reden so gefährlich ist, als müsste ich über eine Schnellstraße. Das nächste Mal schaue ich links und rechts, bevor ich den Mund aufmache.«

Erica aß noch ein Milkita und stampfte wieder ins Apartment zurück.

Imke schlug mit dem Fuß gegen das Metallgeländer. »Sie macht mich immer wieder unglaublich wütend!« Ruud begann zu lachen. Imke sah ihn mit zusammengekniffenen Augen böse an, aber dann musste sie auch lachen. Sie fühlte sich heiter, glücklich, leichtsinnig. Sie holte ein kleines Päckchen aus der Tasche und legte es ihm in den Schoß.

»Was ist das?«, fragte er, während er an dem bunten Geschenkpapier herumspielte.

»Mach auf und sieh nach.«

Es war ein geschliffener Achatstein; Mitternachtsblau, mit Flecken von Kürbis, Lachsrosa und Gold.

»Der ist wunderschön, Imke. Bedeutet er etwas?«

»Mir schon.«

Sie hatte ihn auf dem Rawa Bening-Markt gekauft. Es war ein Freundschaftsstein, aber tief im Herzen hoffte sie, er möge sehr viel mehr werden.

Im Westen, bei der untergehenden Sonne, sammelten sich die Massen bei den Moscheen, um zu beten. Im Apartment versammelten sich die Verwandten des Commissioners, lächelten sich zu und tauschten ihre Wünsche aus, während sie sehnsüchtig auf den Moment warteten, wenn das Familienoberhaupt die *bedug*-Trommel schlug. Erst dann war Ramadan vorüber, und das Familienfest begann.

Imke und Ruud saßen noch lange auf der Bank, betrachteten den Sonnenuntergang und blickten auf den Fluss Ciliwung. Schließlich beugte Imke sich zu Ruud hinüber und küsste ihn auf den Mund. Er legte ihr den

Arm um die Schultern, drückte sie an sich und spürte die Wärme ihres Körpers. Bald atmeten sie im Gleichklang.

Sein Blick wanderte zu dem Achatstein. Er starrte tief in sein mitternächtliches Zentrum, auf seine hypnotischen Farben, auf seine Mondschatten und Batikspiralen, und fühlte sich unerklärlicherweise in die Vergangenheit zurückversetzt.

Er und Imke sind sieben Jahre alt. Es ist der zweite Weihnachtsfeiertag, draußen im Garten, den sich die Anwohner von Majestic Heights teilen. Würstchen und Chicken Wings liegen auf dem Grill. Lars Ringstad, ein großer dicker Mann, trinkt gierig aus seinem Bierglas. Er lacht und redet in einer Mischung aus gebrochenem Englisch und beschwipstem Norwegisch. Nur wenige Schritte entfernt beobachten die beiden Kinder gebannt, wie die wütende Wespe jedes Mal laut summt, wenn er einen Schluck nimmt. Sie ist gelb und schwarz und wirklich riesengroß. Lars nimmt einen riesigen Schluck und wirft den Kopf zurück. Sein Mund sieht aus wie eine Höhle. Wird er oder wird er nicht …? Was, wenn ihn die Wespe in die Zunge oder die Lippen sticht? Wird sie wieder aus seiner Nase herausfliegen? Und dann ist sie weg! »Sie hat noch gelebt, als er sie runtergeschluckt hat!«, kreischt Imke und hopst herum.

Ruud, der noch immer auf den Stein starrte, auf die Verwirbelung aus Kürbis und Gold, grinste bei der Erinnerung daran. Und zu seinem Entzücken fühlte er, wie Imke neben ihm sich ebenfalls vor unterdrücktem Lachen schüttelte – als könnte sie seine Gedanken lesen.

Danksagung

Wie immer gilt mein Dank Kate Hordern, meiner klugen und wunderbaren Agentin. Danke, Kate, für deine Beratung, unermüdlichen Ermunterungen und gelegentlichen Richtungskorrekturen, wenn ich vom Weg abkomme.

Danke auch allen Mitarbeitern bei Constable, vor allem Krystyna Green.

Und schließlich möchte ich meiner Familie danken, vor allem meiner Frau, die es mir erlaubt, meine Leidenschaft zu leben.

**Ein elfjähriger Junge,
der spurlos verschwindet.
Eine Familie, die daran zu zerbrechen droht.
Eine Wahrheit, so dunkel wie
die schwärzeste Nacht.**

384 Seiten. ISBN 978-3-7341-0257-8

Alma Meester, ihr Mann Linc und die beiden Kinder Iris und Sander sind eine ganz normale, glückliche Familie. Bis zu dem Tag, als der elfjährige Sander zusammen mit einem Freund während eines Ferienlagers spurlos verschwindet. Der andere Junge wird kurz darauf tot aufgefunden, doch Sander bleibt wie vom Erdboden verschluckt. Sechs Jahre später meldet sich ein junger Mann bei einer deutschen Polizeistation. Er sei der verschwundene Sander Meester. Die Familie ist überglücklich, doch nach und nach kommen der Mutter Zweifel. Ist der Junge wirklich ihr Sohn? Und was ist in der Nacht damals tatsächlich passiert?

Lesen Sie mehr unter: **www.blanvalet.de**